La violonchelista

DANIEL Silva

La violonchelista

HarperCollins *Español*

LA VIOLONCHELISTA. Copyright © 2022 de Daniel Silva. Todos los derechos reservados. Impreso en los Estados Unidos de América. Ninguna sección de este libro podrá ser utilizada ni reproducida bajo ningún concepto sin autorización previa y por escrito, salvo citas breves para artículos y reseñas en revistas. Para más información, póngase en contacto con HarperCollins Publishers, 195 Broadway, New York, NY 10007.

Los libros de HarperCollins Español pueden ser adquiridos con fines educativos, empresariales o promocionales. Para más información, envíe un correo electrónico a SPsales@harpercollins.com.

Título original: *The Cellist*
Publicado originalmente en inglés por HarperCollins Publishers en 2021

Publicado en castellano por HarperCollins Ibérica, 2022

PRIMERA EDICIÓN DE HARPERCOLLINS ESPAÑOL

Traducción de Victoria Horrillo Ledesma

Este libro ha sido debidamente catalogado en la Biblioteca del Congreso de los Estados Unidos.

ISBN 978-0-06-294377-4

22 23 24 25 26   LSC   10 9 8 7 6 5 4 3 2 1

A los agentes de la Policía del Capitolio de Estados Unidos y de la Policía Metropolitana de Washington que defendieron nuestra democracia el 6 de enero de 2021

Y, como siempre, a mi mujer, Jamie, y a mis hijos, Lily y Nicholas

Cleptocracia *(de clepto- y -cracia).*
f. Sistema de gobierno en el que prima el interés por el enrique-
cimiento propio a costa de los bienes públicos.

Diccionario de la lengua española. RAE

En Rusia el poder equivale a riqueza y la riqueza a poder.

Anders Åslund, Russia's Crony Capitalism

Estrasburgo

ALEMANIA

FRANCIA

Basilea

Zúrich

Erlenbach

Neuchâtel

Lucerna

Berna

SUIZA

Féchy

Lausana

Ginebra

Chambéry

Courchevel

Macizo
de la Vanoise

ITALIA

Turín

FRANCIA

0   50 km

50 mi.

MAR MEDITERRÁNEO

Copyright © MMXXI Springer Cartographics LLC

PRIMERA PARTE

MODERATO

1

JERMYN STREET, ST. JAMES'S

Sarah Bancroft envidiaba a esas almas afortunadas que creían controlar su destino. Para ellas, la vida era tan sencilla como montar en metro. No había más que introducir el billete en el torniquete de entrada y apearse en la parada correcta: en Charing Cross en vez de en Leicester Square. Ella nunca había profesado semejantes bobadas. Sí, uno podía prepararse, podía esforzarse, podía tomar decisiones, pero en última instancia la vida era un complejísimo juego de previsión y probabilidad. Ella, por desgracia, había demostrado una asombrosa falta de sincronía tanto en el amor como en el trabajo. Iba siempre un paso por delante o un paso por detrás. Había perdido muchos trenes. Y varias veces había tomado un tren equivocado, casi siempre con resultados desastrosos.

Su última maniobra profesional parecía ceñirse a esa pauta nefasta. Tras convertirse en una de las principales comisarias de arte de Nueva York, había decidido mudarse a Londres para hacerse cargo de la gestión diaria de la galería Isherwood Fine Arts, proveedora de cuadros de maestros antiguos italianos y holandeses desde 1968. Y, cómo no, al poco tiempo de su llegada se declaró una pandemia mortífera. Ni siquiera el mundillo del arte, que satisfacía los caprichos de los superricos planetarios, fue inmune a los estragos del contagio. Casi de la noche a la mañana, el negocio entró en algo parecido a un paro cardíaco. Las pocas veces que sonaba el teléfono, solía ser un comprador o su representante que llamaban para cancelar un encargo. Desde el estreno en el West End del musical *Buscando a Susan desesperadamente* —declaró la madre de Sarah con su mordacidad habitual—, no se había visto en Londres un debut menos prometedor.

Isherwood Fine Arts había pasado por malas rachas otras veces —guerras, atentados terroristas, crisis petrolíferas, hundimientos del mercado, relaciones sentimentales devastadoras—, pero siempre había logrado capear el temporal. Sarah había trabajado una temporada en la galería quince años atrás, mientras prestaba servicios como agente encubierta de la Agencia Central de Inteligencia. Aquella operación había sido un proyecto conjunto americano-israelí, dirigido por el legendario Gabriel Allon. Con la excusa de un Van Gogh desaparecido, Gabriel había introducido a Sarah en el entorno de un multimillonario saudí llamado Zizi al Bakari, con la misión de encontrar al cerebro terrorista que se ocultaba allí. Desde entonces, su vida no había vuelto a ser la misma.

Tras concluir la operación, pasó varios meses recuperándose en una casa de la Agencia, en la campiña del norte de Virginia. Después, trabajó en el Centro de Lucha Antiterrorista de la CIA en Langley, y participó en varias operaciones conjuntas americano-israelíes, siempre a las órdenes de Gabriel. Los servicios de inteligencia británicos conocían bien su pasado y estaban al tanto de su presencia en Londres, lo que no era de extrañar teniendo en cuenta que en ese momento compartía la cama con un agente del MI6 llamado Christopher Keller. Normalmente, una relación como la suya estaba estrictamente prohibida, pero en el caso de Sarah se había hecho una excepción. Graham Seymour, el director general del MI6, era amigo suyo, al igual que el primer ministro, Jonathan Lancaster. De hecho, poco después de su llegada a Londres Christopher y ella habían cenado en privado en el Número Diez.

Con la única excepción de Julian Isherwood, propietario de la encantadora galería que llevaba su nombre, los miembros del mundillo del arte londinense desconocían todo esto. Para sus colegas y competidores, Sarah era la bella y brillante historiadora del arte norteamericana que había iluminado fugazmente su mundo un triste invierno de hacía mucho tiempo, para luego abandonarlos por gente como Zizi al Bakari, ya fallecido. Y ahora, después de un tumultuoso periplo por el mundo del espionaje, había regresado, demostrando así que, tal y como ella suponía, todo era cuestión de previsión y probabilidad. Por fin había tomado el tren correcto.

Londres la había recibido con los brazos abiertos y casi sin hacer preguntas. Apenas le había dado tiempo a poner en orden sus asuntos antes de la invasión del virus. Se contagió a principios de marzo en la Feria Europea de Arte y Antigüedades de Maastricht y enseguida infectó a Julian y Christopher. Julian pasó quince días horribles en el University College Hospital. Sarah se salvó de los peores síntomas, pero durante un mes tuvo fiebre, cansancio y dolor de cabeza, y le costaba respirar cada vez que se levantaba casi a rastras de la cama. Como cabía esperar, Christopher salió indemne: fue asintomático. Sarah le castigó obligándole a atenderla como un esclavo. Y, a pesar de todo, su relación sobrevivió.

En junio, Londres despertó del letargo del confinamiento. Después de dar tres veces negativo en las pruebas de COVID, Christopher volvió al trabajo en Vauxhall Cross. Sarah y Julian, en cambio, esperaron hasta el solsticio de verano para reabrir la galería. Esta estaba situada en Mason's Yard, un tranquilo cuadrángulo adoquinado rodeado de locales comerciales, entre las oficinas de una compañía naviera griega de poca importancia y un *pub* que en los días de inocencia anteriores a la peste frecuentaban bonitas oficinistas motorizadas. En el último piso había una hermosa sala de exposiciones inspirada en la famosa galería parisina de Paul Rosenberg, en la que Julian había pasado muchas horas felices de niño. Sarah y él compartían el espacioso despacho de la primera planta con Ella, la atractiva pero ineficaz recepcionista. Durante la primera semana después de la reapertura, el teléfono sonó solo tres veces, y las tres veces Ella dejó que saltara el buzón de voz. Sarah la informó de que sus servicios —si es que podían considerarse como tales— ya no eran necesarios.

No tenía sentido sustituirla. Los expertos auguraban una segunda ola arrolladora cuando volviera el frío, y los comerciantes londinenses estaban advertidos de que podía haber nuevos cierres decretados por el Gobierno. Lo último que le hacía falta era tener otra boca que alimentar. Decidió no desperdiciar por completo el verano y se propuso vender un cuadro, cualquier cuadro, aunque fuera lo último que hiciese.

Encontró uno, casi por casualidad, mientras hacía inventario de la cantidad catastrófica de obras sin vender que Julian guardaba en su atiborrado almacén: *La tañedora de laúd*, óleo sobre lienzo, 152 por 134 centímetros, del barroco temprano quizá, bastante dañado y sucio. El recibo original y los albaranes de envío aún se encontraban en los archivos de Julian, junto con una copia amarillenta del contrato. El primer propietario conocido era el conde Fulano de Bolonia, que en 1698 le vendió el cuadro al príncipe Mengano de Liechtenstein, quien a su vez se lo vendió al barón Zutano de Viena, donde el cuadro permaneció hasta 1962, cuando lo compró un marchante de Roma que al cabo de un tiempo se lo endosó a Julian. Había sido atribuido sucesivamente a la Escuela Italiana, a un discípulo de Caravaggio y, lo que era más prometedor, al círculo de Orazio Gentileschi. Sarah tuvo una corazonada. Le enseñó la obra al erudito de Niles Dunham, de la National Gallery, durante el paréntesis de tres horas que Julian se reservaba a diario para ir a comer. Niles aceptó provisionalmente la atribución de Sarah, a la espera de que se efectuaran las pruebas técnicas de radiografía y reflectografía infrarroja. Después, se ofreció a comprarle el cuadro por ochocientas mil libras.

—Vale cinco millones o más.

—No en plena Peste Negra.

—Eso habrá que verlo.

Normalmente, cuando se descubría una obra de un artista de primera fila, su salida al mercado se anunciaba a bombo y platillo, sobre todo si la popularidad del artista en cuestión había aumentado en tiempos recientes debido a su trágica historia personal. Pero teniendo en cuenta la volatilidad del mercado —por no hablar de que el cuadro había sido *descubierto* en su propia galería—, Julian se decantó por una venta privada. Llamó a algunos de sus clientes más fiables y no le ofrecieron ni unas migajas. Sarah contactó entonces discretamente con un coleccionista multimillonario, amigo de un amigo. El coleccionista se mostró interesado y, tras varias reuniones en su residencia de Londres guardando la debida distancia social, llegaron a un acuerdo satisfactorio. Sarah solicitó un pago inicial de un millón de libras, en parte para cubrir los gastos de la restauración, que sería muy costosa. El comprador le dijo que fuera a su casa a las ocho de esa misma tarde a recoger el cheque.

Todo ello explicaba hasta cierto punto por qué Sarah Bancroft estaba sentada en una mesa esquinera del bar del restaurante Wilton's, en Jermyn Street, una húmeda noche de miércoles a finales de julio. El ambiente en la sala era ambiguo, las sonrisas forzadas y las carcajadas, aunque escandalosas, sonaban a falsas. Julian estaba apoyado en el extremo de la barra. Con su traje de Savile Row y sus abundantes mechones grises, tenía un aire de elegancia algo dudosa, una apariencia que él mismo describía como de digna depravación. Miraba con fijeza su copa de Sancerre mientras fingía escuchar lo que Jeremy Crabbe, el director del departamento de Maestros Antiguos de Bonhams, le murmuraba atropelladamente al oído. Amelia March, de *ARTNews*, escuchaba con disimulo la conversación entre Simon Mendenhall, el subastador jefe de Christie's con aspecto de maniquí, y Nicky

Lovegrove, asesor artístico de gentes cuya riqueza podía considerarse casi delictiva. Roddy Hutchinson —el marchante con menos escrúpulos de todo Londres, según la opinión general— tiraba de la manga al rechoncho Oliver Dimbleby, que no parecía darse cuenta, pues estaba manoseando a la bellísima exmodelo que ahora era propietaria de una exitosa galería de arte moderno en King Street. Al marcharse, la modelo le lanzó un decoroso beso a Sarah con sus perfectos labios de color carmesí. Sarah dio un sorbo a su martini de tres aceitunas y murmuró:

—Zorra.

—¡Te he oído! —Por suerte, era solo Oliver. Enfundado en un traje gris entallado, se acercó a su mesa flotando como un zepelín y se sentó—. ¿Se puede saber qué tienes contra la encantadora señorita Watson?

—Sus ojos. Sus pómulos. Su pelo. Sus tetas. —Sarah suspiró—. ¿Quieres que continúe?

Oliver hizo un gesto desdeñoso con su mano regordeta.

—Tú eres mucho más guapa, Sarah. Nunca olvidaré la primera vez que te vi cruzando Mason's Yard. Casi me dio un infarto. Si no recuerdo mal, en aquella época hice un ridículo espantoso.

—Me pediste que me casara contigo. Varias veces, de hecho.

—Mi oferta sigue en pie.

—Me siento halagada, Ollie, pero me temo que no es posible.

—¿Soy demasiado viejo?

—En absoluto.

—¿Demasiado gordo?

Ella le pellizcó la mejilla sonrosada.

—Estás perfecto, de hecho.

—Entonces, ¿cuál es el problema?

—Que estoy involucrada.

—¿Involucrada en qué?

—En una relación.

Oliver puso cara de no conocer esa palabra. Sus relaciones románticas rara vez duraban más de una o dos noches.

—¿Te refieres a ese tipo que se pasea por ahí con un Bentley muy llamativo?

Sarah dio otro sorbo a su copa.

—¿Cómo se llama ese novio tuyo?

—Peter Marlowe.

—Suena a nombre inventado.

Lógico, pensó Sarah.

—¿A qué se dedica? —insistió Oliver.

—¿Puedes guardar un secreto?

—Mi querida Sarah, guardo en la cabeza más secretos sucios que el MI5 y el MI6 juntos.

Ella se inclinó sobre la mesa.

—Es un asesino profesional.

—¿En serio? Qué trabajo tan interesante, ¿no?

Sarah sonrió. No era cierto, por supuesto. Hacía ya varios años que Christopher no trabajaba como asesino a sueldo.

—¿Es por él por lo que has vuelto a Londres? —la sondeó Oliver.

—En parte. La verdad es que os echaba mucho de menos a todos. Incluso a ti, Oliver. —Miró la hora en su teléfono—. ¡Dios! ¿Puedes hacerme el favor de pagar mi copa? Llego tarde.

—¿Tarde a qué?

—Pórtate bien, Ollie.

—¿Por qué narices iba a portarme bien? Es aburridísimo…

Sarah se levantó, le guiñó un ojo a Julian y salió a Jermyn Street.

Llovía de pronto a mares, pero un taxi acudió enseguida en su auxilio. Esperó a estar a resguardo dentro del coche para darle la dirección al taxista.

—Cheyne Walk, por favor. Número cuarenta y tres.

2

CHEYNE WALK, CHELSEA

Al igual que Sarah Bancroft, Viktor Orlov creía que la vida era un viaje que se hacía mejor sin ayuda de un mapa. Pese a que se había criado en un piso moscovita sin calefacción que compartían tres familias, se había hecho milmillonario gracias a una mezcla de suerte, determinación y tácticas despiadadas que incluso sus defensores más acérrimos calificaban de inescrupulosas, cuando no de criminales. Orlov no ocultaba que era un depredador y un rey entre los ladrones. De hecho, lucía esas etiquetas con orgullo.

—Si hubiera nacido inglés, habría hecho dinero limpiamente —le dijo con desdén a un periodista británico tras fijar su residencia en Londres—. Pero nací ruso. Y he hecho fortuna al estilo ruso.

A decir verdad, Viktor Orlov no había nacido en Rusia, sino en la Unión Soviética. Matemático brillante, estudió en el prestigioso Instituto de Precisión y Óptica de Leningrado y desapareció a continuación en el programa de armas nucleares soviético, donde se dedicó a diseñar misiles balísticos intercontinentales de ojivas múltiples. Cuando más adelante le preguntaron por qué se había afiliado al Partido Comunista, reconoció que solo lo había hecho para progresar en su carrera profesional.

—Supongo que podría haberme hecho disidente —añadió—, pero nunca me atrajo mucho el gulag.

Como miembro de la élite privilegiada, Orlov presenció desde dentro el declive del sistema soviético y comprendió que solo era cuestión de tiempo que el imperio se derrumbara. Cuando el colapso se produjo por fin, abandonó el Partido Comunista y juró hacerse rico. En pocos años amasó una fortuna considerable importando ordenadores y otros productos occidentales para venderlos en el incipiente mercado ruso. Después empleó ese dinero en adquirir la mayor empresa siderúrgica estatal de Rusia y Ruzoil, el gigante petrolero de Siberia. Al poco tiempo, Orlov era el hombre más rico de Rusia.

Pero en la Rusia postsoviética, un país en el que no imperaba la ley, su fortuna le convirtió en un hombre marcado. Sobrevivió al menos a tres atentados y se rumoreaba que había ordenado matar a varias personas como represalia. La mayor amenaza contra él vendría, sin embargo, del hombre que sucedió a Boris Yeltsin en la presidencia. El nuevo presidente, convencido de que Viktor Orlov y los demás oligarcas se habían adueñado de los principales recursos del país, se propuso recuperarlos para sí. Tras instalarse en el Kremlin, mandó llamar a Orlov y le exigió dos cosas: su empresa siderúrgica y Ruzoil.

—Y no metas la nariz en política —añadió en tono amenazador—. O te la cortaré.

Orlov aceptó renunciar a sus intereses siderúrgicos, pero no a Ruzoil. El presidente no se lo tomó bien. Mandó de inmediato a la fiscalía que le investigara por fraude y soborno, y una semana después se emitió orden de detención contra Orlov. El empresario huyó a Londres, donde se convirtió en uno de los principales opositores al presidente ruso. Durante unos años, Ruzoil permaneció congelada jurídicamente, fuera del alcance tanto de Orlov como de los nuevos amos del Kremlin. Orlov aceptó por fin entregar la empresa a cambio de que se pusiera en libertad a tres agentes de inteligencia israelíes que estaban presos en Rusia. Uno de ellos era Gabriel Allon.

Su generosidad le valió a Orlov el pasaporte británico y una audiencia privada con la reina en el palacio de Buckingham. Se embarcó entonces en un ambicioso intento de reconstruir su fortuna perdida, en esta ocasión bajo la atenta mirada de las autoridades reguladoras británicas, que supervisaban todas sus inversiones y operaciones financieras. Su imperio incluía ahora rotativos londinenses tan venerables como el *Independent*, el *Evening Standard* y el *Financial Journal*. Adquirió también una participación mayoritaria en el semanario de investigación ruso *Moskovskaya Gazeta*. Con el apoyo financiero de Orlov, la revista volvió a ser el medio de comunicación independiente más importante de Rusia y una espina clavada en el costado de los hombres del Kremlin.

Como consecuencia de ello, Orlov vivía cada día con la certeza de que los formidables servicios de inteligencia de la Federación Rusa estaban tramando su asesinato. Su nueva limusina Mercedes-Maybach estaba provista de medidas de seguridad reservadas por lo general a los coches oficiales de jefes de Estado y de Gobierno, y su casa en el histórico Cheyne Walk de Chelsea era una de las mejor defendidas de todo Londres. Un Range Rover negro permanecía siempre al ralentí junto a la acera, con los faros apagados. Dentro había cuatro guardaespaldas, todos ellos exagentes de élite del Servicio Aéreo Especial, empleados de una discreta empresa de seguridad privada con sede en Mayfair. El que estaba sentado al volante levantó una mano a modo de saludo cuando Sarah se bajó del taxi. Evidentemente, la estaban esperando.

El número 43 era un edificio alto y estrecho, cubierto de glicinias. Al igual que los inmuebles vecinos, estaba algo retirado de la calle, detrás de una verja de hierro forjado. Sarah avanzó deprisa por el camino del jardín, resguardada a duras penas por su paraguas plegable. El timbre resonó con un tañido de campana en el interior de la casa, pero no hubo respuesta. Sarah pulsó el botón de nuevo, con el mismo resultado.

Normalmente, una criada habría acudido a abrir la puerta. Pero Viktor, que ya antes de la pandemia tenía fobia a los gérmenes, había recortado drásticamente las horas de trabajo de su personal doméstico para reducir las probabilidades de contraer el virus. Soltero empedernido, pasaba casi todas las tardes en su despacho del segundo piso, a veces solo; a menudo, acompañado por mujeres escandalosamente jóvenes. Las cortinas estaban iluminadas por la luz de una lámpara. Sarah dedujo que Orlov estaría atendiendo una llamada. Al menos, eso esperaba.

Tocó el timbre por tercera vez y, al no recibir respuesta, apoyó el dedo índice en el lector biométrico que había junto a la puerta. Viktor había introducido su huella dactilar en el sistema, sin duda con la esperanza de que su relación se prolongara tras la venta del cuadro. Un gorjeo electrónico informó a Sarah de que el escáner la había reconocido. Introdujo su código personal —el mismo que usaba en la galería— y los cerrojos se abrieron de inmediato.

Bajó el paraguas, giró el pomo de la puerta y entró. El silencio era absoluto. Llamó a Viktor por su nombre, pero nadie contestó. Cruzó el vestíbulo y subió por la espléndida escalera hasta la segunda planta. La puerta del despacho estaba entornada. Tocó con la mano. No hubo respuesta.

Llamando de nuevo a Viktor, entró en la habitación. Era una réplica exacta del despacho privado de la reina en su apartamento del palacio de Buckingham, salvo por la pared de monitores de alta definición que, con un leve parpadeo, emitían noticiarios financieros y datos bursátiles de distintas partes del globo. Viktor estaba sentado detrás de su escritorio, con la cara levantada hacia el techo, como si estuviera absorto en sus pensamientos.

No se movió al acercarse Sarah. Tenía delante de sí el auricular del teléfono fijo, una copa de vino tinto a medio beber y un montón de documentos. Su boca y su barbilla estaban cubiertas de espuma blanca y había vómito en la pechera de su elegante camisa a rayas. Sarah no vio indicios de que respirara.

—Dios mío, Viktor…

En la CIA, había trabajado en casos relacionados con armas de destrucción masiva. Reconoció los síntomas. Viktor se había visto expuesto a un agente nervioso.

Y, con toda probabilidad, también ella.

Salió corriendo de la habitación con la mano en la boca y bajó la escalera a toda prisa. La puerta de la verja, el botón del timbre, el escáner biométrico, el teclado… Cualquiera de esas cosas podía estar contaminada. Los agentes nerviosos actuaban con extrema rapidez. Solo tardaría uno o dos minutos en saberlo.

Tocó una última superficie: el pomo de la puerta blindada de Viktor. Al salir, levantó la cara hacia la lluvia y esperó a que se manifestaran las primeras náuseas. Uno de los guardaespaldas bajó del Range Rover, pero Sarah le advirtió que no se acercara. Luego sacó su teléfono del bolso y marcó un número de su lista de contactos. Saltó el buzón de voz. Como siempre, pensó, su falta de sincronía era impecable.

—Perdóname, amor mío —dijo con calma—, pero creo que me estoy muriendo.

3

LONDRES

Una de las muchas incógnitas sin resolver que rodeaban los sucesos de esa noche era la identidad del hombre que llamó a la línea de emergencia de la Policía Metropolitana. La grabación automática de la llamada reveló que hablaba un inglés con fuerte acento francés. Los lingüistas forenses determinarían más adelante que era con toda probabilidad originario del sur de Francia, aunque uno de ellos aventuró que posiblemente procedía de la isla de Córcega. Cuando se le pidió que se identificara, cortó la llamada. Nunca se pudo establecer el número de su dispositivo móvil, que no dejó rastro de metadatos.

Las primeras unidades llegaron al lugar de los hechos —el número 43 de Cheyne Walk, en Chelsea, una de las calles más pijas de Londres— apenas cuatro minutos después. Allí les esperaba un espectáculo extraordinario. Había una mujer parada en el camino de entrada de la elegante casa de ladrillo visto, a pocos pasos de la puerta abierta. Tenía un teléfono móvil en la mano derecha y con la izquierda se restregaba furiosamente la cara, que levantaba hacia el aguacero. Cuatro hombres de complexión robusta, vestidos con traje oscuro, la observaban desde el otro lado de la verja de hierro como si estuviera loca.

Cuando uno de los policías intentó acercarse, la mujer le gritó que se detuviera. Les explicó entonces que el propietario de la casa, el financiero y editor ruso Viktor Orlov, había sido asesinado mediante un agente nervioso, muy probablemente de origen ruso. Estaba convencida de que ella también se había visto expuesta a la toxina, de ahí su apariencia y comportamiento. Tenía acento americano y dominaba a la perfección el léxico de las armas químicas. Los agentes supusieron que tenía experiencia en asuntos de seguridad, opinión que se vio confirmada por su negativa a identificarse o a explicar qué era lo que la había llevado a casa del señor Orlov esa noche.

Transcurrieron otros siete minutos antes de que los primeros efectivos NRBQ entraran en la casa. En el despacho del último piso encontraron al multimillonario ruso sentado detrás de su escritorio, con las pupilas contraídas, saliva en la barbilla y vómito en la camisa, síntomas todos ellos de exposición a un agente nervioso. El personal médico no hizo ningún intento de reanimarle. Al parecer, Orlov había muerto hacía una hora o más, probablemente por asfixia o debido a una parada cardíaca provocada por la pérdida de control de los músculos respiratorios. El examen preliminar del despacho reveló rastros de contaminación en el escritorio, en el pie de la copa de vino y en el teléfono. No había indicios de contaminación en ninguna otra superficie, incluyendo la puerta principal, el pulsador del timbre o el escáner biométrico.

Los investigadores dedujeron de ello que el agente nervioso lo había introducido directamente en el despacho de Orlov un intruso o una visita. El equipo de seguridad del multimillonario le contó a la policía que esa noche Orlov había recibido la visita de dos mujeres. Una era la americana que había descubierto el cadáver. La otra era rusa; al menos, eso supusieron los guardaespaldas. La mujer no se identificó y Orlov no les dio su nombre. Pero eso no era nada raro, explicaron. Orlov era reservado por naturaleza, y más aún en lo tocante a su vida privada. Salió a recibir a la mujer a la puerta de entrada, la saludó calurosamente —con sonrisas y besos al estilo ruso— y la acompañó al despacho, cuyas cortinas corrió a continuación. Ella se quedó unos quince minutos y salió sin que nadie la acompañara, lo que tampoco era raro en el caso de Orlov.

Eran casi las diez de la noche cuando el oficial a cargo de la investigación informó de sus conclusiones preliminares a New Scotland Yard. El supervisor de guardia llamó a la comisaria Stella McEwan y esta, a su vez, se puso en contacto con el ministro del Interior, que alertó a Downing Street. La llamada fue innecesaria, pues el primer ministro Lancaster ya estaba al tanto de la crisis; le había informado quince minutos antes Graham Seymour, director general del MI6. El primer ministro había reaccionado a la noticia con una furia justificada. Todo apuntaba a que, por segunda vez en apenas año y medio, los rusos habían perpetrado un asesinato en el corazón de Londres utilizando para ello un arma de destrucción masiva. Los dos atentados tenían, como mínimo, un elemento en común: el nombre de la mujer que había descubierto el cadáver de Orlov.

—¿Se puede saber qué hacía en casa de Viktor?

—Iba a venderle un cuadro —explicó Seymour.

—¿Seguro que era solo eso?

—Primer ministro…

—No estará trabajando otra vez para Allon, ¿verdad?

Seymour le aseguró a Lancaster que no.

—¿Dónde está ahora?

—En el hospital St. Thomas.

—¿La ha afectado el gas?

—No tardaremos en saberlo. Mientras tanto, es imprescindible que su nombre no se filtre a la prensa.

Dado que el incidente afectaba a la seguridad interior, los rivales de Seymour en el MI5 se hicieron cargo de la investigación. Centraron sus pesquisas en la primera de las dos visitas de Orlov. Gracias a las cámaras de videovigilancia de Londres, la Policía Metropolitana ya había descubierto que la mujer llegó a casa de Orlov en un taxi a las 18:19 horas. La revisión de otras grabaciones permitió establecer que había subido al mismo taxi cuarenta minutos antes en la Terminal 5 de Heathrow, adonde había llegado en un vuelo de British Airways procedente de Zúrich. La Policía Fronteriza la identificó como Nina Antonova, de cuarenta y dos años, ciudadana de la Federación Rusa y residente en Suiza.

Dado que el Reino Unido ya no exigía a los pasajeros que llegaban al aeropuerto que rellenaran tarjetas de desembarque, se desconocía su profesión. Con todo, una simple búsqueda en Internet reveló que Nina Antonova trabajaba como periodista de investigación para *Moskovskaya Gazeta*, el semanario anti-Kremlin propiedad del mismísimo Viktor Orlov. Había huido de Rusia en 2014 tras sobrevivir a un intento de asesinato y desde su corresponsalía en Zúrich había sacado a la luz numerosos casos de corrupción que implicaban a miembros del círculo íntimo del presidente ruso. Se describía a sí misma como disidente y aparecía con frecuencia en la televisión suiza como experta en asuntos rusos.

El suyo no era el currículum típico de una asesina de Moscú Centro. Aun así, teniendo en cuenta el historial del Kremlin, no podía descartarse que no lo fuera. De lo que no había duda era de que había que interrogarla, y cuanto antes mejor. Según las cámaras de seguridad, salió de la residencia de Orlov a las 18:35 y se dirigió a pie al hotel Cadogan, en Sloane Street. El recepcionista confirmó que, en efecto, una tal Nina Antonova se había registrado en el hotel esa misma tarde. No, no estaba en su habitación. Había salido del hotel a las siete y cuarto, al parecer para una cena, y aún no había regresado.

Las cámaras de seguridad del hotel habían grabado su salida. Con semblante serio, había subido a la parte de atrás de un taxi al que había llamado un aparcacoches cubierto con un impermeable. El taxi no la llevó a un restaurante, sino al aeropuerto de Heathrow, donde a las diez menos cuarto de la noche embarcó en un vuelo de British Airways con destino a Ámsterdam. Una llamada a su teléfono móvil —cuyo número conocía la policía por el formulario de registro del hotel— no obtuvo respuesta. A partir de ese momento, Nina Antonova se convirtió en la principal sospechosa del asesinato del financiero y editor de prensa ruso Viktor Orlov.

Como postrera humillación, fue Samantha Cooke, del *Telegraph*, el periódico rival de Orlov, quien publicó la primicia del asesinato, aunque su relato apenas contenía detalles. A la mañana siguiente, durante una comparecencia ante los periodistas frente al Número Diez, el primer ministro Lancaster confirmó que el multimillonario había sido asesinado mediante una toxina química aún no identificada, casi con toda certeza de fabricación rusa. No habló de los documentos que se habían descubierto en el escritorio de Orlov, ni de las dos mujeres que le habían visitado la noche de su asesinato. Una parecía haberse esfumado sin dejar rastro. La otra descansaba cómodamente en el hospital St. Thomas. Y aunque solo fuera por eso, el primer ministro daba gracias al cielo.

Cuando llegó estaba empapada hasta los huesos y temblaba de frío. Al personal de cuidados intensivos no se le notificó su nombre ni su ocupación, solo su nacionalidad y su edad aproximada. Le quitaron la ropa mojada, que metieron en una bolsa roja de riesgo biológico, y le dieron una bata y una mascarilla para que se las pusiera. Sus pupilas respondían y no presentaba obstrucción de las vías respiratorias. Tenía alterado el ritmo cardíaco y la respiración. ¿Notaba náuseas? No. ¿Dolor de cabeza? Un poco, admitió, pero seguramente era por el martini que se había tomado esa noche. No dijo dónde.

Su estado sugería que había salido ilesa de la exposición al agente nervioso. Aun así, por si los síntomas se manifestaban tardíamente, le administraron atropina y cloruro de pralidoxima por vía intravenosa. La atropina le secó la boca y le nubló la vista, pero por lo demás no tuvo efectos secundarios reseñables.

Tras cuatro horas en observación, la trasladaron en silla de ruedas a una habitación en una de las últimas plantas del hospital, con vistas al Támesis. Eran casi las cuatro de la madrugada cuando por fin se quedó dormida. Sus sacudidas dieron un buen susto a las enfermeras del turno de noche —los espasmos musculares eran síntoma de envenenamiento por agentes nerviosos—, pero la pobre solo estaba teniendo una pesadilla. Dos agentes uniformados de la Policía Metropolitana vigilaban su puerta, junto a un hombre de traje oscuro con un auricular en la oreja. Más tarde, la dirección del hospital se vio obligada a desmentir el rumor que se extendió como un virus entre el personal, según el cual dicho agente pertenecía a la rama de la policía encargada de proteger a la familia real y al primer ministro.

Eran casi las diez de la mañana cuando la mujer se despertó. Tras tomar un desayuno ligero —café y una tostada—, volvieron a examinarla. Las pupilas respondían y las vías respiratorias seguían despejadas. El ritmo cardíaco, la respiración y la presión arterial eran normales. Parecía que estaba fuera de peligro, dictaminó el médico.

—¿Significa eso que puedo marcharme?

—Todavía no.

—¿Cuándo, entonces?

—A última hora de la tarde, como muy pronto.

Aunque su desilusión era más que evidente, aceptó su destino sin rechistar. Las enfermeras procuraron que se sintiera cómoda, pero ella esquivó con destreza cualquier intento de entablar conversación más allá del tema de su estado de salud. Era extremadamente educada, sí, pero reservada y distante. Pasó gran parte del día viendo la cobertura televisiva del asesinato del multimillonario ruso. Al parecer, estaba implicada de algún modo en el asunto, aunque por lo visto Downing Street había decidido mantenerlo en secreto. Se había advertido al personal del hospital que no dijera ni una palabra sobre ella a la prensa.

Poco después de las cinco de la tarde sonó el teléfono de su habitación. Era el Número Diez, el primer ministro en persona, según una de las operadoras, que juró haber reconocido su voz. Unos minutos después de que terminara la conversación, llegó un hombre de aspecto juvenil, con aire de párroco rural, llevando una muda de ropa y una bolsa de aseo. Escribió algo ilegible en el libro de visitas y esperó en el pasillo, con los policías, mientras la mujer se duchaba y se vestía. Tras un último examen, que superó con éxito, los médicos le dieron el alta. El hombre de aspecto juvenil se apoderó al instante del formulario y ordenó a la enfermera jefe que borrara la historia de la paciente del sistema informático. Un momento después, tanto la historia como la paciente habían desaparecido.

4

HOSPITAL ST. THOMAS, LAMBETH

Un Bentley Continental plateado esperaba frente a la entrada principal del hospital. El conductor, vestido con gabardina Burberry Camden y traje de botonadura sencilla de Richard Anderson, confeccionado en Savile Row, se apoyaba con indiferencia en el capó. Tenía el pelo descolorido por el sol y los ojos de un azul intenso. Sarah se bajó la mascarilla y le besó en la boca, que parecía lucir una sonrisa irónica permanente.

—¿De verdad te parece sensato? —preguntó Christopher.

—Mucho. —Ella deslizó la yema del dedo índice por el hoyuelo de su barbilla robusta. Tenía la piel tersa y morena. Los años que había pasado en las montañas de Córcega habían dado a su tez un tono mediterráneo.

—Estás para comerte.

—¿Es que no te han dado de comer ahí dentro?

—No tenía mucho apetito después de ver a Viktor así. Pero prefiero que hablemos de algo más agradable.

—¿De qué, por ejemplo?

—De todas las guarradas que voy a hacerte cuando lleguemos a casa.

Se mordió el labio inferior y se deslizó en el asiento del copiloto del Bentley. Poco después de mudarse a Londres, le había sugerido a Christopher que vendiera el coche y se comprara otro menos ostentoso, un Volvo, quizá; a ser posible, una berlina. Ahora, mientras sentía la caricia del cuero acolchado, se preguntaba cómo había podido ser tan tonta. Uno de sus *standards* de *jazz* favoritos sonaba sedosamente en el equipo de música. Cantó junto a Chet Baker mientras cruzaban el puente de Westminster.

I fell in love just once, and then it had to be with you...[*]

El tráfico de la hora punta languidecía. En la orilla opuesta del Támesis, los andamios ocultaban por completo Elizabeth Tower, alterando el horizonte de Londres. Incluso la famosa esfera del reloj estaba velada. Qué mal andaba el mundo, se dijo Sarah. Todo se había desmoronado.

Everything happens to me...

—No sabía que tenías una voz tan bonita —dijo Christopher.

—Creía que los espías tenían que mentir bien.

—Yo soy agente de inteligencia. Los espías son las personas a las que engañamos para que traicionen su país.

—Eso no cambia nada. Sigo sin saber cantar.

—Qué va.

—Claro que sí. Cuando estaba en primer curso, en Brearley, mi maestra escribió todo un tratado en mi boletín de notas hablando sobre mi incapacidad para entonar una melodía.

—Ya sabes lo que dicen de los maestros.

—La señorita Hopper —dijo Sarah con rencor—. Por suerte, a mi padre le trasladaron a Londres al año siguiente. Me matriculó en el Colegio Americano de St. John's Wood y pude cerrar ese capítulo de mi vida. —Miró por la ventanilla las aceras desiertas de Birdcage Walk—. Cuando vivíamos en Londres, solía dar paseos larguísimos con mi madre. Entonces todavía nos hablábamos.

---

[*] Solo me enamoré una vez y tuvo que ser de ti... Todo me pasa a mí.

Los Marlboro de Christopher descansaban sobre la consola central del coche, bajo su encendedor Dunhill de oro. Sarah dudó un momento; luego sacó uno del paquete.

—Quizá no deberías.

—¿No te has enterado? Dicen que mata el coronavirus. —Encendió el mechero y acercó el extremo del cigarrillo a la llama—. Podrías haber venido a verme, ¿sabes?

—Sanidad prohíbe las visitas, salvo en caso de muerte inminente.

—Estuve expuesta a un agente nervioso ruso. Podía haberme muerto.

—Para que lo sepas, me ofrecí a montar guardia delante de tu puerta, pero Graham se negó en redondo. Te manda recuerdos, por cierto.

Christopher encendió Radio Four a tiempo de escuchar el comienzo de las noticias de las seis. El asesinato de Viktor Orlov había conseguido desplazar a la pandemia de los titulares. El Kremlin negaba cualquier implicación en el asunto y acusaba a los servicios de inteligencia británicos de un complot para desacreditar a Rusia. Según la BBC, las autoridades británicas aún no habían identificado la toxina empleada para matar a Orlov. Tampoco sabían cómo había llegado la sustancia a la casa del multimillonario en Cheyne Walk.

—Seguro que tú sabes más —comentó Sarah.

—Mucho más.

—¿Qué tipo de agente nervioso era?

—Me temo que eso es alto secreto, cariño.

—Yo también lo soy.

Christopher sonrió.

—Es una sustancia conocida como Novichok. Es…

—Un arma binaria desarrollada por la Unión Soviética en los años setenta. Los científicos que la crearon decían que era entre cinco y ocho veces más letal que el VX, lo que la convierte en el arma más mortífera jamás creada.

—¿Has terminado?

—¿Cómo introdujeron los rusos el Novichok en el despacho de Viktor?

—Los documentos que viste en su escritorio estaban cubiertos de polvo ultrafino de Novichok.

—¿Qué eran?

—Registros financieros de algún tipo, al parecer.

—¿Cómo llegaron allí?

—Ah, sí —dijo Christopher—. Ahí es donde la cosa se pone interesante.

—¿Y estáis completamente seguros de que la mujer que estuvo en casa de Viktor era Nina Antonova? —preguntó Sarah cuando Christopher concluyó su informe.

—Hemos comparado una foto de vigilancia tomada en Heathrow con una aparición reciente que hizo en televisión. El programa de reconocimiento facial ha dictaminado que se trata de la misma persona. Y los guardaespaldas de Viktor dicen que la saludó como si fuera una buena amiga.

—¿Una buena amiga que llevaba una remesa de documentos envenenados?

—Cuando el Kremlin quiere matar a alguien, suele ser un conocido o un socio el que sirve el champán. Pregúntaselo, si no, al príncipe heredero Abdulá de Arabia Saudí.

—Ni lo sueñes. —Entraron en Sloane Square. La oscura fachada del Royal Court Theatre pasó ante la ventanilla de Sarah—. ¿Y cuál es vuestra teoría? ¿Que los servicios de inteligencia rusos reclutaron a Nina Antonova, una conocida disidente y periodista de investigación, para asesinar al hombre que salvó él solito su revista?

—¿He dicho yo que la reclutaran?

—Elige tú el término que prefieras.

Christopher llevó el Bentley hacia King's Road.

—Tanto Vauxhall Cross como nuestros colegas de Thames House han llegado a la conclusión de que Nina Antonova es en realidad una agente de inteligencia rusa que se introdujo hace años en la *Moskovskaya Gazeta* y ha estado esperando el momento de actuar.

—¿Y cómo explicas el intento de asesinato que la obligó a huir de Rusia?

—Fue una estratagema estupenda de Moscú Centro.

Sarah no lo descartó por completo.

—Hay otra posibilidad, lo sabes, ¿verdad?

—¿Cuál?

—Que la engañaran para que le entregara a Viktor los documentos envenenados. De hecho, dadas las extrañas circunstancias de su huida de Londres, diría que es la explicación más probable.

—Su huida no tiene nada de extraña. Se fue antes de que pudiéramos identificarla.

—Entonces, ¿por qué se registró en un hotel en vez de irse directamente al aeropuerto? ¿Y por qué se fue a Ámsterdam en vez de a Moscú?

—A esa hora no había ningún vuelo directo a Moscú. Suponemos que tomó un avión a Moscú esta misma mañana, usando un pasaporte legal.

—Si es así, seguramente ya estará muerta. La verdad es que me sorprende que llegara viva a Heathrow.

Christopher giró en Old Church Street y se dirigió al norte, hacia Kensington.

—Creía que los analistas de la CIA estaban adiestrados para no sacar conclusiones precipitadas.

—Los que estáis sacando conclusiones precipitadas sois vosotros y vuestros colegas del MI5. —Sarah contempló la brasa de su cigarrillo—. El teléfono fijo de Viktor estaba descolgado cuando entré en el despacho. Debió de llamar a alguien antes de morir.

—Llamó a Nina.

—¿Ah, sí?

—Ella estaba en su habitación del Cadogan. Se marchó del hotel unos minutos después.

—¿El GCHQ tenía pinchados los teléfonos de Viktor?

—El Gobierno británico no espía las comunicaciones de destacados editores de periódicos.

—Viktor Orlov no era un editor cualquiera.

—Por eso ha muerto —dijo Christopher.

—¿De qué crees que hablaron?

—Yo diría que Viktor debía de estar bastante enfadado con Nina por haberle envenenado.

Sarah frunció el ceño.

—¿De verdad crees que un hombre como Viktor desperdiciaría sus últimos momentos de vida echándole la bronca a su asesina?

—¿Por qué, si no, iba a llamarla veinte minutos después de que se marchara?

—Para avisarla de que ella sería la siguiente.

Christopher torció hacia Queen's Gate Terrace.

—Esto se te da bastante bien, ¿sabes?

—Para ser marchante de arte —repuso Sarah.

—Una marchante de arte con un pasado singular.

—Mira quién fue a hablar.

Christopher aparcó el Bentley frente a una casa georgiana de color crema. Sarah y él compartían el dúplex de las dos primeras plantas. El piso de arriba era propiedad de una empresa fantasma de nombre impreciso registrada en las Islas Caimán. En el Reino Unido había casi cien mil inmuebles de lujo —muchos de ellos situados en barrios exclusivos de Londres como Kensington y Knightsbridge— en manos de propietarios misteriosos. Ni siquiera el MI6 había podido averiguar la verdadera identidad de su vecino ausente.

Christopher apagó el motor, pero dudó antes de abrir la puerta.

—¿Pasa algo? —preguntó Sarah.

—La luz de la cocina está encendida.

—Te habrás olvidado de apagarla al salir esta mañana.

—No. —Christopher se metió la mano bajo la chaqueta del traje y sacó una Walther PPK—. Espera aquí. Tardo solo un momento.

5

NAHALAL, ISRAEL

Por ser el director general de la Oficina, Gabriel Allon podía utilizar los pisos francos como le pareciera oportuno. Su sentido ético, sin embargo, no le permitió tomar prestada una casa a fin de sacar a su mujer y a sus hijos de su estrecho piso de Narkiss Street, Jerusalén, durante el confinamiento. Por insistencia suya, Intendencia le propuso un alquiler mensual ajustado a las tarifas del mercado. Gabriel se apresuró a duplicarlo y ordenó a la oficina de Personal que dedujera el importe del alquiler de su salario. En aras de la transparencia, envió copias de toda la documentación a Kaplan Street para su aprobación. El primer ministro, que estaba acusado de malversación de fondos públicos, no entendió a qué venía tanto alboroto.

La casa en cuestión no era lujosa, ni mucho menos: un bungaló más bien pequeño que solía utilizarse para tomar declaración y ocultar a agentes que volvían de una misión. Estaba situado en Nahalal, un antiguo *moshav* del valle de Jezreel, a una hora de King Saul Boulevard por el norte. El mobiliario era escaso pero cómodo, y la cocina y los baños estaban recién reformados. Había vacas en el prado, gallinas en el gallinero, varias hectáreas de tierras de cultivo y un jardín con césped a la sombra de los eucaliptos. Como el *moshav* estaba defendido por un cuerpo de policía local de primera fila, no había que preocuparse por la seguridad.

Chiara y los niños se instalaron en el bungaló a finales de marzo y se quedaron allí después de que el agradable clima primaveral diera paso al calor tórrido del verano. Las tardes eran insoportables, pero por las noches soplaba una brisa fresca procedente de la Alta Galilea. La piscina comunitaria del *moshav* estaba cerrada por orden del Gobierno, y una oleada de contagios veraniegos hacía imposible quedar para jugar con otros niños. Pero daba igual; Irene y Raphael se conformaban con pasar el día organizando complicadísimos juegos con las gallinas y el rebaño de cabras del vecino. A mediados de junio, la piel de ambos era ya de color moka. Aunque Chiara los embadurnaba con protector solar, estaban cada vez más morenos.

—Lo mismo les pasó a los judíos que fundaron el *moshav* en 1921 —explicó Gabriel—. Raphael e Irene ya no son urbanitas ñoños. Son hijos del valle.

Durante la primera oleada de la pandemia, Gabriel había estado casi siempre ausente. Provisto de un avión Gulfstream nuevo y de varias maletas llenas de dinero, había viajado por todo el mundo en busca de respiradores, instrumental de análisis y trajes protectores para sanitarios. Compró la mayor parte del material en el mercado negro y se encargó de transportarlo en persona a Israel, donde se distribuyó por hospitales de todo el país. Cuando la prensa se enteró de sus esfuerzos, un influyente columnista de *Haaretz* comentó que debería dedicarse a la política cuando dejara su puesto en la Oficina. La propuesta tuvo una acogida tan favorable que muchos comentaristas se preguntaron si no habría sido en realidad una estratagema para sondear el terreno. Gabriel, avergonzado por tanto revuelo, publicó un comunicado en el que aseguraba que no tenía ningún interés en ocupar un cargo electo, lo que los comentaristas interpretaron como una prueba palmaria de que se presentaría a las elecciones a la Knesset en cuanto terminara su mandato. Lo único que quedaba por saber, decían, era su afiliación política.

A principios de junio, la Oficina volvió a dedicarse a tareas más convencionales. Alarmado por las informaciones que indicaban que Teherán seguía tratando de construir un arma nuclear, Gabriel introdujo una bomba de gran tamaño en una fábrica de centrifugadoras de Natanz. Seis semanas después, en una audaz operación auspiciada por los estadounidenses, un equipo de asalto de la Oficina mató a un alto mando de Al Qaeda en el centro de Teherán. Gabriel filtró los detalles del asesinato a una periodista del *New York Times* amiga suya, aunque solo fuera para recordarles a los iraníes que podía entrar en su país cuando se le antojara y atacar a voluntad.

A pesar de la cantidad de operaciones que hubo ese verano, solía llegar a Nahalal a tiempo para cenar. Chiara ponía la mesa al fresco, en el jardín, y Raphael e Irene le contaban alborozados los pormenores del día, siempre idénticos a los de la víspera. Después, Gabriel los llevaba a dar un paseo por los polvorientos caminos del valle y les contaba historias de su infancia en el entonces todavía incipiente Estado de Israel.

Había nacido en Ramat David, un kibutz situado cerca de allí. En aquella época no había ordenadores ni teléfonos móviles, claro. La televisión no llegó a Israel hasta 1966, y ni siquiera entonces quiso su madre que entrara un televisor en casa, por miedo a que la distrajera de su trabajo. Gabriel les explicaba a los niños que solía sentarse a sus pies mientras ella pintaba y que imitaba sus pinceladas en un lienzo propio. No les hablaba, en cambio, de los números que su madre tenía tatuados en el brazo izquierdo, ni de las velas que se encendían en casa en recuerdo de los familiares muertos en los campos de concentración. Tampoco de los gritos que se oían en otros bungalós de Ramat David de madrugada, cuando llegaban los demonios.

Poco a poco, les fue contando más cosas de sí mismo: hilos, fragmentos sueltos, retazos de verdad mezclados con evasivas sutiles y alguna que otra mentira sin ambages, aunque solo fuera para protegerlos de los horrores de la vida que había llevado. Sí, les dijo, había sido soldado, pero un soldado de los buenos. Cuando dejó el ejército, ingresó en la Academia Bezalel de Arte y Diseño y comenzó a formarse como pintor. Pero en el otoño de 1972, tras el atentado terrorista de los Juegos Olímpicos de Múnich, Ari Shamron, al que los niños llamaban *saba*, le pidió que participara en una operación conocida como Ira de Dios. No les contó que él en persona había matado a seis integrantes de la facción de la OLP responsable del atentado, ni que siempre que pudo les disparó once veces. Les dio a entender, eso sí, que sus vivencias le habían despojado de la capacidad de pintar cuadros originales que estuvieran a la altura de sus expectativas. Y que en lugar de permitir que su talento se desperdiciara, aprendió italiano y viajó a Venecia, donde se formó como restaurador de arte.

Sin embargo, los niños —sobre todo si son hijos de un agente de inteligencia— no se dejan engañar fácilmente, y Raphael e Irene intuían que el relato que Gabriel hacía de su vida distaba mucho de ser completo. Le sondeaban con cuidado, guiados por su madre, que opinaba que ya iba siendo hora de airear en familia los esqueletos que su marido guardaba en el armario. Los niños sabían ya, por ejemplo, que había estado casado anteriormente y que el rostro de su hijo muerto los miraba cada noche desde las nubes que el propio Gabriel había pintado en la pared de su dormitorio. Pero ¿cómo había sucedido? Gabriel respondió con una versión muy edulcorada de los hechos, consciente de que aun así abriría la caja de Pandora.

—¿Por eso siempre miras debajo del coche antes de que montemos?

—Sí.

—¿Quieres a Dani más que a nosotros?

—Por supuesto que no. Pero no debemos olvidarnos de él.

—¿Dónde está Leah?

—Vive en un hospital especial en Jerusalén, no muy lejos de donde vivimos nosotros.

—¿Nos ha visto alguna vez?

—Solo a Raphael.

—¿Por qué?

Porque Dios, en su infinita sabiduría, había hecho de Raphael un duplicado perfecto del hijo muerto de Gabriel. Eso tampoco se lo dijo a los niños, por el bien de todos. Aquella noche, mientras Chiara dormía plácidamente a su lado, revivió en sueños el atentado de Viena y al despertar descubrió que su mitad de la cama estaba empapada de sudor. Fue quizá lo más apropiado, pues, que al recoger el teléfono que había dejado en la mesilla de noche se enterara de que un viejo amigo había sido asesinado en Londres.

Se vistió a oscuras, subió a su todoterreno y condujo hasta King Saul Boulevard. Después de que le tomaran la temperatura y le hicieran un test rápido de COVID, subió en su ascensor privado hasta la última planta, donde estaba su despacho, debidamente higienizado. Dos horas más tarde, tras ver la elusiva rueda de prensa del primer ministro británico frente al Número Diez, llamó a Graham Seymour por la línea directa. Graham no le dio más datos sobre el asesinato, salvo el nombre de la mujer que había encontrado el cadáver. Gabriel respondió con la misma pregunta que había hecho el primer ministro la noche anterior.

—¿Se puede saber qué hacía en casa de Viktor Orlov?

Si alguna ventaja tenía su existencia tras la irrupción del virus, era el avión Gulfstream. El G550, asombrosamente cómodo y de procedencia difusa, aterrizó en el aeropuerto Ciudad de Londres a las cuatro y media de esa misma tarde. El pasaporte diplomático israelí que les mostró a las autoridades de inmigración llevaba un nombre falso y no engañó a nadie.

Aun así, tras otro test rápido de COVID, se le permitió entrar en el Reino Unido. Una berlina de la embajada le condujo al número 18 de Queen's Gate Terrace, en Kensington. Según la lista de nombres que figuraba en el portero automático, el ocupante del dúplex era un tal Peter Marlowe. Gabriel llamó al timbre y, en vista de que nadie respondía, bajó los peldaños de hierro forjado hasta la entrada inferior y sacó la fina ganzúa que solía llevar en el bolsillo de la chaqueta. Ninguna de las dos cerraduras de alta calidad se le resistió en exceso.

Cuando entró en la casa, la alarma protestó con un trino suave. Introdujo el código de ocho dígitos en el teclado y encendió la luz del techo, iluminando la espaciosa cocina de diseño. La mampostería era corsa, al igual que la botella de vino rosado que sacó de la atiborrada nevera Sub-Zero. Descorchó el vino y encendió la radio Bose que descansaba sobre la encimera de granito.

El Gobierno ruso niega cualquier implicación en la muerte de Orlov...

El presentador de la BBC pasó bruscamente del asesinato de Orlov a las últimas noticias de la pandemia. Gabriel apagó la radio y bebió un poco de vino corso. Por fin, a las seis y veinte, un Bentley Continental paró en la calle y de él se apeó un hombre bien vestido. Un momento después estaba en la puerta abierta de la cocina, sujetando una Walther PPK con las manos extendidas.

—Hola, Christopher. —Gabriel levantó la copa de vino—. Hazme el favor de bajar la dichosa pistola. Si no, uno de los dos podría salir herido.

6

QUEEN'S GATE TERRACE, KENSINGTON

Christopher Keller formaba parte de un club sumamente pequeño: la hermandad de los terroristas, asesinos, espías, traficantes de armas, ladrones de arte y sacerdotes caídos en desgracia que se habían propuesto asesinar a Gabriel Allon y aún seguían sobre la faz de la tierra. Los motivos de Christopher para acometer esa empresa habían sido de índole más pecuniaria que política. Por aquel entonces trabajaba al servicio de Don Anton Orsati, el jefe de una familia de la mafia corsa especializada en el asesinato a sueldo. A diferencia de muchos de los necios que le habían precedido, Christopher era un rival digno de encomio, un exmiembro de las fuerzas especiales del SAS que había servido en misión secreta en Irlanda del Norte durante uno de los periodos más duros del conflicto norirlandés. Gabriel había sobrevivido únicamente porque Christopher, por cortesía profesional, se negó a apretar el gatillo cuando tuvo ocasión de matarle. Unos años después, Gabriel le devolvió el favor convenciendo a Graham Seymour de que le diera trabajo en el MI6.

Como parte de su acuerdo de repatriación, a Christopher se le había permitido conservar la sustanciosa fortuna que había amasado trabajando para Don Orsati. Había invertido parte de ese dinero

—ocho millones de libras, para ser exactos— en el dúplex de Queen's Gate Terrace. La última vez que Gabriel se había pasado por allí sin avisar, las habitaciones estaban prácticamente vacías. Ahora estaban decoradas con gusto, en seda estampada y cretona, y un leve pero inconfundible olor a pintura fresca impregnaba el aire. Era evidente que Christopher le había dado a Sarah carta blanca y recursos ilimitados. Gabriel había bendecido a regañadientes su relación, convencido de que sería tan breve como desastrosa. Incluso había conseguido que Sarah trabajara en la galería de Julian, a pesar de los problemas de seguridad que ello entrañaba. Tenía que reconocer que, incluso tras haberse visto expuesta a un agente nervioso ruso, hacía muchos años que no la veía tan feliz. Y si alguien se había ganado el derecho a ser feliz, pensó Gabriel, esa era Sarah Bancroft.

Estaba reclinada en un mullido sillón del salón de arriba, descalza y con una copa de vino en la mano. Sus ojos azules no se apartaban de Christopher, que ocupaba un sillón a juego, a su derecha. Gabriel se había acomodado en un rincón algo apartado, donde estaba a salvo de sus microbios y ellos de los suyos. Sarah le había saludado con grata sorpresa, pero sin darle siquiera un beso en la mejilla o un abrazo fugaz. Tales eran las costumbres sociales del nuevo mundo feliz dominado por la COVID; todos se habían vuelto intocables. O tal vez, pensó Gabriel, Sarah solo trataba de mantenerle a distancia. Nunca había ocultado que estaba locamente enamorada de él, ni siquiera cuando le pidió su aprobación para dejar Nueva York y mudarse a Londres.

Parecía que Christopher había roto por fin ese hechizo. Gabriel sospechaba que su aparición había interrumpido un momento de intimidad, pero quería aclarar una o dos cosas antes de despedirse.

—¿Y estás segura de la autoría del cuadro? —preguntó.

—No se lo habría ofrecido a Viktor si no lo estuviera. Habría sido muy poco ético por mi parte.

—¿Desde cuándo se preocupan por la ética los marchantes de arte?

—O los agentes de inteligencia —replicó Sarah.

—Pero los maestros antiguos italianos no son tu especialidad, ¿verdad? De hecho, si no recuerdo mal, tu tesis en Harvard trataba sobre los expresionistas alemanes.

—Eso fue a la tierna edad de veintiocho años. —Se apartó un mechón de pelo rubio de la cara usando solo el dedo corazón—. Pero antes de eso, como bien sabes, hice un máster en Historia del Arte en el Instituto Courtauld de Londres.

—¿Pediste una segunda opinión sobre el cuadro?

—Sí, a Niles Dunham. Me ofreció ochocientos mil en el acto.

—¿Por un Artemisia? Qué desfachatez.

—Eso le dije yo.

—Aun así, tal y como están las cosas, habrías hecho bien aceptando.

—Te aseguro que pienso llamarle a primera hora de la mañana.

—No lo hagas, por favor.

—¿Por qué?

—Porque nunca sabe uno cuándo puede venirle bien un cuadro recién descubierto de Artemisia Gentileschi.

—Hay que restaurarlo —le advirtió Sarah.

—¿Tenías a alguien en mente para ese trabajo?

—Como tú no estabas disponible, esperaba poder convencer a David Bull para que lo hiciera.

—Pensaba que ahora vivía en Nueva York.

—Y así es. Comí con él antes de mudarme. Es un hombre encantador.

—¿Has hablado ya con él?

Sarah negó con la cabeza.

—¿Quién más sabía que ibas a venderle el cuadro a Viktor, aparte de Julian?

—Nadie.

—¿No se te escaparía en el Wilton's?

—Soy una exagente de inteligencia que ha trabajado en varias misiones secretas. A mí no se me escapa nada.

—¿Y qué hay de Viktor? —insistió Gabriel—. ¿Le dijo a alguien que te esperaba en Cheyne Walk anoche?

—Tratándose de Viktor, supongo que todo es posible. Pero ¿por qué lo preguntas?

Fue Christopher quien respondió.

—Quiere saber si los rusos intentaban matar dos pájaros de un tiro.

—¿A Viktor y a mí?

—Tienes un historial bastante extenso, en lo que a rusos se refiere —señaló Gabriel—. Se remonta a nuestro viejo amigo Ivan Kharkov.

—Si Moscú Centro quisiera matarme, no tendría más que concertar una cita para ver algún cuadro en la galería Isherwood.

Gabriel fijó la mirada en Christopher.

—¿Estáis seguros de que fue Nina Antonova quien entregó los documentos contaminados?

—No la vimos dejar el paquete en el escritorio de Viktor, si te refieres a eso. Pero alguien se los dio a Viktor, y Nina es la candidata más probable.

—¿Por qué no la mencionó Jonathan esta mañana en la rueda de prensa?

—Por una cuestión de orgullo nacional, supongo. Como puedes imaginar, nos pusimos colorados como un tomate cuando nos dimos cuenta de que había escapado del país antes incluso de que empezáramos a buscarla. El ministro del Interior tiene previsto informar de ello mañana por la mañana.

—Pero ¿y si Sarah tiene razón? ¿Y si a Nina la engañaron para que entregara esos documentos? ¿Y si Viktor consiguió avisarla antes de morir?

—Entonces, debería haber llamado a la policía en vez de huir del país.

—No se fía de la policía. Tú tampoco te fiarías, si fueras un periodista ruso.

El teléfono de Gabriel vibró, anunciando un mensaje entrante. Se había visto obligado a renunciar finalmente a su querida Black-Berry Key2 y su nuevo dispositivo era un Solaris de fabricación israelí; el teléfono móvil más seguro del mundo, según decían. El suyo estaba adaptado a sus necesidades particulares. Más grande y pesado que un *smartphone* corriente, podía defenderse del ataque remoto de los *hackers* más hábiles del mundo, como la NSA estadounidense o el Servicio Especial de Comunicaciones ruso o Spetssviaz.

Christopher miró con envidia el dispositivo de Gabriel.

—¿Es tan seguro como dicen?

—Puedo mandar un correo electrónico desde el centro mismo del Donut con la absoluta certeza de que el Gobierno de su majestad no podrá leerlo.

El Donut era como llamaban los empleados del GCHQ —el servicio de comunicaciones del Gobierno británico— al edificio circular en el que tenían su sede, en Cheltenham.

—¿Me dejas sostenerlo un momentito? —preguntó Christopher.

—¿En la era de la COVID? Ni lo sueñes.

Gabriel introdujo su contraseña de catorce caracteres y el mensaje apareció en la pantalla. Frunció el ceño al leerlo.

—¿Pasa algo?

—Graham me invita a cenar. Al parecer, Helen va a hacer cuscús.

—Te doy mi más sentido pésame. No sabes cuánto lamento no poder acompañaros.

—Tú también vienes.

—Dile a Graham que prefiero dejarlo para otro día.

—Es el director general de tu departamento.

—Soy consciente de ello —respondió Christopher, mirando a la hermosa mujer reclinada en el sillón—, pero me temo que tengo una oferta mucho más apetecible.

7

EATON SQUARE, BELGRAVIA

Cuando Helen Liddell-Brown conoció a Graham Seymour en una fiesta en Cambridge, él le contó que su padre trabajaba en un departamento muy aburrido del Ministerio de Asuntos Exteriores. Helen no le creyó, pues su tío ocupaba un alto cargo en ese mismo departamento, conocido por los iniciados como la Empresa y por el resto del mundo como MI6. Aceptó la proposición de matrimonio de Graham a condición de que se buscara un empleo respetable en la City. Un año después de la boda, sin embargo, él ingresó por sorpresa en el MI5, una traición que ella —y, por descontado, el padre de Graham— nunca le había perdonado por completo.

Helen se vengó de su marido adoptando un ideario de izquierdas que exhibía con estridencia. Se opuso a la guerra de las Malvinas, hizo campaña a favor de la moratoria nuclear y en dos ocasiones la detuvieron frente a la embajada sudafricana en Trafalgar Square. Graham nunca sabía qué horrores le aguardaban cuando volvía a casa cada noche de la oficina y leía el correo. Una vez le comentó a un colega que, si Helen no fuera su mujer, le habría abierto un expediente y le habría intervenido el teléfono.

Si aquella era su estrategia secreta para hacer descarrilar la carrera de su marido, Helen fracasó estrepitosamente. Tras servir varios años en Irlanda del Norte, Graham se hizo cargo de la división antiterrorista del MI5 y posteriormente fue ascendido a subdirector de operaciones. Aunque tenía intención de retirarse a su casa de Portugal al acabar su mandato, cambió de parecer cuando el primer ministro Lancaster le ofreció las llaves del antiguo servicio de su padre, maniobra esta que sorprendió a todo el mundo en el ámbito de los servicios secretos, menos a Gabriel, cuyos manejos habían propiciado su nombramiento. Con los estadounidenses centrados en su política interior y desgarrados por divisiones internas, los lazos entre la Oficina y el MI6 se habían estrechado enormemente. Los dos servicios actuaban juntos de manera rutinaria y el intercambio de información de alto secreto entre Vauxhall Cross y King Saul Boulevard era constante. Gabriel y Graham se veían a sí mismos como defensores del orden mundial surgido de la posguerra. Una tarea que, tal y como marchaban los asuntos internacionales, resultaba cada vez más ingrata.

Helen Seymour aceptó a regañadientes —en el mejor de los casos— el ascenso de su marido a la cúspide del espionaje británico. A petición de Graham, moderó sus posturas políticas y se distanció de sus amigos más heterodoxos. Hacía yoga todas las mañanas y se pasaba las tardes en la cocina, donde daba rienda suelta a su pasión por los platos exóticos. La última vez que Gabriel había visitado la residencia de los Seymour, se comió heroicamente un plato de paella, quebrantando los preceptos dietéticos del judaísmo. El cuscús de pollo le salió delicioso, para variar. Hasta Graham, que había llegado a dominar el arte de revolver la comida en el plato para aparentar que se la comía, se sirvió otra ración.

Cuando acabaron de cenar, se limpió cuidadosamente la comisura de los labios con la servilleta de hilo e invitó a Gabriel a acompañarle a su despacho forrado de libros. Por la ventana abierta, con vistas a Eaton Square, entraba una corriente de aire. Gabriel dudaba de la eficacia de tales precauciones; en su opinión, solo servían para que el virus pasara con más facilidad del huésped al receptor involuntario. Echó una ojeada al televisor colgado de la pared, que estaba sintonizado en la CNN. Varios comentaristas políticos debatían acerca de las elecciones presidenciales estadounidenses, para las que solo faltaban tres meses.

—¿Te atreves a hacer alguna predicción? —preguntó Graham.

—Creo que Christopher le pedirá matrimonio a Sarah este año.

—Me refería a las elecciones.

—El resultado será más ajustado de lo que predicen las encuestas, pero no puede ganar.

—¿Aceptará el resultado?

—Qué va.

—¿Y qué pasará entonces?

Graham se acercó a la ventana y bajó la hoja sin ningún esfuerzo. Aquella tarea tan prosaica parecía impropia de él. Con sus facciones regulares y su abundante pelo de color peltre, a Gabriel le recordaba a uno de esos modelos que salían en los anuncios de plumas estilográficas de oro y relojes caros, la clase de fruslerías innecesarias que habían pasado de moda con la pandemia. Graham hacía que los seres inferiores se sintieran inferiores; sobre todo, los estadounidenses.

—Se rumorea que has llegado a Londres en un Gulfstream nuevecito —comentó mientras se sentaba—. De procedencia bastante opaca.

—Mejor así. Los muchos amigos y admiradores que tengo en la República Islámica están bastante enfadados conmigo en estos momentos.

—Eso te pasa por volar su fábrica de centrifugadoras. La verdad es que me sorprende que, teniendo una agenda tan apretada, hayas sacado tiempo para pasarte por aquí así, de improviso.

—Una amiga muy querida estaba un poco pachucha y se me ha ocurrido hacerle una visita.

—Tu amiga del alma está bien.

—Por desgracia, no se puede decir lo mismo de Viktor Orlov.

—Viktor no es asunto tuyo.

—Era colaborador mío, Graham Y, si no fuera por su dinero, yo estaría muerto. Igual que mi mujer.

—Si no recuerdo mal, fui yo quien le convenció para que entregara su compañía petrolífera a cambio de tu libertad. Si hubiera tenido un poco de sentido común, habría procurado pasar desapercibido. Pero no; compró la *Gazeta* e hizo todo lo posible por ponerse en el punto de mira del Kremlin. Solo era cuestión de tiempo que le mataran.

—¿Usando a Nina Antonova?

Graham hizo una mueca.

—En algún momento habrá que volver a marcar ciertos límites entre tu servicio y el mío.

—¿No creerás de verdad que es una asesina de Moscú Centro?

—A veces, dos más dos son, de hecho, cuatro.

—Pero a veces son cinco.

—Solo en la habitación ciento uno del Ministerio del Amor, Winston.

—Sarah tiene una teoría interesante —respondió Gabriel—. Cree que a Nina la engañaron para que entregara los documentos contaminados.

—¿Y cuándo llegó Sarah a esa conclusión? ¿Durante los treinta segundos que estuvo en el despacho de Viktor?

—Tiene una intuición excelente.

—No me sorprende. Después de todo, la entrenaste tú. Pero Moscú Centro no dejaría un arma tan peligrosa en manos de alguien a quien no controle por completo.

—¿Por qué no?

—¿Y si Nina hubiera abierto el paquete en el avión de British Airways, cuando venía de Zúrich?

—Pero no lo hizo. Le entregó el paquete a Viktor. Y Viktor, que tenía motivos para estar paranoico, esperó a que se marchara para abrirlo. ¿Qué deduces de ello?

—Que Nina Antonova y sus superiores de Moscú Centro idearon un método bastante ingenioso para colarle a Viktor un paquete envenenado a pesar de sus formidables medidas de seguridad. Seguramente ahora mismo estarán celebrando este nuevo éxito.

—Es imposible que Nina esté en Moscú, Graham.

—Pues en Zúrich no está, y no hay ni rastro de su teléfono.

—¿Y su tarjeta de crédito?

—No tiene actividad reciente.

—Porque sabe que los rusos la están buscando. Evidentemente, tenemos que encontrarla antes de que la encuentren ellos.

—Mañana a mediodía será la mujer más buscada del mundo.

—A no ser que retrases la publicación de su nombre y su fotografía y me des tiempo para encontrarla.

Graham se quedó callado.

—Dame setenta y dos horas —insistió Gabriel.

—Imposible. —Graham hizo una pausa y luego añadió—: Pero puedo darte cuarenta y ocho.

—No es mucho tiempo.

—Es lo que puedo ofrecerte.

—En tal caso —dijo Gabriel—, seguro que no te importará que me lleve prestada a Sarah.

—En absoluto. ¿Por dónde piensas empezar?

—Confiaba en poder hablar con alguien que haya trabajado con Nina en la *Gazeta*. Alguien que tenga una opinión formada sobre si era una periodista de verdad o una asesina de Moscú Centro. —Gabriel sonrió—. No tendrás idea de dónde puedo encontrar a alguien así, ¿verdad, Graham?

—Sí. Puede que sí.

8

LONDRES – NORWICH

El departamento de Transporte de la Oficina dejó un Vauxhall de cuatro puertas en Pembridge Square, con la llave pegada con cinta adhesiva debajo del parachoques trasero y una Beretta de 9 mm oculta en la guantera. Gabriel recogió el coche a las nueve y media de la mañana siguiente y fue en él hasta Knightsbridge. Sarah estaba tomándose un capuchino en el Caffè Concerto de Brompton Road, con la mascarilla colgada de la oreja. Riendo, se deslizó en el asiento del copiloto.

—¿Un Vauxhall? ¿Qué pasa? ¿No han podido conseguirte un Passat?

—Por lo visto no había ninguno disponible en todo el Reino Unido.

—Deberíamos habernos llevado el Bentley de Christopher.

—Los agentes secretos no conducen coches así, a no ser que estén pluriempleados por los rusos.

—Mira quién fue hablar: el que tiene un avión privado.

—Pertenece al Estado de Israel.

—Lo que tú digas, cielo. —Sarah miró la fachada de Harrods y dijo en voz baja—: Los ladrillos están en el muro.

Gabriel se estremeció involuntariamente. Sarah le puso una mano en el brazo.

—Perdona, no debería haber dicho nada.

—Está claro que Christopher y tú habéis estado charlando sobre operaciones pasadas.

—Estuvimos tres meses encerrados en el dúplex sin otra cosa que hacer que ver la pandemia por la tele y contarnos nuestros secretos más profundos. Christopher me lo contó todo sobre el asunto de Eamon Quinn y la trama del atentado de Harrods. Y mencionó también a una mujer de la que se enamoró mientras trabajaba de incógnito en Belfast.

—Supongo que tú le correspondiste contándole alguna historia trágica.

—Varias, en realidad.

—¿Salió mi nombre a relucir?

—Puede que le haya dicho de pasada que una vez estuve locamente enamorada de ti.

—¿Por qué ibas a decirle eso?

—Porque es la verdad.

—Pero ¿ya no estás enamorada de mí?

—Ni un poquito. —Le miró de reojo—. Aunque sigas siendo guapísimo.

—Para un hombre de mi edad provecta.

—No aparentas más de...

—Cuidado, Sarah.

—Iba a decir cincuenta.

—Qué generosa.

—¿Cuál es tu secreto?

—Soy joven de corazón.

Ella se rio con sorna.

—De espíritu, eres la persona más vieja que conozco, Gabriel Allon. Por eso, entre otras cosas, me enamoré de ti.

Gabriel siguió el Strand hasta Kingsway y se dirigió luego hacia la M11 cruzando los barrios del noreste de Londres. Había poco tráfico debido a la pandemia; camiones y trabajadores esenciales, principalmente. Llegaron a Cambridge antes del mediodía y una hora más tarde estaban en Norwich, la capital oficiosa de East Anglia. Gabriel dejó el Vauxhall en un aparcamiento cercano a la catedral del siglo XII y llevó a Sarah a dar un paseo de una hora por el casco viejo. Después de efectuar una serie de maniobras de contravigilancia para asegurarse de que nadie los seguía, se encaminaron a Bishopsgate. Frente a las canchas deportivas de la Norwich Middle School había una hilera de casitas de ladrillo rojo. Gabriel llamó al timbre del número 34 y se puso de espaldas a la cámara montada sobre la puerta.

Una voz femenina se dirigió a él en inglés a través del interfono. Tenía un acento vagamente ruso y un tono nada acogedor.

—Sea lo que sea lo que venda, no me interesa.

—No vendo nada, profesora Crenshaw.

—¿Quién es usted?

—Un viejo amigo.

—Yo no tengo amigos. Están todos muertos.

—Todos, no.

—Y, dígame, ¿de qué nos conocemos?

—Coincidimos en Moscú hace mucho tiempo. Me llevaste al cementerio de Novodevichy. Dijiste que, para entender la Rusia moderna, había que conocer su pasado. Y que, para conocer su pasado, había que caminar entre sus huesos.

Se hizo una larga pausa.

—Date la vuelta para que pueda verte bien.

Gabriel se giró despacio y levantó los ojos hacia la lente de la cámara de seguridad. Se oyó el zumbido de un timbre y el chasquido de la cerradura. Gabriel apoyó la mano en el pomo. Sarah entró tras él.

—Empezaba a pensar que te habías olvidado de mí.

—Ni por un instante.

—¿Cuánto tiempo hace?

—Cien años.

—¿Solo?

Estaban sentados en torno a una mesa de hierro forjado, en el descuidado jardín. Olga Sukhova sostenía entre las manos una taza de cerámica llena de té. Su pelo, antes largo y rubio, era ahora corto, oscuro y algo canoso, y sus ojos azules estaban circundados de pequeñas arrugas. Un cirujano plástico había suavizado sus rasgos. Aun así, su rostro seguía siendo extraordinariamente bello. Heroico, vulnerable, virtuoso: el rostro de un icono ruso hecho carne. El rostro mismo de Rusia.

Gabriel la había visto por primera vez en una recepción en la embajada israelí en Moscú, mientras se hacía pasar por Natan Golani, un funcionario de nivel medio del Ministerio de Cultura especializado en tender puentes artísticos entre Israel y el resto del mundo. Olga era una destacada periodista de investigación rusa que desde hacía poco tiempo tenía en su poder un secreto muy peligroso, un secreto que le contó a Gabriel la noche siguiente mientras cenaban en un restaurante georgiano cerca de la calle Arbat. Después, en la escalera a oscuras del edificio de pisos donde vivía, sufrieron un intento de asesinato. Unos meses más tarde, los rusos organizaron un segundo atentado en Oxford, donde Olga trabajaba por entonces como profesora de ruso con el nombre de Marina Chesnikova. Ahora era la doctora Sonia Crenshaw, catedrática de estudios contemporáneos rusos en la Universidad de East-Anglia, de origen ucraniano.

—¿Qué fue del señor Crenshaw? —preguntó Gabriel—. ¿Te dejó por otra?

—Me temo que falleció.

—Suele pasar.

—Sí —convino Olga—. Me instalé aquí, en Norwich, unos meses después del entierro. No es Oxford, claro, pero East Anglia es una de las mejores universidades modernas de Inglaterra. Ishiguro estudió escritura creativa aquí.

—*Lo que queda del día* es una de mis novelas favoritas.

—La he leído diez veces, por lo menos. Pobre Stevens. Qué figura tan trágica.

Gabriel se preguntó si Olga, quizá inconscientemente, se refería a sí misma. Había pagado un precio terrible por su oposición a la camarilla cleptómana de exagentes del KGB que se había hecho con el control de Rusia. Como miles de disidentes antes que ella, había elegido el exilio, pero el suyo había sido más duro que el de la mayoría. No tenía pareja porque no podía confiar en nadie. No tenía hijos porque se habrían convertido en blanco de sus enemigos. Estaba sola en el mundo.

Miró a Gabriel por encima del borde de la taza.

—Leí en la prensa que te habían ascendido. Te has convertido en toda una celebridad.

—La fama tiene sus inconvenientes.

—Sobre todo para un espía. —Fijó la mirada en Sarah—. ¿No está de acuerdo, señorita Bancroft?

Sarah sonrió, pero no dijo nada.

—¿Sigue trabajando para la CIA? —le preguntó Olga—. ¿O ha encontrado un trabajo honrado?

—Dirijo una galería de arte en St. James's.

—Supongo que eso responde a mi pregunta. —Olga se volvió hacia Gabriel—. ¿Y tu mujer? Espero que esté bien.

—Mejor que nunca.

—¿Tenéis hijos?

—Dos.

A Olga se le iluminó la cara.

—¿Qué edad tienen?

—Cumplen cinco dentro de poco.

—¡Gemelos, además! Qué suerte tienes, Gabriel Allon.

—La suerte ha tenido muy poco que ver en esto. Chiara y yo no habríamos salido vivos de Rusia de no ser por Viktor.

—Y ahora Viktor está muerto. —Bajó la voz—. Por eso has venido a verme después de tantos años.

Gabriel no respondió.

—La Policía Metropolitana ha sido bastante parca en detalles respecto a su asesinato.

—Como es lógico.

—¿Han identificado la toxina?

—Novichok. Camuflada en un paquete de documentos.

—¿Y quién le dio esos documentos a Viktor?

—Una periodista de la *Gazeta*.

—¿Fue Nina, por casualidad?

—¿Cómo lo sabes?

Olga sonrió con tristeza.

—Quizá deberíamos empezar por el principio, señor Golani.

—Sí, profesora Crenshaw. Quizá sí.

9

BISHOPGATE, NORWICH

El 25 de abril de 2005, el presidente de Rusia declaró que el derrumbe de la Unión Soviética era «la mayor catástrofe geopolítica» del siglo xx. Ese día, Olga trabajó hasta las tantas en el editorial de la *Gazeta*, donde predijo con exactitud el inicio de una nueva guerra fría y el fin de la democracia rusa. Después, varios compañeros y ella se reunieron en el NKVD, un bar de barrio situado a la vuelta de la esquina de las oficinas de la *Gazeta*, en el distrito moscovita de Sokol. Como solía ocurrir, los vigilaban un par de matones del FSB con chaqueta de cuero, que no se esforzaron en disimular su presencia.

Aquella noche reinaba un ambiente fúnebre. Uno de los compañeros de Olga, Aleksandr Lubin, se emborrachó y cometió la estupidez de encararse con los agentes del FSB. Se salvó de una paliza solo gracias a la intervención de una periodista autónoma muy joven que iba de vez en cuando por el NKVD. El redactor jefe de la *Gazeta* quedó tan impresionado por su valentía que le ofreció trabajo fijo en la revista.

—Puede que te acuerdes de él —dijo Olga—. Se llamaba Boris Ostrovsky.

La carrera de Ostrovsky, como la de tantos periodistas rusos, había terminado trágicamente. Le inyectaron un veneno ruso cuando cruzaba la plaza de San Pedro de Roma y unos minutos después se desplomó en la basílica, al pie del monumento al papa Pío XII. La última cara que vio fue la de Gabriel.

—¿Estás segura de que fue Aleksandr quien se encaró con los agentes del FSB y no al revés?

—¿Por qué lo preguntas?

—Porque, si yo quisiera infiltrarme en una revista contestataria, quizá lo habría hecho así.

—¿Nina, una agente del FSB?

—En realidad, los británicos tienen la impresión de que trabaja para el SVR. Creen que en estos momentos está en Moscú Centro esperando a que el Zar le cuelgue una medalla.

—¿Y tú crees que es así?

—Me interesa más tu opinión.

—Nina Antonova no es una espía. Es una periodista excelente y una magnífica escritora. Si lo sabré yo. Boris me pidió que fuera su mentora.

—¿Ella te admiraba?

—Me idolatraba.

Olga le recordó que durante los meses que siguieron al asesinato de Boris Ostrovsky había sido la redactora jefe de la *Gazeta*, hasta que abandonó Rusia para establecerse en el Reino Unido. El Kremlin orquestó entonces la venta de la *Gazeta* a un socio del presidente ruso, y el antaño respetado semanario de actualidad política se convirtió en una revistilla llena de anécdotas sobre estrellas rusas del pop, alienígenas y licántropos que habitaban los bosques de los alrededores de Moscú. El nuevo propietario despidió a Nina de manera fulminante, igual que a otros miembros de la plantilla, pero ella se reincorporó a la *Gazeta* cuando Viktor Orlov la compró tiempo después. En su primer reportaje sacó a la luz un macroproyecto urbanístico a orillas del mar Negro: un retiro de mil millones de dólares para el presidente, pagado con fondos sustraídos del Tesoro Federal ruso.

—Desde el momento en que se publicó ese artículo, la vida de Nina corrió peligro. Solo era cuestión de tiempo que el Zar ordenara al FSB que la matara.

—Dieciocho disparos a quemarropa frente al Ritz-Carlton de la calle Tverskaya —comentó Gabriel—. Y aun así se salvó casi sin un rasguño.

—¿Estás pensando que quizá el atentado fue un montaje?

—Se me ha pasado por la cabeza.

—¿Y qué me dices de los tres transeúntes inocentes que murieron en él?

—¿Desde cuándo se preocupan los servicios secretos rusos por los transeúntes inocentes? —Al no recibir respuesta, Gabriel preguntó—: ¿Has tenido contacto con Nina desde que llegaste a Gran Bretaña?

—Sí.

—¿Y desde que se instaló en Zúrich?

Olga asintió con un gesto.

—¿Os habéis visto alguna vez?

—Solo una, en la fiesta que dio Viktor en su finca en Somerset cuando cumplió setenta años. Aquello estaba lleno de gente guapa. Los mil quinientos mejores amigos de Viktor. Sospecho que la mitad eran agentes de inteligencia rusos. Fue un milagro que saliera con vida esa noche.

—¿Veías a menudo a Viktor?

—No mucho. Era demasiado peligroso. Nos comunicábamos casi siempre por mensajes de texto encriptados y correo electrónico. Y hablábamos por teléfono de vez en cuando.

—¿Cuándo fue la última vez?

—Creo que a finales de abril o puede que a principios de mayo. Viktor había conseguido unos documentos interesantes acerca de Omega Holdings, un conglomerado empresarial con sede en Suiza. Omega tiene empresas y otros activos valorados en varios miles de millones de dólares, todos ellos cuidadosamente ocultos bajo varias capas de sociedades fantasma, muchas de ellas registradas en países como Liechtenstein, Dubái, Panamá y las Islas Caimán. Viktor estaba convencido de que cierto gerifalte ruso estaba utilizando a Omega para blanquear fondos estatales malversados y ocultarlos en Occidente.

—Y algo sabía Viktor de malversación de fondos estatales.

Olga esbozó una sonrisa fugaz.

—Distaba mucho de ser perfecto, nuestro Viktor. Pero luchaba por una Rusia libre y democrática, una Rusia decente que estuviera alineada con Occidente y no en guerra con él.

—¿Conocía la identidad de ese gerifalte ruso?

—Me dijo que no.

—¿Le creíste?

—Para nada.

—¿Quién podría ser?

—Así, a bote pronto, podría recitarte de memoria los nombres de un centenar de posibles candidatos, desde altos funcionarios a empresarios y mafiosos vinculados con el Kremlin.

—¿Te dijo Viktor dónde consiguió esos documentos?

—Se los dio Nina.

—¿Tenía alguna duda sobre su autenticidad?

—Si la tenía, no me lo dijo. De lo que deduzco que creía que eran auténticos.

—Entonces, ¿por qué fue Nina a Londres el miércoles por la noche y le entregó un paquete de documentos envenenados con Novichok? ¿Y por qué hizo él la tontería de abrirlo?

—Obviamente, porque confiaba en ella. Pero estoy seguro de que Nina no ha tenido nada que ver con la muerte de Viktor. Solo es un peón en un juego mucho más vasto, lo que significa que su vida corre peligro.

—Por eso tenemos que encontrarla cuanto antes. —Gabriel hizo una pausa y luego preguntó—: No sabrás por casualidad dónde está, ¿verdad, Olga?

—No, pero conozco a alguien que quizá lo sepa.

—¿Quién?

—George-punto-Wickham arroba Outlook-punto-com.

Se levantó sin añadir nada más y entró en la casa. Cuando regresó, llevaba un MacBook Pro que colocó en la mesa, delante de Gabriel. La pantalla mostraba una cuenta de Gmail a nombre de Elizabeth Bennet.

—Aprendí a hablar inglés leyendo a Jane Austen —explicó—. *Orgullo y prejuicio* es mi novela favorita.

—Así no engañas a nadie, ¿sabes? Ni al GCHQ ni, por supuesto, al Spetssviaz.

—¿Y qué alternativa tengo? ¿El aislamiento digital absoluto?

—¿Cuántas personas tienen esta dirección?

—Siete u ocho, incluida Nina. Ayer por la tarde recibí un correo de una dirección de Outlook que no conocía. —Señaló el primer mensaje de la bandeja de entrada—. El intrigante George Wickham. Un derrochador, un sinvergüenza, un jugador compulsivo. Solo alguien que me conozca muy bien usaría su nombre.

El correo electrónico había llegado a las 11:37 de la mañana del jueves, unas doce horas después de que el vuelo de Nina aterrizara en Ámsterdam. Gabriel lo abrió y leyó el texto: una sola frase escrita en el tono anticuado y poco natural de una novela costumbrista de principios del siglo XIX.

> *Le quedaría muy reconocido si avisara a sus amigos británicos de que no tuve nada que ver con el desagradable incidente de anoche en Chelsea.*

—¿Te diste cuenta de que era de Nina?

—Al principio, no. Pero estaba casi segura de que el «incidente» al que se refería el mensaje era el asesinato de Viktor.

—¿Qué hiciste?

—Mira en la bandeja de salida.

Gabriel hizo clic en ENVIADOS. A las 11:49 de la mañana, Olga había respondido con una sola frase.

¿Quién eres?

La respuesta llegó dos horas después.

S...

Gabriel hizo clic en el icono de RESPONDER y comenzó a escribir.

Por favor, dime dónde estás. Un amigo mío puede ayudarte.

—¿Qué te parece? —preguntó.

—No es precisamente el estilo de Austen, pero servirá.

Gabriel mandó el correo electrónico al éter y se quedó con la vista fija en la pantalla.

La espera, pensó. Siempre la espera.

Olga sacó una botella de vino de la nevera y puso música en el MacBook. El vino era un *sauvignon blanc* de Nueva Zelanda, fresco y delicioso. La música era la extraordinaria colección de preludios de Rachmáninov en las veinticuatro tonalidades mayores y menores. Cuando había vidas en juego, afirmó Olga, solo una banda sonora rusa estaba a la altura.

Empezó a inquietarse cuando pasó una hora sin que recibieran respuesta. Para distraerse, se puso a hablar de Rusia, lo que no hizo más que deprimirla. El presidente ruso, se lamentó, era ya un verdadero zar en todos los sentidos menos en el nombre. Hacía poco, un referéndum amañado le había otorgado legitimidad constitucional para perpetuarse en el poder hasta 2036. Había eliminado todos los medios pacíficos de disidencia, y los partidos de la oposición autorizados por el Kremlin eran una farsa.

—Son una aldea Potemkin para crear un espejismo de democracia. Tontos útiles, eso son.

Cuando pasó otra media hora sin que llegara respuesta, propuso que pidieran algo de comer. Gabriel llamó a un restaurante de comida india de la calle Wensum y veinte minutos después recogió el pedido desde el coche. Mientras volvía a Bishopsgate, no vio ningún indicio de que los estuvieran vigilando, ni los británicos ni los rusos. Al entrar en el jardín, encontró a Olga sentada ante el ordenador portátil y a Sarah mirando por encima de su hombro.

—¿Dónde está? —preguntó.

—Sigue en Ámsterdam —respondió Olga—. Quiere saber quién es ese amigo dispuesto a ayudarla.

—¿Sabe que fui yo quien te sacó de Rusia?

Olga dudó y luego asintió en silencio.

—Adelante.

Olga escribió el mensaje y pulsó ENVIAR. Tres minutos más tarde, el MacBook emitió un suave pitido al recibir la respuesta de Nina.

—Se reunirá contigo en el museo Van Gogh mañana por la tarde a las dos.

—Quizá podría concretar un poco más.

Olga formuló la pregunta. La respuesta llegó al instante. Gabriel sonrió al leerla.

Girasoles…

10

AEROPUERTO CIUDAD DE LONDRES – ÁMSTERDAM

—La adorable parejita —comentó Christopher Keller—. Imagínate, ir a encontrarme con vosotros aquí, precisamente.

Estaba rebuscando en un armario de la cocinita del Gulfstream G550 de Gabriel, aparcado en una pista iluminada del aeropuerto Ciudad de Londres. Gabriel y Sarah habían llegado directamente desde Norwich en coche. El encargado del turno de noche del FBO había olvidado mencionarles que un consultor que respondía al nombre de Peter Marlowe se encontraba ya a bordo del avión. Sin duda, debido a que el señor Marlowe le había hecho saber que trabajaba para la hermética empresa estatal que tenía su sede en el enorme edificio de oficinas ubicado junto al puente de Vauxhall.

Abrió otro armario.

—Recuerdo los tiempos en que había que confiar en la bondad de los desconocidos cuando uno necesitaba un avión privado. Aunque la verdad es que no sé cómo te las apañas sin personal de cabina.

—¿Buscas algo? —preguntó Gabriel.

—Un poco de *whisky* para quitarme el mal sabor de boca que me ha dejado el día. No hace falta que sea de primera calidad, que conste. Con un *monsieur* Walker me conformaría. Etiqueta Negra, si tienes.

—No tengo, pero hay vino en la nevera.

—Francés, espero.

—Israelí, en realidad.

Christopher suspiró. Llevaba atuendo de oficina: traje oscuro y corbata. Su gabardina Burberry descansaba en un asiento de la cabina de pasajeros, junto con una elegante bolsa de viaje de Prada.

—¿Te importaría decirme qué haces aquí? —preguntó Gabriel.

—El Servicio Secreto de Inteligencia y nuestros colegas del otro lado del río vigilan el ir y venir de los aviones privados que utilizan los mandatarios extranjeros y los delincuentes internacionales de todo pelaje que nos visitan. De ahí que nos haya entrado curiosidad, como es lógico, al ver que tu tripulación presentaba un plan de vuelo y reservaba una franja de salida para las diez y media de esta noche. —Christopher abrió la nevera y sacó una botella abierta de *sauvignon blanc* israelí—. ¿Qué se te ha perdido en Ámsterdam?

—Me gustan las ciudades con canales.

Christopher quitó el corcho y olisqueó el vino.

—Inténtalo otra vez.

—Voy a reunirme con Nina Antonova.

—¿Y qué piensas hacer con ella, exactamente?

—Eso depende por completo de lo que me diga.

—A Graham le gustaría estar presente cuando la interrogues.

—No me digas.

—También le gustaría que el interrogatorio tenga lugar en suelo británico.

—Soy yo quien la ha encontrado.

—Con la ayuda de una periodista rusa exiliada que reside en el Reino Unido, bajo nuestra tutela. Eso por no hablar de mi compañera y pareja de hecho. —Sirvió una copa de vino y se la entregó a Sarah—. Y, a no ser que tu flamante avión privado reciba autorización para despegar, no vas a ir a ninguna parte.

—Creo que me caías mejor cuando eras un asesino a sueldo.

—Yo que tú me andaría con ojo. Tengo la sensación de que te va a hacer falta alguien como yo antes de que esto termine.

—Sé valerme solo.

Christopher recorrió con la mirada la lujosa cabina del avión

—Ya lo veo.

Pasaron la noche en habitaciones separadas, en el hotel De L'Europe Amsterdam, y por la mañana tomaron café con bollos en la terraza, como tres extraños, respetando la distancia social. Después, Christopher salió solo del hotel y se dirigió al museo Van Gogh, sede de la mayor colección del mundo de pinturas y dibujos de Vincent.

Normalmente, el museo recibía seis mil visitantes al día, pero las restricciones anti-COVID habían reducido esa cifra a setecientos cincuenta. Christopher compró dos entradas, se guardó una en el bolsillo y entregó la otra al conserje de la puerta.

En el vestíbulo, un guardia uniformado le indicó que pasara por un arco de seguridad como los que había en los aeropuertos. Keller, que había dejado su arma en el hotel, pasó por el artilugio sin contratiempos. El vestíbulo, moderno y acristalado, estaba extrañamente silencioso. Se tomó un café en la barra de la cafetería y subió a la sala de exposiciones dedicada a los cuadros que pintó Vincent en la localidad francesa de Arlés entre febrero de 1888 y mayo de 1889.

La principal atracción de la sala eran los emblemáticos *Girasoles*, óleo sobre lienzo, 95 por 73 centímetros. El cartel informativo no informaba de que varios años atrás un par de ladrones profesionales habían robado el cuadro, en lo que el jefe de policía de Ámsterdam describió como el robo relámpago mejor ejecutado que había visto jamás. Los ladrones entregaron el cuadro a un agente de inteligencia israelí, que hizo una copia perfecta en un apartamento con vistas al Sena, en París, copia que Christopher, haciéndose pasar por un mafioso llamado Reg Bartholomew, vendió posteriormente a un intermediario sirio por veinticinco millones de euros. El original fue hallado en una habitación de hotel en Ámsterdam cuatro meses después de su desaparición. Curiosamente, estaba en mejor estado que en el momento del robo.

Christopher dio un paso a su izquierda y contempló el lienzo de al lado, un adusto retrato de *madame* Roulin sentada. Luego se giró y examinó la sala. Tenía unos quince metros por diez, suelo de madera desgastado y un banco cuadrado. Había cuatro vías de entrada y salida. Dos de ellas conducían a salas vecinas dedicadas a las obras que Vincent pintó en Saint-Rémy y París. Las otras dos llevaban a la escalera central del museo. No era perfecto ni mucho menos, pensó, pero serviría.

Pasó la siguiente media hora recorriendo la extraordinaria colección —*El puente de Langlois, La habitación, Iris, Trigal con cuervos*— y volvió a bajar al vestíbulo. Cruzando la explanada de Museumplein, había unos ciento cincuenta metros hasta Van Baelerstraat, una avenida muy transitada, con varios carriles bici y una línea de tranvía. Christopher comprobó con el cronómetro de su teléfono del MI6 que había tardado noventa y cuatro segundos en recorrer esa distancia.

Tardó veintitrés minutos en regresar a pie a De L'Europe. Gabriel estaba arriba, en su habitación.

—¿Qué tal los girasoles? —preguntó.

—Para serte sincero, siempre me ha gustado más tu versión que la de Vincent.

—¿Hay algún problema?

—Los arcos de seguridad me preocupan un poco. Es imposible meter un arma en el museo.

—Pero tú estarás esperando fuera. Con esto. —Gabriel levantó la Walther PPK de Christopher—. Quizá prefieras usar mi Beretta.

—¿Qué tiene de malo mi pistola?

—Es bastante pequeña, señor Bond.

—Pero es fácil de esconder y muy eficaz.

—Sí —dijo Gabriel—. Tan eficaz como lanzar un ladrillo contra el cristal de una ventana.

Gabriel llamó al aparcacoches a la una y cuarto y pidió su coche. Un Mercedes sedán gris metalizado estaba esperando en la calle cuando salió con Christopher del hotel. Sarah ya estaba al volante. Se dirigió al Barrio de los Museos y aparcó cerca del Concertgebouw, la sala de conciertos neorrenacentista de Ámsterdam.

Christopher le entregó la Walther.

—¿Recuerdas cómo se usa?

—Hay que quitar el seguro y apretar el gatillo.

—Si apuntas primero, mejor.

Sarah guardó el arma en su bolso mientras ellos bajaban del coche y empezaban a cruzar Van Baerlestraat. Christopher cronometró de nuevo el recorrido. Noventa y dos segundos. Al llegar al museo, le dio a Gabriel la otra entrada que había comprado esa mañana.

—Róbame algo bonito ahí dentro.

—Pienso hacerlo —contestó Gabriel, y entró.

Después de pasar por el arco de seguridad, subió a la sala de Arlés. Ocho visitantes con mascarilla esperaban en fila frente a los *Girasoles*, conforme a las normas de seguridad anti-COVID. Otras seis personas contemplaban el resto de las grandes obras de la sala. Ninguna de ellas parecía ser la periodista rusa buscada por su presunta relación con el asesinato de Viktor Orlov.

Gabriel entró en las salas de París y Saint-Rémy, pero tampoco la encontró allí. Volvió a la sala de Arlés y se sumó a la cola de los *Girasoles*. Miró la hora en el teléfono; eran las 13:52. De repente, sintió un pinchazo a la altura de los riñones. No era nada, se dijo. Solo una sensación de vacío en el lugar donde debería estar su pistola.

11

MUSEO VAN GOGH, ÁMSTERDAM

Dakota Maxwell, de veinticuatro años, recién graduada en una pequeña pero muy respetada facultad de artes liberales de Nueva Inglaterra, había llegado a Ámsterdam por amor y se había quedado por la marihuana. Sus padres, que vivían a todo tren en el Upper East Side de Manhattan, le habían suplicado que volviera a casa, pero ella estaba empeñada en vivir en el extranjero, como los personajes de su novela favorita de Fitzgerald. Aspirante a escritora, confiaba en encontrar un alojamiento adecuado en el que empezar a trabajar en su primer manuscrito, que ya tenía título pero no trama ni apenas un esbozo de argumento. De momento, residía en el Tiny Dancer, un albergue del Barrio Rojo. Su habitación tenía seis camas, dos literas de tres pisos. Todas las noches se llenaba con un plantel de veinteañeros intercambiables con cuyas divagaciones, inspiradas por el alcohol y el cánnabis, Dakota había llenado ya varios cuadernos.

La mujer que llegó el miércoles por la noche era distinta. Mayor, sobria, trajeada. A la mañana siguiente, mientras tomaban café, le dijo a Dakota que se llamaba Renata, que era polaca y que vivía en Londres. Su marido, fontanero en paro, había amenazado con matarla en un arrebato de ira, estando borracho. Se alojaba en el Tiny Dancer porque allí podía pagar en efectivo y él le había cancelado las tarjetas de crédito. Le pidió a Dakota que le tiñera de otro color el pelo, que tenía castaño tirando a rubio. En el baño común del albergue, con artículos comprados en la farmacia de enfrente, Dakota se lo tiñó igual que lo llevaba ella: de color negro con mechas azules. A la polaca le sentaba mejor. Tenía unos pómulos de infarto.

Salvo una vez que salió a comprar un móvil de prepago en una tienda Vodafone, Renata permaneció encerrada en el Tiny Dancer. El sábado, sin embargo, a las once de la mañana, despertó a Dakota y le preguntó de improviso si le apetecía ir al museo Van Gogh. Ella, que tenía resaca y estaba todavía un poco emporrada, contestó que no. Cambió de idea, no obstante, cuando la mujer le explicó el verdadero motivo por el que quería que la acompañara.

Renata no era polaca, no vivía en Londres ni estaba casada. Se llamaba Nina y era una periodista de investigación rusa que estaba huyendo del Kremlin. Un hombre la estaría esperando a las dos de la tarde frente al cuadro más famoso del museo para llevarla a un lugar seguro. Era amigo de una amiga. Nina quería que Dakota contactara con él de su parte.

—¿Será peligroso?

—No, Dakota. Es a mí a quien quieren matar.

—¿Cómo se llama ese hombre?

—Eso no importa.

—¿Qué aspecto tiene?

Nina le mostró una fotografía en su Vodafone.

—Pero ¿cómo voy a reconocerlo con la mascarilla?

—Por los ojos.

Lo que explicaba por qué, a la 1:58 de la tarde del primer día de agosto, Dakota Maxwell, aspirante a novelista autoexiliada en Ámsterdam, contemplaba un autorretrato de Vincent en la sala de París del museo Van Gogh. A las dos en punto, se trasladó a la sala de Arlés, donde cuatro visitantes esperaban en fila, respetando escrupulosamente las medidas anti-COVID, frente a los *Girasoles*. El hombre que estaba en esos momentos delante del lienzo era de estatura y complexión media y no parecía en absoluto un superhéroe. Tenía el pelo corto y oscuro y las sienes grises. Apoyaba pensativamente la mano derecha en la barbilla, con la cabeza un poco ladeada.

Dakota sorteó la cola, provocando murmullos de protesta en varios idiomas entre los demás visitantes, y se paró frente al lienzo, junto al hombre, que la miró con los ojos más verdes que había visto nunca. Era imposible confundirlo con otra persona.

—Tienes que esperar tu turno como todo el mundo —la regañó él en francés.

—No he venido a ver el cuadro —le respondió Dakota en el mismo idioma.

—¿Quién eres?

—Una amiga de…

—¿Dónde está? —la atajó él.

—En Le Tambourin.

—¿Ha cambiado de aspecto?

—Un poco —respondió Dakota.

—¿Cómo está ahora?

—Como yo.

Le Tambourin, la elegante cafetería del museo, estaba en la planta baja, a pie de calle. La única clienta, una mujer sentada sola a una mesa con vistas a Museumplein, tenía el pelo negro como la pez con mechas azules oscuras. Gabriel se sentó sin esperar invitación y se quitó la mascarilla. Ella le miró con desconfianza y, un instante después, con profundo alivio.

—Debe de hacérsete muy cuesta arriba —comentó.

—¿El qué?

—Tener una cara tan famosa.

—Por suerte, ocurre desde hace poco. —Miró el té de ella—. No te estarás bebiendo eso, ¿verdad?

—Me ha parecido que no habría peligro.

—Evidentemente, Viktor pensó lo mismo. —Dejó la taza de té en la mesa vecina—. Usar a la chica americana de arriba ha sido una ocurrencia encantadora, y muy hábil. De haber estado en tu lugar, yo habría hecho lo mismo.

—Si eres un periodista ruso, tienes que respetar ciertas reglas para sobrevivir.

—En nuestro oficio las llamamos las Reglas de Moscú.

—Podría recitarlas de memoria —comentó Nina.

—¿Cuál es tu favorita?

—Dar por sentado que todo el mundo está bajo control del enemigo.

—¿Tú lo estás? —preguntó Gabriel.

—¿Eso es lo que crees?

—No estaría aquí si lo creyera.

Ella sonrió.

—No eres como me esperaba.

—¿Ah, no?

—Teniendo en cuenta tus hazañas, te imaginaba más alto.

—Espero que no te hayas llevado una desilusión.

—Todo lo contrario. De hecho, esta es la primera vez que me siento segura en mucho tiempo.

—Yo me sentiré mucho mejor cuando estés a bordo de mi avión.

—¿Adónde vas a llevarme?

—Los británicos quieren aclarar algunos detalles de tu visita a casa de Viktor la noche de su muerte.

—Ya lo supongo. Pero ¿qué pasará si llegan a la conclusión de que trabajo para el enemigo?

—Eso no va a pasar.

—¿Por qué estás tan seguro?

—Porque no voy a permitirlo.

—¿Tienes influencia sobre los británicos?

—Te sorprendería cuánta. —Gabriel miró el teléfono de Nina—. ¿Desechable?

Ella asintió con un gesto.

—Déjalo aquí. Un colega mío está esperando fuera. Procura caminar a ritmo normal. Y, sobre todo, no mires atrás.

—Las Reglas de Moscú —dijo Nina.

A las dos y cinco, Sarah empezó a preocuparse. Había participado en numerosas operaciones contra los rusos y era muy consciente de sus enormes capacidades y, sobre todo, de su absoluta crueldad. Sola en el coche, con la Walther entre las manos, veía ya la imagen de una multitud reunida en torno a un moribundo, al pie de una obra maestra de Van Gogh.

Por fin vibró su teléfono.

Vamos para allá.

Salió del aparcamiento y giró hacia la concurrida Van Baerlestraat. Había un solo carril reservado para los coches y ningún sitio donde aparcar, ni siquiera un momento. Aun así, se acercó al bordillo y encendió las luces de emergencia. Miró a su derecha y vio a Gabriel y a una mujer que podía ser Nina Antonova caminando del brazo por Museumplein. Christopher iba unos pasos por detrás, con la mano en el bolsillo de la gabardina.

En ese momento pitó un coche y luego otro. Sarah miró por el retrovisor y vio que un policía con cara de enfado se acercaba a pie. El agente se detuvo cuando Gabriel abrió la puerta trasera derecha y ayudó a la mujer a subir al coche.

Christopher se dejó caer en el asiento del copiloto y apagó las luces de emergencia.

—Arranca.

Sarah metió primera y pisó el acelerador.

—La siguiente, a la izquierda —dijo Christopher.

—Ya lo sé.

Hizo el giro sin pisar el freno y aceleró al enfilar una calle flanqueada por tiendas y casas de ladrillo visto con tejado a dos aguas. Christopher le sacó la Walther del bolsillo de la chaqueta y le devolvió la Beretta a Gabriel. Nina Antonova miraba por la ventanilla con el rostro arrasado en lágrimas.

—Conque conclusiones precipitadas, ¿eh? —comentó Sarah.

—¿Hay algo que pueda hacer para redimirme?

Ella sonrió con malicia.

—Seguro que se me ocurrirá algo.

12

WORMWOOD COTTAGE, DARTMOOR

Wormwood Cottage, situada en un promontorio en medio del páramo, estaba construida en piedra de Devon oscurecida por el paso del tiempo. En la parte de atrás, al otro lado de un patio destartalado, había un granero reconvertido en oficinas y viviendas para el personal. Parish, el guarda, era un exagente del MI6. Como solía ocurrir, le habían avisado de su llegada solo con unas horas de antelación. Fue Nigel Whitcombe —el acólito de aspecto juvenil del jefe, además de su secretario, catador, esbirro y principal encargado de sus recados extraoficiales— quien hizo la llamada. Parish la atendió a través de la línea segura de su despacho. Su tono era el del *maître* de un restaurante en el que es imposible conseguir mesa.

—¿Y el número de visitas? —preguntó.

—Siete, yo incluido.

—Sin COVID, supongo.

—Ni pizca.

—Imagino que el jefe también nos acompañará.

Whitcombe murmuró unas palabras de asentimiento.

—¿Hora de llegada?

—A última hora de la tarde, calculo.

—¿Le digo a la señorita Coventry que prepare la cena?

—Si no es molestia.

—¿Comida tradicional inglesa?

—Cuanto más tradicional, mejor.

—¿Alguna restricción dietética?

—Nada de cerdo.

—¿Puedo dar por sentado, entonces, que nuestro amigo israelí va a visitarnos?

—Puede, en efecto. Y el señor Marlowe también.

—En ese caso, le diré a la señorita Coventry que haga su famoso pastel de carne. El señor Marlowe lo adora.

Debido a la pandemia, hacía muchas semanas que la casa de campo no recibía visitas. Había que airear las habitaciones, aspirar las alfombras, desinfectar las superficies y reaprovisionar la despensa. Parish ayudó a la señorita Coventry a hacer la compra en el Morrisons de Plymouth Road, y a las siete y media estaba esperando en el patio delantero iluminado por el crepúsculo cuando el elegante Jaguar del jefe avanzó con suavidad por el largo camino de entrada. Nigel Whitcombe llegó poco después en una furgoneta con los cristales tintados. Le acompañaba una mujer muy guapa, de rasgos eslavos, que guardaba cierto parecido con una famosa periodista rusa afincada en el Reino Unido desde hacía unos años. ¿Cómo se llamaba? Sukhova… Sí, eso era, pensó Parish. Olga Sukhova.

Whitcombe le entregó a Parish el teléfono móvil de la mujer —los dispositivos móviles estaban prohibidos en la casa, al menos para las visitas— y la condujo dentro. El sol se hundió bajo el horizonte y la oscuridad cubrió el páramo. Parish observó la aparición de las primeras estrellas, a las que siguió poco después una gibosa luna menguante. Qué apropiado, pensó. Últimamente, todo parecía declinar.

Miró la hora en su viejo reloj Loomes cuando otra furgoneta apareció traqueteando por el camino. El señor Marlowe se apeó primero, con aspecto de estar recién llegado de unas vacaciones al sol. Detrás de él salieron dos mujeres. Parish calculó que tenían unos cuarenta y cinco años. Una de ellas era rubia y muy guapa, americana quizá. La otra tenía el pelo como el azabache, con unas extrañas vetas azules. Parish dedujo que también era rusa.

Por último, el israelí salió de la furgoneta como un corcho de una botella. Parish, que apenas podía levantarse de la cama sin que algo le crujiera, siempre había envidiado su agilidad y su resistencia, que no parecía tener límite. Sus ojos verdes parecieron brillar en la penumbra.

—¿Eres tú, Parish?

—Me temo que sí, señor.

—¿Es que nunca vas a jubilarte?

—¿Y qué haría, entonces? —Aceptó el pesado móvil que le tendió el israelí—. Le he reservado su habitación de siempre. La señorita Coventry encontró algo de ropa que se dejó usted la última vez que estuvo aquí. Creo que la ha puesto en el cajón de abajo de la cómoda.

—La señorita Coventry es muy amable.

—A menos que la haga uno enfadar, señor. Tengo cicatrices que lo demuestran.

Al igual que Parish, la señorita Coventry era una exagente secreta. Había trabajado como escucha durante los últimos años de la Guerra Fría. Empolvada, mojigata e imponente de una manera algo vaga, se hallaba de pie ante el fogón, con un delantal atado alrededor de la ancha cintura, cuando la recién llegada del extraño pelo negro y azul entró en la casa. La mujer de aspecto eslavo que podía o no ser la famosa Olga Sukhova esperaba nerviosa en el vestíbulo, junto al jefe. Una de las mujeres soltó un gritito de alegría, pero la señorita Coventry no alcanzó a ver cuál de ellas era. El hombre al que ella conocía como Peter Marlowe le tapaba la vista, plantado en medio del pasillo.

—¡Mi querida señorita Coventry! —Él le dedicó una sonrisa pícara—. Da gusto verla, se lo aseguro.

—Bienvenido otra vez, señor Marlowe.

Las dos mujeres conversaban animadamente en ruso, en la entrada. El señor Marlowe miró a través del cristal de la puerta del horno.

—¿Qué están diciendo? —le preguntó en voz baja.

—Una de ellas se alegra mucho de que la otra siga viva. Parece que se conocen desde hace mucho. Está claro que hacía varios años que no se veían.

—¿Están encendidos los micrófonos?

—Eso es competencia del señor Parish, no mía. —La señorita Coventry sacó una fuente del aparador y preguntó con aire distraído—: ¿A su nueva novia, muy guapa, por cierto, también le gusta el pastel de carne?

—A usted no se le escapa una, ¿eh?

La señorita Coventry sonrió.

—Americana, ¿verdad?

—No demasiado.

—¿Es de la familia?

—Lo era, prima lejana.

—No se lo reprocharemos. Aunque debo reconocer que me había hecho ilusiones con usted y la señorita Watson.

—Ella también se las hizo.

La señorita Coventry tenía intención de servir la cena fuera, en el jardín, para guardar la distancia social, pero cuando empezó a soplar un viento recio del noroeste decidió poner la mesa en el comedor. El primer plato era una quiche de cebolla con ensalada de endivias y queso Stilton, al que siguió el pastel de carne. Ella cenó con el señor Parish en la mesita del rincón de la cocina. De vez en cuando le llegaba un retazo de la conversación que estaba teniendo lugar en la habitación contigua. No podía evitarlo: poner el oído era algo que le salía de manera natural, como cocinar. Estaban hablando del multimillonario ruso al que habían asesinado en su casa de Chelsea. Por lo visto, la rusa de pelo negro y azul estaba implicada de alguna manera en el asunto. Y la amiga americana del señor Marlowe, también.

De postre, sirvió un pudin de mantequilla acompañado con natillas. Poco antes de las nueve, oyó el chirrido de las sillas contra el suelo de madera, señal de que la cena había concluido. Era tradición de la casa servir el café en el salón. El jefe y el caballero israelí lo tomaron en el despacho contiguo e invitaron a la rusa de pelo negro y azul a acompañarlos. Se acabaron las formalidades. Había llegado el momento, como se decía en sus tiempos, de poner los puntos sobre las íes.

En otra vida, antes de que cayera el Muro y Occidente perdiera el rumbo, la señorita Coventry habría estado en la habitación de al lado, con un lápiz en la mano, encorvada sobre un magnetófono de bobina abierta. Ahora todo se hacía digitalmente, hasta las transcripciones. No había más que pulsar un interruptor. Pero eso era competencia del señor Parish, se dijo mientras llenaba de agua el fregadero de la cocina. No suya.

13

WORMWOOD COTTAGE, DARTMOOR

Parish había pulsado el interruptor en cuestión a las siete de la tarde. Sin embargo, debido a un fallo técnico provocado por los dedos inquietos de Nigel Whitcombe, ni la grabación de audio ni la transcripción escrita de los procedimientos de esa noche llegaron a aparecer en el informe oficial del caso. Tal documento, de haber existido, habría revelado que el relato de Nina Antonova, única sospechosa del asesinato de Viktor Orlov, comenzaba con el correo electrónico que recibió a finales de febrero. Como muchos periodistas de investigación, Nina incluía su dirección de correo en su perfil de Twitter. Dicha dirección estaba alojada en ProtonMail, el servicio de correo cifrado fundado en Ginebra por un grupo de científicos del CERN. ProtonMail utilizaba el cifrado de extremo a extremo del lado del cliente, un sistema que codificaba el mensaje antes de que llegara a los servidores de la empresa. Tenía su sede en Suiza, fuera de la jurisdicción tanto de Estados Unidos como de la Unión Europea.

—¿Cómo accede a la cuenta? —preguntó Graham.

—Solo a través de mi ordenador.

—¿Nunca mediante un dispositivo móvil?

—Nunca.

—¿Dónde está el ordenador?

—En mi piso de Zúrich. Vivo en el distrito tres. En Wiedikon, concretamente.

—Trabaja desde casa, supongo.

—Como todo el mundo ahora ¿no?

Sentada recatadamente delante de la chimenea apagada, Nina sostenía en equilibrio sobre las rodillas una taza con su platillo. Graham se había acomodado en el sillón de enfrente. Gabriel, en cambio, se paseaba despacio por el perímetro de la habitación, como si se debatiera con su mala conciencia. Del otro lado de la puerta cerrada llegaba un murmullo de voces. Fuera, el viento acechaba en los aleros del tejado.

—Doy por sentado que los rusos conocen su dirección postal —inquirió Graham.

—No me extrañaría que formara parte de la lista de correo de la embajada —respondió Nina.

—¿Tiene cuidado con su red wifi?

—Tomo las precauciones habituales, pero sé que es prácticamente imposible blindar por completo tus comunicaciones para protegerlas de las agencias de vigilancia estatales, incluido el GCHQ británico. Además, los rusos no son muy discretos que digamos. A veces ponen un equipo delante de mi edificio solo para que sepa que me tienen vigilada continuamente. Y me dejan mensajes amenazantes en el buzón de voz.

—¿Alguna vez le ha mostrado esos mensajes a la policía suiza?

—¿Y darles una excusa para que me retiren el codiciado permiso de residencia? —Negó con la cabeza—. Zúrich es un lugar estupendo desde el que observar el flujo de dinero sucio que sale de Rusia. Y un sitio bastante agradable para vivir, además.

—¿Y ese correo electrónico? —preguntó Graham—. ¿De quién era?

—Del Señor Nadie.

—¿Perdón?

—Así es como se hacía llamar. Señor Nadie.

—¿Idioma?

Inglés, respondió ella, con dos ejemplos de ortografía típicamente británica. El Señor Nadie le decía en su mensaje que le había dejado un paquete de documentos en un campo de deportes, no muy lejos de su casa. Temiendo que fuera una trampa del Kremlin, ella le pidió que le enviara los documentos por correo electrónico. Pero cuando pasaron veinticuatro horas sin que respondiera, se puso una mascarilla protectora y unos guantes de goma y se aventuró a salir al vacío distópico. El campo de deportes tenía una pista de atletismo artificial de color rojo, alrededor de la cual corrían cuatro zuriqueses sin mascarilla, arrojando gotas microscópicas al aire. El recinto estaba bordeado de árboles. Al pie de uno de ellos descubrió un paquete rectangular envuelto en grueso plástico negro y sellado con cinta de embalar transparente.

Esperó a llegar a casa para abrirlo tomando todas las precauciones necesarias. Dentro encontró un centenar de páginas de registros financieros relativos a transferencias bancarias, operaciones bursátiles y otras inversiones; entre ellas, compras millonarias de inmuebles comerciales y residenciales. Había un nombre que aparecía con frecuencia: el de una empresa fantasma inscrita en Suiza, Omega Holdings. Todos los documentos procedían de la misma entidad.

—¿De cuál?

—Del RhineBank AG. Quienes saben de finanzas suelen decir que es el banco más sucio del mundo. De ahí que tenga tantos clientes rusos.

—¿Qué hizo con los documentos?

—Fotografié las diez primeras páginas y se las envié por correo electrónico a un conocido experto en asuntos de corrupción del Kremlin.

—¿A Viktor Orlov?

Ella asintió.

—Me llamó unos minutos después, casi sin respiración. «¿De dónde has sacado esto, Nina Petrovna?». Cuando se lo conté, me dijo que borrara las fotografías de mi teléfono inmediatamente.

—¿Por qué?

—Dijo que los documentos eran demasiado peligrosos para enviarlos por medios electrónicos.

Al día siguiente, Orlov llegó a Zúrich en su avión privado. Nina se reunió con él en la sala del FBO del aeropuerto de Kloten. A Viktor le temblaba el ojo izquierdo mientras hojeaba los documentos, un tic que afloraba siempre que estaba nervioso o emocionado por algo.

—Supongo que estaba emocionado.

—Dijo que los documentos se referían a las finanzas personales de un pez gordo ruso. Alguien muy cercano al presidente. De su círculo íntimo.

—¿Le dijo quién era?

—Me dijo que era preferible que no supiera su nombre. Luego me pidió que le entregara la siguiente remesa de documentos sin abrir el paquete.

Gabriel interrumpió su lento deambular por el perímetro de la habitación.

—¿Cómo sabía que habría otra remesa?

—Según me dijo, el primer lote era solo la punta del iceberg. Estaba convencido de que tenía que haber más.

—¿Cómo reaccionaste tú?

—Le dije que mi fuente era el Señor Nadie. Y le recordé la promesa que hizo cuando compró la *Gazeta*.

—¿Qué promesa?

—Que nunca se inmiscuiría en asuntos editoriales ni utilizaría la *Gazeta* para ajustar cuentas políticas con el Kremlin.

—¿Y tú le creíste?

—Viktor me hizo exactamente la misma pregunta.

La siguiente entrega, continuó Nina, tuvo lugar en la segunda semana de marzo, en un puerto deportivo de la orilla oeste del Zürichsee. La tercera fue a principios de abril en la ciudad de Winterthur; la cuarta, en Zug. En mayo hubo un paréntesis, pero junio fue un mes de mucho trasiego, con entregas en Basilea, Thun y Lucerna. Ella le entregó todos los paquetes a Viktor, a regañadientes, en el aeropuerto de Kloten.

—¿Y siempre los abría delante de usted? —preguntó Graham. Ella asintió en silencio.

—¿Alguna vez se sintió mal el señor Orlov después de abrir un paquete? ¿Un repentino dolor de cabeza? ¿Náuseas?

—No, nunca.

—¿Y usted?

—No, en absoluto.

—¿Y el paquete que llevó a Londres el miércoles por la noche? —preguntó Graham—. ¿Dónde lo dejó el Señor Nadie?

—En Bargen, un pueblecito cerca de la frontera alemana. Dijo que sería la última entrega. Y que el material era exhaustivo y concluyente.

—¿Por qué no recogió Viktor los documentos en Zúrich?

—Dijo que tenía un compromiso previo.

—¿Cuál?

—Una mujer, por supuesto. Tratándose de Viktor, siempre era una mujer.

—¿Mencionó su nombre, por casualidad?

—Sí —respondió Nina—. Se llamaba Artemisia.

Por lo general, Viktor era muy tacaño con los gastos de viaje, pero en aquella ocasión le permitió volar a Londres en primera clase. Ella guardó los documentos en su maleta de cabina, que colocó en el compartimento superior. Su compañero de asiento era un inglés de aspecto próspero que llevaba una mascarilla confeccionada a medida, a juego con su corbata de seda. Nina charló con él unos minutos en voz baja, con el único propósito de comprobar que no era un agente del FSB, el SVR o cualquier otra división de la inteligencia rusa.

—¿Quién era? —preguntó Graham.

—Un banquero de la City. Del Lloyds, si no recuerdo mal. —Nina le dedicó una sonrisa forzada—. Pero eso ya lo sabía, ¿verdad, señor Seymour?

Pasó el control de pasaportes sin contratiempos —cosa que el señor Seymour seguramente sabía también— y tomó un taxi para ir a Cheyne Walk. Viktor acababa de descorchar una botella de Château Pétrus. No le ofreció una copa.

—Eso es impropio de él —comentó Graham—. Por lo que sé, era un anfitrión extremadamente generoso.

—Estaba esperando otra visita. Supongo que era Artemisia. Fuera quien fuera, me salvó la vida. Viktor tenía tanta prisa que no abrió el paquete delante de mí.

—Se marchó usted a las seis y media de la tarde.

—Si usted lo dice.

—¿Por qué motivo fue andando al hotel en vez de tomar un taxi?

—Siempre me ha gustado pasear por Londres.

—Pero llevaba una maleta.

—Con ruedas.

—¿Notó si alguien la seguía?

—No. ¿Y ustedes?

Graham obvió la pregunta.

—¿Qué hizo cuando llegó al hotel?

—Me serví un vodka del minibar. Viktor llamó unos minutos después. En cuanto oí su voz, supe que pasaba algo.

—¿Qué le dijo?

—Seguro que ha escuchado la grabación.

—No hay grabación.

Nina le miró con escepticismo antes de contestar.

—Dijo que acababa de vomitar y que le costaba respirar. Estaba convencido de que le habían envenenado.

—¿La acusó de intentar matarlo?

—¿Viktor? —Negó con la cabeza—. Me preguntó si yo también me encontraba mal. Cuando le contesté que no, me dijo que me fuera de Inglaterra lo antes posible.

—¿Temía que los rusos intentaran matarla a usted también?

—O que intentaran implicarme en el complot contra él —respondió Nina—. Como sabe, señor Seymour, los órganos de seguridad del Estado ruso rara vez asesinan a alguien sin tener un plan para culpar a otros.

—Por eso debería haber llamado a la policía. Se inculpó usted sola al huir del país.

—Viktor me dijo que no llamara a la policía. Que iba a llamar él. Me enteré de que había muerto cuando mi avión aterrizó en Ámsterdam. Obviamente, me siento responsable de lo que pasó. Si no hubiera recogido ese primer paquete del Señor Nadie, Viktor estaría vivo. Moscú Centro llevaba años conspirando para matarle. Y me utilizaron a mí para poner el arma homicida en sus manos.

Graham guardó silencio.

—Por favor, señor Seymour. Tiene que creerme. Yo no he tenido nada que ver con la muerte de Viktor.

—Te cree —le aseguró Gabriel desde el otro lado de la habitación—. Pero le gustaría ver los correos electrónicos del Señor Nadie, incluido el del paquete que dejó en el pueblecito suizo de Bargen. Los conservas, ¿verdad, Nina?

—Por supuesto. Solo espero que Moscú Centro o el Spetssviaz no hayan hackeado mi cuenta y los hayan borrado.

—¿Cuándo fue la última vez que lo comprobaste?

—La mañana del asesinato de Viktor.

—De eso hace tres días.

—Me daba miedo que pudieran localizarme si abría mi correo.

—Aquí no tienes nada que temer, Nina. —Gabriel miró a Graham—. ¿No es así, señor Seymour?

—Me reservo mi opinión hasta que vea esos correos.

Nina paseó la mirada por la anticuada habitación.

—¿Hay algún ordenador por aquí?

El ordenador estaba en el granero reformado, en el despacho de Parish. Las visitas tenían terminantemente prohibido tocarlo porque estaba provisto de una conexión segura con Vauxhall Cross. El jefe pidió a Parish que esperara fuera, en el pasillo, con Nigel Whitcombe, mientras la mujer de pelo negro y azul accedía a su cuenta de ProtonMail, una afrenta que Parish soportó sin poder apenas contener su indignación.

—¡Por Dios, pero si es una rusa! —exclamó en voz baja.

—Una de las buenas —respondió Whitcombe.

—No sabía que hubiera de esas. —Al otro lado de la puerta se oyó un tecleo firme y enérgico—. Es periodista, ¿verdad?

—Muy bien, Parish.

Cuando cesó el tecleo, se hizo el silencio. Era un silencio tenso, pensó Parish, como el que pende amenazador en una sala tras una acusación de infidelidad o traición. Por fin, la puerta se abrió y salió el jefe, seguido por la rusa de pelo negro y azul y el caballero israelí. Bajaron las escaleras, con Nigel Whitcombe pisándoles los talones. El señor Marlowe se les unió en el patio. Cambiaron unas palabras. Luego, el señor Marlowe y el caballero israelí subieron de un salto a la parte de atrás de una furgoneta que arrancó a toda velocidad hacia la entrada de la finca.

Parish regresó a su despacho. El ordenador estaba encendido. En la pantalla había un correo electrónico abierto. Según los datos del mensaje, este había llegado a la bandeja de entrada de la periodista rusa esa misma noche, mientras ella se sentaba a tomar la cena preparada por la señorita Coventry. Parish lo cerró rápidamente, no sin antes echar un vistazo involuntario al texto. Iba dirigido a una tal señorita Antonova y solo contenía tres frases. Estaba escrito en inglés, con puntuación escueta y correcta. No había signos de exclamación innecesarios ni puntos suspensivos en lugar de un punto. El asunto era extrañamente prosaico teniendo en cuenta la reacción que había suscitado: algo acerca de un paquete que habían dejado en la Ciudad Vieja de Berna. De hecho, lo único que a Parish le pareció remotamente interesante era el nombre de la persona que enviaba el mensaje.

Señor Nadie.

14

BERNA

El lugar de entrega estaba a pocos pasos del borde de un frondoso camino peatonal que discurría junto a la orilla del río Aare. La posibilidad de que aquello fuera una maniobra de los rusos obligó a Gabriel a ponerse en lo peor y suponer que lo que contenía el paquete, fuera lo que fuese, estaría contaminado con el mismo agente nervioso que había acabado con la vida de Viktor Orlov. Si era así, un equipo NRBQ debía retirarlo de inmediato para evitar que lo abriera por error un viandante desprevenido o un niño curioso. Así pues, no le quedó más remedio que pedir la intervención de los suizos.

El protocolo y los buenos modales dictaban que avisara primero a su homólogo del NDB, el servicio de seguridad interior e inteligencia extranjera de Suiza. Llamó, no obstante, a Christoph Bittel, que estaba al frente de la división de Interior. En una ocasión se habían enfrentado en una sala de interrogatorio, con una mesa de por medio. Ahora eran en cierto modo aliados. Bittel, aun así, respondió al teléfono con cautela. Cuando Gabriel llamaba, rara vez era para dar buenas noticias; sobre todo, si llamaba después de la medianoche.

—¿Y ahora qué pasa?

—Necesito que recojas un paquete por mí.

—¿Hay alguna posibilidad de que pueda esperar a mañana?

—Ninguna.

—¿Dónde está?

Gabriel se lo explicó.

—¿Y el contenido?

—Es posible que sean documentos financieros de naturaleza sensible. Por si acaso, da por sentado que estarán contaminados con polvo ultrafino de Novichok.

—¿Novichok? —preguntó Bittel, alarmado.

—Eso te interesa más, ¿eh?

—¿Esto tiene algo que ver con el asesinato de Viktor Orlov?

—Te lo explicaré cuando llegue allí.

—No estarás pensando en subirte a un avión, ¿verdad?

—A uno privado.

—¿Puedes decirme algo más sobre el paquete?

—Tengo la sensación de que los rusos podrían estar vigilando. Si no es demasiado pedir, me gustaría que los ahuyentaras antes de enviar al equipo NRBQ.

—¿Y cómo lo hago?

—Armando un poco de jaleo, Bittel. ¿Cómo, si no?

Noventa minutos después, a la 1:47 de la madrugada, hora local, varias unidades de la Policía Federal Suiza establecieron un cordón de seguridad alrededor de la apacible Ciudad Vieja de Berna. No dieron ninguna explicación, pero las informaciones posteriores permitían suponer que el servicio de inteligencia suizo había recibido un aviso fidedigno acerca de una bomba colocada en una calle comercial muy transitada. Nunca se supo con certeza de dónde procedía el aviso, y a pesar del prolongado y enérgico registro que hizo la policía del elegante barrio bernés, no se encontró ningún artefacto explosivo. Lo que no era de extrañar, puesto que nunca existió tal artefacto.

El verdadero objetivo de toda aquella actividad nocturna era un paquete de aspecto inofensivo que descansaba al pie de un álamo, cerca de la ribera del Aare. De forma rectangular, estaba envuelto en plástico grueso y sellado con cinta de embalar transparente. Un equipo NRBQ retiró el objeto poco antes de las cuatro de la madrugada y lo trasladó al Instituto Federal de Defensa NBQ, en la cercana localidad de Spiez. Allí fue sometido a una serie de pruebas para detectar contaminantes biológicos, radiológicos o químicos, incluido el mortífero agente nervioso ruso conocido como Novichok. Todas las pruebas dieron resultado negativo.

A continuación, tras retirarse el envoltorio de plástico del paquete, se colocó su contenido en un maletín de aluminio para su traslado a la sede del NDB en Berna. Gabriel y Christopher llegaron minutos después de las ocho de la mañana en la parte de atrás de un coche de la embajada de Israel. Bittel los recibió en su despacho del último piso. Alto y calvo, tenía el semblante severo de un pastor calvinista y la palidez de quien tiene poco tiempo para hacer actividades al aire libre. Gabriel presentó a su compañero de viaje como Peter Marlowe, agente del MI6, y acto seguido cumplió su promesa e informó a Bittel de la relación entre el paquete de documentos y el asesinato de Viktor Orlov. El suizo, como era lógico, se creyó aproximadamente la mitad de lo que le contó.

—¿Y la periodista de la *Gazeta*? —preguntó—. ¿Dónde está?

—En un sitio donde los rusos no van a encontrarla.

El teléfono de la mesa de Bittel emitió un suave ronroneo. Levantó el auricular y pronunció unas palabras en alemán antes de colgar. Un momento después, un joven agente del NDB apareció en la puerta del despacho con el maletín de aluminio en la mano. Gabriel y Christopher se apartaron instintivamente mientras Bittel extraía el contenido: un fajo de papeles de unos cinco centímetros de grosor. Les mostró la primera hoja. Estaba en blanco, al igual que las veinticinco siguientes.

—Parece que los rusos querían gastarte una bromita.

—Para eso haría falta que tuvieran sentido del humor.

Bittel hojeó otras veinte páginas y luego se detuvo.

—¿Y bien? —preguntó Gabriel.

El suizo deslizó una hoja sobre el escritorio. Seis palabras, tipo de letra Sans Serif, tamaño aproximado veinte puntos tipográficos.

Sé quién mató a Viktor Orlov.

—¿Puedo hacerte otra sugerencia? —preguntó Gabriel al cabo de un momento.

—Cómo no —respondió Bittel secamente.

—Averigua quién dejó esto junto a ese árbol.

El camino peatonal, recién asfaltado, era negro como un disco de vinilo. A un lado, el terreno ascendía empinado hacia el extremo de la Ciudad Vieja. Al otro discurrían las aguas de color verde moco del Aare. El álamo se aferraba precariamente a la ribera cubierta de hierba, flanqueado por un par de bancos de aluminio. Para llegar hasta él, había que pasar por encima de una barandilla de madera de aspecto rústico y cruzar un tramo de descampado.

La cámara de seguridad más cercana estaba a unos cincuenta metros río abajo, instalada sobre una farola en la que un grafitero había garabateado un insulto contra los inmigrantes musulmanes. Bittel consiguió las grabaciones de toda la semana, desde el amanecer del domingo anterior hasta el momento en el que el equipo NRBQ retiró el paquete. Gabriel y Christopher las vieron en un ordenador portátil del NDB, en una sala de reuniones acristalada. Bittel aprovechó ese tiempo para despejar su bandeja de entrada. Como por lo demás era un domingo tranquilo en Suiza, la oficina estaba prácticamente vacía. Solo se oía de vez en cuando el timbre de un teléfono al que nadie contestaba.

El correo electrónico del Señor Nadie había llegado a la bandeja de entrada de Nina Antonova en ProtonMail a las 8:36 de la tarde. Gabriel sincronizó el vídeo de la cámara de seguridad a la misma hora y lo reprodujo marcha atrás al doble de la velocidad normal.

Durante varios minutos, el camino permaneció desierto. Finalmente, aparecieron dos figuras en un borde de la imagen: un hombre con sombrero de fieltro y un perro grande de raza indiscernible. El hombre y la bestia caminaban de espaldas a la cámara y se detenían un momento junto a una papelera, de la que el hombre pareció extraer una bolsa pequeña de plástico. Volvieron a detenerse junto a la farola y el can se acuclilló al borde del camino. Lo que ocurrió a continuación se reprodujo en orden inverso.

—Ojalá no hubiera visto eso —gimió Christopher.

El anochecer se convirtió en crepúsculo, y el crepúsculo en una dorada tarde de verano. Una hoja caída se levantó como un alma resucitada y se adosó a una rama del álamo. Las parejas paseaban, los corredores trotaban, el río fluía…, todo a la inversa. Gabriel se impacientó y aumentó la velocidad de reproducción. Christopher, por su parte, parecía un poco aburrido. Una vez, estando en misión en Irlanda del Norte, había pasado dos semanas vigilando a un presunto terrorista del IRA desde una buhardilla de Londonderry. La familia católica que vivía en el piso de abajo ni siquiera se enteró de que estaba allí.

Pero cuando la barra de progreso de la grabación llegó al minuto 14:27, Christopher se incorporó de repente en la silla. Una figura se había deslizado por encima de la barandilla de madera y caminaba marcha atrás hacia la orilla del río. Gabriel pulsó la pausa y amplió la imagen, pero fue inútil; la cámara estaba demasiado lejos. La figura era poco más que un borrón digital.

Hizo clic en rebobinar y la mancha se quitó la mochila que llevaba. En la base del álamo, recogió un objeto.

Un paquete rectangular envuelto en plástico grueso y sellado con cinta de embalar transparente…

Gabriel pausó la imagen.

—Hola, Señor Nadie —dijo Christopher en voz baja.

Gabriel volvió a rebobinar y vio cómo el Señor Nadie metía el paquete en la mochila y se sentaba en uno de los bancos de aluminio. Según el cronómetro del vídeo, permaneció allí doce minutos y luego regresó al camino.

—Acércate —susurró Gabriel—. Quiero echarte un vistazo.

La mancha lejana pareció oírle, porque un momento después echó a andar hacia atrás, hacia la farola de la cámara de vigilancia. Gabriel aumentó la velocidad de rebobinado y pulsó la pausa.

—Vaya, vaya —dijo Christopher—. Quién lo iba a decir.

Gabriel amplió la imagen. Pelo rubio hasta los hombros. Vaqueros elásticos. Botas elegantes.

El Señor Nadie era una mujer.

Los fluorescentes se encendieron con un parpadeo mientras Gabriel y Christopher seguían a Bittel por el pasillo que llevaba al centro de operaciones del NDB. El técnico de guardia estaba jugando al ajedrez en el ordenador contra un contrincante de un país lejano. Bittel le dio un número de cámara y una referencia temporal, y un momento después la mujer que se hacía llamar Señor Nadie apareció en la pantalla principal de la sala. Esta vez, vieron la entrega en su secuencia correcta. El Señor Nadie llegaba por el este, saltaba la barandilla de madera y pasaba doce largos minutos contemplando el río antes de colocar el paquete al pie del álamo y marcharse en dirección oeste.

El técnico cambió a otra cámara que había grabado a la mujer subiendo por unas escaleras de hormigón hacia el extremo de la Ciudad Vieja. Desde allí, se encaminó a la estación de tren, donde a las tres y diez de la tarde subió a un tren con destino a Zúrich.

Llegó exactamente una hora después. En Bahnhofplatz tomó el tranvía número 3 hasta Römerhofplatz, en el distrito siete, un barrio residencial situado en la falda del Zürichberg. Desde allí, había un agradable paseo a pie por la cuesta de Klosbachstrasse hasta el pequeño y moderno bloque de pisos del número 21 de Hauserstrasse.

Dos minutos después de que entrara en el edificio, se encendió una luz en una ventana de la segunda planta. Una consulta rápida a la base de datos del catastro desveló que la vivienda era propiedad de una tal Isabel Brenner, ciudadana de la República Federal de Alemania. Otra búsqueda reveló que trabajaba como responsable de cumplimiento en la sucursal en Zúrich del RhineBank AG, conocido también como el banco más sucio del mundo.

SEDE DEL NDB, BERNA

Por regla general, los espías de países distintos rara vez trabajan bien en equipo. Compartir un cotilleo regional jugoso o alertar sobre una célula terrorista es algo habitual, sobre todo entre aliados cercanos. Pero los servicios de inteligencia evitan las operaciones conjuntas siempre que pueden, aunque solo sea porque tales iniciativas ponen al descubierto sus técnicas más apreciadas y exponen a su personal. Los espías guardan esos secretos celosamente, como recetas familiares, y solo los revelan bajo tortura. Además, los intereses nacionales de los distintos países pocas veces coinciden del todo, y menos aún tratándose de altas finanzas. Lo que dicen del dinero es verdad. Indudablemente, lo cambia todo.

Igual que el polvo ultrafino de Novichok, es inodoro, insípido, portátil y fácil de ocultar. Y a veces, por supuesto, también mortal. Había hombres que mataban por dinero. Y que, cuando ya tenían suficiente, mataban a quien pretendiera quitárselo. Gran parte del dinero que circulaba por las venas y las arterias del sistema financiero mundial era, cada vez en mayor medida, dinero sucio. Procedía de actividades delictivas o era sustraído de las arcas del Estado por autócratas cleptómanos. Corrompía todo lo que tocaba. Ni siquiera las personas más decentes eran inmunes a sus estragos.

Había numerosas entidades financieras que estaban encanta-
das de mancharse las manos con dinero sucio, a cambio de una
comisión sustanciosa, claro está. Una de esas entidades era el
RhineBank AG. Al menos, eso se rumoreaba, porque el blanqueo
de capitales era uno de los pocos delitos financieros por los que
el banco no había sido condenado. Su más reciente roce con las
autoridades reguladoras había tenido lugar en el estado de Nueva York, cuyo Departamento de Servicios Financieros había impuesto una multa de cincuenta millones de dólares a la entidad
por sus tratos comerciales con un traficante sexual condenado por
la justicia. Un importante operador de productos derivados del
RhineBank comentó entonces que la cuantía de la multa era inferior a la bonificación anual que cobraba él. Cometió la insen-
satez de repetir ese comentario en un correo electrónico que
acabó en las páginas del *Wall Street Journal*. Durante el minies-
cándalo que siguió, la portavoz del RhineBank evitó responder a
la pregunta de si el operador ganaba, en efecto, una cifra tan astronómica. Y cuando la bonificación se hizo pública en una declaración posterior que presentó la empresa, volvió a provocar un
escándalo.

El banco tenía su sede en una torre de aspecto amenazador
situada en el centro de Hamburgo que los críticos arquitectóni-
cos habían ridiculizado tachándola de falo de acero y cristal. Su
ajetreada oficina londinense estaba en Fleet Street, y en Nueva
York ocupaba un flamante rascacielos con vistas al Hudson. Por
ser un banco verdaderamente global, el RhineBank tenía que responder ante una auténtica sopa de letras de organismos reguladores. A cualquiera de ellos le habría interesado saber que la
responsable de cumplimiento de la sucursal de Zúrich estaba dejando paquetes con documentos comprometedores en diversos
lugares de Suiza. Si la naturaleza de esos documentos llegara a hacerse pública, la cotización de las acciones del RhineBank se des-
plomaría, lo que a su vez afectaría a su balance general,

notoriamente sobreapalancado. El daño se extendería de inmediato a los socios comerciales de la entidad, es decir, a los bancos de los que recibía préstamos o a los que prestaba dinero. Las fichas de dominó caerían una tras otra. Y, dada la fragilidad de la economía europea, muy probablemente habría otra crisis financiera.

—Está claro —comentó Christoph Bittel— que ello no redundaría en beneficio de la Confederación Helvética ni de su importantísimo sector de servicios financieros.

—Entonces, ¿qué hacemos con esa mujer? —preguntó Gabriel—. ¿Fingir que no existe? ¿Esconderla bajo la alfombra?

—Eso es tradición aquí en Suiza. —Bittel miró a Gabriel a través de la lustrosa mesa rectangular de la sala de reuniones—. Claro que eso ya lo sabes.

—Cerramos mis cuentas en Suiza hace mucho tiempo, Bittel.

—¿Todas? —Bittel sonrió—. Hace poco tuve ocasión de volver a ver nuestro careo tras el atentado en aquella tienda de antigüedades en Saint Moritz.

—¿Y qué te pareció al verlo por segunda vez?

—Supongo que lo hice lo mejor que pude. Aun así, me habría gustado poder precisar algunos detalles. El asunto de Anna Rolfe, por ejemplo. Tu primera aventura en Suiza. ¿O fue el asesinato de Hamidi? Me cuesta llevar la cuenta. —En vista de que Gabriel no decía nada, Bittel añadió—: Tuve la suerte de ver actuar a Anna con Martha Argerich unas semanas antes del confinamiento. Un recital de sonatas de Brahms y Schumann. Sigue tocando con la misma pasión. Y Argerich… —Levantó las manos—. En fin, ¿qué se puede decir que no se haya dicho ya?

—¿Qué pieza de Brahms?

—Creo que era la *Sonata en sol mayor*.

—Anna la adoraba.

—Está viviendo otra vez aquí, en Suiza, en el chalé que tenía su padre en el Zürichberg.

—No me digas.

—¿Cuándo fue la última vez que la viste?

—¿A Anna? —Gabriel miró a Christopher, que observaba el tráfico del domingo por la tarde por la A6 con una media sonrisa en la cara—. Hace siglos.

Bittel volvió al asunto que los ocupaba.

—Si hay un escándalo, no solo nos afectará a nosotros. El RhineBank tiene muchas ramificaciones en Gran Bretaña y Estados Unidos.

—Si se maneja este asunto como es debido, no habrá ningún escándalo. Pero si el RhineBank ha infringido la ley, tendrá que recibir el castigo que le corresponde.

—¿Qué les digo a los reguladores del banco?

—Nada en absoluto.

Bittel puso cara de horror.

—Aquí en Suiza no hacemos las cosas así. Nosotros cumplimos las reglas.

—Menos cuando os conviene no cumplirlas. Entonces os saltáis la normativa tan alegremente como el que más. Nosotros no somos policías ni reguladores, Bittel. Nos dedicamos a robarles sus secretos a otros.

—¿Reclutar a Isabel Brenner como agente? ¿Eso es lo que propones?

—¿Cómo, si no, vamos a averiguar el nombre de ese pez gordo ruso que ha estado saqueando las arcas del Estado y escondiendo su botín aquí, en Occidente?

—No sé si quiero saber su nombre.

—En ese caso, deja que me encargue yo de este asunto.

Bittel exhaló un profundo suspiro.

—¿Por qué será que tengo la sensación de que lo voy a lamentar?

Gabriel no se molestó en asegurarle a su colega suizo que no lo lamentaría. Las operaciones de espionaje, como la vida, estaban llenas de pesares y arrepentimientos. Sobre todo, si había rusos de por medio.

¿Necesitas algo de nosotros? —preguntó Bittel por fin.

—Me gustaría que os mantuvierais al margen.

—Seguro que podemos proporcionarte alguna ayuda. Vigilancia física, por ejemplo.

Gabriel señaló con la cabeza a Christopher.

—El señor Marlowe se encargará de la vigilancia, al menos por ahora. Pero, si cuento con tu aprobación, me gustaría contar con un agente más.

—¿Solo con uno?

Gabriel sonrió.

—Con uno me basta.

16

ZÚRICH

Eli Lavon llegó al aeropuerto de Kloten, en Zúrich, a última hora de la tarde del día siguiente. Llevaba un jersey de punto bajo la chaqueta de *tweed* arrugada y un pañuelo con nudo *ascot* alrededor del cuello. Tenía el pelo ralo, fino y descuidado, y una cara de rasgos anodinos, fácil de olvidar. Los agentes de inmigración que recibieron su avión en la pista de aterrizaje no se molestaron en inspeccionar su pasaporte. Tampoco revisaron las dos grandes maletas de aluminio que llevaba y que estaban repletas de sofisticados equipos de vigilancia y comunicaciones.

Un empleado de ExecuJet, uno de los dos operadores con base fija en el aeropuerto, colocó las maletas en la parte de atrás del BMW X5 que esperaba fuera. Lavon se sentó en el asiento del copiloto y frunció el ceño.

—¿No deberías llevar uno o dos escoltas?

—No necesito escoltas —respondió Gabriel—. Tengo a Christopher.

Lavon echó un vistazo al asiento trasero vacío.

—No sabía que fuera tan bueno.

Sonriendo, Gabriel tomó la carretera de acceso y la siguió, bordeando el aeropuerto.

—¿Qué tal el vuelo? —preguntó mientras un avión de línea pasaba a baja altura por encima de ellos.

—Solitario.

—¿Verdad que es una maravilla?

—¿Viajar en avión privado? Supongo que podría acostumbrarme. Pero ¿qué pasará cuando se acabe la pandemia?

—Que el próximo director general de la Oficina no volará con El Al.

—¿Has pensado ya en qué pobre desgraciado va a sucederte?

—Eso es decisión del primer ministro.

—Pero seguro que tienes a alguien en mente.

Gabriel le miró de reojo.

—Precisamente quería hablarte sobre tu futuro, Eli.

—Soy demasiado viejo para tener futuro. —Lavon sonrió con tristeza—. Solo tengo un pasado muy complicado.

Al igual que Gabriel, Eli Lavon era un veterano de la Operación Ira de Dios. Era, en el léxico hebreo del equipo, un *ayin*, un especialista en vigilancia y seguimiento. Cuando la unidad se disolvió, Lavon se instaló en Viena, donde abrió una pequeña agencia de investigación llamada Reclamaciones y Pesquisas de Guerra. A pesar de contar con un presupuesto muy limitado, se las arregló para localizar bienes expoliados durante el Holocausto por valor de varios millones de dólares y desempeñó un papel esencial a la hora de conseguir un acuerdo multimillonario con los bancos suizos. Inflexible y brillante, Lavon se ganó enseguida el desprecio de los altos cargos de la banca suiza. El *Neue Züricher Zeitung* le llamó en cierta ocasión «ese terco duendecillo vienés» en un editorial rebosante de desdén.

Lavon miró por la ventanilla con aire sombrío.

—¿Te importaría decirme por qué he vuelto a Suiza?

—Hay un problema con un banco.

—¿Con cuál, esta vez?

—Con el más sucio del mundo.

—¿El RhineBank?

—¿Cómo lo has adivinado?

—No hay ningún otro que pueda disputarle ese título.

—¿Has tenido alguna relación con el banco?

—No —contestó Lavon—. Pero tu madre y tus abuelos, sí. Verás, el distinguido RhineBank AG de Hamburgo financió la construcción de Auschwitz y de la fábrica que producía los gránulos de Zyklon B que se usaban en las cámaras de gas. También traficaba con el oro dental que se les extraía de la boca a los muertos y ganó inmensas cantidades de dinero mediante la arianización de empresas de propiedad judía.

—Un negocio muy rentable, ¿no?

—Ya lo creo. Consiguieron inmensos beneficios gracias a Hitler. Pero era una relación que iba más allá de la pura conveniencia. El RhineBank estaba muy por la labor.

¿Y después de la guerra?

—Se lavó un poco la cara y ayudó a financiar el milagro económico alemán. Naturalmente, sus directivos eran todos anticomunistas acérrimos. Se rumoreaba que varios trabajaban para la CIA. El presidente del banco asistió a la segunda toma de posesión de Eisenhower como invitado, en 1957.

—De modo que se hizo borrón y cuenta nueva.

—Fue como si Auschwitz nunca hubiera existido. El RhineBank dedujo de aquello que podía hacer lo que quisiera sin sufrir las consecuencias, y a eso se ha dedicado desde entonces, una y otra vez. En 2015, los americanos le pusieron una multa de doscientos cincuenta millones de dólares por ayudar a los iraníes a eludir las sanciones internacionales. —Lavon meneó la cabeza—. Hacen negocios con cualquiera.

—Incluido un pez gordo ruso que está escondiendo dinero malversado aquí, en Occidente.

—¿Quién lo dice?

—Isabel Brenner, la responsable de cumplimiento de la oficina del banco en Zúrich.

—Es un alivio.

—¿Por qué?

—Con el historial que tiene la empresa —dijo Lavon—, pensaba que no había nadie en ese puesto.

Durante el trayecto hasta el centro de Zúrich, Gabriel informó a Eli Lavon de la inusitada serie de acontecimientos que había precedido su regreso a Suiza: el reencuentro en Norwich con Olga Sukhova, amiga de ambos desde hacía mucho tiempo; la exfiltración en Ámsterdam de Nina Antonova, excompañera de redacción de Olga; y el paquete dejado junto a un álamo, a orillas del río Aare. A continuación, le explicó las condiciones del extraño acuerdo al que había llegado con Christoph Bittel, el subdirector de un servicio de inteligencia extranjero razonablemente amistoso, aunque en ocasiones poco dispuesto a cooperar.

—Solo tú podías convencer a los suizos, la nación más cerrada del mundo, para que te dejen montar una operación en su territorio.

—Casi no les he dejado opción.

—¿Y qué pasará cuando descubran que el único agente al que has hecho venir es el terco duendecillo del escándalo de las cuentas del Holocausto?

—Eso fue hace mucho tiempo, Eli.

—¿Y qué me dices del señor Marlowe? ¿Cuántos golpes llevó a cabo en Suiza antes de ingresar en el MI6?

—Dice que no se acuerda.

—Eso nunca es una buena señal. —Lavon encendió un cigarrillo y bajó la ventanilla para ventilar el humo.

—¿Tienes que fumar? —preguntó Gabriel en tono suplicante.

—Me ayuda a pensar.

—¿Y en qué piensas?

—Me estoy preguntando por qué los rusos no han retirado de la circulación a Isabel Brenner. Y por qué no recogieron ese paquete de documentos que dejó en Berna.

—¿Cuál crees que es la respuesta?

—La única explicación que veo es que Brenner hizo cada una de las entregas *antes* de enviar los correos electrónicos a Nina Antonova. Los rusos desconocen su identidad.

—¿Y el paquete en Berna?

—Probablemente confiaban en que fuera Nina quien lo recogiera, para poder matarla. Pero puedes estar seguro de que no se tragaron el numerito que montasteis tus amigos suizos y tú la otra noche. Saben que tienen un problema.

—Lo tienen, en efecto —dijo Gabriel en voz baja.

—¿Cuánto tiempo piensas vigilarla antes de intervenir?

—El suficiente para asegurarnos de que no es una agente rusa con un buen disfraz.

Gabriel giró hacia Talackerstrasse y detuvo el coche junto a la acera, frente a la fachada del Credit Suisse. Al otro lado de la calle, junto a la sede de UBS, se hallaba la oficina del RhineBank en Zúrich.

Eran casi las seis; el éxodo vespertino había comenzado. Pasado un rato, Gabriel señaló a una mujer que acababa de salir por la puerta del RhineBank.

Traje pantalón de diseño, de color oscuro, blusa blanca y zapatos de tacón caros. Elegancia de banca privada.

—Ahí está el Señor Nadie.

Era alta y delgada como una modelo, de largas extremidades y manos articuladas. Su belleza era evidente a simple vista, pero quedaba velada en parte por la seriedad de su expresión. En la penumbra de la calle era imposible distinguir el color de sus ojos, aunque era lógico suponer que serían de un azul claro. Cuando caminaba, su cabello rubio oscilaba como el péndulo de un metrónomo.

—¿Qué edad tiene? —preguntó Lavon.

—Treinta y cuatro, según su pasaporte.

—¿Casada?

—Por lo visto, no.

—¿Cómo es posible?

—Los tiempos han cambiado, Eli.

Lavon la observó detenidamente un momento.

—No me parece que tenga aspecto de rusa. Y tampoco camina como una rusa.

—¿Puedes distinguir a una rusa por su forma de andar?

—¿Tú no?

Pasaron unos instantes en silencio. Luego Gabriel preguntó:

—¿Qué estás pensando ahora, Eli?

—Me estoy preguntando por qué una mujer joven y bella como esa pone en peligro su carrera para entregarle a una periodista rusa documentos confidenciales acerca de un cliente importante.

—Quizá tenga conciencia.

—Imposible. El RhineBank solo contrata a individuos a los que se les extirpó la conciencia al nacer.

La mujer dobló la esquina de Paradeplatz. Gabriel arrancó a tiempo de verla subir al tranvía 8. Unos segundos después, Christopher subió al mismo vagón.

—Qué patán —comentó Lavon—. Se supone que hay que subir antes que el objetivo, no después.

—Tienes que colaborar con él, Eli.

—Ya lo he intentado. Y nunca me escucha.

17

ERLENBACH, SUIZA

Christoph Bittel le propuso a Gabriel que dirigiera la operación desde un piso franco del NDB. Gabriel, como es lógico, declinó amablemente el ofrecimiento. Daba por descontado que sus pisos francos estarían repletos de micrófonos y cámaras de alta calidad (si en algo destacaban los suizos, era en el espionaje electrónico). Intendencia encontró un chalé frente al lago, en la zona de Erlenbach, a las afueras de Zúrich, cuyo último ocupante había sido un ejecutivo de Goldman Sachs. Gabriel pagó el alquiler de un año por adelantado y acto seguido disolvió la sociedad ficticia a través de la cual se había realizado la transacción, privando así a sus flamantes aliados suizos de los medios para penetrar en su red global de operaciones financieras secretas.

Se instaló en el chalé a última hora de la tarde del lunes, junto con los otros dos miembros de su incipiente equipo operativo, y a las ocho y cuarto del martes cometieron su primer delito en territorio suizo. El principal responsable fue Christopher Keller, que se coló sin ser visto en el piso de Isabel Brenner mientras ella se dirigía a pie a la parada de tranvía de Römerhofplatz. Estando allí, copió el contenido de su ordenador portátil, intervino su red wifi, colocó un par de transmisores de audio y llevó a cabo un registro rápido y poco invasivo de sus efectos personales. En el armario de las medicinas no había nada que permitiera suponer que Brenner sufría alguna enfermedad o dolencia física, salvo un frasco vacío de pastillas para dormir. Su ropa y sus prendas íntimas, discretas y refinadas, no sugerían que tuviera un lado oscuro, y de las numerosas obras literarias serias que llenaban sus estanterías podía deducirse que prefería leer en inglés, en vez de en su alemán nativo. Los discos compactos apilados encima de su equipo estéreo de fabricación británica eran en su mayoría de música clásica, salvo algunas obras maestras del *jazz*, de Miles Davis, John Coltrane, Bill Evans y Keith Jarrett. En el cuarto de estar, junto a un atril, había un estuche de fibra de vidrio para violonchelo.

—¿Dentro había de verdad un violonchelo? —preguntó Gabriel.

—No he mirado —admitió Christopher.

—¿Por qué no?

—Porque la gente no suele tener un estuche para violonchelo de adorno. Lo tiene para guardar y transportar un violonchelo.

—Quizá sea de su novio.

—No tiene novio. O, si lo tiene, no va nunca por allí.

Encontraron en el portátil el número de móvil de Isabel. Y a la una y media, mientras almorzaba con una compañera en una cafetería cercana a la oficina, fue víctima de un ciberataque de la Unidad 8200, el servicio de telecomunicaciones de la inteligencia israelí. A los pocos minutos, el sistema operativo del teléfono empezó a descargar correos electrónicos, mensajes de texto, entradas de calendario, datos de localización GPS, metadatos telefónicos, información de tarjetas de crédito y el historial de Internet de los dieciocho meses anteriores. Además, el malware se hizo con el control de la cámara y el micrófono del teléfono, convirtiéndolo en un transmisor de vídeo y audio a tiempo completo, lo que significaba que dondequiera que fuera Isabel, Gabriel y su equipo irían con ella. La tenían *fichada*, como se decía en el léxico de la vigilancia electrónica.

La pulcritud irreprochable de la vida digital de Isabel reforzaba la impresión que Christopher Keller se había formado de ella durante su breve visita a su casa: Isabel Brenner era una persona de enorme inteligencia y talento, sin vicios ni defectos morales de ninguna clase. No podía decirse lo mismo, en cambio, de la empresa de servicios financieros para la que trabajaba. De hecho, los documentos extraídos de sus dispositivos evidenciaban que en el RhineBank no se aplicaban las normas habituales, imperaba la cultura del beneficio a toda costa y se esperaba de los operadores que obtuvieran unos rendimientos estratosféricos aun a riesgo de llevar al banco al borde mismo de la quiebra.

Actuar como supervisor ético y jurídico de una entidad semejante era un ejercicio cotidiano de funambulismo, como demostraba el correo electrónico que Isabel había enviado a Karl Zimmer, director de la oficina de Zúrich, en relación con una serie de transferencias efectuadas por el departamento de gestión de patrimonios. En total, se habían movido más de quinientos millones de dólares desde bancos de Letonia a diversas cuentas del RhineBank en Estados Unidos. Los bancos letones, señalaba Isabel, servían como primera escala financiera para gran parte del dinero sucio que salía de Rusia; se sabía que era así. Y, sin embargo, los gestores de patrimonio de Zúrich habían aceptado los fondos sin realizar las comprobaciones mínimas y, para ocultar el origen del dinero a los organismos reguladores estadounidenses, que conocían los vínculos financieros entre Rusia y Letonia, habían omitido el código de país en las transferencias.

—A Isabel le preocupaba que eso demostrara que estaban actuando con plena conciencia de lo que hacían —explicó Lavon—. La verdad es que parecía mucho menos preocupada por la legalidad de esas transferencias. Fue más bien una advertencia amistosa de una empleada leal a la empresa.

¿Cómo reaccionó *herr* Zimmer? —preguntó Gabriel.

—Le propuso que comentaran el asunto cara a cara. Palabras suyas, no mías.

—¿Cuándo fue eso?

—El diecisiete de febrero. Diez días después, durante su hora de comer, Isabel fue a un campo de deportes del distrito tres. El que tiene la pista de atletismo roja —añadió Lavon—. Sus datos de ubicación coinciden también con los de las demás entregas, menos en el caso del paquete que mató a Viktor.

—¿Alguna otra excursión interesante?

—Estuvo en el Reino Unido a mediados de junio y otra vez a finales de julio. De hecho, estuvo allí dos días antes de que asesinaran a Viktor.

—Londres es una de las grandes capitales financieras del mundo —señaló Gabriel.

—Por lo que resulta aún más sorprendente que no se pasara por la oficina del RhineBank en Londres.

—¿Adónde fue?

—No estoy seguro. Tuvo el teléfono apagado varias horas en ambas visitas.

—¿Cuánto tiempo se quedó?

—Una sola noche.

—¿Hotel?

—El Sofitel de Heathrow. Pagó con su tarjeta de crédito personal. El billete de avión, también. En ambos viajes tomó el primer vuelo a Zúrich y a las nueve de la mañana estaba de vuelta en la oficina.

En el teléfono de Isabel, al igual que en su apartamento, no había ningún indicio de que estuviera prometida o tuviera pareja sentimental estable, ya fuera hombre o mujer. Esa noche, sin embargo, tras subir al número 8 en Paradeplatz, quedó con un tal Tobias para tomar una copa el viernes. Cuando su tranvía llegó a Römerhofplatz, compró algunas cosas en el supermercado Coop y, seguida por Christopher Keller, subió la cuesta del Zürichberg hasta su casa. Al poco rato, los dos micrófonos ocultos en el piso captaron el sonido de la *Suite para violonchelo en re menor* de Bach. Pasaron unos minutos antes de que Gabriel y Lavon se dieran cuenta de que no estaban escuchando una grabación.

—Su tono es…

—Embriagador —dijo Gabriel.

—Y no parece estar leyendo la partitura.

—Obviamente, no la necesita.

—En ese caso —dijo Lavon—, me gustaría preguntarle otra cosa.

—¿Qué?

—¿Por qué una persona que toca el violonchelo así trabaja para el banco más sucio del mundo?

—Descuida, que se lo preguntaré.

—¿Cuándo?

—En cuanto esté seguro de que no es una rusa con un buen disfraz.

—Puede que no camine como una rusa —comentó Lavon cuando Isabel empezó a tocar el segundo movimiento de la *suite*—, pero desde luego toca el chelo como si lo fuera.

En total, el ordenador de la casa de Isabel Brenner contenía unos treinta mil documentos internos del RhineBank y más de cien mil correos electrónicos de su cuenta de empresa. Era demasiado material para que Lavon lo revisara él solo. Necesitaba la ayuda de un investigador financiero versado en los tejemanejes de los cleptómanos del Kremlin. Por suerte, Gabriel conocía a la persona indicada. Era una periodista de investigación de un semanario moscovita que denunciaba con regularidad las fechorías de los grandes potentados rusos. Y lo que era quizá más importante, llevaba varios meses en contacto con Isabel Brenner, aunque fuera de manera anónima.

La periodista en cuestión llegó al piso franco el miércoles por la tarde y se puso a escarbar junto a Eli Lavon en los documentos del RhineBank, mientras Christopher se ocupaba de vigilar a Isabel. La seguía al trabajo cada mañana y de vuelta a casa cada tarde. Isabel practicaba con el violonchelo casi todas las noches, al menos una hora; después, se preparaba algo de comer y llamaba por teléfono a su madre, a Alemania. Nunca le hablaba de su trabajo en el banco. Ni a ella ni al pequeño círculo de amigos con los que mantenía contacto regular. Nada en sus comunicaciones permitía suponer que era una colaboradora o una agente de los servicios secretos rusos o alemanes. Christopher no vio indicios de que alguien más la estuviera vigilando.

El jueves, tomó algo después del trabajo con una compañera en el Bar au Lac de Talstrasse. De vuelta a casa, practicó con el violonchelo tres horas seguidas. Después, vio un reportaje en la televisión suiza acerca de una periodista rusa desaparecida, Nina Antonova. Al parecer, sus compañeros de la *Moskovskaya Gazeta* no tenían noticias suyas desde el miércoles anterior, cuando viajó de Zúrich a Londres para reunirse con el dueño de la revista. El redactor jefe de la *Gazeta* había pedido ayuda al Gobierno británico para localizarla. No había pedido, en cambio, la colaboración del Kremlin, lo que quizá no fuera de extrañar.

Isabel pasó una noche intranquila y a la mañana siguiente salió de casa veinte minutos más tarde de lo habitual. Tras dejar el bolso en su despacho, se dirigió a la sala de juntas de la última planta para asistir a una reunión con el Consejo de los Diez, el comité directivo de la empresa. Comió sola y al volver a la oficina tuvo un encontronazo con Lothar Brandt, el jefe del departamento de gestión de patrimonios. Evidentemente, Brandt estaba pasándose de la raya con las transferencias sospechosas. Isabel le aconsejó que reconsiderara varias de las operaciones más voluminosas. De lo contrario, corría el riesgo de hacer saltar las alarmas en Nueva York y Washington. Brandt, por su parte, le aconsejó que se dedicara a ciertas actividades de índole sexual y la echó de su despacho.

La acritud de la discusión se reflejaba aún en su semblante cuando Isabel salió del RhineBank a las seis y cuarto. Christopher subió tras ella al tranvía número 8 en Paradeplatz, al igual que Nina Antonova, que se sentó junto a Isabel. Mientras el tranvía avanzaba, Nina le entregó una hoja de papel. Seis palabras, con tipografía Sans Serif de veinte puntos aproximadamente.

Sé quién mató a Viktor Orlov.

Isabel se dirigió a ella en alemán sin levantar la vista.

—Espero que demandes a quien te haya hecho eso en el pelo.

Nina volvió a tomar la hoja de papel.

—Arriesgué la vida al darte esos documentos. ¿Por qué no los publicaste?

—Viktor dijo que era demasiado peligroso.

—¿Es culpa mía que le mataran?

—No, Isabel. Es culpa mía.

—¿Por qué?

—Prefiero que eso te lo explique un amigo mío. Le gustaría hablar contigo esta misma noche, así que vas a tener que anular tu cita con Tobias.

—¿Cómo sabes que he quedado con él?

Nina miró el teléfono de Isabel.

—Dile que te ha surgido una emergencia en el trabajo. Te aseguro que no te arrepentirás.

Isabel envió el mensaje de texto y luego apagó el teléfono sin esperar respuesta.

—No era una cita. Solo íbamos a tomar algo.

—No sé cuántas veces me habré dicho yo lo mismo.

Isabel le apretó la mano.

—Creía que estabas muerta.

—Yo también —contestó Nina.

18

RÖMERHOFPLATZ, ZÚRICH

Un hombre con el pelo rubio, los ojos azules claros y un bronceado permanente las siguió desde la parada del tranvía donde solía apearse Isabel, en Römerhofplatz. Mientras cruzaban la calle, guio a Isabel hacia un BMW X5 que estaba esperando. Nina se sentó junto a ellos en el asiento trasero. El hombre que iba al volante tenía aspecto de librero especializado en ejemplares raros. Se incorporó al escaso tráfico vespertino como si temiera que hubiera niños pequeños transitando por la calle y se dirigió hacia el sur por Asylstrasse.

El hombre sentado junto a Isabel estaba escribiendo algo en su teléfono móvil.

—¿Para quién trabajas? —preguntó ella.

—Para un departamento muy aburrido del Ministerio de Asuntos Exteriores británico.

—¿El MI6?

—Si tú lo dices.

—¿Cómo te llamas?

—Los suizos parecen creer que me llamo Peter Marlowe.

—¿Y no es así?

—Para nada.

Isabel miró al conductor.

—¿Y él?

—No sabía qué decirte, aunque, si pienso un poco, seguro que se me ocurre algo. —Le dedicó una sonrisa tranquilizadora—. Estás en buenas manos, Isabel. No tienes absolutamente nada que temer.

—A no ser que seáis de los servicios secretos rusos.

—Odiamos a los putos rusos. —Sonrió a Nina—. Menos a ti, por supuesto.

—¿Cómo me habéis encontrado?

—Te hicimos una foto muy bonita la otra noche, cuando dejaste el paquete en Berna. Varias, en realidad.

—No teníais derecho a hackear mi teléfono.

—Tienes toda la razón, pero me temo que no nos quedó otro remedio.

—¿Habéis descubierto algo interesante?

—Las contraseñas de tus tiendas *online* favoritas, todos los sitios web que has visitado y todas las personas a las que sigues obsesivamente en las redes sociales. Has mirado el Twitter de Nina más de cuatrocientas veces en los últimos seis meses.

—¿Nada más?

—También encontramos más de una docena de cuentas de correo electrónico. Solo en ProtonMail tienes seis direcciones. Envías la mayoría de tus mensajes de texto usando el único servicio cifrado que no hemos podido intervenir.

—Por eso lo utilizamos.

—¿Quiénes?

—Los empleados del RhineBank. La dirección del banco prefiere que para tratar los asuntos más delicados utilicemos nuestras cuentas personales cifradas, en vez de las direcciones de correo electrónico de la empresa.

—¿Por qué?

—Para ocultar nuestras deliberaciones a las autoridades. ¿Por qué va a ser?

—¿Te gusta Haydn? —preguntó él de repente.

—¿Perdón?

—El compositor.

—Sé quién es.

—Buscaste su nombre varias veces la semana del asesinato de Viktor Orlov. Tengo curiosidad por saber si te gusta especialmente la música de Haydn.

—¿Y a quién no?

—Yo siempre he preferido a Mozart.

—Mozart adoraba a Haydn.

—También buscaste otra cosa: Grupo Haydn —añadió él—. Por la razón que sea, pusiste la letra ge en mayúscula.

—Tenéis un buen *software*.

—¿Son un cuarteto de cuerda? ¿Un trío?

Ella negó con la cabeza.

—Eso me parecía. —Pasaron por delante de las oficinas del Banco Comercial Ruso y, unos segundos después, por las del Gazprombank—. Territorio enemigo —comentó el inglés.

—Para el RhineBank, no. Hacemos muchos negocios con ambas entidades.

—¿Y qué hay del MosBank?

—La mayoría de los bancos respetables evitan tener tratos con él. Pero, como sabrás por mis correos electrónicos, el MosBank es nuestro principal socio en Rusia. —Isabel hizo una pausa y luego preguntó—: ¿Era un examen?

Él miró su teléfono sin responder. Habían entrado en el barrio de Zollikon. Siguieron Seestrasse a lo largo de la orilla del lago, hasta el pueblo de Küsnacht y después hasta Erlenbach. Allí, el hombre bajito que iba al volante cruzó sin prisa la puerta de acceso a una finca rodeada por un muro. La casa, erizada de torres, no tenía un aspecto muy acogedor. En el camino de entrada había varios coches de color oscuro aparcados en fila. Unos cuantos guardias de seguridad patrullaban por el césped.

El hombre bajito detuvo el coche y apagó el motor como si estuviera aliviado por haber llegado a su destino sin contratiempos. Un instante después, otro coche aparcó detrás de ellos. Evidentemente, los habían seguido.

—Vamos dentro, Isabel —dijo el inglés amablemente—. Tienes que conocer a los demás.

La puerta del chalé estaba abierta para recibirlos. Siguieron la galería central, iluminada solo a medias, hasta un espacioso salón con altos ventanales que daban al oeste, con vistas al lago. Los sillones estaban tapizados de brocado y las alfombras, algo descoloridas, eran orientales. Varias pinturas al óleo adornaban las paredes: paisajes y bodegones, nada demasiado estrafalario. De algún lugar llegaba el sonido del *Trío para piano en mi mayor* de Haydn. Isabel miró al inglés, que volvía a sonreír.

—Lo hemos elegido especialmente para ti.

Había dos hombres sentados en sendos sillones, cerca de una ventana. Uno tenía la expresión inescrutable de un banquero suizo, aunque el corte y la calidad de su traje evidenciaban que trabajaba para el Gobierno, no para el sector privado. El otro parecía un personaje de una novela de misterio ambientada en una casa de campo inglesa, pero Isabel no pudo deducir si se trataba del villano o del protagonista.

Ninguno de los dos parecía haberse percatado de su llegada. Lo mismo podía decirse del hombre que permanecía de pie delante de un bodegón de frutas y flores recién cortadas, con una mano en la barbilla y la cabeza ligeramente inclinada hacia un lado. Sus ojos eran de un tono de verde antinatural. Como el jade, pensó Isabel. Intentó adivinar su edad, pero no logró decantarse por una cifra. Cuando el hombre habló por fin, lo hizo en alemán, con claro acento de haberse criado en Berlín.

—¿Te gustan los cuadros, Isabel?

—Los buenos, sí. La morralla como esa, no.

—No es tan malo. Lo que pasa es que está muy sucio. —Hizo una pausa—. Como el banco para el que trabajas. Por suerte, el cuadro se puede restaurar. No estoy seguro de que pueda decirse lo mismo de tu empresa.

—¿Para quién trabajas? —preguntó ella—. ¿Para BaFin o para algún servicio de inteligencia alemán?

—Para ninguno de ellos. De hecho, ni siquiera soy alemán.

—Pues hablas como si lo fueras.

—Mi madre me enseñó alemán. Nació en el distrito de Mitte, en Berlín. Yo, en cambio, nací en Israel. Hace tiempo, te habría dado un seudónimo en lugar de mi nombre real, que es Gabriel Allon. Solo tendrías que hacer una búsqueda sencilla en Internet para descubrir que soy el director general del servicio secreto de inteligencia israelí, pero, por favor, no cedas a la tentación de escribir mi nombre en el recuadro blanco. La navegación privada es un mito.

Los dos hombres sentados junto a la ventana parecían ensimismados, como extras en una producción teatral.

—¿Y ellos? —preguntó Isabel—. ¿También son israelíes?

—Por desgracia, no. El apuesto caballero de pelo gris es Graham Seymour, mi homólogo del MI6.

—¿Y el otro?

—Un alto cargo del espionaje suizo. Prefiere permanecer en el anonimato por ahora. Piensa en él como en una cuenta numerada.

—Están muy pasadas de moda.

—¿El qué?

—Las cuentas numeradas. Sobre todo, para la gente que de verdad tiene dinero que esconder.

Gabriel se acercó a ella lentamente.

—Tengo que reconocer que disfrutamos mucho escuchando tu interpretación hace un par de noches. La *Suite para violonchelo en re Menor* de Bach. Los seis movimientos completos. Y ni un solo error.

—Cometí varios, en realidad. Solo que los disimulé bien.

—¿Se te da bien disimular tus errores?

—La mayoría de las veces, sí.

—No oímos el crujido de la partitura.

—No la necesito.

—¿Tienes buena memoria?

—La mayoría de los músicos la tienen. También se me dan bastante bien las matemáticas, por eso acabé en el RhineBank.

—Pero ¿por qué te quedaste?

—Por la misma razón que se quedan otras noventa mil personas.

Gabriel volvió a mirar el cuadro y se llevó la mano a la barbilla.

—¿Y si tuvieras la oportunidad de empezar de nuevo?

—Me temo que la vida no funciona así.

Él se lamió la punta del dedo índice y frotó con ella el lienzo sucio.

—¿De dónde has sacado esa idea?

19

ERLENBACH, SUIZA

Gabriel la hizo sentarse en un lugar de honor y se instaló ante la chimenea apagada. Recitó a continuación los datos elementales del impresionante currículo de Isabel, que sus amigos y él habían desenterrado de su teléfono móvil y su ordenador personal. Por respeto hacia los presentes que no hablaban alemán, se dirigió a ella en inglés. Tenía un acento suave pero absolutamente imposible de ubicar. Su tono era el de un subastador oficiando la venta de un cuadro. El lote final de la noche.

—Isabel Brenner, treinta y cuatro años, nacida en la antiquísima ciudad alemana de Tréveris en el seno de una familia de sólida clase media alta. Tu padre es un abogado de renombre, una figura destacada. Tu madre, muy aficionada a Bach, te dio tu primera clase de piano a los tres años. Pero, con motivo de tu octavo cumpleaños, se plegó a tus deseos y te regaló un violonchelo. Las clases particulares te permitieron desarrollar tu talento. A los diecisiete años ganaste el tercer premio del prestigioso Concurso Internacional de Música ARD por tu interpretación de la *Sonata para violonchelo en mi menor* de Brahms.

—Eso no es correcto.

—¿En qué me he equivocado?

—Fue la *Sonata en fa mayor*. Y podía tocar las dos partes.

Gabriel miró con el ceño fruncido al hombrecillo que a Isabel le recordaba a un vendedor de libros raros. El jefe del MI6 y el agente de los servicios secretos suizos observaban el procedimiento desde su puesto junto a la ventana. El inglés de ojos azules estaba revisando los contactos del teléfono de Isabel. No se había molestado en pedirle la clave de acceso.

—Uno de los profesores de música más afamados de Alemania se ofreció a darte clase —continuó Gabriel—. Pero tú te matriculaste en la Universidad Humboldt de Berlín, donde estudiaste matemáticas aplicadas. Después hiciste un máster en la London School of Economics. Mientras terminabas la tesis, te reuniste con un reclutador del RhineBank que te ofreció trabajo en el acto. Empezaste con un sueldo de cien mil libras al año.

—Eso sin contar las primas —puntualizó ella.

—Es mucho dinero.

—Era una miseria para los baremos del RhineBank; sobre todo, en Londres. Pero era el triple o el cuádruple de lo que habría ganado si me hubiera dedicado a tocar el chelo en una orquesta europea.

—Creía que querías ser solista.

—Así es.

—Entonces, ¿por qué estudiaste matemáticas?

—Me daba miedo no ser lo bastante buena.

—¿Y fuiste a lo seguro?

—Me gradué en dos instituciones de enseñanza superior muy prestigiosas y conseguí un puesto bien remunerado en uno de los mayores bancos del mundo. No me considero una fracasada.

—No tendrías por qué hacerlo, pero lamento que se haya desperdiciado un talento tan extraordinario.

—Evidentemente, no se ha desperdiciado. —Su rostro enrojeció de ira—. Pero ¿y tú? ¿Siempre soñaste con ser espía?

—Yo no elegí esta vida, Isabel. La eligieron por mí.

—¿Y si tuvieras la oportunidad de empezar de nuevo? —preguntó ella, desafiante.

—Me temo que ese es un tema para otro momento. Tú eres la razón por la que nos hemos reunido aquí esta noche. Tú nos convocaste cuando dejaste ese mensaje en Berna. Eres la estrella de la función.

Ella paseó la mirada por la sala.

—No es exactamente la Filarmónica de Berlín o el Lincoln Center.

—Tampoco es el RhineBank.

—Pero al menos allí nunca te aburres.

—Desembarcaste en el banco en 2010.

Isabel asintió con un gesto.

—Dos años después de que el RhineBank y sus competidores llevaran al sistema financiero mundial al borde del colapso —dijo.

—¿En qué puesto empezaste?

—Analista *junior* en el departamento de gestión de riesgos de la oficina de Londres. Bastante apropiado, ¿no crees? —Sonrió con tristeza—. Gestión de riesgos. La historia de mi vida.

Pero, primero, Isabel tuvo que volver a estudiar: en la Academia de Riesgos, el seminario de formación de un mes que el RhineBank celebraba en un centro de convenciones situado en la costa báltica alemana. Lo presidía un individuo que llevaba el certero nombre de Friedrich Krueger, el director de riesgos del banco, un exparacaidista alemán aficionado a la pornografía *online* y a las políticas de la extrema derecha neofascista. Los alumnos se alojaban en una residencia y eran sometidos a implacables novatadas rituales por parte de una banda de instructores sádicos a las órdenes de *herr* Krueger. Uno de ellos le hizo a Isabel insinuaciones sexuales explícitas. Cuando llevaba una semana allí, Isabel hizo las maletas y amenazó con marcharse si aquello no se acababa. *Herr* Krueger la convenció de que se quedara, pero más adelante añadió una nota a su expediente en la que advertía de que no se le daba bien jugar en equipo. Fue el primer aviso, la primera vez que pusieron una cruz junto a su nombre.

El objetivo del curso era simular una *informationsflut*, o sobrecarga de información. El último día, se daba a los alumnos una hora para revisar el balance del banco teniendo en cuenta un cúmulo extraordinario de calamidades financieras y políticas. Isabel completó la tarea en solo treinta minutos y empleó el tiempo restante en interpretar la *Sonata para violonchelo en la mayor* de Beethoven.

—¿Dónde? —preguntó Gabriel.

Ella puso los largos dedos de su mano izquierda sobre la parte superior de su brazo derecho.

—En mi cabeza.

Sacó la nota más alta posible en el examen final y en otoño regresó a Londres para ocupar su nuevo puesto en las oficinas del RhineBank en Fleet Street, la sede de la división de mercados globales del banco. Por ser alemana, era allí una rareza; la mayoría de los operadores venían importados de Estados Unidos. Si tiempo atrás el RhineBank obtenía el grueso de sus beneficios a la antigua usanza —es decir, prestando dinero a empresas solventes—, ahora era uno de los principales actores del volátil mercado de los derivados. De hecho, *The Economist* había dictaminado que el RhineBank no era en realidad más que un fondo de cobertura de dos billones de dólares que se dedicaba a operaciones de alto riesgo y rendimiento, en gran medida con dinero prestado. El Consejo de los Diez había fijado como objetivo un beneficio de un veinticinco por ciento por cada dólar, libra o euro invertidos, una suma exorbitante. Los operadores de Londres aceptaron el reto. Para ellos los mercados eran como casinos, y se les animaba a apostar el todo por el todo en cada operación.

—¿Qué opinaban de los gestores de riesgo?

—Éramos el enemigo. Si poníamos reparos a alguna operación, nos mandaban a callar. A Freddy Krueger tampoco le interesaban mucho nuestras advertencias. El dinero entraba a raudales: cientos de millones de dólares al año solo en comisiones. No estaba dispuesto a cerrar el grifo. Además, si la oficina de Londres perdía dinero en una operación, ya lo recuperaría en la siguiente. O eso creían en Hamburgo.

Sin embargo, de vez en cuando los operadores se pasaban de la raya. Uno de ellos apostaba cientos de millones de dólares cada día a los movimientos infinitesimales del índice Libor, el tipo de interés interbancario. Cuando Isabel avisó al director de la oficina de Londres, le dijeron sin rodeos que no se metiera donde no la llamaban; las operaciones con el Libor eran increíblemente lucrativas. Ella, no obstante, siguió indagando y descubrió que el operador en cuestión conspiraba con sus homólogos de otros bancos para manipular el tipo de interés, generando así una inversión sin pérdidas. Finalmente, despidieron al operador y el RhineBank tuvo que pagar una multa de cien millones de libras a los organismos reguladores británicos, una fracción minúscula de lo que había ganado mediante las operaciones fraudulentas.

—Lo lógico sería pensar que me recompensaron por mis desvelos. Pero no. Freddy Krueger me reprendió por expresar mi preocupación en un hilo de correos electrónicos que más adelante intervino la FCA, el organismo regulador de los servicios financieros en el Reino Unido. Fue el segundo aviso.

Aun así, Isabel siguió ascendiendo poco a poco y ganando más dinero. Cuando llevaba cuatro años en el banco, ganaba doscientas mil libras al año, el doble que al principio. Pero también era muy infeliz. Las largas horas de trabajo, el ambiente de presión constante y las disputas periódicas con operadores carentes de ética le pasaron factura. Buscó refugio en la vibrante escena musical londinense. Conoció a tres mujeres como ella —músicas que trabajaban en el sector de los servicios financieros— y juntas formaron un cuarteto de cuerda. Dos tardes a la semana recibía clases de perfeccionamiento de un profesor del London Cello Institute. Al poco tiempo, tocaba mejor que nunca.

Sus compañeros de trabajo no sabían nada de su doble vida. Tampoco les habría interesado. Era gente inculta, en su mayoría. Isabel evitaba las reuniones extracurriculares de la oficina siempre que podía —sobre todo, las escapadas de fin de semana empapadas en alcohol a lujosos destinos europeos—, pero en otoño de 2016 no tuvo más remedio que asistir a un retiro de gestión de riesgos en Barcelona. Freddy Krueger estaba de un humor extraño. El precio de las acciones del RhineBank, que alcanzó un máximo de noventa y siete euros en 2007, apenas superaba entonces los veinte euros. En el Consejo de los Diez cundió el pánico; la cabeza del consejero delegado corría peligro. La de Freddy, también. Les dijo a los gestores de riesgos que debían hacerse a un lado y dejar que los operadores ganaran dinero. De lo contrario, el banco se enfrentaría a un doloroso recorte de personal.

—El mensaje era inequívoco. El banco estaba en apuros. Los inversores estaban empezando a huir, igual que algunos de nuestros mejores clientes. Freddy culpaba de todo a los organismos reguladores. Nos ordenó que los engañáramos sobre la cifra de riesgo en el balance del banco. Nunca decía solamente «reguladores». Siempre eran «los putos reguladores».

Isabel regresó a Londres con la certeza de que el banco para el que trabajaba tenía graves problemas y ocultaba algo. Los temerarios operadores del departamento de mercados globales dejaron de responder a sus llamadas y correos electrónicos. Como no tenía otra cosa que hacer, se embarcó en una revisión por su cuenta del balance de la empresa o, al menos, de la parte del balance que se le permitía ver. Lo que descubrió la sorprendió incluso a ella. El índice de apalancamiento del banco era superior a 50:1, lo que hacía que dependiera peligrosamente del dinero prestado. Y lo que era peor aún: los operadores habían utilizado ese dinero para comprar derivados, que eran muy difíciles de valorar. Isabel elaboró un modelo informático para predecir su comportamiento durante una crisis. El modelo indicaba que muchos de los derivados que figuraban en los libros del banco carecían por completo de valor, cosa que se les estaba ocultando a los reguladores europeos y norteamericanos.

—El banco era un castillo de naipes, un esquema Ponzi de dos billones de dólares que dependía de su capacidad de pedir dinero prestado a tipos de interés extremadamente bajos. Si las condiciones del mercado cambiaban…

—¿El banco quebraría?

—Con toda probabilidad.

—¿Qué hiciste entonces?

Redactó un informe detallado —de veinte mil palabras, con tablas y gráficos adjuntos— y se lo envió a Freddy Krueger. Él la citó en Hamburgo al día siguiente y estuvo una hora echándole la bronca. Luego, le insinuó que quizá le conviniera ir buscando trabajo en otro sitio.

—¿Por qué no te despidió sin más?

—Era demasiado peligroso. Si yo hacía público lo que había descubierto, podía provocar una estampida entre los clientes del banco. Tenían que tratarme con la máxima cautela.

Regresar a su antiguo puesto estaba descartado; el director de la oficina de Londres no la quería allí. Freddy, tampoco. En cambio, el atribulado director de cumplimiento normativo necesitaba personal con urgencia, ya que las numerosas faltas éticas en las que había incurrido el RhineBank habían llevado a los reguladores a exigir mayores garantías internas. Isabel volvió a Hamburgo para recibir seis meses de formación, que no se parecieron en nada a la locura de la Academia de Riesgos de Freddy. Una vez más, sacó la nota más alta en el examen final. Gracias a ello, se le permitió elegir destino. Tras pensárselo mucho, eligió Zúrich, el puesto más sucio del banco más sucio del mundo.

20

ERLENBACH, SUIZA

Herr Karl Zimmer, el director del RhineBank-Zúrich, recibió a Isabel en su feudo como si fuera una invitada molesta. Durante una tensa reunión introductoria, le dejó claro que se había opuesto a su traslado, pero que la sede central le había obligado a aceptarla. Aun así, afirmó estar dispuesto a darle la oportunidad de salvar su carrera, siempre y cuando se portara bien y no interfiriera en el negocio esencial de la oficina de Zúrich, que consistía en ganar ingentes cantidades de dinero por cualquier medio. Le asignó un despacho semejante a una celda sin ventanas, dos pisos por debajo de la planta de operaciones. En el mismo pasillo, había una puerta con control de acceso biométrico encriptado detrás de la cual trabajaban los gnomos de una sección secreta del departamento de gestión de patrimonios conocida como la Lavandería Rusa.

Los vínculos del RhineBank con Rusia, explicó Isabel, databan de finales del siglo XIX, lo que situaba al banco en una posición privilegiada para beneficiarse de la vuelta al capitalismo, marcada por la corrupción y a menudo por la violencia, que siguió al desplome de la Unión Soviética. La sucursal de Moscú abrió sus puertas durante los últimos años de la era Yeltsin y en 2004 el Consejo de los Diez aprobó la compra de Metropolitan Financial, un banco pequeño que atendía a oligarcas y delincuentes rusos convertidos en nuevos ricos. El RhineBank concedió además una línea de crédito de mil millones de dólares al MosBank, un banco propiedad del Kremlin controlado directamente por el presidente ruso. El Mos-Bank empleó una parte de ese dinero en financiar las actividades en el extranjero del SVR, el servicio de espionaje exterior de Rusia, y permitía, además, que los agentes del SVR operaran de forma encubierta desde las sucursales del banco en todo el mundo.

—Lo que significa que el RhineBank AG de Hamburgo estaba facilitando indirectamente las operaciones secretas rusas dirigidas contra Occidente. Y, de paso, ganando millones de dólares al año en beneficios.

Sin embargo, eso no era nada comparado con los beneficios que obtenía el banco gracias a la Lavandería Rusa, una cinta transportadora que canalizaba el dinero sucio saliente de Rusia y lo depositaba como dinero limpio a lo largo y ancho del mundo, todo ello bajo una capa impenetrable de empresas fantasma que impedía que la identidad de los clientes llegara a oídos de los organismos reguladores, las fuerzas de seguridad y, cómo no, los periodistas de investigación. Gran parte de ese dinero comenzaba su viaje en el MosBank o en Metropolitan Financial. Desde allí, se dirigía a dudosos paraísos financieros como Letonia o Chipre y acababa por fin en Zúrich, donde los gnomos de la Lavandería obraban su magia. Ofrecían a sus clientes un amplio abanico de servicios, incluido el asesoramiento jurídico y empresarial subcontratado a través de una red de abogados sin escrúpulos en Suiza, Liechtenstein y Londres. Una unidad de la Lavandería se dedicaba a buscar oportunidades de inversión. Los inmuebles de lujo, especialmente en Estados Unidos y el Reino Unido, eran muy apreciados. Pero en muchos casos solo se reempaquetaba el dinero a través de otras divisiones del banco y se les prestaba a otros clientes.

—Como puedes imaginar, es un arreglo muy lucrativo. El banco no solo cobra comisiones por el servicio de limpieza inicial. También les cobra comisiones enormes a los prestatarios.

—¿De qué tipo de comisiones de limpieza estamos hablando?

—Eso depende de cuánto jabón se necesite. Si la ropa no está muy sucia, el RhineBank se embolsa un diez por ciento. Si está manchada de sangre, puede exigir hasta la mitad. Como es lógico, a los gnomos de la Lavandería les gustan los clientes sucios. Cuanto más sucios, mejor.

—Tratar con mafiosos rusos puede ser un asunto peligroso.

—*Herr* Zimmer está bien protegido. Igual que Lothar Brandt.

—El jefe del departamento de gestión de patrimonio.

Isabel asintió.

—El lavandero jefe.

—¿Sabías que existía la Lavandería Rusa antes de llegar a Zúrich?

—¿Por qué crees que pedí venir aquí?

—¿Te infiltraste en tu propio banco? ¿Es eso lo que estás diciendo?

—Supongo que sí.

—¿Qué te impulsó a dar un paso tan arriesgado?

—Las operaciones espejo.

—En lenguaje corriente, por favor.

—Pongamos que un ruso corrupto tiene una montaña de rublos muy sucios que necesita convertir en dólares. El ruso corrupto no puede llevar los rublos sucios a la agencia de viajes del barrio, así que se los entrega a una empresa de corretaje que los utiliza para comprar gran cantidad de acciones de primera en el Rhine-Bank-Moscú. Unos minutos después, el representante de la empresa de corretaje en Chipre, digamos, vende exactamente la misma cantidad de acciones de primera al RhineBank-Londres, que paga al chipriota en dólares. Las operaciones se reflejan entre sí, de ahí el nombre de operaciones espejo.

Isabel supo de ellas mientras estaba en Londres, y desde su nuevo puesto en Zúrich pudo observar lo que ocurría cuando el dinero llegaba a la Lavandería Rusa. Tenía, no obstante, un campo de visión muy reducido; la Lavandería estaba aislada del resto de la oficina. Aun así, sus actividades requerían un barniz de cumplimiento normativo interno, especialmente las transferencias que implicaban grandes sumas de dinero; en algunos casos, cientos de millones de dólares. Todos los días, Lothar Brandt llevaba montones de documentos al despacho de Isabel y la vigilaba como un halcón mientras firmaba a ciegas allí donde se le indicaba. De vez en cuando, sin embargo, si Brandt estaba ocupado con otro cliente, los documentos le llegaban por valija interna y podía revisarlos con tranquilidad. Cierta entidad aparecía con frecuencia, casi siempre en relación con transferencias muy voluminosas, compra de acciones e inmuebles y otras inversiones.

—Omega Holdings —dijo Gabriel.

Isabel asintió en silencio.

—¿Por qué destacaba Omega?

—Por sus dimensiones. La mayoría de los clientes de la Lavandería utilizan decenas de empresas fantasma. Omega tenía cientos. Siempre que podía, fotografiaba los documentos con mi teléfono personal. También busqué a Omega en nuestra base de datos.

—¿Cuánto dinero encontraste?

—Doce mil millones. Pero estaba segura de que solo veía la punta del iceberg. Era evidente que la persona que se escondía detrás de Omega Holdings ocupaba un puesto muy alto en la cadena trófica rusa. —Hizo una pausa—. Estaba en la cúspide de los depredadores.

—¿Qué hiciste entonces?

Sopesó fugazmente la posibilidad de presentar una denuncia anónima ante la FINMA, la agencia reguladora suiza, pero al final decidió entregarle el material a una mujer a la que había visto en la televisión suiza. Se trataba de una periodista que trabajaba para una revista rusa de la oposición, con un talento especial para destapar los manejos financieros de los hombres del Kremlin. El 17 de febrero, a la hora de comer, Isabel dejó un paquete de documentos en un campo de deportes del distrito 3 de Zúrich. Esa noche, desde el ordenador personal de su casa, envió un mensaje anónimo al correo electrónico de ProtonMail de la periodista rusa. Después, tocó la *Suite para violonchelo en mi bemol mayor* de Bach. Los seis movimientos completos. Sin partitura. Y ni un solo error.

En marzo, Isabel dejó otro paquete en un puerto deportivo de la orilla oeste del Zürichsee y en abril hizo sendas entregas en Winterthur y Zug. Miraba varias veces al día el Twitter de Nina Antonova y la página web de la *Moskovskaya Gazeta*, pero nunca veía una noticia sobre un importante oligarca o un alto cargo del Kremlin que utilizara los servicios de la Lavandería Rusa del RhineBank. En junio hizo otras tres entregas: en Basilea, Thun y Lucerna. La *Gazeta*, sin embargo, seguía guardando silencio, por lo que no le quedó más remedio que seguir investigando por su cuenta.

Había conocido a Mark Preston cuando ambos estudiaban en la London School of Economics. Después de terminar los estudios, él se dedicó al periodismo económico y acabó descubriendo que detestaba a la élite financiera londinense. Apasionado de los videojuegos y *hacker* aficionado, fue uno de los pioneros de una nueva forma de periodismo de investigación basada en el tecleo y los clics, en vez de en las llamadas telefónicas y el patear las calles. Sus fuentes no eran nunca humanas, porque los humanos acostumbraban a mentir y casi siempre tenían intereses creados. Preston buscaba información captada por las cámaras de los teléfonos inteligentes: Twitter, Facebook, Instagram y Google Street View. Descubrió, además, que en Rusia existía un floreciente mercado negro de CD que contenían guías telefónicas, informes policiales e incluso la base nacional de datos de pasaportes. Los anuarios de las unidades y las academias militares de élite también estaban disponibles.

Publicó su primer reportaje importante durante la guerra civil siria, cuando demostró que el régimen estaba lanzando bombas químicas sobre la población civil. Un año después identificó a los funcionarios rusos responsables del derribo del vuelo MH17 de Malaysian Airlines en Ucrania. El reportaje consolidó su reputación y le valió la enemistad del Kremlin. Temiendo las represalias rusas, Preston abandonó Londres y se ocultó. Se unió, además, al ICIJ, el Consorcio Internacional de Periodistas de Investigación, una asociación sin ánimo de lucro con sede en Washington que reunía a periodistas y agencias de noticias de todo el mundo.

—Como recordarán, el ICIJ publicó la historia de los Papeles de Panamá. Centra gran parte de su trabajo en la corrupción. Mark ayuda a los investigadores financieros identificando y rastreando los movimientos de determinados sujetos, especialmente de gente relacionada con los servicios de inteligencia rusos.

—¿Cómo te comunicaste con él?

—De la misma manera que me comunicaba con Nina. Por ProtonMail.

—Supongo que en su caso no te hacías llamar Señor Nadie.

—No, pero tampoco puse mi nombre real en ningún correo. No hacía falta.

—Porque Mark Preston y tú sois más que amigos.

—Salimos durante un semestre.

—¿Quién cortó?

—Él, ya que lo preguntas.

—Menudo tonto.

—Eso he pensado yo siempre.

Se encontraron al final del muelle del Palacio de la Marina de Brighton, como por casualidad. Por insistencia de Preston, Isabel había apagado su teléfono y le había quitado la tarjeta SIM antes de salir de Londres. Le entregó copias de los documentos y le pidió que hiciera una investigación exhaustiva en su nombre, por la que le pagaría la cantidad que le pidiera. Preston aceptó, pero se negó a cobrarle.

—Por lo visto, siempre se ha arrepentido de cómo me trató.

—Quizá aún pueda redimirse, después de todo.

—En ese aspecto, no.

Isabel no volvió a tener noticias suyas hasta un mes después. Esta vez, se encontraron en Hastings, un pueblecito costero. Preston le dio un *pendrive* que contenía un dosier con sus hallazgos. Le advirtió que tuviera mucho cuidado. Había periodistas rusos a los que habían asesinado por mucho menos, le dijo. Y también banqueros suizos.

Isabel leyó el dosier esa noche en su habitación del hotel. Dos días después, se enteró de que Viktor Orlov había sido asesinado, al parecer mediante un agente nervioso ruso. Esperó hasta el sábado por la noche para enviar un correo electrónico cifrado a Nina Antonova. Había dejado un nuevo paquete a orillas del Aare, en la Ciudad Vieja de Berna. Todas las páginas estaban en blanco, menos una. *Sé quién mató a Viktor Orlov.* Después, tocó la *Suite para violonchelo en re mayor* de Bach.

—¿Algún error?

—Ninguno.

—¿Dónde está ese dosier?

Ella lo sacó de su bolso.

—El *pendrive* y el documento de Word están protegidos. La contraseña es la misma.

—¿Cuál?

—Grupo Haydn. —Miró al inglés y sonrió—. Con ge mayúscula.

SEGUNDA PARTE

MINUETO Y TRÍO

21

ZÚRICH – VALLE DE JEZREEL

Un Gulfstream G550 extremadamente cómodo y de procedencia difusa partió del aeropuerto de Kloten poco antes de la medianoche. Eli Lavon se recostó en su asiento y se durmió; Gabriel, en cambio, conectó el *pendrive* a su portátil y, a la luz tenue de la cabina, releyó el dosier.

Era un trabajo de investigación digital impresionante, aún más notable por el hecho de que se había elaborado utilizando principalmente fuentes de código abierto. Una foto de Instagram, un nombre extraído del registro mercantil suizo, transacciones inmobiliarias, algunas pepitas de oro desenterradas de los Papeles de Panamá, vehículos matriculados en Moscú, registros de pasaportes rusos… Ordenados en la secuencia correcta —y vistos en el contexto adecuado—, los datos arrojaban un nombre. Alguien muy cercano al presidente ruso. Una persona de su círculo íntimo. El guardián secreto de su insondable riqueza. Los servicios de inteligencia occidentales llevaban mucho tiempo buscando a ese hombre. Mark Preston, sirviéndose de documentos proporcionados por una joven y talentosa violonchelista que trabajaba para el banco más sucio del mundo, lo había encontrado.

La inminencia del amanecer teñía el cielo de Tel Aviv de un color negro azulado cuando el G550 aterrizó en el aeropuerto Ben Gurion. Dos todoterrenos esperaban en la pista. Lavon se fue a su piso en el barrio de Talpiot, en Jerusalén; Gabriel, al piso franco del valle de Jezreel. Tras meter su ropa en una bolsa de basura, subió sin hacer ruido y se acostó al lado de Chiara.

—¿Y bien? —preguntó ella en voz baja.

—¿Y bien qué?

—¿Qué hacía Sarah Bancroft en casa de Viktor Orlov?

—Encontró un Artemisia desconocido en el almacén de Julian. Viktor quería comprarlo.

—¿De verdad es un Artemisia?

—Eso parece.

—¿Es bueno?

—Sarah dice que necesita que lo mimen un poco.

—Ya somos dos —susurró Chiara.

Gabriel le quitó el camisón de seda. En momentos así, pensó, la rutina familiar era un consuelo.

Después, durmió profundamente, sin soñar, y al despertar encontró su mitad de la cama iluminada por el sol que entraba por la ventana desnuda. El aire de la habitación, pesado y quieto, estaba impregnado de un aroma a tierra y excrementos bovinos. Era el olor del valle. De niño, siempre lo había odiado. Prefería el aire perfumado de pinos de Jerusalén. O el olor de Roma, pensó de repente, en una tarde fría de otoño. Café amargo y ajo frito en aceite de oliva, humo de leña y hojas muertas.

Agarró su teléfono y se llevó una sorpresa al ver que era casi la una de la tarde. Chiara le había dejado un café con leche en la mesilla de noche. Se lo bebió rápidamente y entró en el cuarto de baño para comenzar su aseo matinal ante el espejo. Luego se vistió con su atuendo de costumbre —traje entallado de color gris marengo y camisa blanca— y bajó las escaleras.

Chiara, con mallas y un jersey sin mangas, estaba sentada delante de su portátil, en la mesa de la cocina. Llevaba el pelo alborotado recogido en un moño, y algunos mechones sueltos se le habían pegado a la piel húmeda del cuello. Tenía entrecerrados sus ojos de color caramelo y parecía irritada.

—Creía que te habían expulsado de Twitter —comentó Gabriel.

—Estoy ayudando a mi padre a escribir un artículo para *Il Gazzettino*.

El padre de Chiara era el rabino mayor de Venecia y un estudioso de la historia del Holocausto en Italia. Las pocas veces que escribía para la prensa mayoritaria, solía ser para lanzar una advertencia.

—¿De qué se trata? —preguntó Gabriel con cautela.

—De QAnon.

—¿La teoría conspirativa?

—QAnon no es una teoría conspirativa. Es una ideología tóxica y extremista que toma prestados numerosos tópicos antisemitas como el libelo de sangre y los *Protocolos de los Sabios de Sion*. Y que, gracias a la pandemia, ha llegado a Europa Occidental.

—Por no hablar de que el FBI la considera un movimiento terrorista nacional.

Chiara sacó un documento de la impresora. Era una copia de un informe interno de la oficina del FBI de Phoenix advirtiendo del ascenso de QAnon.

—Va a morir gente por culpa de este disparate.

—Tienes razón. Pero no pases demasiado tiempo dentro de la madriguera del conejo, Chiara. Puede que luego no encuentres la salida.

—¿Quién crees que es?

—¿Q?

Ella asintió.

—Yo soy Q.

—¿Ah, sí? —Miró a Gabriel un momento a través de sus gafas de lectura—. De repente me siento utilizada.

—¿Por qué?

—Anoche dejé que te aprovecharas de mí y ahora huyes de la escena del crimen.

—Si no recuerdo mal, fuiste tú quien tomó la iniciativa. —Sacó una taza del armario y se sirvió café del termo—. ¿Dónde están los niños?

—No tengo ni idea, pero seguro que me enteraré después. —Ella sonrió—. No te preocupes, Gabriel. Estos últimos meses han sido una maravilla para ellos. En parte me da pena que no podamos quedarnos más tiempo aquí.

—¿Por qué nos vamos, entonces?

—Porque los niños empiezan el colegio el mes que viene, ¿recuerdas?

—Tengo la sensación de que las clases no van a durar mucho tiempo.

—No digas eso.

—El aumento de los contagios es inevitable, Chiara. El primer ministro no tendrá más remedio que decretar otro cierre.

—¿Hasta cuándo?

—Hasta la primavera, diría yo. Pero, en cuanto consigamos vacunar a un porcentaje lo bastante alto de la población, las cosas volverán a la normalidad, o casi. Estoy seguro de que vamos a conseguirlo mucho antes que el resto de los países desarrollados.

—¿Por qué estás tan seguro?

—Soy el director general de la Oficina. Sé cosas.

—¿Sabes quién mató a Viktor Orlov?

—Traté de decírtelo anoche, pero estaba demasiado ocupado aprovechándome de ti. —Gabriel se sacó el *pendrive* del bolsillo.

—¿Qué es eso?

—Un dispositivo de almacenamiento portátil con un *terabyte* de memoria.

Chiara puso cara de fastidio.

—¿De dónde lo has sacado?

—Me lo ha dado una mujer que trabaja en la sucursal del RhineBank en Zúrich. Contiene un dosier recopilado por un periodista de código abierto, un tal Mark Preston.

—¿Y sobre quién es el dosier?

—Sobre un multimillonario ruso que vive a orillas del lago de Ginebra.

—Qué bonito. ¿Ese multimillonario tiene nombre?

—Arkady Akimov.

—Nunca he oído hablar de él.

—No por casualidad, seguramente.

—¿De dónde procede su dinero?

—Es dueño de una empresa petrolífera llamada NevaNeft, entre otras cosas. NevaNeft compra petróleo ruso a muy buen precio y se lo vende a clientes de Europa Occidental con beneficios desorbitados.

—¿Qué hay de malo en eso?

—Preston está convencido de que Arkady es el testaferro de gran parte de la fortuna personal del presidente ruso.

—Ay, Dios.

—Y eso no es lo mejor.

—¿Cómo es posible?

—Muchos de los empleados de Arkady son exagentes de inteligencia rusos. Curiosamente, todos parecen trabajar para la misma filial de su empresa.

—¿Y a qué se dedican?

—Preston no ha podido aclararlo, pero conozco a alguien que quizá pueda ayudar. —Hizo una pausa y luego añadió—: Y tú también puedes.

—¿Cómo?

—Imprimiendo el dosier. —Gabriel introdujo el *pendrive* en el ordenador de Chiara—. La contraseña es Grupo Haydn. Con ge mayúscula.

22

ALTA GALILEA, ISRAEL

Hay centros de interrogatorio repartidos por todo Israel. Algunos están en zonas restringidas del desierto del Neguev; otros, escondidos en medio de las ciudades, sin que nadie lo note. Uno de ellos se encuentra justo al lado de una carretera sin nombre que discurre entre Rosh Pina, uno de los asentamientos judíos más antiguos de Israel, y Amuka, una aldea de montaña. El camino que conduce a él, polvoriento y pedregoso, solo es apto para Jeeps y todoterrenos. Hay una valla rematada con alambre de concertina y una garita de vigilancia ocupada por jóvenes de aspecto rudo, con chaleco de color caqui. Detrás de la valla, hay una pequeña colonia de bungalós y un único edificio de chapa corrugada que alberga a los prisioneros. Los guardias tienen prohibido revelar su lugar de trabajo, incluso a sus esposas y sus padres. Es el sitio más negro que quepa imaginar. Es la ausencia absoluta de color y de luz.

El centro albergaba actualmente a un único prisionero: un exagente del SVR, de nombre Sergei Morosov. A sus colegas de Moscú Centro se les había hecho creer que Morosov había muerto en un misterioso accidente de coche acaecido en un tramo de carretera desierto, en Alsacia-Lorena. Incluso se les había entregado un cadáver, cortesía del servicio de seguridad interior francés. En realidad, Gabriel había secuestrado a Morosov en un piso franco del SVR en Estrasburgo, le había metido en una bolsa de lona y le había subido a un avión privado. Al ser interrogado bajo coacción, había revelado la existencia de un topo ruso en la cúspide del MI6. Gabriel había detenido al topo a las afueras de Washington, a orillas del río Potomac. Tuvo la suerte de sobrevivir al encuentro. Tres agentes del SVR, no.

El topo ocupaba ahora un alto cargo en Moscú Centro y Sergei Morosov, leal servidor del Estado ruso, era el único prisionero de un centro de interrogatorio secreto, oculto en los huesudos montes de las afueras de Rosh Pina. Había pasado el primer año y medio encerrado en una celda, pero, tras un periodo prolongado de buen comportamiento, Gabriel le había permitido instalarse en uno de los bungalós del personal. No era muy distinto al que ocupaba la familia Allon en Ramat David: una casita de bloques de cemento ornamentales, con las paredes encaladas y el suelo de linóleo. La nevera y la despensa se reaprovisionaban cada semana con un surtido de productos tradicionales rusos, sin que faltaran el pan negro y el vodka. Morosov se ocupaba de buen grado de cocinar y limpiar. Las prosaicas tareas cotidianas le permitían distraerse de la aplastante monotonía de su encierro.

El mobiliario del cuarto de estar era institucional pero confortable. Muchos israelíes —pensaba Gabriel— tenían que conformarse con menos. Por todas partes había libros, revistas y periódicos amarillentos amontonados, entre ellos *Die Welt* y *Der Spiegel*. Morosov hablaba un alemán fluido, con acento del KGB. La última etapa de su carrera había transcurrido en Fráncfort, donde se hacía pasar por especialista en banca de una empresa rusa llamada Globaltek Consulting que supuestamente asesoraba a sociedades que deseaban acceder al lucrativo mercado ruso. Globaltek era en realidad una *rezidentura* clandestina del SVR. Su principal cometido era identificar a posibles colaboradores y adquirir tecnología industrial valiosa. Con ese fin, había conseguido atrapar en sus redes a destacados hombres de negocios alemanes —incluidos varios ejecutivos del RhineBank AG— mediante operaciones de *kompromat*, como llamaban los rusos al material comprometedor.

El bungaló no tenía teléfono ni Internet, pero Gabriel había aprobado hacía poco la instalación de un televisor con conexión por satélite. Morosov estaba viendo un programa de debate de la NTV, la cadena de televisión rusa, antaño independiente y controlada ahora por la empresa energética Gazprom, propiedad del Kremlin. El tema era el reciente asesinato del empresario y disidente ruso Viktor Orlov. Ninguno de los tertulianos parecía preocupado por el fallecimiento de Viktor ni por la manera atroz en que había sido asesinado. De hecho, todos parecían pensar que había recibido su merecido.

—Otro que muerde el polvo —comentó Morosov—. ¿No dice eso la canción de Queen?

—Cuidado, Sergei, o puede que me den tentaciones de volver a encerrarte en una jaula. Te acuerdas de cómo era aquello, ¿verdad? Platos de papel y cucharas de plástico. Chándal azul y blanco. Y ni vodka ni tabaco.

—Lo peor era el chándal.

Morosov se pasó distraídamente la mano por la pechera del jersey burdeos de cuello redondo, que combinaba a la perfección con su camisa de vestir azul claro, sus pantalones de gabardina y sus mocasines de ante. Llevaba el pelo canoso bien recortado y su cara, algo avejentada, parecía recién afeitada. Daba la impresión de estar esperando una visita, aunque no era cierto. Como de costumbre, Gabriel había llegado sin avisar.

Apuntó con el mando a distancia al televisor y lo apagó.

Sergei Morosov hizo una mueca.

—Me has dejado el mando cubierto de gérmenes. Y, para que lo sepas, preferiría que te pusieras mascarilla. —Roció el mando con desinfectante—. ¿Cómo van las cosas por ahí fuera?

—Considérate afortunado por vivir aquí, en tu pequeña burbuja libre de COVID.

—Estaría mucho más a gusto viviendo a mi aire.

—No me cabe duda. Pero, en cuanto nos diéramos la vuelta, te irías derecho a la embajada rusa y les contarías una historia tristísima sobre cómo te secuestré y te traje aquí contra tu voluntad.

—Resulta que es verdad.

—Pero seguramente tus antiguos jefes no se creerían ni una palabra. De hecho, si por algún milagro pudieran llevarte de vuelta a Rusia, lo más probable es que te metieran en un cuartucho de la prisión de Lefortovo y te ejecutaran.

—Conoces muy bien al pueblo ruso, Allon.

—Desgraciadamente, hablo por experiencia.

—¿Hasta cuándo piensas tenerme aquí?

—Hasta que me hayas contado todos los secretos que te rondan por la cabeza.

—Ya lo he hecho.

Gabriel sacó de su maletín la copia impresa del dosier y se la entregó. El ruso se puso unas gafas de lectura de media luna y echó un vistazo a las primeras páginas. Su rostro solo denotaba una admiración reticente.

—No pareces muy sorprendido, Sergei.

—¿Por qué iba a estarlo?

—¿Es exacto?

—No del todo. Arkady nunca estuvo destinado en el Ministerio de Asuntos Exteriores soviético.

—¿Dónde trabajaba?

—En el Komitet Gosudarstvennoy Bezopasnosti.

—¿El KGB?

Morosov asintió lentamente con la cabeza.

—¿Y el Grupo Haydn? —preguntó Gabriel.

—Es una filial de su compañía petrolífera.

—Sí, lo sé. Pero ¿qué es?

—El Komitet Gosudarstvennoy Bezopasnosti.

Gabriel volvió a tomar el dosier.

—Deberías haberme hablado de Arkady hace mucho tiempo.

Morosov se encogió de hombros.

—Nunca me has preguntado por él.

23

ALTA GALILEA, ISRAEL

Los guardias colocaron dos sillas en el patio principal del campamento, con una mesa plegable en medio. Sergei Morosov, contento ante la posibilidad de interactuar con otro ser humano, aunque fuera con su antiguo torturador, sacó arenque en escabeche, pan negro y vodka ruso. Se fingió levemente ofendido cuando Gabriel declinó tomar un trago.

—¿No te gusta el vodka?

—Preferiría beber gasoil.

—Tengo un Shiraz riquísimo, si lo prefieres. Es de una bodega llamada Dalton.

Gabriel sonrió.

—¿Qué te hace tanta gracia?

—Se acentúa en la segunda sílaba. —Gabriel señaló hacia el norte—. Y los viñedos están justo detrás de esa colina.

—Tenéis muchos vinos buenos aquí, en Israel.

—Hacemos lo que podemos, Sergei.

—Tal vez algún día tengas la amabilidad de enseñarme tu país.

—Pensándolo bien, creo que voy a tomarme ese vodka.

Morosov vació su vaso con un chasquido de muñeca y volvió a dejarlo sobre la mesa.

—No te gustan mucho los rusos, ¿verdad, Allon?

—La verdad es que me gustan muchísimo.

—Dime uno que te guste.

—Nabokov.

Morosov sonrió a su pesar.

—Supongo que tienes derecho a odiarnos. Tu enfrentamiento con Ivan Kharkov en aquella dacha de las afueras de Moscú es legendario. Tu mujer y tú habríais muerto esa mañana, de no ser por el valor que le echó Grigori Bulganov y por el dinero de Viktor Orlov. Ahora Grigori y Viktor han muerto, y tú eres el único que sigue en pie. Es una situación poco envidiable. Que me lo digan a mí, Allon. Yo también hablo por experiencia.

Morosov le recordó entonces su impecable linaje. Era, por usar el término acuñado por el filósofo y escritor ruso Zinoviev, un verdadero *Homo Sovieticus*. Su madre había sido secretaria personal del jefe del KGB, Yuri Andropov. Su padre, un brillante teórico marxista, había trabajado para el Gosplán, el organismo que se encargaba de supervisar la planificación económica en la Unión Soviética. Por ser miembros del partido, vivían mucho mejor que los rusos de a pie. Un piso cómodo en Moscú. Una dacha en el campo. Acceso a tiendas especiales bien surtidas de alimentos y ropa. Incluso tenían un automóvil, un Lada de color cereza que de vez en cuando cumplía la función para la que había sido diseñado y fabricado.

—No pertenecíamos a la élite, que conste, pero vivíamos bastante bien. No como Vladimir Vladimirovich —añadió, utilizando el nombre de pila y el patronímico del presidente ruso—. Vladimir Vladimirovich pertenecía al proletariado. Era hijo de un obrero. Un auténtico hombre del pueblo.

Se crio, continuó Morosov, en un desvencijado bloque de pisos, en el número 12 de la calle Baskov de Leningrado. Otras dos familias —una de ellas, ortodoxa devota; la otra, judía practicante— compartían el claustrofóbico piso. No había agua caliente, ni bañera, ni más calefacción que una estufa de leña, y la cocina era un hornillo de gas y un fregadero en un pasillo sin ventanas. El joven Vladimir Vladimirovich pasaba la mayor parte del tiempo abajo, en el patio cubierto de basuras. De estatura baja y complexión delgada, le pegaban a menudo. Fue a clases de boxeo y más tarde de yudo y *sambo*, el arte marcial soviético. Incorregible y temperamental, buscaba en los barrios bajos de Leningrado oportunidades para poner a prueba su destreza como luchador. Cuando cruzaba con alguien una mirada hostil o una palabra más alta que otra, era siempre él quien asestaba el primer golpe.

De vez en cuando, cuidaba de los chicos del barrio que no podían defenderse por sí solos; entre ellos, de un niño llamado Arkady Akimov, que vivía en el número 14 de la calle Baskov. Un día, Vladimir Vladimirovich vio a dos chicos mayores amenazando a Arkady en el fétido pasillo que comunicaba el patio de sus edificios. Arkady era un niño frágil, con problemas respiratorios crónicos. Y lo que era peor aún, al menos a ojos de los matones de la calle Baskov: era un pianista prometedor que procuraba no dañarse las manos. Vladimir Vladimirovich salió en su defensa y propinó una paliza a los dos chicos. Así nació una amistad que cambiaría el curso de la historia de Rusia.

Iban los dos a la escuela número 193, donde Vladimir Vladimirovich andaba siempre metido en líos y Arkady destacaba por sus buenas notas. Soñaba con estudiar música en el Conservatorio de Leningrado, pero a los diecisiete años le denegaron el ingreso. Muy afectado, acompañó a su amigo de la infancia a la Universidad Estatal de Leningrado, y al graduarse ambos fueron reclutados por el KGB. Tras una formación lingüística intensiva y una estancia en la escuela de espionaje del Instituto de la Bandera Roja, los enviaron a Alemania Oriental, convertidos ya en agentes de la inteligencia soviética. Sergei Morosov trabajaba allí por aquel entonces.

—A Vladimir Vladimirovich le asignaron a Dresde, un sitio

tranquilo, pero Arkady empezó a trabajar conmigo en la *rezidentura* principal de Berlín Este. Yo era un agente de enlace convencional. Me encargaba de reclutar y dirigir a otros agentes. Arkady tenía un cometido totalmente distinto.

—¿Medidas activas?

Morosov asintió con la cabeza.

—KGB en estado puro.

—¿Qué tipo de medidas activas?

Las habituales, respondió Morosov. Propaganda, guerra política, desinformación, actividades subversivas, operaciones de influencia, apoyo a fuerzas antisistema tanto de extrema izquierda como de extrema derecha, todo ello con el fin de desgarrar el tejido de la sociedad occidental. Además, Arkady y sus homólogos de la Stasi proporcionaban armas y financiación a grupos terroristas árabes como la OLP y el Frente Popular para la Liberación de Palestina.

—¿Te acuerdas del atentado en la discoteca La Belle de Berlín Oeste, en abril de 1986? Gadafi y los libios estuvieron implicados, por supuesto. Pero ¿de dónde crees que sacaron los terroristas el explosivo plástico y el detonador? El atentado llevaba la firma de Arkady. Tuvo mucha suerte de que no se desvelara su participación cuando se desclasificaron los archivos de la Stasi tras la caída del Muro.

La rapidez con que se desplomó la Alemania Oriental sorprendió incluso los agentes de la *rezidentura* de Berlín. Activaron entonces sus redes de ocultación, quemaron los archivos y volvieron a casa con un futuro incierto en perspectiva; Serguei Morosov a Moscú, Arkady y Vladimir Vladimirovich a su ciudad natal, Leningrado. El país se había deteriorado durante su ausencia. Las colas eran más largas; las estanterías estaban más vacías que antes. Y en diciembre de 1991, cuatro meses después de una intentona golpista encabezada por los miembros de la línea dura del KGB, la Unión Soviética dejó de existir. El otrora poderoso KGB no tardó en pasar también a la historia, sustituido por otros dos organismos. El FSB, con sede en la plaza Lubyanka, se hizo cargo de la seguridad interna y el contraespionaje, y el SVR del espionaje tradicional en el extranjero, desde su boscoso complejo en Yasenevo.

Sergei Morosov decidió quedarse en el SVR, aunque pasó seis meses sin cobrar su sueldo. Para entonces, Arkady Akimov y Vladimir Vladimirovich ya habían dado comienzo al segundo acto de su carrera. Arkady se dedicó al negocio del petróleo. Y Vladimir Vladimirovich, después de declararse demócrata militante, pasó a trabajar en el Ayuntamiento de Leningrado, que había recuperado su nombre histórico, San Petersburgo. Como jefe del Comité de Relaciones Exteriores, su trabajo consistía en atraer inversiones extranjeras a una ciudad en la que la delincuencia campaba a sus anchas. Durante el largo invierno de 1991, cuando sobre Rusia se cernía el peligro de una hambruna generalizada, fue el encargado de supervisar una serie de acuerdos internacionales para intercambiar materias primas abundantes en Rusia, como la madera, el petróleo o los minerales, por productos de primera necesidad de los que había gran carestía, como la carne fresca, el azúcar y el aceite de cocina. De las mercancías prometidas, pocas llegaron a Rusia, y los inmensos beneficios que generó la venta de los productos rusos en el extranjero nunca se contabilizaron debidamente. Más adelante, una investigación concluyó que gran parte de ese dinero había ido a parar a los bolsillos de Arkady Akimov.

Tras hacerse rico de la noche a la mañana, Arkady contrató a un pequeño ejército de exagentes del KGB y las Spetsnaz —las fuerzas especiales rusas— y se embarcó en una sangrienta guerra territorial contra la familia mafiosa de los Tambov por el control del puerto de San Petersburgo. Al poco tiempo se había convertido en el mayor comerciante de petróleo de Rusia. Invirtió parte de su fortuna, que crecía a marchas forzadas, en comprar un terreno frente al lago y construyó en él una colonia de dachas. Regaló una a Vladimir Vladimirovich y las otras a individuos como él, exagentes del KGB convertidos en prósperos empresarios. Se reunían cada fin de semana en la colonia, con sus esposas e hijos, y hacían planes de futuro. Iban a hacerse con el control de Rusia y a devolverle al país su estatus de superpotencia. Y, de paso, se harían ricos. Ricos como zares. Fabulosamente ricos. Tan ricos que podrían castigar a los americanos y a los europeos occidentales por haber destruido la Unión Soviética. Tan ricos que podrían cobrarse venganza.

—No te creerás esa tontería de que Volodya se convirtió en presidente por accidente, ¿verdad, Allon? Fue una operación orquestada por el KGB de principio a fin. No se dejó nada al azar.

Su candidato predilecto llegó al Kremlin en junio de 1996 y ocupó un puesto en un oscuro directorio que gestionaba las propiedades del Estado en el extranjero. Con la ayuda de Arkady Akimov y su camarilla de antiguos miembros del KGB, fue rápidamente de ascenso en ascenso. Subjefe del gabinete presidencial. Director del FSB. Y, en agosto de 1999, primer ministro de la Federación Rusa. Su camino hacia la presidencia parecía despejado.

—Pero recuerda, Allon, que no se dejó nada al azar.

La primera bomba, continuó Morosov, explotó el 5 de septiembre en la República de Daguestán. El objetivo era un bloque de pisos habitado en su mayor parte por soldados rusos y sus familias. Cuatro días después, fue otro edificio de viviendas, esta vez en la calle Guryanova de Moscú. Ciento cincuenta y ocho muertos en total y centenares de heridos. Se culpó de los atentados a los separatistas chechenos.

Cuando a la semana siguiente estallaron otras dos bombas —una en Moscú y otra en la localidad sureña de Volgodonsk—, la histeria se apoderó del país. El nuevo primer ministro, de visita oficial a Kazajstán, aseguró a la traumatizada nación rusa que su respuesta sería rápida y contundente.

—Fue entonces cuando lanzó su célebre amenaza, diciendo que se cargaría a los terroristas chechenos hasta en el retrete. Solo a un matón de la calle Baskov se le ocurriría decir algo así. Y además era todo mentira. Los separatistas chechenos no tuvieron nada que ver con esos atentados. Los planeó Arkady Akimov y los llevó a cabo el FSB. Fueron medidas activas dirigidas no contra un enemigo extranjero, sino contra el pueblo ruso.

—¿Puedes demostrarlo?

—En Rusia esas cosas no se demuestran, Allon. Simplemente, se sabe que son ciertas.

Aquella crisis prefabricada, prosiguió Sergei Morosov, surtió el efecto previsto. Tras la escalada bélica en Chechenia, Vladímir Vladimirovich vio cómo se disparaban sus índices de popularidad. En diciembre, el presidente Boris Yeltsin, enfermo y alcoholizado, anunció su dimisión y nombró sucesor a un funcionario poco conocido. Cuatro meses después, Vladimir Vladimirovich se enfrentó por primera vez a los votantes rusos. El resultado de las elecciones nunca estuvo en duda. Nada se dejó al azar.

La primera fase de la operación se había completado. Arkady Akimov y su camarilla de exagentes del KGB habían logrado colocar a uno de los suyos en el Gran Palacio del Kremlin. La segunda fase estaba a punto de comenzar. Iban a hacerse ricos. Ricos como zares. Fabulosamente ricos. Tan ricos que podrían cobrarse venganza.

24

ALTA GALILEA, ISRAEL

Pero primero, dijo Sergei Morosov, había que meter en cintura a los oligarcas. Jodorkovski, propietario del gigante energético Yukos, era el más rico. Pero Gusinsky, dueño de Media-Most, el emporio de medios de comunicación, era quizá el más influyente. La policía asaltó sus oficinas en el centro de Moscú apenas cuatro días después de la investidura. Jodorkovski aguantó tres años antes de probar la ira del Kremlin. Después de que le sacaran a rastras de su avión privado durante una escala técnica en Siberia, estuvo diez años en prisión, la mayor parte del tiempo en un campo de trabajo cerca de la frontera con China, donde pasaba los días haciendo manoplas y las noches en una celda de aislamiento.

—Viktor lo tuvo fácil, comparado con ellos. Una casa de lujo en Cheyne Walk, una finca en Somerset, una villa junto al mar en Antibes… Cabe preguntarse por qué lo arriesgó todo mezclándose con un traidor como Grigori Bulganov. —Sergei Morosov hizo una pausa—. O contigo, Allon.

—Viktor creía que Rusia podía ser una democracia.

—¿Tú también te crees esa fantasía?

—Yo era cautelosamente pesimista.

—Rusia nunca volverá a ser una democracia, Allon. No podemos vivir como gente normal.

—Una mujer muy sabia me dijo eso mismo una vez.

—¿En serio? ¿Quién?

—Continúa, Sergei.

Después de poner en su sitio a los primeros oligarcas, prosiguió Morosov, comenzó el saqueo: una orgía salvaje de autocontrataciones, operaciones de soborno, desvío de fondos, malversación, chanchullos militares, fraude fiscal y robo flagrante que hizo ricos a los hombres que rodeaban al nuevo presidente. Se veían a sí mismos como la nueva nobleza rusa. Erigieron palacios, encargaron escudos de armas y viajaban por el país usando una red de carreteras privadas. Casi todos se hicieron multimillonarios, pero ninguno tanto como Arkady Akimov. Su empresa petrolífera, NevaNeft, era la mayor de Rusia, igual que su constructora, a la que se le adjudicaron un sinfín de proyectos estatales, siempre con presupuestos inflados.

—¿Como por ejemplo?

—El palacio presidencial en el mar Negro. Comenzó siendo un chalé modesto, de unos mil metros cuadrados. Pero, cuando Volodya y Arkady lo terminaron, su precio superaba los mil millones de dólares.

Simple calderilla, continuó Morosov, si se comparaba con el dinero que se embolsó Arkady gracias a los Juegos Olímpicos de Sochi. El faraónico proyecto a orillas del mar Negro les costó a los contribuyentes rusos más de cincuenta mil millones de dólares, casi cinco veces lo que se calculó que costaría en un principio. La constructora de Arkady se quedó con la mayor parte del pastel: una autopista de cuarenta y ocho kilómetros y una línea ferroviaria que comunicaba el Parque Olímpico con las estaciones de esquí. El contrato estaba valorado en nueve mil cuatrocientos millones de dólares.

—Fue una de las mayores estafas de la historia. Los americanos mandaron una sonda a Marte por una fracción de ese dinero. Arkady podría haber pavimentado la carretera con oro y le habría costado menos.

—¿Cuánto de ese dinero crees que le permitió quedarse Vladimir Vladimirovich?

—Ya conoces el viejo refrán ruso, Allon. Lo que es mío es mío y lo que es tuyo, también.

—¿O sea?

—Volodya controla de hecho toda la economía rusa. *Todo* es suyo. Es él quien decide quién gana y quién pierde. Y los que ganan solo siguen ganando si él lo permite.

—¿Se lleva una parte de todo?

Morosov asintió.

—De todo.

—¿Es el hombre más rico del mundo?

—El segundo, diría yo.

—¿Cuánto dinero tiene?

—Más de cien mil millones, pero menos de doscientos mil.

—¿Cuánto menos?

—No mucho.

—¿Hay algo a su nombre?

—Puede que tenga mil o dos mil millones guardados en el Mos-Bank a su nombre, pero el resto del dinero está en manos de testaferros de su círculo íntimo, como Arkady. Le va bastante bien, al tal Arkady. NevaNeft es ahora mismo la tercera distribuidora de petróleo más grande del mundo. Tiene una flota de barcos petroleros y ha invertido miles de millones en oleoductos, refinerías, instalaciones de almacenamiento y terminales en Europa Occidental. Hace unos cinco años trasladó sus negocios a Ginebra y creó una empresa nueva que registró en Suiza. NevaNeft Trading SA, la llamó. Luego está también NevaNeft Holdings SA, que abarca el resto de su emporio.

—¿Por qué eligió Ginebra?

—Porque la ciudad sustituyó hace poco a Londres como capital mundial del comercio petrolífero. Todas las grandes empresas rusas tienen oficina allí. Y además está cerca de Zúrich, lo que le viene muy a mano.

—La sede de la Lavandería Rusa.

Morosov asintió con un gesto.

—Arkady es uno de sus mejores clientes. El RhineBank gana cientos de millones de dólares al año en comisiones por blanquear su dinero. Como puedes imaginar, no hacen muchas preguntas.

—¿Y si las hicieran?

—Descubrirían que están ayudando a Arkady y a su amigo de la infancia de la calle Baskov a conseguir su principal objetivo.

—¿Cuál?

—La venganza.

Fue Arkady quien eligió el nombre de la unidad que se ocultaba a plena vista en el entramado de NevaNeft Holdings. Quería que fuera un nombre sonoro y fácil de recordar, y que además rindiera homenaje a la carrera musical que le negó el rector del Conservatorio de Leningrado. Como todos los jóvenes pianistas rusos, había estudiado las obras maestras de Chaikovski y Rachmáninov, a quienes veneraba. Pero también se sabía de memoria varias sonatas escritas por el compositor austriaco al que se consideraba el padre del cuarteto de cuerda y de la sinfonía moderna. Se lo consultó a Vladimir Vladimirovich, que dio su aprobación. Dos semanas más tarde, después de que sus abogados presentaran la documentación necesaria en el Registro Mercantil de Suiza, nació el Grupo Haydn.

—¿A qué se dedica exactamente?

—¿En teoría? A investigación de mercado y consultoría de gestión.

—¿Y en realidad?

—Propaganda, guerra política, desinformación, subversión, operaciones de influencia y, de tanto en tanto, asesinatos selectivos de defensores de la democracia y multimillonarios rusos exiliados.

—Medidas activas.

Sergei Morosov volvió a asentir.

—Todo ello ideado para socavar a Occidente desde dentro.

—Yo creía que de eso se encargaban ya el SVR y el GRU, y muy bien, por cierto.

—Así es —dijo Morosov—. Pero el Grupo Haydn aporta una pátina más de legitimidad y verosimilitud, porque es una empresa privada que opera fuera de Rusia. Es bastante pequeña, unos veinte empleados. Todos ellos exagentes de inteligencia, lo mejor de lo mejor, y muy bien pagados.

—¿Cuánto margen de maniobra tiene Arkady?

—A todos los efectos, dirige un servicio de espionaje de élite. Pero para los asuntos importantes necesita el visto bueno de Volodya.

—¿Para matar a Viktor Orlov, por ejemplo?

—Claro.

—¿Y los asuntos del día al día? ¿Cuáles son?

En su mayor parte, explicó Morosov, se trataba de canalizar dinero a movimientos políticos y sociales partidarios del Kremlin o a formaciones antisistema, especialmente a grupos de extrema derecha que se oponían a la inmigración y a la integración económica de Europa. El Grupo Haydn había creado, además, una red de revistas políticas *online* y *think tanks* ficticios que se encargaban de presentar de manera favorable el punto de vista del Kremlin y de cuestionar el funcionamiento de la democracia y el liberalismo occidentales.

Pero su herramienta financiera más eficaz, añadió Morosov, era la promesa de riquezas procedentes de Rusia. Políticos, abogados, banqueros, hombres de negocios, incluso altos mandos de los servicios secretos: todos eran susceptibles de corrupción a cambio de dinero ruso. La mayoría aceptó sin reservas. Y tras morder la primera carnada —la contribución, el soborno, la oportunidad de un negocio redondo—, ya no tenían forma de librarse del anzuelo. Se convertían en activos propiedad del Kremlin SA.

—¿Te has preguntado alguna vez por qué tantos miembros de la aristocracia británica y francesa son de repente prorrusos? Porque Arkady se ha dedicado a comprar lores, duques, condes, vizcondes y marqueses. El dinero es la mayor arma de Rusia, Allon. Una bomba nuclear solo se puede lanzar una vez. El dinero, en cambio, se puede usar todos los días sin que haya víctimas colaterales ni destrucción total asegurada. El dinero ruso está corrompiendo la integridad institucional de Occidente desde dentro. Y Arkady Akimov es quien extiende los cheques.

—Parece que conoces muy bien las actividades del Grupo Haydn, Sergei.

—Arkady y yo éramos camaradas desde nuestros tiempos en Berlín. Además, es bastante rico y amigo íntimo del gran jefe. Procuraba llevarme bien con él.

—¿Cuándo fue la última vez que le viste?

—Un par de meses antes de que me secuestraras. Nos vimos en la sede de NevaNeft en Ginebra. Arkady es el dueño del edificio del lado oeste de la Place du Port. Su despacho está en el último piso.

—¿Y el Grupo Haydn?

—Está un piso más abajo, en el quinto. Es todo modernísimo. Cerraduras biométricas, cristales insonorizados, teléfonos seguros… Y ordenadores —dijo Morosov—. Montones de ordenadores.

—¿Para qué los usan?

—¿Tú qué crees?

—Creo que el Grupo Haydn tiene una fábrica de troles en el centro de Ginebra.

—Y muy buena, además —convino Morosov.

—¿Crees que Arkady está tratando de influir en el resultado de las elecciones estadounidenses?

—Llevo bastante tiempo fuera de la circulación, Allon.

—¿Y si tuvieras que aventurar una hipótesis?

—No hace falta decir que el Kremlin preferiría que el actual presidente siguiera en el cargo. De lo que se deduce que Arkady y el Grupo Haydn están tratando de decantar la balanza hacia ese lado. Pero les interesa mucho más ayudar a los estadounidenses a destruirse a sí mismos. Pasan gran parte del tiempo sembrando la discordia y el rencor en las redes sociales y otros espacios de Internet, incluidos los foros frecuentados por racistas y otros fanáticos. Arkady me comentó que uno de sus agentes había conseguido provocar varios actos de violencia política.

—¿De qué manera?

—Susurrando anónimamente al oído de personas que están al límite del trastorno psíquico. ¿Has visto las noticias de Estados Unidos últimamente? No cuesta mucho encontrar a individuos así.

Morosov apuró otro vaso de vodka con un chasquido de muñeca.

—Si sigues bebiendo esa porquería, acabarás teniendo el hígado duro como cemento.

—No tengo mucho más que hacer.

Gabriel recogió el dosier y se levantó.

—¿Hay algo más que hubieras olvidado decirme, Sergei?

—Solo una cosa.

—Soy todo oídos.

—Si Arkady pudo llegar hasta Viktor Orlov, también puede llegar hasta ti.

25

TIBERÍADES, ISRAEL

Veinticinco kilómetros al sur de Rosh Pina se yergue, surgiendo de las profundidades del valle del Jordán, el monte Arbel. Los antiguos judíos que lo habitaban durante la brutal ocupación romana de Palestina vivían en cuevas fortificadas excavadas en sus despeñaderos. Ahora residían en tres pulcros asentamientos agrícolas, en su cima achatada. Uno de ellos, Kfar Hittim, se encontraba en la abrasadora llanura en la que Saladino, una calurosa tarde de verano de 1187, derrotó a los ejércitos cruzados enloquecidos por la sed en una batalla apoteósica que dejó Jerusalén de nuevo en manos de los musulmanes. Ari Shamron afirmaba que, cuando soplaba viento favorable, aún alcanzaba a oír el entrechocar de las espadas y los lamentos de los moribundos.

Su casa de color miel se hallaba a las afueras de Kfar Hittim, sobre un promontorio rocoso con vistas al mar de Galilea y a la antigua ciudad santa de Tiberíades. Gilah, su sufrida esposa, recibió a Gabriel en el vestíbulo. Con sus ojos melancólicos y su pelo canoso y crespo, guardaba un asombroso parecido con Golda Meir. Abrió los brazos de par en par y exigió un abrazo.

Gabriel, con la mascarilla puesta, mantuvo la distancia.

—Es arriesgado, Gilah. He estado de viaje.

Ella, aun así, le estrechó entre sus brazos.

—Empezábamos a pensar que no volveríamos a verte. Dios mío, ¿cuánto tiempo hace?

—No me hagas decirlo en voz alta. Es demasiado deprimente.

—¿Por qué no nos has avisado de que venías?

—Estaba por aquí por casualidad. Y quería daros una sorpresa.

Ella le apretó con fuerza.

—Qué flaco estás.

—Siempre dices lo mismo, Gilah.

—Voy a traerte algo de cenar. Ari está atareado con una radio nueva. El aislamiento se le ha hecho muy duro. —Puso la mano en la mejilla de Gabriel—. Igual que tu ausencia.

Se alejó sin decir nada más y entró en la cocina. Preparándose para lo peor, Gabriel bajó a la habitación que Shamron usaba como despacho y taller. Las estanterías estaban llenas de recuerdos de una vida secreta; entre ellos, una cajita de cristal que contenía once casquillos del calibre 22. Eli Lavon los había recogido del vestíbulo de un edificio de pisos de la Piazza Annibaliano de Roma minutos después de que Gabriel matara a un palestino llamado Wadal Abdel Zwaiter.

—En serio, Ari, tienes que deshacerte de estas cosas.

—Las estoy guardando para ti.

—Ya te he dicho que no las quiero.

—Una cadena de televisión americana está preparando un documental importante, uno nuevo. Los productores quieren entrevistarme antes de que me muera. Les insinué que también convendría que hablaran contigo.

—¿Por qué iba a querer yo hablar de eso ahora, después de tantos años? No haría más que reabrir viejas heridas.

—No es precisamente un secreto que fuiste el principal ejecutor de la Operación Ira de Dios. De hecho, sé de buena tinta que por fin les has contado a tus hijos algunas de las cosas que hiciste para defender a tu país y a tu gente.

—¿Hay algo que no sepas de mi vida?

Shamron sonrió.

—Creo que no.

Estaba sentado en un taburete alto, frente a su mesa de trabajo, vestido con unos pantalones chinos bien planchados y una camisa de cuadros. Tenía delante una radio Philco de palisandro. Su viejo bastón de madera de olivo había desaparecido, sustituido por un andador de aluminio que brillaba fríamente bajo el resplandor de la lámpara de trabajo. Con mano temblorosa —la derecha, la misma con la que le había tapado la boca a Adolf Eichmann en una oscura calle argentina— buscó su paquete de cigarrillos Maltepe.

—Ni se te ocurra, Ari.

—¿Por qué?

—Porque no creo que quieras pasar tus últimos días de vida conectado a un respirador.

—Hace mucho tiempo que me resigné a acabar así, hijo mío.

Shamron sacó un cigarrillo del paquete y lo encendió con su viejo mechero Zippo.

—¿Puedes por lo menos quitarte esa mascarilla? Pareces uno de mis médicos.

—Es por tu bien.

—Eso dicen mis médicos cada vez que me clavan algo punzante. —Miró las entrañas de la radio con los ojos entornados, a través de una nube de humo—. ¿Qué te trae por Tiberíades?

—Tú, *abba*.

—Puede que sea viejo, pero no estoy senil.

—Necesitaba hablar con Sergei Morosov.

—¿Sobre nuestro buen amigo Viktor Orlov?

Gabriel asintió con un gesto.

—Supongo que la muerte de Viktor habrá sido cuestión de dinero.

—¿De dónde sacas esa idea?

—De la casa de lujo que has alquilado a orillas del lago de Zúrich. —Shamron frunció el ceño— Una ganga por cuarenta mil francos suizos al mes. Ayer tarde, cuando deberías haber estado celebrando el *sabbat* con tu mujer y tus hijos, una joven que trabaja en la oficina de Zúrich del RhineBank, sede de la llamada Lavandería Rusa, te entregó un dosier. El dosier en cuestión lo preparó un investigador británico con un historial impresionante en cuanto a desvelar secretos rusos se refiere. Da a entender que un empresario llamado Arkady Akimov es el principal testaferro de la inmensa fortuna del presidente ruso.

—¿Tienes un micrófono instalado en el piso franco de Nahalal?

—Tengo un topo —respondió Shamron—. Al parecer, varios empleados de Arkady son antiguos agentes del SVR y el GRU. Trabajan para una filial de su empresa petrolífera, el Grupo Haydn. El investigador británico no ha podido esclarecer a qué se dedica exactamente esa sección.

—Medidas activas dirigidas contra Occidente.

—El viejo manual soviético, otra vez en juego —comentó Shamron.

—Son persistentes, eso no hay quien lo niegue.

—¿Tienes intención de retirar a Arkady Akimov de la circulación?

—Lo haré con sumo gusto. Y al RhineBank, también.

—Dado el deplorable historial de la empresa, nada me haría más feliz. Pero en una operación de esa envergadura tendrás que invertir los últimos y preciosos meses de tu mandato. —Shamron hizo una pausa—. A menos, claro, que pienses repetir en el cargo.

—Hace mucho tiempo que aprendí a hacer dos cosas a la vez. En cuanto a un segundo mandato, no me lo han ofrecido.

—¿Y si te lo ofrecieran?

—Tengo otros planes.

—*Haaretz* parece pensar que serías un buen primer ministro.

—¿Te imaginas?

—Pues sí, la verdad. Pero corre el rumor de que piensas retirarte a un *palazzo* con vistas al Gran Canal de Venecia. —Shamron le miró con reproche—. Sé que fue idea de Chiara, pero podrías haberte puesto firme.

—Mi autoridad acaba en el umbral de mi casa.

—Tu país te necesita. —Shamron bajó la voz—. Y yo también.

—Me queda un año y medio de mandato.

—Con un poco de suerte, yo ya me habré muerto para entonces. —Suspiró con resignación—. ¿Has pensado en quién va a ser tu sucesor?

—Esperaba poder convencerte de que aceptaras el puesto.

—Soy demasiado joven. Demasiado inexperto.

—Entonces, solo quedan Yaakov Rossman y Yossi Gavish. Como Yaakov es el jefe de Operaciones Especiales, lleva ventaja. Pero Yossi tiene mucha experiencia operativa y sería un buen director.

—Ninguno de los dos tiene tu empaque.

—En ese caso —dijo Gabriel—, tal vez deberíamos hacer historia.

—¿Cómo?

—Nombrando a la primera directora general de la Oficina.

Shamron pareció intrigado por la idea.

—¿Tienes alguna candidata en mente?

—Solo una.

—¿Rimona?

Gabriel sonrió.

—Es la jefa de Recopilación, o sea, la encargada de reclutar y dirigir toda una red mundial de agentes. Y además da la casualidad de que es tu sobrina.

—Puede que vaya a ser eterno, después de todo. —Un recuerdo veló de repente la mirada de Shamron—. ¿Te acuerdas del día que se cayó del patinete en la entrada de casa y se hizo una herida en la cadera? La pobre niña gritaba de dolor, pero yo me angustié tanto al ver toda esa sangre que no fui capaz de consolarla. Fuiste tú quien le curó la herida.

—Todavía tiene la cicatriz.

—Siempre se te ha dado bien cuidar de la gente, Gabriel. —Shamron indicó los circuitos y los tubos de vacío esparcidos por su mesa de trabajo—. Yo solo consigo que las radios viejas vuelvan a sonar como nuevas.

—Tú construiste un país, Ari.

—Y un servicio de inteligencia —señaló el anciano—. Así que harías bien en aceptar mis consejos de vez en cuando.

—¿Qué me aconsejas sobre Arkady Akimov?

—Que dejes que se encarguen otros de él.

—¿Quiénes, por ejemplo?

—Los suizos o los británicos.

—Han accedido a dejarme dirigir la operación.

—Cuánta generosidad por su parte.

—Eso mismo pensé yo.

—¿Y si las cosas se complican?

—Los suizos me han dado una carta para salir de la cárcel.

—¿Qué vas a hacer con la periodista rusa que le entregó los papeles contaminados a Viktor?

—«Por la vía del engaño» —dijo Gabriel, citando las cinco primeras palabras del lema de la Oficina.

Shamron apagó el cigarrillo.

—Entonces, queda Arkady.

—Estoy pensando en hacer negocios con él.

—¿Qué clase de negocios?

—Blanqueo de capitales, Ari. ¿Cuáles, si no?

—Pensé que Arkady lavaba sus trapos sucios en el RhineBank.

—Así es.

—Entonces, ¿para qué va a necesitarte?

—Eso todavía lo estoy pensando.

—Hay una solución bastante sencilla, ¿sabes?

—¿Cuál?

Shamron encendió otro cigarrillo.

—Cerrar la Lavandería Rusa.

161

26

KING SAUL BOULEVARD, TEL AVIV

Tres pisos por debajo del vestíbulo de King Saul Boulevard había una puerta señalada con el número 456C. La sala del otro lado había sido en su día un almacén de ordenadores obsoletos y muebles viejos que el personal de noche solía utilizar como lugar de encuentro para sus devaneos amorosos clandestinos. La contraseña de la cerradura de seguridad eran las cifras de la fecha de nacimiento de Gabriel, el secreto mejor guardado de la Oficina, según se contaba. A las diez de la mañana siguiente, Gabriel marcó el código en el teclado y entró.

Rimona Stern, jefa de la división de la Oficina conocida como Recopilación y sobrina de Ari Shamron, se apresuró a ponerse la mascarilla.

—Me han dicho que anoche estuviste en Tiberíades.

—¿Es lo único que te han dicho?

—Mi tía opina que estás demasiado flaco.

—Tu tía siempre dice eso antes de atiborrarme de comida.

—¿Cómo va aguantando?

—Lleva casi seis meses encerrada en casa con tu tío. ¿Cómo crees tú que va aguantando?

En ese momento se abrió la puerta y Yossi Gavish entró en la habitación. Nacido en Londres y educado en Oxford, todavía hablaba hebreo con marcado acento británico. Era el jefe de

Investigación, la división de análisis de la Oficina, pero gracias a su formación como actor shakespeariano era también un valioso agente operativo. Había un café en el paseo marítimo de Saint Barthélemy en el que las camareras le consideraban un tesoro, y un hotel en Ginebra cuyo conserje se había jurado a sí mismo pegarle un tiro en cuanto le echara la vista encima.

Un momento después entraron Yaakov Rossman y un par de agentes polivalentes, de nombre Mordecai y Oded. Eli Lavon fue el siguiente en llegar, seguido de cerca por Dina Sarid, la principal analista para asuntos de terrorismo de la Oficina y una investigadora de primera clase que acostumbraba a detectar vínculos que los demás no veían. Morena y de complexión menuda, Dina caminaba con una leve cojera, fruto de las graves heridas que sufrió cuando un terrorista suicida de Hamás se inmoló a bordo de un autobús número 5 en Tel Aviv en octubre de 1994. Entre las veintiuna víctimas mortales del atentado estaban su madre y sus dos hermanas.

Mijail Abramov entró un momento después. Alto y desgarbado, de piel pálida y exangüe y ojos como hielo glaciar, hacía tiempo que había sustituido a Gabriel como principal ejecutor de los asesinatos selectivos que llevaba a cabo la Oficina, aunque su enorme talento no se limitaba al uso de las armas de fuego. Nacido en Moscú, hijo de una pareja de científicos disidentes, había emigrado a Israel siendo adolescente. Su esposa, Natalie Mizrahi, llegó con él. Judía argelina nacida en Francia, hablaba árabe a la perfección y era la única agente secreta occidental que había logrado introducirse en las cerradas filas del Estado Islámico.

En los pasillos y las salas de reuniones de King Saul Boulevard, se conocía a los nueve hombres y mujeres reunidos en aquella habitación subterránea con el nombre en clave de Barak —«relámpago» en hebreo— por su asombrosa habilidad para reunirse y atacar a la velocidad del rayo. Eran un servicio de espionaje dentro de otro, un equipo de agentes sin parangón y sin miedo que habían luchado juntos, y sangrado juntos, en una sucesión de campos de batalla secretos que iba desde Moscú hasta los montes Atlas de Marruecos. Cuatro de ellos eran ahora poderosos jefes de división. Y, si Gabriel se salía con la suya, una haría pronto historia al convertirse en la primera mujer en dirigir la Oficina.

Rimona le observó atentamente mientras se acercaba a la pizarra —la última pizarra auténtica que quedaba en todo King Saul Boulevard— y escribía un nombre con unos pocos y ágiles movimientos de su mano izquierda: Arkady Akimov, amigo de la infancia del presidente ruso, exagente del KGB especializado en medidas activas y propietario de una empresa privada de espionaje conocida como Grupo Haydn cuyo objetivo era socavar a Occidente desde dentro.

La Oficina, les explicó Gabriel, iba a socavar a su vez a Arkady Akimov. Iban a desalojarle de su privilegiada posición en Occidente, a destruir el Grupo Haydn y a confiscar, en la medida de lo posible, su dinero sucio, incluido el que custodiaba como testaferro del presidente de la Federación Rusa. No darían cuartel al RhineBank ni a ninguna otra entidad de servicios financieros —suiza, alemana, británica o estadounidense— que estuviera implicada en sus manejos.

Un ataque de esa envergadura, les advirtió, no podía montarse desde fuera; solo podía efectuarse desde dentro. Isabel Brenner, responsable de cumplimiento normativo de la oficina del RhineBank en Zúrich, había abierto una puerta de acceso a la ciudadela bien defendida de Arkady. Ahora, la Oficina iba a atravesar esa puerta. Iban a forjar una relación comercial ficticia con Arkady, a convertirse en socios de la cleptocracia conocida como Kremlin SA. Pondrían sumo cuidado en cada paso de la fusión. Nada, dijo Gabriel, se dejaría al azar.

* * *

164

Pero ¿cómo introducirse en la corte de un hombre que daba por sentado que cada teléfono que utilizaba estaba intervenido, que cada habitación en la que entraba tenía micrófonos ocultos y que cada extraño que se cruzaba en su camino intentaba aniquilarle? ¿Un hombre que nunca hablaba con la prensa, que rara vez salía de su burbuja protectora formada exclusivamente por rusos y que siempre estaba rodeado de guardaespaldas procedentes de las unidades de élite Spetsnaz? Incluso la ubicación exacta de su despacho en la Place du Port de Ginebra era un secreto bien guardado. Intendencia alquiló una oficina en el edificio de enfrente, y dos de los mejores agentes de vigilancia de Eli Lavon se instalaron en ella al día siguiente. Fotografiaban a todos los que entraban y salían por la opaca puerta de Arkady y enviaban las imágenes a King Saul Boulevard, donde el equipo trataba de poner nombre a aquellas caras. En una de las fotos se veía a un individuo de pelo canoso y bien cortado apeándose de la parte de atrás de un Mercedes-Maybach. El pie de foto de Yossi Gavish era una obra maestra de concisión burocrática: *Akimov, Arkady. Presidente del Grupo Haydn, NevaNeft Holdings y Neva-Neft Trading.*

Arkady era aún más hermético en cuanto a la ubicación de su domicilio particular. Había vivido tranquilamente varios años en Cologny, un barrio acaudalado, pero en el verano de 2016 recogió sus bártulos y se instaló en Véchy, en un palacio hecho a medida valorado en más de cien millones de francos suizos. La magnitud de las obras enfureció a sus nuevos vecinos, incluida una estrella del pop inglesa que se quejó a la prensa. La identidad del propietario de la nueva mansión nunca se hizo pública, aunque se creía que era un empresario ruso, vinculado quizá con el Kremlin.

De ese mismo empresario ruso anónimo se pensaba que era dueño de la mayor vivienda particular del pueblecito alpino francés de Courchevel, de una lujosa villa en la Costa Azul, cerca de Saint-Tropez; de una mansión en la zona residencial amurallada de Rublyovka, a las afueras de Moscú, y de un piso en el Billionaire's Row de Manhattan adquirido por la friolera de doscientos veinticinco millones de dólares. Tenía también —cómo no— un yate, pero lo usaba muy poco porque era propenso a marearse. Su avión privado era un Gulfstream y su helicóptero particular un Airbus H175 VIP. Se movía por Ginebra con una comitiva digna de un jefe de Estado.

En su biografía oficial no había ninguna alusión a su pasado en el KGB, aunque sí se mencionaba que durante un tiempo había trabajado en el Ministerio de Asuntos Exteriores soviético, en un puesto sin especial relevancia, y que había estado destinado brevemente en Berlín Este. Su relación con el presidente ruso estaba envuelta en especulaciones. A través de sus abogados, había admitido que se conocían desde niños, desde sus tiempos en Leningrado, pero negaba que formara parte del círculo íntimo del presidente. Los abogados lo habían tenido más difícil para acallar las informaciones acerca de su vida privada, turbulenta en ocasiones. Se le conocían dos divorcios, ambos discretos, y se rumoreaba que había tenido una larga serie de ligues y amantes. Su esposa actual, de soltera Oksana Mironova, era una bella bailarina de *ballet* a la que Akimov le sacaba más de treinta años.

Como era de esperar, la *Moskovskaya Gazeta* destacaba entre quienes criticaban con dureza a Arkady. La revista había desvelado sus vínculos con el palacio presidencial del mar Negro y los miles de millones que se había embolsado gracias a la adjudicación de contratos urbanísticos desmesurados, con ocasión de los Juegos Olímpicos de Sochi. Varios de esos artículos los había escrito la periodista de investigación Nina Antonova, que actualmente se hallaba en paradero desconocido. Tras regresar a Wormwood Cottage para esperar allí su reubicación permanente, Nina redactó un esclarecedor informe de veinte mil palabras compendiando todas las acusaciones no demostradas que había contra Arkady. Era una lectura muy entretenida, igual que el relato que hizo Olga Sukhova del acalorado encuentro que tuvo con Arkady en Moscú en 2007, después de que se publicara la noticia de que su amigo de la infancia tenía un patrimonio de cuarenta mil millones de dólares, nada menos.

Según todos los indicios, la fortuna personal del presidente ruso había aumentado sustancialmente desde entonces, lo mismo que la de Arkady Akimov, que había pasado de cuatrocientos millones de dólares en 2012 —una minucia— a treinta y tres mil ochocientos millones, según la última estimación de la revista *Forbes*, lo que le convertía en el cuadragésimo cuarto hombre más rico del mundo. Justo por encima de él había un gestor de fondos de cobertura americano, y por debajo un fabricante chino de electrodomésticos. Se decía que Arkady se había llevado un chasco al ver el puesto que ocupaba en la clasificación, lo que era lógico hasta cierto punto.

Claro que *Forbes* solo veía parte del cuadro. En su estimación del patrimonio neto de Arkady faltaba el dinero que los gnomos de la Lavandería Rusa enterraban de manera anónima en Occidente. Por suerte, Gabriel también tenía sus gnomos: los nueve hombres y mujeres que se escondían en una sala subterránea, tres plantas por debajo del vestíbulo de King Saul Boulevard.

En casi todos los aspectos, eran el polo opuesto al hombre cuya vida se proponían desmantelar. Ganaban un sueldo de funcionarios y vivían modestamente. No robaban a menos que se les ordenara hacerlo. No mataban a no ser que estuviera en juego la vida de personas inocentes. Trataban bien a sus parejas y cónyuges y cuidaban de sus hijos lo mejor que podían, trabajando al mismo tiempo horas sin fin. No tenían vicios, pues quienes los tenían no eran admitidos en sus filas.

Se las arreglaban para hacer su trabajo con el mínimo alboroto, dado que los gritos tendían a facilitar la propagación del coronavirus. Incluso Rimona Stern, que tenía el temperamento de su famoso tío, conseguía modular su estentóreo tono de voz.

Como en las estrechas dependencias de su guarida subterránea no era posible mantener una distancia social adecuada, desinfectaban las mesas de trabajo con frecuencia y se sometían a pruebas periódicas. De algún modo, el resultado siempre era negativo.

Gabriel asomaba la cabeza por la puerta de la sala 456C una o dos veces al día para ver cómo avanzaba el equipo y hacer restallar el látigo. Quería volver a la acción lo antes posible, por si acaso los suizos cambiaban de opinión y ponían a Arkady fuera de su alcance. Para Rimona y los demás era evidente que sentía tentaciones de pegarle al oligarca ruso el balazo que se había ganado con creces y acabar de una vez con aquel asunto. Pero Arkady Akimov —fiel integrante del círculo íntimo del presidente ruso y propietario de una empresa de espionaje que luchaba contra Occidente desde dentro— era demasiado valioso para matarle. Gabriel llevaba mucho tiempo buscando a alguien como él. No dejaría nada al azar.

Pero ¿cómo penetrar en su corte?

Por lo general, era un defecto, o la vanidad, lo que hacía vulnerable a un hombre; Gabriel, sin embargo, ordenó al equipo encontrar una sola virtud capaz de redimir a Arkady Akimov. Tenía que haber, les dijo en tono suplicante, al menos *una* razón por la que el oligarca ruso ocupaba espacio en el planeta. Fue Dina Sarid, revisando la página web de NevaNeft —por lo demás inservible para sus fines—, quien descubrió esa razón. A través de la rama benéfica de la empresa, Arkady Akimov había donado cientos de millones de dólares a orquestas, conservatorios y museos de arte de Rusia y Europa Occidental, a menudo con poca o ninguna publicidad.

Patrocinaba, además, numerosos conciertos y festivales, lo que le permitía codearse con algunas de las figuras más destacadas del mundo de la música clásica. Una búsqueda inversa de imágenes en las redes sociales dio como resultado una fotografía del ruso —que normalmente rehuía las cámaras— junto al violinista francés

Renaud Capuçon, con una amplia sonrisa en la cara. Idéntica expresión tenía posando junto a la violinista alemana Julia Fischer. Con el también alemán Christian Tetzlaff. Con los pianistas Hélène Grimaud y Paul Lewis. Y con los directores de orquesta Gustavo Dudamel y sir Simon Rattle.

Dina dudaba de que su descubrimiento tuviera algún valor operativo. Aun así, imprimió las fotografías en papel de alta calidad y las dejó en la mesa de Gabriel. Una hora más tarde, durante su visita vespertina a la sala 456C, él escribió otros dos nombres en la pizarra. Uno era el de un antiguo enemigo; el otro, el de una examante. A continuación, le describió al equipo el acto inaugural de la fusión que había planeado entre la Oficina y la cleptocracia conocida como Kremlin SA. Sería un encuentro en apariencia fortuito con motivo de un gran acontecimiento, un evento tan importante que Arkady Akimov movería cielo y tierra para asistir a él. No bastaría con cócteles y canapés. Gabriel necesitaba una atracción estelar, una celebridad internacional cuya presencia hiciera obligatoria la asistencia de la élite más acaudalada de la sociedad suiza. Necesitaba, además, a un financiero que representara el papel de benefactor de la velada, un dechado de virtudes empresariales conocido por su compromiso con diversas causas, desde el cambio climático a la reducción de la deuda del Tercer Mundo. El tipo de individuo al que a Arkady Akimov le encantaría corromper sirviéndose del dinero sucio ruso.

27

GINEBRA

El RhineBank AG de Hamburgo no fue la única entidad financiera que hizo un buen negocio gracias a la Alemania nazi. El Banco Nacional de Suiza aceptó varias toneladas de oro procedentes del Reichsbank a lo largo de los seis años que duró la Segunda Guerra Mundial, embolsándose con ello un beneficio neto de veinte millones de francos suizos. Los principales bancos suizos también aceptaron como clientes a grandes jerarcas nazis, entre ellos el propio Adolf Hitler, que depositaba los derechos de autor de *Mein Kampf*, su manifiesto antisemita, en una cuenta del UBS de Berna.

A menudo, sin embargo, los líderes del partido y los altos cargos de las mortíferas SS recurrían a los servicios de discretos banqueros privados como Walter Landesmann. En la primavera de 1945, Landesmann, que antes de la guerra era una figura menor de la banca de Zúrich, se había convertido en el custodio secreto de una inmensa fortuna amasada por medios ilícitos, gran parte de la cual quedó sin reclamar cuando sus clientes fueron detenidos como criminales de guerra o se vieron obligados a buscar refugio en la lejana Sudamérica. Landesmann, que nunca desaprovechaba una oportunidad, se sirvió de ese dinero para transformar su banco en una de las empresas de servicios financieros más importantes de Suiza. Y a su muerte se la legó a su único hijo, un joven y carismático financiero llamado Martin.

Martin Landesmann, que sabía cuál era el origen del rápido crecimiento que experimentó el banco durante la posguerra, se apresuró a deshacerse de él. Con el producto de la venta creó Global Vision Investments, una sociedad de capital riesgo que se dedicaba a financiar a empresas emergentes con visión de futuro, pertenecientes sobre todo al campo de las energías alternativas y la agricultura sostenible. Su verdadera pasión, sin embargo, era One World, su fundación benéfica. Martin llevaba medicinas a los enfermos, comida a los hambrientos y agua a los sedientos, a menudo con sus propias manos. De ahí que fuera muy querido entre la intelectualidad de Aspen y Davos. Su círculo de amigos influyentes incluía a destacados políticos y luminarias de Silicon Valley y Hollywood, donde su productora financiaba documentales sobre temas como el cambio climático y los derechos de los inmigrantes. Su película más reciente era *One World*, un autorretrato en el que salía muy favorecido. Sus muchos críticos —de derechas, en su mayoría— se preguntaban por qué no la había titulado *San Martin*.

El primer ejemplo documentado de ese sobrenombre apareció en una semblanza muy poco halagüeña que le dedicó *The Spectator*. Desde entonces, lo utilizaban con regularidad tanto sus defensores como sus detractores. Martin lo detestaba íntimamente, quizá porque no guardaba ninguna semejanza con la realidad. Pese a su santurronería corporativa, era implacable en su búsqueda de beneficios, daba igual que para conseguirlos tuviera que arrasar las selvas tropicales o verter carbono a raudales a la atmósfera. Entre sus empresas más lucrativas estaba Keppler Werk GmbH, una metalúrgica que fabricaba algunas de las mejores válvulas industriales del mundo. Keppler Werk formaba parte de una red mundial de sociedades que suministraba tecnología nuclear a la República Islámica de Irán, infringiendo así las sanciones impuestas por la ONU; una red en la que Gabriel se había infiltrado y de la que se había servido para sabotear cuatro instalaciones iraníes de enriquecimiento de uranio desconocidas hasta entonces. La participación de Martin en el asunto no había sido voluntaria.

A pesar de sus declaraciones públicas, Landesmann no operaba únicamente con dinero propio. GVI era la propietaria clandestina del Meissner PrivatBank de Liechtenstein, y el Meissner PrivatBank era el portal de entrada a una sofisticada red de blanqueo de capitales que utilizaban principalmente figuras de la delincuencia organizada y ricachones reacios a pagar impuestos. A cambio de comisiones considerables, y haciendo pocas preguntas, Martin convertía el dinero sucio en activos que podían conservarse indefinidamente o transformarse en dinero limpio. Gabriel y Graham Seymour estaban al tanto de sus actividades extracurriculares. Los reguladores financieros suizos, no. En lo que a ellos respectaba, san Martin Landesmann era el único banquero suizo que nunca había dado un paso en falso.

Había huido de la fría y gris Zúrich tras deshacerse a toda prisa del maloliente banco de su padre y se había instalado en la elegante Ginebra. GVI tenía su sede en el Quai de Mont-Blanc, pero el centro neurálgico del imperio de Martin se hallaba en Villa Alma, su majestuosa casa junto al lago, en la Rue de Lausanne. El que era desde hacía largo tiempo su jefe de seguridad recibió a Gabriel en el patio delantero de la casa. La última vez que habían hablado había sido por encima del cañón de una SIG Sauer P226. Era Gabriel quien empuñaba la pistola.

—¿Va armado? —preguntó el guardaespaldas en su atroz alemán suizo.

—¿Usted qué cree? —respondió Gabriel en un correcto *Hochdeutsch*.

El guardaespaldas le tendió la mano con la palma hacia arriba. Gabriel pasó a su lado, rozándole, y entró en el reluciente vestíbulo, donde san Martin Landesmann, envuelto en una aureola de luz dorada, le esperaba en toda su gloria. Vestía, como de costumbre, en la escala inferior del gris: jersey de cachemira gris pizarra, pantalones gris marengo, mocasines negros. Aquel atuendo, combinado con su lustroso pelo plateado y sus gafas también plateadas, le daba un aire de seriedad jesuítica. La mano que levantó para saludar a Gabriel era blanca como el mármol. Se dirigió a él en inglés, con leve acento francés. Martin ya no hablaba la lengua de su Zúrich natal. A no ser, claro, que amenazara con hacer matar a alguien. Para esos casos, solo le servía el alemán suizo.

—Espero que Jonas y tú hayáis tenido ocasión de hacer las paces —dijo amablemente.

—Vamos a ir a tomar una copa después.

—¿Tienes idea de cuál es tu estado, en cuanto a la COVID se refiere?

—No sé cómo, pero sigo siendo negativo. ¿Y tú?

—Monique y yo nos hacemos la prueba todos los días. —Monique era su esposa. Parisina de nacimiento, era una celebridad internacional por derecho propio—. Espero que la disculpes por no venir a saludarte. No le apetece revivir el asunto de Zoe Reed.

—Ya somos dos.

—Me encontré con Zoe en Davos el año pasado —añadió Martin—. Estaba retransmitiendo para la emisión de tarde de la CNBC. Como puedes imaginar, fue bastante incómodo. Fingimos ambos que aquella noche tan desagradable nunca había existido.

—Eso fue hace mucho tiempo.

—¿Y ese colega tuyo que se coló en mi ordenador?

—Te manda recuerdos.

—Sin rencores, espero.

—Unos cuantos, sí —dijo Gabriel—. Pero lo pasado, pasado está. Estoy aquí para hablar del futuro.

Martin frunció el ceño.

—No sabía que tuviéramos un futuro en común.

—Un futuro brillante, de hecho.

—¿Qué vamos a hacer?

—Restaurar el orden mundial y la democracia liberal occidental antes de que sea demasiado tarde.

—¿Y cómo vamos a hacer eso?

—Haciendo negocios con Arkady Akimov. —Gabriel sonrió—. ¿Cómo, si no?

Las paredes de Villa Alma estaban decoradas con una colección espectacular de cuadros impresionistas y de posguerra. Mientras iban hacia la amplia terraza, Martin se jactó de algunas de sus adquisiciones más recientes, entre ellas un voluptuoso desnudo de Lucian Freud. Las aguas del lago, de color azul Saboya, llameaban a la luz deslumbrante del sol. Martin señaló el macizo del Mont Blanc, donde el glaciar de Planpincieux corría riesgo de colapso inminente tras varios días de temperaturas más altas de lo normal. El planeta, dijo, se precipitaba hacia el punto de no retorno. La retirada de Estados Unidos del Acuerdo de París había sido desastrosa; se habían perdido cuatro años irrecuperables. Confiaba en que el candidato demócrata a la presidencia, si ganaba las elecciones, creara un ministerio dedicado exclusivamente a la lucha contra el cambio climático. Una fuente de la campaña presidencial le había dicho que el principal aspirante al puesto era el exsenador y secretario de Estado que había negociado el acuerdo nuclear con Irán. Martin le conocía bien. De hecho, había estado invitado con frecuencia en las casas que el secretario de Estado tenía en Georgetown, Nantucket y Sun Valley. Era cierto lo que decían de los ricos, se dijo Gabriel mientras le escuchaba. Eran de verdad distintos.

—¿Y le has comentado a tu buen amigo el secretario que fuiste tú quien ayudó a los iraníes a construir sus cascadas de enriquecimiento de uranio? ¿Que gracias a ti estuvo a punto de haber otra guerra en Oriente Medio?

—La verdad es que ese tema nunca ha salido a relucir. Tú y tus amigos del MI6 y la CIA os las arreglasteis para que nadie se enterara de mi identidad; ni siquiera la persona que tuvo que sentarse a negociar con los iraníes.

—Te aseguramos que así sería.

—Perdóname por haber dudado de vuestra palabra. Pero, a fin de cuentas, ya sabes lo que se dice de las promesas, Allon.

—Yo hago todo lo posible por cumplir las mías.

—¿Y siempre ha sido así?

—No, Martin. Pero no nos enzarcemos en una competición de relativismo moral. La magnitud de tu hipocresía es casi tan impresionante como las vistas desde tu terraza.

—El que esté libre de pecado que tire la primera piedra. ¿No es eso lo que dice el libro sagrado?

—El nuestro, no. De hecho, nosotros fuimos pioneros en esa técnica.

—No todo es mentira —afirmó Martin—. De verdad quiero hacer del mundo un lugar mejor.

—Eso es algo que tenemos en común tú y yo. Como habitante de un país pequeño con escasez de agua y tierras cultivables, comparto tu preocupación por el cambio climático. También valoro el trabajo que has hecho en África, porque los flujos migratorios incontrolados son de por sí un factor de desestabilización. No hay más que ver lo que ocurre en Europa Occidental, con el agua de la extrema derecha xenófoba.

—Son unos racistas descerebrados. Además de autoritarios. Temo por el futuro de la democracia.

—Por eso vas a anunciar una nueva iniciativa de One World para promover la libertad y los derechos humanos, especialmente en Hungría, Polonia, las exrepúblicas de la Unión Soviética y la propia Rusia.

—George Soros acaparó ese mercado hace tiempo. Por cierto, también es amigo mío.

—Entonces, seguro que no le importará que te unas a su cruzada.

—Es una misión imposible, Allon. Rusia nunca será una democracia.

—En un futuro inmediato, no. Pero aun así tu iniciativa enfurecerá a Arkady Akimov y a su buen amigo el presidente ruso. —Gabriel hizo una pausa y luego añadió—: Razón por la cual Arkady querrá hacer negocios contigo.

—Explícate —dijo Martin.

—Arkady no entabla relaciones comerciales con destacadas figuras de Occidente por amor al arte. Utiliza el dinero ruso como arma sigilosa, para corromper Occidente desde dentro. Tú eres un objetivo ideal, un activista progre, un santo que esconde un oscuro secreto. Arkady te utilizará y te comprometerá al mismo tiempo. Y cuando hayas picado el anzuelo, te convertirás en una filial del Kremlin SA. Al menos, a su modo de ver.

—Por eso nunca hago negocios con rusos. Son demasiado corruptos, hasta para mí. Y demasiado violentos. Tengo tratos con muchos mafiosos, por supuesto, incluidos los italianos. Pero son bastante razonables, en realidad. Ellos se llevan su parte, yo me llevo la mía y todos contentos. Pero los Boris y los Igor recurren enseguida a la violencia, si creen que les has engañado. Además —añadió Martin—, tenía la impresión de que Arkady llevaba a lavar sus trapos sucios al RhineBank.

—Así es, pero pronto va a tener necesidad de un nuevo servicio de limpieza.

—¿Y si me hace proposiciones?

—Hazte de rogar. Pero, en cuanto aceptes hacerte cargo de su dinero, tendrás que incumplir todas las leyes posibles, también en Gran Bretaña y Estados Unidos.

—¿Qué pasará entonces?

—Que Arkady caerá. Tú, en cambio, conservarás intacta tu rutilante reputación, como ocurrió después de la operación de Irán.

—¿Y cuando Boris e Igor vengan a pedirme cuentas?

—Tendrás quien te proteja.

—¿Vosotros?

—Y los suizos —dijo Gabriel.

Martin hizo como que se lo pensaba.

—Supongo que no tengo más remedio que aceptar.

Gabriel se quedó callado.

—¿Y quién va a pagar este proyecto tuyo en defensa de la democracia? —preguntó Martin.

—Tú. Y de paso vas a comprar un cuadro.

—¿Cuánto me va a costar?

—Solo una parte de lo que pagaste por el Lucian Freud. ¿Cuánto te costó? ¿Cincuenta millones?

—Cincuenta y seis. —Martin dudó y luego preguntó—: ¿Eso es todo?

—No —dijo Gabriel—. Hay una cosa más.

28

TALACKERSTRASSE, ZÚRICH

A las tres y cuarto de esa misma tarde, Isabel oyó que llamaban a la puerta de su despacho sin ventanas. La cadencia y el tono de la llamada revelaban que se trataba de Lothar Brandt, el jefe de la Lavandería Rusa, de ahí que Isabel dejara pasar un intervalo de veinte segundos antes de invitarle a pasar. Lothar cerró la puerta tras de sí, lo que nunca era buena señal, y depositó un montón de documentos sobre su escritorio.

—¿Qué me traes hoy? —preguntó ella.

Lothar abrió el primer documento por la última página y señaló la línea de la firma del responsable de cumplimiento, marcada con una pestaña roja. Como tenía por costumbre, no le dio ninguna información acerca de la naturaleza del contrato o transacción, ni acerca de las partes implicadas. Aun así, Isabel estampó su firma.

Siguieron con su rutina habitual: abrir el documento, señalar, firmar. *Isabel Brenner.* Para aliviar el tedio, y quizá para distraer a Isabel del hecho de que estaba infringiendo gravemente la normativa bancaria, Lothar le contó con detalle su fin de semana. Había ido de excursión con una persona amiga suya —no especificó si hombre o mujer— al Oberland bernés. Isabel murmuró unas palabras amables. En el fondo, no se le ocurría destino peor que verse atrapada en los Alpes a solas con Lothar Brandt. Al igual que ella,

Lothar era alemán. No carecía de inteligencia, pero sí de imaginación. Una vez, Isabel se vio obligada a sentarse a su lado en una cena de empresa. Tuvo que hacer un ímprobo esfuerzo por no cortarse las venas con el cuchillo de la mantequilla.

—¿Y tú? —preguntó él de repente.

—¿Perdón?

—Tu fin de semana. ¿Has hecho algo especial?

Isabel describió dos días de aburrimiento pasados a resguardo del coronavirus. Lothar se indignó de repente. Según él, el virus era un montaje creado por los socialdemócratas y los ecologistas para frenar el crecimiento económico mundial. No estaba claro cómo había llegado a esa deducción.

Cuando Isabel terminó de firmar la primera tanda de documentos, él le llevó una segunda, y luego una tercera. Los mercados europeos estaban cerrando cuando Isabel estampó la última firma. El RhineBank había sufrido otro varapalo, con una caída de más del dos por ciento. Daba igual, pensó Isabel. Los tiburones del departamento de derivados de Londres seguramente se habrían forrado apostando contra las acciones de la empresa.

En la planta de dirección reinaba un ambiente fúnebre. *Herr* Zimmer estaba encerrado en su despacho acristalado, casi invisible en medio del humo de tabaco (la posibilidad de desactivar los detectores de humo era uno de los privilegios más codiciados de los directivos del RhineBank). Sentado ante su escritorio, mantenía una acalorada conversación con el altavoz de su teléfono móvil. Por su actitud defensiva, se colegía que la persona del otro lado de la línea se hallaba en el último piso de la sede central del banco en Hamburgo.

Isabel se ocupó de algunos asuntos rutinarios de su departamento y a las seis y media, tras despedirse de las chicas de recepción y de los guardias de seguridad del vestíbulo, salió a Talackerstrasse. Aquel inglés de tosca belleza que se hacía llamar Peter Marlowe se reunió con ella a bordo del tranvía número 8. Al llegar a

179

Römerhofplatz se deslizaron en el asiento trasero de un BMW X5. El israelí bajito y arrugado arrancó lentamente y puso rumbo al sur, hacia Erlenbach.

—Empezaba a pensar que no volvería a verte —comentó ella.

—De eso se trata, cielo. —El inglés sonrió—. ¿Qué tal el día?

—Rebosante de emociones.

—Pues está a punto de ponerse mucho más interesante.

—Menos mal. —Isabel miró al hombrecillo que iba al volante—. ¿No hay manera de que vaya un poco más rápido?

—Ya lo he intentado —dijo el inglés con desánimo—. Pero no me hace ni caso.

Isabel apoyó los dedos de la mano izquierda sobre el brazo derecho y se puso a tocar la parte del violonchelo del *Triple concierto* de Beethoven mientras avanzaban por la orilla del lago. Iba casi por el final del segundo movimiento cuando llegaron al chalé. Gabriel los esperaba dentro, junto con varias personas que no estaban presentes en su primera visita. Contó al menos ocho desconocidos. Uno de ellos era una mujer muy guapa que podía ser o no ser árabe. El hombre sentado a su lado tenía la piel como la porcelana y los ojos incoloros. Una mujer entrada en carnes, de pelo castaño tirando a rubio, miraba a Isabel con lo que parecía ser un leve desprecio. O quizá, pensó, fuera simplemente su expresión natural.

Isabel se volvió hacia Gabriel.

—¿Amigos tuyos?

—Podría decirse así.

—¿Son todos israelíes?

—¿Supondría eso algún problema?

—¿Por qué lo preguntas?

—Porque muchos europeos no creen que el Estado de Israel tenga derecho a existir.

—Yo no soy uno de ellos.

—¿Significa eso que estarías dispuesta a colaborar con nosotros?

—Supongo que depende de lo que queráis que haga.

—Me gustaría que terminaras lo que empezaste cuando le diste esos documentos a Nina Antonova.

—¿Cómo?

—Ayudándome a acabar con Arkady Akimov y el Grupo Haydn. La empresa es un servicio de inteligencia privado —explicó Gabriel—. Y está haciéndole la guerra a la democracia occidental desde el quinto piso de las oficinas de Arkady en Ginebra.

—Eso explica que tengan en nómina a tantos exagentes del SVR y del GRU.

—En efecto. —Sonriendo, Gabriel comenzó a pasearse lentamente por la sala de estar—. Esta noche no eres la única persona presente que tiene un talento oculto, Isabel. —Se detuvo junto a un hombre alto y con poco pelo, que parecía uno de sus profesores de la London School of Economics—. Yossi era un excelente actor shakespeariano cuando estaba en Oxford. También toca un poco el chelo. No como tú, claro. —Señaló a la mujer de aspecto árabe—. Y Natalie era una de las mejores médicas de Israel hasta que la mandé a Raqa para que se convirtiera en terrorista a las órdenes del Estado Islámico.

—¿Quieres que yo también me convierta en terrorista?

—No —respondió Gabriel—. En blanqueadora de capitales.

—Ya lo soy.

—Por eso Global Vision Investments, de Ginebra, quiere contratarte.

—¿No es la empresa de Martin Landesmann?

—¿Has oído hablar de él?

—¿De Martin? ¿Y quién no?

—Pronto descubrirás que no es tan santo como aparenta.

—¿Olvidas que ya tengo trabajo?

—No por mucho tiempo. De hecho, confío en que dentro de unos días tu posición en el RhineBank sea casi insostenible. Mientras tanto, quiero que copies todos los documentos incriminatorios de la Lavandería Rusa a los que puedas acceder sin ponerte en peligro. También me gustaría que siguieras tocando el chelo.

—¿Algo en particular?

—¿El *Vocalise* de Rachmáninov forma parte de tu repertorio?

—Es una de mis piezas favoritas.

—Tienes eso en común con uno de los mayores clientes del RhineBank.

—¿De verdad? ¿Con quién?

Gabriel sonrió.

—Con Arkady Akimov.

29

KENSINGTON, LONDRES

Las noticias diarias se sucedían a un ritmo tan implacable que la muerte de Viktor Orlov ya casi había desaparecido de la memoria colectiva de la prensa británica. Fue, por tanto, hasta cierto punto una sorpresa que la Fiscalía de la Corona acusara a la conocida periodista rusa Nina Antonova de complicidad en el asesinato de Orlov y emitiera dos órdenes de detención contra ella, una para Gran Bretaña y otra para el resto de Europa. El arma homicida era, según las autoridades, un paquete de documentos contaminados con Novichok que fue entregado en la mansión de Cheyne Walk la noche en que murió Orlov. Las imágenes de las cámaras de seguridad documentaban la llegada de la periodista a la residencia del magnate ruso y su posterior salida, su breve estancia en el hotel Cadogan y su paso por el aeropuerto de Heathrow, donde tomó un vuelo nocturno con destino a Ámsterdam. Según las autoridades holandesas, pasó la noche en un popular albergue juvenil del célebre Barrio Rojo y probablemente abandonó los Países Bajos al día siguiente, con un pasaporte falso proporcionado por los servicios de inteligencia rusos.

En el pliego de acusaciones no se mencionaba a Sarah Bancroft, la bella exagente de la CIA reconvertida en marchante de arte que había hallado el cadáver de Viktor Orlov. A ella también la pilló desprevenida el anuncio de la imputación, ya que nadie, ni siquiera el agente del MI6 con el que compartía un dúplex en Kensington, se había molestado en advertirla de que iba a producirse. No había vuelto a ver a Christopher desde la noche del interrogatorio de Nina en Wormwood Cottage. Tampoco había tenido ninguna comunicación significativa con él, más allá de algún que otro mensaje de texto redactado al estilo de Peter Marlowe, su seudónimo de trabajo. Al parecer, su estancia en Suiza iba a ser más larga de lo previsto. Sarah no iba a poder visitarle, al menos a corto plazo. Intentaría volver a Londres pronto, quizá el siguiente fin de semana.

Por si eso fuera poco, el primer ministro, amigo de Sarah, había impuesto nuevas restricciones para intentar controlar la epidemia de coronavirus. Era absurdo tratar de escabullirse por el West End para llegar a la galería de arte: los negocios habían vuelto a entrar en coma. Sarah decidió confinarse en Kensington y enseguida engordó dos kilos.

Afortunadamente, las nuevas normas incluían una excepción para salir a hacer ejercicio. Con unas mallas negras y un par de zapatillas nuevas, corrió por las aceras desiertas de Queen's Gate hasta la entrada de Hyde Park. Tras pararse un momento a estirar las pantorrillas, se dirigió por un sendero a Kensington Gardens y subió luego por Broad Walk hasta llegar al límite norte del parque. Se encaminó a Marble Arch con paso suave y relajado, pero cuando llegó a Speaker's Corner iba casi sin aliento y la boca le sabía a óxido.

Tenía intención de dar dos veces la vuelta al parque, pero no le fue posible; la pandemia había hecho estragos en su estado físico. Consiguió correr un último trecho por Rotten Row y luego volvió caminando a buen paso a Queen's Gate Terrace. Encontró la puerta inferior del dúplex entreabierta. En la cocina, Gabriel estaba llenando de agua mineral el hervidor eléctrico Russell Hobbs.

—¿Qué tal la carrera? —le preguntó.

—Deprimente.

—Tal vez deberías dejar de fumar el tabaco de Christopher.

—¿Hay alguna posibilidad de que vuelva?

—Pronto, no.

—Parece que te satisface la idea.

—Te advertí de que no te enamoraras de él.

—Me temo que eso no fue decisión mía. —Se sentó en un taburete, junto a la isleta de granito—. Supongo que no van a detener a Nina en un futuro inmediato.

—Es poco probable.

—¿De verdad no había otra solución?

—Es por su bien —respondió Gabriel—. Y por el de la operación.

—¿Por casualidad no te hará falta una agente limpia de sospechas y con una cara bonita?

—Tienes que dirigir una galería.

—Por si no te has enterado, el negocio no está precisamente en alza.

—No tendrás un Artemisia por ahí, ¿verdad?

—Uno muy bonito, de hecho.

—¿Cuánto quieres por él?

—¿Quién paga?

—Martin Landesmann.

—Viktor iba a darme cinco —dijo Sarah—. Pero, si va a pagar san Martin, mejor que sean quince.

—Quince, pues. Pero preferiría que pusiéramos cierta distancia entre mi cliente y tu galería.

—¿Cómo?

—Haciendo la venta a través de un intermediario. Tendría que ser alguien muy discreto. Alguien sin moral ni escrúpulos. ¿Conoces a alguna persona que se ajuste a esa descripción?

Sonriendo, Sarah agarró el teléfono y llamó a Oliver Dimbleby.

* * *

Oliver contestó al primer toque, como si estuviera esperando su llamada junto al teléfono. Sarah le preguntó si tenía unos minutos para hablar de un asunto delicado. Oliver respondió que, tratándose de ella, tenía todo el tiempo del mundo.

—¿Qué tal a las seis? —preguntó Sarah.

A las seis estaba bien. Pero ¿dónde? El bar de Wilton's era zona prohibida. Dichoso virus.

—¿Por qué no te pasas por Mason's Yard? Pondré una botella de champán a enfriar.

—Oh, aquieta tu palpitar, corazón mío.

—No te hagas ilusiones, Ollie.

—¿Nos acompañará Julian?

—Se ha encerrado en una cámara libre de gérmenes. No espero volver a verle hasta el próximo verano.

—¿Y ese novio tuyo? ¿El del flamante Bentley y el nombre inventado?

—Me temo que está de viaje.

Lo cual fue música para los oídos de Oliver. Llegó a la galería Isherwood cuando pasaban unos minutos de las seis y apoyó un dedo grueso como una salchicha en el botón del interfono.

—Llegas tarde —respondió Sarah con voz metálica—. Date prisa, Ollie. El champán se está calentando.

Zumbó el timbre y chirriaron los cerrojos. Oliver subió las escaleras recién alfombradas hasta el despacho que Sarah compartía con Julian y, al ver que estaba vacío, siguió en ascensor hasta la hermosa sala de exposiciones, con su techo acristalado. Sarah, vestida con traje negro y zapatos de tacón, y el pelo rubio tapándole la mitad de la cara, estaba descorchando una botella de Bollinger Special Cuvée. Oliver se quedó tan embelesado mirándola que tardó un momento en fijarse en el lienzo sin enmarcar que descansaba sobre el viejo caballete forrado de fieltro de Julian: *La tañedora de laúd*, óleo sobre lienzo, 152 por 134 centímetros aproximadamente, barroco temprano quizá, bastante dañado y sucio.

Desilusionado, preguntó:

—¿Este es ese asunto delicado del que hablabas?

Sarah le entregó una copa de champán y le saludó levantando su copa.

—Salud, Ollie.

Él secundó el brindis y luego inspeccionó el cuadro.

—¿Dónde lo has encontrado?

—¿Dónde crees tú?

—¿Enterrado en el almacén de Julian?

Ella asintió con un gesto.

—¿Atribución actual?

—Círculo de Orazio Gentileschi.

—Qué tontería.

—No podría estar más de acuerdo.

—¿Has pedido una segunda opinión?

—A Niles Dunham.

—Con eso me sirve. Pero ¿cuál es su procedencia?

—Desconocida. —Sarah se llevó la copa a los labios carmesíes—. ¿Te interesa?

Oliver la miró de arriba abajo.

—Ya lo creo.

—El cuadro, Oliver.

—Eso depende del precio.

—Catorce.

—El precio récord de un Artemisia está en cuatro ochocientos.

—Los récords están hechos para romperse.

—Me temo que no tengo catorce ahora mismo. Pero podría tener cinco. Seis, si me apuras.

—Cinco o seis no son suficientes. Verás, estoy bastante segura de que lo venderás en muy poco tiempo. —Sarah bajó la voz—. Al día siguiente, calculo yo.

—¿Cuánto me darán por él?

—Quince.

Oliver frunció el ceño.

—No estarás tramando algo ilegal, ¿verdad?

—Un poco malvado —dijo Sarah—, pero no ilegal.

—Nada me gusta más que la maldad, pero me temo que tendremos que ajustar las condiciones del acuerdo.

—Di un precio, Oliver. Me tienes en ascuas.

—Qué más quisiera yo. —Levantó la mirada hacia la claraboya y se dio unos golpecitos en los labios húmedos con la punta del dedo índice. Por fin dijo—: Diez para ti, cinco para mí.

—¿Por un día de trabajo? Creo que una comisión de tres millones es más que suficiente.

—Diez y cinco. Date prisa, Sarah. El mazo está a punto de caer.

—Está bien, Oliver. Tú ganas. —Entrechocó su copa de champán con la de él—. Te enviaré el contrato por la mañana.

—¿Y qué pasa con la restauración?

—El comprador ya tiene a alguien en mente. Al parecer, es bastante bueno.

—Eso espero, porque nuestra laudista necesita una buena puesta a punto.

—Como todos —suspiró Sarah—. Hoy casi me da un infarto en Hyde Park.

—¿Qué estabas haciendo?

—Correr.

—Qué americano por tu parte. —Oliver rellenó su copa—. ¿De verdad está de viaje tu novio?

—Pórtate bien, Ollie.

—¿Por qué narices iba a portarme bien? Es aburridísimo.

30

GINEBRA – ZÚRICH

Martin Landesmann, financiero, filántropo, blanqueador de capitales, infractor de sanciones nucleares internacionales y vástago de una soberbia aunque dudosa dinastía bancaria de Zúrich, se embarcó en su nueva empresa con una energía y una determinación que sorprendió incluso a su esposa, Monique, que había descubierto hacía mucho tiempo lo que se ocultaba tras su fama de santidad y era una de sus críticas más implacables, como suelen serlo las esposas.

Maestro en el arte de la creación de marcas e imagen, Martin se centró primero en darle un nombre a su empresa. Le pareció que Freedom House sonaba bien y lamentó enterarse de que era el nombre de un respetado *think tank* con sede en Washington. Gabriel propuso «Alianza Global para la Democracia». Era un nombre muy poco original, sí, y su acrónimo inglés (GAD) era un espanto. Pero no dejaba nada a la imaginación —sobre todo, a la imaginación de los rusos—, y de eso se trataba, precisamente. Martin encargó un logotipo acorde con la grandiosidad del nombre y así nació One World Alianza Mundial para la Democracia, una ONG dedicada a la promoción de la libertad y los derechos humanos.

El proceso llevó su tiempo, por supuesto. Pero, si acusaba la presión del cronómetro, Gabriel no dio muestras de ello. Tenía una historia que contar y pensaba ir revelándola poco a poco: cada elemento de la trama se descubriría en el momento preciso y con los detalles adecuados a cada personaje y escenario. No sería necesariamente una historia atractiva para las masas. Claro que su público era muy reducido: un riquísimo exfuncionario del KGB que tenía a su disposición una unidad de ciberagentes de élite. Nada se dejaría al azar.

Así fue en el caso de la presentación en sociedad de One World Alianza Mundial para la Democracia. El sitio web interactivo y multilingüe del grupo entró en funcionamiento a las nueve de la mañana, hora de Ginebra, cuando se cumplía un mes del asesinato de Viktor Orlov en Londres. Con un contenido redactado y editado en gran parte por Gabriel y su equipo, describía un planeta que se encaminaba inexorablemente hacia el autoritarismo. Martin hizo ese mismo vaticinio en una serie de entrevistas televisivas. La BBC le concedió treinta minutos de valiosísimo tiempo de emisión, al igual que la NTV rusa, donde se enzarzó en un feroz debate con un conocido presentador favorable al Kremlin. Como era de esperar, Martin salió vencedor.

Las críticas se dividieron conforme al espectro ideológico y partidista, como era previsible. La prensa progresista consideró admirable la iniciativa de Martin; la franja populista, no tanto. Un presentador estadounidense de extrema derecha calificó la Alianza Mundial para la Democracia de empresa digna de «un George Soros trasnochado». Si alguna amenaza había para la democracia, añadió, eran los izquierdistas sabelotodo partidarios del «Estado-niñera», como Martin Landesmann. Gabriel se alegró al ver que la página web de *Russia Today*, el órgano propagandístico del Kremlin en lengua inglesa, estaba absolutamente de acuerdo.

Ni los medios de comunicación ni los comentaristas, independientemente de su sesgo ideológico, cuestionaron la sinceridad de Martin. Al parecer, tampoco la cuestionaron los rusos, que la tarde siguiente efectuaron un primer sondeo submarino de la

Alianza Global para la Democracia. La Unidad 8200 rastreó el ataque hasta un ordenador situado en un edificio de oficinas de la Place du Port de Ginebra: el mismo edificio que albergaba las oficinas de NevaNeft Holdings SA y su filial, el Grupo Haydn.

Estaba claro que el gambito de apertura de Gabriel había conseguido captar la atención de su objetivo. Gabriel, sin embargo, no se permitió el lujo de celebrarlo; estaba preparando ya el siguiente capítulo de su historia. El escenario era la oficina en Zúrich del RhineBank AG, conocida también como la sucursal más sucia del banco más sucio del mundo.

El primero en recibir un correo electrónico fue una corresponsal del *New York Times* que ya antes había escrito largo y tendido sobre el RhineBank. El correo aparentaba ser de un empleado de la sede central de la empresa. No lo era. Lo había redactado el propio Gabriel, bajo la supervisión de Yossi Gavish y Eli Lavon.

Llevaba adjuntos varios centenares de documentos, de los cuales una pequeña parte procedía de los archivos de Isabel Brenner. El resto lo había conseguido por medios clandestinos la Unidad 8200, con tanta habilidad que en el Rhinebank nadie se percató del ciberataque. En conjunto, los documentos proporcionaban pruebas irrefutables de que la sucursal del banco en Zúrich albergaba una unidad secreta conocida como la Lavandería Rusa, una cinta transportadora que canalizaba el dinero sucio que salía de Rusia y lo depositaba, ya limpio, en distintos lugares del mundo. No se implicaba a ninguna otra oficina o división del RhineBank, y ninguno de los documentos hacía referencia a las actividades de Arkady Akimov o de Omega Holdings, su empresa fantasma.

El artículo de la periodista apareció en la página web del *Times* una semana después. Le siguieron rápidamente varias noticias similares publicadas en medios como el *Wall Street Journal*,

Bloomberg News, el *Washington Post*, el *Guardian*, *Die Welt* y el *Neue Züricher Zeitung*, todos los cuales habían recibido también correos electrónicos cargados de documentos. En la sede del Rhinebank, la lustrosa portavoz del banco contestaba con evasivas y lo negaba todo, mientras en el piso superior el Consejo de los Diez sopesaba sus alternativas. Todos coincidían en que solo una masacre completa satisfaría la sed de sangre de la prensa y los reguladores.

La orden se dio un jueves a medianoche y las ejecuciones comenzaron a las nueve de la mañana siguiente. Veintiocho empleados de la oficina de Zúrich fueron despedidos, incluida Isabel Brenner, la responsable de cumplimiento, que había firmado gran parte del papeleo de la Lavandería Rusa. Sea por lo que fuere, *herr* Zimmer salió indemne. En su despacho-pecera, a plena vista de la sala de operaciones, entregó a Isabel una carta de despido. Ella firmó donde se le indicaba y recibió un cheque de un millón de euros en concepto de indemnización.

A las cuatro y cuarto de la tarde salió del RhineBank por última vez con sus pertenencias dentro de una caja de cartón, y la noche siguiente se trasladó a un piso totalmente amueblado en el casco antiguo de Ginebra, propiedad de su nueva empresa, Global Vision Investments. El grueso del equipo de Gabriel la acompañó a Ginebra. El nuevo piso franco estaba situado en el lujoso barrio diplomático de Champel, una ganga por sesenta mil francos al mes.

Gabriel, sin embargo, se quedó en Zúrich, con la única compañía de Eli Lavon y Christopher Keller. En general, se dijo, la operación había empezado con muy buen pie. Tenía su cuadro. A su financiero. Y a su chica. Ya solo le faltaba su atracción estelar. De ahí que, tras sopesar cuidadosamente los riesgos —tanto profesionales como personales— de la maniobra, levantara el teléfono para llamar a Anna Rolfe.

31

ROSENBÜHLWEG, ZÚRICH

La calle Rosenbühlweg estaba flanqueada por casas grandes y viejas, apelotonadas entre sí. Había una, sin embargo, que se alzaba sobre su propio promontorio y estaba rodeada por una imponente verja de hierro. Gabriel llegó a la hora señalada, las siete y media de la tarde, y encontró la puerta de seguridad cerrada. Acribillado por gruesos goterones de lluvia, con una gorra de paño calada sobre la frente, pulsó el botón del interfono y esperó casi un minuto a que le respondieran. Se lo tenía merecido, supuso. La disolución de su breve y tumultuosa relación con Anna no figuraba entre sus momentos más gloriosos.

—¿Puedo ayudarte en algo? —preguntó por fin una voz femenina.

—Eso espero, desde luego.

—Pobrecillo. Voy a ver si consigo averiguar cómo dejarte entrar. Si no, vas a pillar un resfriado de muerte.

Pasó un buen rato antes de que la cerradura automática se abriera por fin con un chasquido. Empapado, Gabriel subió un tramo de escaleras hasta el altísimo pórtico. La puerta de entrada cedió a su mano. El vestíbulo no había cambiado desde su última visita; la misma gran fuente de cristal seguía sobre la misma mesa de madera labrada. Se asomó al salón y su mente evocó la imagen de un hombre bien vestido, de edad avanzada y evidente riqueza, tendido en medio de un charco de sangre. Sus calcetines estaban desparejados, recordó Gabriel de repente. Y uno de sus mocasines de ante, el derecho, tenía la suela y el tacón más gruesos que el otro.

—¿Hola? —gritó, pero solo escuchó en respuesta un sedoso arpegio en sol menor. Subió al primer piso y siguió el sonido hasta la sala de música, donde Anna había pasado gran parte de su desdichada infancia. Ella no pareció darse cuenta de su llegada. Estaba absorta en el sencillo arpegio.

Tónica, tercera, quinta...

Gabriel se quitó la gorra empapada y, recorriendo el perímetro de la habitación, escudriñó las grandes fotografías enmarcadas que adornaban las paredes. Anna con Claudio Abbado. Anna con Daniel Barenboim. Anna con Herbert von Karajan. Anna con Martha Argerich. Había una única fotografía en la que estaba sola. El escenario era la Scuola Grande di San Rocco de Venecia, donde acababa de concluir una electrizante interpretación de su pieza estrella: la sonata *El trino del diablo* de Giuseppe Tartini. Gabriel se hallaba en aquel momento a menos de tres metros de distancia, junto a *La tentación de Cristo* de Tintoretto. Al terminar el recital, acompañó a la solista a su camerino, donde ella encontró un talismán corso escondido en el estuche del violín, junto a una breve nota escrita por el hombre al que habían contratado para matarla esa misma noche.

Dile a Gabriel que me debe una.

El violín guardó silencio. Por fin, Anna dijo:

—Nunca he tocado *El trino del diablo* tan bien como aquella noche.

—¿Por qué crees que será?

—Por el miedo, imagino. O quizá sea porque me estaba enamorando. —Tocó el lánguido pasaje inicial de la sonata y se detuvo bruscamente—. ¿Le encontraste por fin?

—¿A quién?

—Al inglés, por supuesto.

Gabriel dudó un momento; luego dijo:

—No.

Anna le miró desde el extremo del mástil del violín.

—¿Por qué me mientes?

—Porque, si te dijera la verdad, no me creerías. —Miró el violín—. ¿Qué ha pasado? ¿Te has cansado del Stradivarius y el Guarneri?

—Este no es mío. Es un Klotz de principios del siglo dieciocho que me ha prestado el organismo que custodia el legado de su propietario original.

—¿Quién era?

—Mozart —Le mostró el violín en vertical—. Lo dejó en Salzburgo cuando se fue a Viena. Voy a utilizarlo para grabar sus cinco conciertos para violín en cuanto pueda volver al estudio con garantías. A diferencia de la mayoría de los violines antiguos, este no lo perfeccionaron en el siglo diecinueve. Tiene un sonido muy suave y velado. —Se lo ofreció a Gabriel—. ¿Quieres sostenerlo?

Él declinó la invitación.

—¿Qué pasa? ¿Tienes miedo de que se te caiga?

—Sí.

—Tú tocas objetos de incalculable valor constantemente.

—Un Tiziano puedo repararlo. Eso, no.

Anna se puso el violín bajo la barbilla y tocó unas dobles cuerdas de la sonata de Tartini, disonantes y arrebatadoras.

—Me estás llenando el suelo de agua.

—Será porque me has tenido esperando adrede bajo la lluvia.

—Deberías haber traído un paraguas.

—Nunca llevo paraguas.

—Sí —dijo ella distraídamente—. Es una de las cosas que recuerdo de ti, junto con el hecho de que siempre dormías con una pistola en la mesita de noche. —Colocó el violín con todo cuidado en su estuche y cruzó los brazos bajo el pecho—. ¿Qué se hace en una situación como esta? ¿Se da la mano o un beso desapasionado?

—Se utiliza la pandemia como excusa para mantener las distancias.

—Qué pena. Esperaba un beso desapasionado. —Puso la mano sobre el piano de cola Bechstein Sterling—. He tenido relaciones con muchos hombres en mi vida…

—Con muchos, sí —coincidió Gabriel.

—Pero ninguno se ha esfumado tan de repente como tú.

—Me entrenaron los mejores.

—¿Recuerdas cuánto tiempo viviste en mi casa de Portugal?

—Seis meses.

—Seis meses y catorce días, para ser exactos. Y aun así no he recibido ni una sola llamada ni un correo electrónico en todos estos años.

—No soy una persona normal, Anna.

—Yo tampoco.

Gabriel observó las fotografías que cubrían las paredes.

—No —dijo pasado un momento—. Desde luego que no.

Era, con toda objetividad, la mejor violinista de su generación: técnicamente brillante, apasionada y fogosa, poseedora de un tono líquido sin igual que extraía del instrumento con la fuerza de su voluntad indomable. También era propensa a sufrir drásticos cambios de humor y arrebatos de osadía que ponían en peligro su integridad personal, como cuando sufrió un accidente de senderismo que le produjo una lesión en la mano izquierda y su carrera estuvo a punto de naufragar. En Gabriel había visto una fuerza estabilizadora. Durante un corto periodo de tiempo, fueron una de esas parejas inmensamente fascinantes sobre las que se lee en las novelas: la violinista y el restaurador de arte compartiendo una villa en la Costa de Prata. Daba igual que Gabriel viviera ocultando su verdadera identidad, o que se hubiera manchado las manos con la sangre de una docena de hombres, o que ella no pudiera bajo ningún concepto apuntarle con una cámara. De no ser por unas cuantas fotografías de los servicios de seguridad suizos, no habría pruebas de que Gabriel Allon había coincidido alguna vez con la violinista más famosa del mundo.

Hasta donde él sabía, Anna también había mantenido en secreto su relación. De hecho, le sorprendía hasta cierto punto que se acordara de él; desde su ruptura, la vida amorosa de Anna había sido tan tempestuosa como su forma de tocar. Se la había relacionado sentimentalmente con numerosos magnates, músicos, directores de orquesta, artistas, actores y cineastas. Se había casado dos veces y se había divorciado otras tantas, espectacularmente. Para bien o para mal, no había tenido descendencia. En una entrevista reciente, había declarado que estaba harta del amor y que pensaba dedicar los últimos años de su carrera a buscar la perfección. La pandemia había desbaratado sus planes. No había vuelto a pisar un estudio de grabación ni un escenario desde su concierto en la Tonhalle de Zúrich con Martha Argerich. Era lógico que estuviera ansiosa por volver a actuar en público.

El aplauso de la muchedumbre era para Anna como el oxígeno. Sin él, se moría poco a poco.

Miró el anillo que llevaba Gabriel.

—¿Sigues casado?

—Me he vuelto a casar, en realidad.

—¿Tu primera esposa…?

—No.

—¿Hijos?

—Dos.

—¿Tu mujer es judía?

—Hija de un rabino.

—¿Por eso me dejaste?

—La verdad es que no soportaba que ensayaras continuamente. —Gabriel sonrió—. No podía concentrarme en mi trabajo.

—El olor de tus disolventes era atroz.

—Evidentemente —dijo Gabriel con sorna—, lo nuestro estaba condenado al fracaso desde el principio.

Supongo que tuvimos suerte de que terminara antes de que alguno de los dos saliera herido. —Anna sonrió con tristeza—. En fin, ya está todo aclarado. Excepto por qué te has presentado en mi puerta después de todos estos años.

—Me gustaría contratarte para un recital.

—No puedes permitírtelo.

—No soy yo quien va a pagar.

—¿Quién, entonces?

—Martin Landesmann.

—¿Su Santidad? El otro día le vi en la tele advirtiendo sobre el fin de la democracia.

—Tiene toda la razón.

—Pero es un mensajero poco apropiado, por decir algo. —Anna se acercó a la ventana, que daba al jardín trasero de la villa—. Cuando yo era niña, Walter Landesmann visitaba con frecuencia esta casa. Sé perfectamente de dónde sacó Martin el dinero para montar esa empresa de capital riesgo que tiene ahora.

—No sabes ni la mitad. Pero ha accedido a ayudarme en un asunto de cierta urgencia.

—¿Voy a correr algún peligro?

—Ninguno en absoluto.

—Qué desilusión. —Se giró para mirarle—. ¿Y dónde será ese recital?

—En la Kunsthaus.

—¿Un museo de arte? ¿Con qué pretexto?

Gabriel se lo explicó.

—¿La fecha?

—Mediados de octubre.

—Lo que me dará tiempo más que suficiente para sacudirme las telarañas del coronavirus. —Volvió a sacar el violín de Mozart del estuche—. ¿Alguna petición?

—Beethoven y Brahms, si no te importa.

—Desde luego que no. ¿Qué Beethoven?

—La *Sonata en fa mayor*.

—Una delicia. ¿Y de Brahms?

—La *Sonata en re menor*.

Anna levantó una ceja.

—La clave de la pasión reprimida.

—Anna…

—Interpreté la *Sonata en re menor* aquella noche en Venecia. Si no recuerdo mal es algo así. —Cerró los ojos y tocó el inquietante tema inicial del segundo movimiento de la sonata—. Suena mejor con el Guarneri, ¿no crees?

—Si tú lo dices.

Anna bajó el violín.

—¿Eso es todo lo que quieres de mí? ¿Dos sonatas de nada?

—Pareces decepcionada.

—Para serte sincera, esperaba algo un poco más…

—¿Qué?

—Aventurero.

—Me alegro —dijo Gabriel—. Porque hay una cosa más.

32

LONDRES - ZÚRICH

Fue Amelia March, de *ARTNews*, quien se enteró primero. Su fuente era Olivia Watson, la exmodelo y marchante de arte, a quien, por razones que nunca se aclararon, se le concedió el privilegio de una visita privada. Pero ¿dónde diablos lo había encontrado Oliver? Ni siquiera Olivia, pese a sus evidentes dotes físicas, pudo sonsacárselo. Tampoco fue capaz de averiguar el nombre del historiador del arte que había autentificado la obra. La atribución era incuestionable, evidentemente. Estaba escrita en tablillas de piedra del Monte Sinaí. Era Palabra de Dios.

Amelia sabía que era mejor no llamarle directamente; como la mayoría de los marchantes de arte de Londres, era un hábil tejedor de medias verdades y mentiras descaradas. Prefirió hacer averiguaciones discretamente entre su círculo de compinches, colaboradores y rivales ocasionales, todos ellos igual de sinvergüenzas que él. Roddy Hutchinson, su mejor amigo, juró no saber nada, al igual que Jeremy Crabbe, Simon Mendenhall y Nicky Lovegrove. Julian Isherwood le sugirió que hablara con su nueva socia, Sarah Bancroft, que también era fuente de interminables rumores. Amelia le dejó un mensaje en el buzón de voz y le envió unas líneas por correo electrónico. No obtuvo respuesta.

De modo que no le quedó más remedio que intentar hablar con el marchante en persona, una tarea siempre arriesgada cuando una era mujer. Al igual que la enigmática Sarah Bancroft, él ignoró sus llamadas y se negó a responder al timbre cuando Amelia se pasó por su galería de Bury Street. En el escaparate había un cartelito que decía *Sin comentarios*.

Era, pensó Amelia, la estampa perfecta con la que encabezar su artículo, que empezó a escribir esa misma tarde. Estaba terminando aún el primer borrador cuando su editor le envió un enlace a un artículo que acababa de aparecer en el *Neue Züricher Zeitung*. Al parecer, el marchante londinense Oliver Dimbleby le había vendido un cuadro de Artemisia Gentileschi —*La tañedora de laúd*, óleo sobre lienzo, 152 por 134 centímetros— al financiero y activista político suizo Martin Landesmann. El santo Landesmann había tenido la generosidad de donar el cuadro a la Kunsthaus de Zúrich, donde se expondría tras una restauración exhaustiva. El museo planeaba presentar la pintura en el transcurso de una recepción de gala, en la que la afamada violinista suiza Anna Rolfe actuaría por primera vez desde el comienzo de la pandemia. El evento estaría patrocinado por One World Alianza Global para la Democracia, la nueva organización de Landesmann. Lamentablemente, no estaría abierto al público en general.

Después de que le chafaran la primicia, Amelia escribió un artículo algo insulso pero reflexivo en el que presentaba a Artemisia —una excelente pintora barroca cuya obra había quedado eclipsada largo tiempo por la violación que sufrió a manos de Agostino Tassi— como un icono feminista. El resto de la prensa artística británica mostró su decepción porque un destacado marchante de arte londinense hubiera facilitado el traslado de una pintura de Artemisia a Suiza, nada menos. Lo único positivo, según *The Guardian*, era que *La tañedora de laúd* se colgaría en un museo a la vista del público y no en la pared de algún ricachón.

La Kunsthaus, por su parte, no cabía en sí de dicha por su buena suerte. Debido al peligro que aún suponía la pandemia, solo doscientas cincuenta personas estarían invitadas a la gala.

Naturalmente, la competición por conseguir invitaciones fue feroz. Todo aquel que era alguien —los aclamados y los denostados, los de riqueza ofensiva y los meramente adinerados, el mundo entero y su amante— luchó con uñas y dientes por asistir. Martin sufrió el asedio de amigos, socios e incluso enemigos declarados, que no paraban de atosigarle con sus llamadas. A todos se les decía lo mismo: que marcaran un número de teléfono que sonaba en el piso franco de Erlenbach, donde Gabriel y Eli Lavon se deleitaban decidiendo el destino de los solicitantes. Christopher, haciéndose pasar por coordinador de eventos de la Alianza Global para la Democracia, era el encargado de emitir el veredicto. Entre aquellos a los que se les denegó la invitación estaban Karl Zimmer, director de la oficina del RhineBank en Zúrich, y dos miembros destacados del Consejo de los Diez que regía el banco.

A los tres días, solo quedaban veinte entradas que asignar. Gabriel tenía dos reservadas para Arkady Akimov y su esposa, Oksana. Por desgracia, no mostraron ningún interés en asistir.

—Quizá tenga otro compromiso —sugirió Eli Lavon.

—¿Cuál, por ejemplo?

—Puede que tenga planeado subvertir alguna democracia esa noche. O quizá Vladimir Vladimirovich le haya pedido que vaya a Moscú a revisar su cartera de inversiones.

—O tal vez ignora que el acontecimiento social de la temporada va a tener lugar en la Kunsthaus de Zúrich y que él no ha recibido aún una invitación.

—Ni la va a recibir —dijo Lavon con gravedad—. A no ser que se siente sobre sus patas traseras y la suplique.

—¿Y si no lo hace?

—Entonces, solo habremos conseguido un cuadro de Artemisia Gentileschi y una nueva ONG prodemocracia; ese será el resultado de nuestros esfuerzos. Pero bajo ningún concepto debes invitar a Arkady Akimov a asistir a la gala. Va en contra de nuestra ortodoxia operativa. —Lavon miró a Christopher—. Subimos al tranvía *antes* que el objetivo, no después. Y siempre, siempre, esperamos a que el objetivo dé el primer paso.

Gabriel admitió que tenía razón. Pero cuando pasaron otros tres días sin noticias de Arkady, empezó a preocuparse de veras. Fue Yuval Gershon, director de la Unidad 8200, quien finalmente disipó sus temores. La Unidad acababa de interceptar una llamada telefónica de Ludmila Sorova, de NevaNeft, a la Alianza Global para la Democracia. Cinco minutos después, Sorova llamó al número del piso franco. Tras escuchar su petición, Christopher puso la llamada en espera e informó a Gabriel.

—Oksana Akimova y su marido estarían encantados de asistir a la gala en la Kunsthaus.

—Si tuvieras una pizca de amor propio —dijo Lavon—, le dirías que llega demasiado tarde.

Gabriel dudó y luego asintió lentamente.

Christopher se llevó el auricular a la oreja y recuperó la llamada.

—Lo lamento muchísimo, señora Sorova, pero me temo que no quedan invitaciones. Ojalá se hubiera puesto en contacto con nosotros antes. —Tras un silencio, añadió—: Sí, una donación a la Alianza Global para la Democracia influiría sin duda en nuestro parecer. ¿Qué tipo de contribución tenía pensada el señor Akimov?

La suma, a la que se llegó tras varias ofertas y contraofertas, ascendía nada menos que a veinte millones de francos suizos, algo más de lo que había pagado Martin por *La tañedora de laúd*. Martin se había comprometido a entregar el cuadro a la Kunsthaus, devuelto ya a su esplendor original, a tiempo para la gala. El conservador jefe del museo, el ilustre Ludwig Schenker, se mostró escéptico. Tras revisar fotografías de alta resolución del lienzo, calculó que una restauración exhaustiva llevaría seis meses, como mínimo. Como era especialista en arte barroco italiano, se ofreció como asesor, pero Martin rechazó amablemente su ofrecimiento. El restaurador al que tenía pensado encargarle el proyecto no era partidario de trabajar en equipo.

—¿Es bueno ese restaurador? —preguntó el doctor Schenker.

—Me han dicho que es uno de los mejores.

—¿Conozco su trabajo?

—Sin duda.

—¿Podría al menos hacerle llegar algunas observaciones?

—No —contestó Martin—. Imposible.

Las fotografías de alta resolución habían revelado solo parte de los daños. No reflejaban con exactitud, por ejemplo, hasta qué punto se había deformado el lienzo de cuatrocientos años de antigüedad con el paso del tiempo. Gabriel llegó a la conclusión de que no tenía más remedio que reentelar el cuadro, una delicada tarea que consistía en adherir una tela nueva a la parte posterior del lienzo original y volver a fijarlo a un bastidor. Cuando concluyó este procedimiento, dio comienzo a la parte más tediosa de la restauración: la eliminación de la capa de barniz viejo y suciedad que cubría la superficie utilizando bastoncillos de algodón empapados en una mezcla cuidadosamente calibrada de acetona, metil proxitol y aguarrás mineral. Con cada bastoncillo podían limpiarse aproximadamente dos centímetros cuadrados de lienzo; después, el bastoncillo quedaba tan sucio que había que desecharlo. Por las noches, cuando no soñaba con sangre y fuego, Gabriel soñaba que retiraba el barniz amarillento de un lienzo del tamaño de la Piazza San Marco.

Trabajaba en la sala del piso franco que daba al jardín, con las ventanas abiertas para que el aire disipara los vapores nocivos del disolvente. No solía tener espectadores; Christopher y Eli Lavon sabían que no le gustaba sentirse observado mientras trabajaba. Un mensajero de la Oficina le llevó los pinceles y pigmentos que tenía en Narkiss Street, junto con su viejo reproductor de CD manchado de pintura y un montón de discos con sus grabaciones favoritas de ópera y música clásica. El resto de los suministros, incluidos los productos químicos y un par de potentes lámparas halógenas, lo compró en Suiza.

Dos veces por semana, Isabel llegaba desde Ginebra para recibir un curso intensivo de fundamentos de espionaje. Tenía, de hecho, madera de espía, como demostraba el hecho de que hubiera conseguido introducirse en la Lavandería Rusa eludiendo sus defensas. Solo necesitaba pulirse un poco. Christopher y Eli Lavon, sus instructores, le enseñaban técnicas que procedían tanto de la tradición británica como de la israelí, lo que no perjudicó en modo alguno su formación. En la hermandad internacional de los agentes de espionaje, todo el mundo estaba de acuerdo en que el MI6 y la Oficina eran los servicios que mejor manejaban los recursos humanos.

Gabriel, que tenía que acabar la restauración del cuadro y dirigir un servicio de inteligencia, se limitó a observar de lejos el entrenamiento de Isabel. Viajaba con regularidad entre Zúrich y Tel Aviv, y estuvo dos veces en Londres para reunirse con Graham Seymour. A falta de diez días para la gala, *La tañedora de laúd* no estaba ni mucho menos preparada para su presentación en público. Había que retocar varias franjas de buen tamaño, entre ellas el vestido de color ámbar de la joven música y su cara, que Artemisia había representado exquisitamente de medio perfil, con una expresión al mismo tiempo serena y concentrada. Gabriel opinaba que había, además, un atisbo de fatalidad en su semblante; una alusión, quizá, al peligro que aguardaba a la joven fuera del refugio de su sala de música.

Al no haber restaurado nunca un cuadro de Artemisia, Gabriel habría preferido trabajar con minuciosa lentitud. No pudo ser, sin embargo: el plazo era demasiado apremiante. Pero poco importaba: formado en el método italiano de restauración, cuando las circunstancias lo exigían era el más rápido de los pintores. Tenía por costumbre escuchar de fondo las óperas de Puccini cuando trabajaba; sobre todo *La Bohème*. Pero para la restauración de *La tañedora de laúd* se acompañó casi siempre de un par de sonatas para violín, una de Beethoven y otra de Brahms, y de una inquietante pieza de Sergei Rachmáninov, el compositor favorito del comerciante de petróleo y oligarca ruso Arkady Akimov.

La tarde del segundo miércoles de octubre, Isabel llegó al piso franco para una última sesión de entrenamiento con Christopher y Eli Lavon. Esta vez, se le unió una mujer a la que idolatraba: la célebre violinista suiza Anna Rolfe. El ensayo no incluía música, pero sí una coreografía en la que Arkady Akimov pasaba a manos de Martin Landesmann como por casualidad y sin ningún esfuerzo. Después del ensayo, Anna se coló en la sala del jardín para ver trabajar a Gabriel, a sabiendas de que le distraía.

Él mojó el pincel y lo apoyó en la mejilla de la laudista.

—¿Qué crees que está pensando?

—¿La chica del cuadro?

—La chica de la habitación de al lado.

—Seguramente se está preguntando cómo es que nos conocemos. —Anna frunció el ceño—. ¿De verdad te molestaba que ensayara?

—En absoluto.

—Me alegro. Porque yo nunca me cansaba de verte trabajar.

—Con el paso del tiempo pierde atractivo, te lo aseguro.

—Como yo. —Ella se palpó la piel de la mandíbula—. Supongo que no podrás hacerme también a mí un arreglito antes del recital del sábado por la noche.

—Me temo que no tengo ni un minuto libre.

—¿Lo terminarás a tiempo?

—Depende de cuántas preguntas más pienses hacerme.

—Solo una, en realidad.

—Quieres saber qué fue del inglés al que contrataron para matarnos aquella noche en Venecia.

—Sí.

—Está hablando con esa chica en la habitación de al lado —dijo Gabriel.

—¿Te refieres a ese tío bueno? ¿El del bronceado ideal? —Anna suspiró—. ¿Es que de todo tienes que hacer una broma?

33

KUNSTHAUS, ZÚRICH

Para llegar a la entrada del museo Kunsthaus, depositario de la mayor y más importante colección suiza de pinturas y obras de arte a partir del siglo XIII, no había que atravesar una plaza histórica ni subir una monumental escalinata de piedra. Solo había que cruzar una pequeña explanada junto a la Heimplatz, que a las ocho de la tarde del sábado refulgía, iluminada por los focos de las televisiones y el brillo del logotipo de One World Alianza Global para la Democracia. El director del museo había suplicado a los asistentes a la gala que utilizaran el transporte público para reducir la huella de carbono del evento. A excepción de cuatro mujeres jóvenes que se apearon de un tranvía número 5, ninguno le hizo caso. Casi todos rondaron un momento junto al pórtico del museo para dejar que la prensa los fotografiara. Y unos pocos —entre ellos, el consejero delegado del Credit Suisse— consintieron en dejarse entrevistar unos instantes. Martin estuvo casi diez minutos hablando por los codos mientras Monique deslumbraba a los presentes con su vestido de Dior Haute Couture. Como cabía esperar, al poco rato el vestido, con su espectacular escote, era tendencia en las redes sociales.

Christopher Keller, con traje oscuro y corbata y un portafolios en la mano, observaba aquel desfile de dinero y belleza temporal desde su puesto en el vestíbulo. La placa laminada que llevaba en la solapa le identificaba como Nicolas Carnot, empleado de Global Vision Investments. Había sido *monsieur* Carnot quien, a las cuatro y media, mucho más tarde de lo que hubiera preferido el director del museo, había llevado *La tañedora de laúd* a su nuevo hogar. Ahora, el cuadro se encontraba vigilado por guardias armados en una sala cercana al salón de actos. En una sala contigua, también bajo vigilancia armada, esperaba Anna Rolfe. *Monsieur* Carnot había dado órdenes estrictas al personal del museo de que no se la molestara bajo ningún concepto antes del recital (salvo, quizá, si estallaba una guerra nuclear).

El teléfono de Christopher vibró. El mensaje que acababa de recibir hacía referencia al paradero del invitado sorpresa de la noche, el comerciante de petróleo y oligarca ruso Arkady Akimov. Tras llegar a Zúrich en helicóptero privado desde su casa a orillas del lago de Ginebra, el señor Akimov se aproximaba ahora a la Kunsthaus en un convoy de limusinas alquiladas. A través de su representante, una tal Ludmila Sorova, había solicitado dos invitaciones más para sus escoltas. Había recibido un no por respuesta y se le había dejado muy claro que no se consideraba apropiado para la ocasión el llevar guardaespaldas.

Otra pareja de aspecto próspero entró en el vestíbulo: el magnate farmacéutico Gerhard Müller, de Basilea, y su desnutrida esposa, Ursula. Christopher hizo una perfecta rayita de colegial junto a sus nombres en la lista y, al levantar los ojos de nuevo, vio que un cortejo de tres Mercedes Clase S idénticos se acercaba por la Heimplatz. Del primer coche y el tercero se apearon seis guardaespaldas, todos ellos veteranos de las Spetsnaz; todos, con las manos manchadas de sangre. Y todos armados, pensó Christopher, que no lo estaba. Solo llevaba el portafolios y un bolígrafo, y una placa plastificada que le identificaba como Nicolas Carnot, un nombre desenterrado de su turbulento pasado.

También tenía su media sonrisa irónica, con la que se revistió como con una armadura cuando Arkady Akimov y su esposa,

Oksana, bajaron del segundo Mercedes. La falange de guardaespaldas los escoltó por la explanada hasta la entrada del museo. Para alivio de Christopher, no intentaron acompañarlos al interior del vestíbulo.

Allí pudo contemplarlos con tranquilidad. Arkady Akimov, el muchacho enfermizo de la calle Baskov, era ahora una figura esbelta y elegante, de porte erguido y ademán imperioso, con el pelo plateado y ralo peinado cuidadosamente sobre la ancha coronilla rusa, y la piel lisa y tensa sobre los cuadrados pómulos rusos. La boca era pequeña y poco dada a sonreír; los ojos, observadores y de párpados caídos. Eran los ojos de un agente entrenado por Moscú Centro, se dijo Christopher. Aquellos ojos pasaron por encima de él sin detenerse y fueron a posarse en Oksana con mirada complacida. Christopher dedujo que Arkady consideraba a su joven y bella esposa poco más que una posesión. Que el cielo se apiadara de ella si alguna vez le hacía enfadar. La mataría y se buscaría a otra.

Los Akimov siguieron a los Müller hacia el salón de actos por el itinerario marcado, que pasaba junto a algunas de las principales atracciones del museo, incluidas obras de Bonnard, Gauguin, Monet y Van Gogh. Christopher, armado con su portafolios y su placa, se dirigió al salón de actos por una ruta más directa. En la antesala, camareros con chaquetilla blanca servían champán y aperitivos a los primeros en llegar. Dentro del auditorio, se habían colocado ordenadas filas de butacas ante una tarima rectangular, sobre la que había un piano de cola y un caballete de exposición tapizado de fieltro verde. Los técnicos del museo estaban haciendo los últimos ajustes en los micrófonos y la iluminación.

Christopher se escabulló por una puerta situada a la izquierda del escenario y al instante escuchó el sonido amortiguado del violín de Anna Rolfe: una sencilla escala de re menor a dos octavas. El guardia de seguridad apostado frente a la puerta de la sala estaba conversando con la imperturbable Nadine Rosenberg, la veterana acompañante de Anna. Isabel esperaba en un cuartito al otro lado del pasillo. Vestida y peinada de gala, contemplaba su reflejo en el espejo iluminado del tocador. Su violonchelo William Forster II de 1790 estaba en el rincón, apoyado en un soporte.

—¿Qué tal estoy? —preguntó.

—Sorprendentemente tranquila para alguien que está a punto de compartir escenario con Anna Rolfe.

—Es pura apariencia, te lo aseguro.

—¿Alguna pregunta de última hora?

—¿Qué pasa si no se acerca a mí después de la interpretación?

—Supongo que tendrás que improvisar.

Isabel levantó el violonchelo de su soporte y tocó la melodía de *Someday my prince will come*. Christopher la tarareó mientras regresaba al vestíbulo. La multitud de dignatarios invitados se había dividido en bandos opuestos: uno en torno a Martin Landesmann; el otro, en torno a Arkady Akimov. Los camareros iban y venían con sus bandejas entre uno y otro bloque, pero por lo demás reinaba una paz gélida. Era, se dijo Christopher, el comienzo perfecto para la velada.

En el piso franco de Erlenbach, Gabriel y Eli Lavon observaban la misma escena en la pantalla de un ordenador portátil. El vídeo les llegaba por cortesía de la Unidad 8200, que se había hecho con el control del sistema de seguridad y la red audiovisual interna del museo, todo ello con el conocimiento y la aprobación tácita de los servicios secretos suizos.

Poco antes de las ocho de la tarde, las puertas del salón de actos se abrieron desde dentro y se oyó el tañido de una campana ceremonial. Como los invitados eran tremendamente ricos y no estaban acostumbrados a seguir instrucciones, no hicieron ningún caso. De hecho, para cuando estuvieron acomodados en sus asientos, el programa de Gabriel, cuidadosamente planificado, ya llevaba veinte minutos de retraso. Martin y Monique, patrocinadores y anfitriones de la gala, ocupaban sendas butacas en el centro de la primera fila. Arkady Akimov y su esposa, que habían donado veinte millones de francos suizos a la Alianza Mundial para la Democracia, también ocupaban un lugar preferente. Conforme se le había indicado, Martin hizo como si el ruso y su esposa fueran invisibles.

Por fin, el director del museo subió al escenario y habló largo y tendido sobre la importancia del arte y la cultura en una época de conflicto e incertidumbre. Sus comentarios fueron solo un poco menos sedantes que los del conservador jefe Ludwig Schenker acerca de Artemisia Gentileschi y del improbable redescubrimiento de *La tañedora de laúd*, que, relatado por él, guardaba muy poco parecido con la verdad. Por una vez, Martin guardó silencio, afortunadamente. Obedeciendo a una orden suya, dos conservadores colocaron el cuadro en el caballete, y Monique y el director retiraron con gesto teatral el velo blanco que lo cubría. En el salón de actos de la Kunsthaus, se oyó una ovación extasiada. En el piso franco de Erlenbach, los aplausos fueron breves pero sinceros.

Gabriel y Eli Lavon observaron cómo retiraban *La tañedora de laúd* del escenario y cómo presentaba Martin el entretenimiento de la velada. La sola mención del nombre de Anna puso al público en pie, incluido el comerciante de petróleo y oligarca Arkady Akimov. Ella agradeció la ovación con gesto automático y expeditivo. Al igual que Gabriel, tenía la capacidad de bloquear por completo cualquier distracción, de encerrarse en un impenetrable capullo de silencio y transportarse a otro tiempo y otro lugar. De momento, al menos, los doscientos cincuenta invitados habían dejado de existir.

Allí solo estaban su acompañante y su querido Guarneri. Su tesoro, como le gustaba llamarlo. Su grácil dama. Se colocó el instrumento junto al cuello y apoyó el arco sobre la cuerda del la. El silencio pareció eternizarse. Demasiado nervioso para mirar, Gabriel cerró los ojos. Una villa junto al mar. La luz de color siena del atardecer. La música líquida de un violín.

Las dos sonatas estaban estructuradas en cuatro movimientos y duraban casi lo mismo: veinte minutos la de Brahms; veintidós la de Beethoven. Isabel vio los últimos momentos de la interpretación desde la puerta abierta junto al escenario. Anna estaba en estado de gracia; el público, hechizado. Y pensar que ella pronto ocuparía su lugar… Seguro que no era verdad, pensó de repente. Estaba teniendo uno de sus sueños ansiosos, como le ocurría con frecuencia, nada más. O quizá había habido un malentendido de algún tipo, un error de programación, y era Alisa Weilerstein quien actuaría después, no Isabel Brenner, una exresponsable de cumplimiento del banco más sucio del mundo que una vez, hacía mucho tiempo, había ganado el tercer premio en el Concurso Internacional de Música ARD.

Absorta en sus pensamientos, dio un respingo involuntario cuando el salón de actos estalló en un aplauso atronador. Martin Landesmann fue el primero en levantarse, seguido al instante por un hombre de pelo plateado sentado unos metros a su derecha. Isabel, por más que lo intentaba, parecía incapaz de recordar su nombre. No era nadie, un hombre cualquiera.

Micrófono en mano, Anna pidió silencio y las doscientas cincuenta figuras puestas en fila ante ella obedecieron. Dio las gracias a los asistentes por apoyar al museo y promover la causa de la democracia, y por brindarle la oportunidad de volver a tocar en público después de una ausencia tan prolongada. Rica y privilegiada, había conseguido esconderse del mortífero virus, pero casi dos millones de personas en todo el mundo —ancianos, enfermos, indigentes, los que se hacinaban en infraviviendas o trabajaban asalariados por horas en sectores esenciales— no habían tenido esa suerte. Pidió al público que tuviera presentes a los fallecidos y a quienes carecían de los recursos básicos que la mayoría de ellos daba por descontados.

—La pandemia —continuó— está haciendo un daño terrible a las artes escénicas, especialmente a la música clásica. Yo retomaré mi carrera cuando las salas de concierto vuelvan a abrirse. Al menos, eso espero —añadió modestamente—. Pero, por desgracia, muchos músicos jóvenes con talento no tendrán más remedio que empezar de cero. Pensando en eso, me gustaría presentarles a una querida amiga mía que va a interpretar una última pieza para nosotros esta noche, una hermosa composición de Sergei Rachmáninov titulada *Vocalise*.

Isabel oyó resonar su nombre en la sala y, de algún modo, sus piernas consiguieron llevarla hasta el escenario. El público se difuminó en el instante en que empezó a tocar. Aun así, sentía el peso de la mirada de aquel hombre fija en ella. Por más que lo intentara, no parecía capaz de recordar su nombre. No era nadie. Un hombre cualquiera.

34

KUNSTHAUS, ZÚRICH

Anna Rolfe tenía pensado hacer una breve aparición final en el escenario, pero el público no le permitió marcharse. A decir verdad, gran parte de la ovación iba dirigida a Isabel, cuya interpretación de la turbadora pieza de seis minutos de Rachmáninov había sido incendiaria.

Por fin, Anna la agarró de la mano y salieron juntas del escenario. Al parecer, un repentino dolor de cabeza —se sabía que Anna sufría migrañas incapacitantes— no le permitiría departir con los invitados durante el cóctel posterior al recital, como estaba previsto. La deslumbrante y joven Isabel había aceptado ocupar su lugar. Por motivos de seguridad, Gabriel no le había contado a Anna los motivos exactos por los que había urdido la compleja farsa de esa noche. Solo sabía que tenía algo que ver con el hombre de aspecto eslavo que devoraba a Isabel con la mirada desde su butaca en primera fila.

Anna se despidió de Isabel en el pasillo con estudiada formalidad, y se retiraron a sus respectivos camerinos. Un guardia de seguridad del museo vigilaba la puerta de Anna. El estuche de su violín descansaba sobre el tocador, junto a un paquete de Gitanes. Encendió uno, contraviniendo las normas del museo, que prohibían estrictamente fumar, y al instante pensó en Gabriel con el pincel en la mano, meneando la cabeza con reproche.

«Supongo que tuvimos suerte de que terminara antes de que alguno de los dos saliera herido…».

El sonido de unas pisadas suaves en el pasillo se inmiscuyó en sus pensamientos. Era Isabel, que salía de su camerino para hacer su aparición estelar en el cóctel. Anna se alegró de que no se requiriera su presencia: nada la aterraba más que una sala llena de desconocidos. Prefería la compañía de su Guarneri.

Pegó suavemente los labios a la voluta del violín.

—Hora de acostarse, grácil dama.

Tiró el cigarrillo dentro de una botella de Eptinger medio vacía y abrió el estuche del violín. Mezclado con sus cosas —un arco de repuesto, cuerdas nuevas, colofonia, sordinas, pasta para clavijas, bayetas, cortaúñas, limas, un mechón de pelo de su madre— había un sobre con su nombre escrito a mano en la parte delantera. No estaba allí cuando subió al escenario, y había dado orden estricta al guardia de seguridad de que no dejara entrar a nadie durante su ausencia. Lo mismo había hecho aquel inglés tan guapo y bronceado. En su caso, con el acento francés menos convincente que Anna había oído nunca.

Dudó un momento y luego cogió el sobre. Era de buena calidad, igual que la tarjeta afiligranada que había dentro.

Anna reconoció la letra.

Se levantó, abrió la puerta de un tirón y salió a toda prisa al pasillo. El guardia la miró como si estuviera loca. Evidentemente, su reputación la precedía.

—Creía haberle dicho que no dejara entrar a nadie mientras estuviera en el escenario.

—No he dejado entrar a nadie, *frau* Rolfe.

Ella sacudió el sobre delante de su cara.

—Entonces, ¿cómo es que esto estaba dentro del estuche de mi violín?

—Debe de haber sido *monsieur* Carnot.

—¿Quién?

—El francés que trajo el cuadro esta tarde.

—¿Dónde está?

—Aquí —contestó alguien a lo lejos.

Anna giró sobre sus talones. Él estaba de pie junto al escenario en penumbra, con una media sonrisa irónica en la cara.

—¿Tú?

Christopher se llevó el dedo índice a los labios y desapareció de la vista de Anna.

—Cabrón —masculló ella.

La tañedora de laúd, óleo sobre lienzo de 152 por 134 centímetros, atribuido anteriormente al círculo de Orazio Gentileschi y ahora, sin lugar a dudas, a su hija Artemisia, devuelto a su esplendor original por su restaurador, Gabriel Allon, se encontraba apoyado en un caballete en el centro del vestíbulo, flanqueado por un par de guardias del museo de aspecto dócil. Los dignatarios invitados a la gala orbitaban en torno al cuadro con actitud reverente, como peregrinos alrededor de la Kaaba de La Meca. Las paredes y los suelos desnudos devolvían como un eco el sonido de sus letanías.

Isabel, inadvertida aún por los invitados, reflexionaba sobre la serie de circunstancias, la concatenación de azares y desventuras que la habían llevado hasta allí. La historia que se contaba a sí misma contenía varias omisiones flagrantes, pero se ceñía por lo demás a varios hechos verificables. Había sido una niña prodigio y, a pesar de haber ganado un premio importante a los diecisiete años, había decidido ir a la universidad en lugar de a un conservatorio. Tras acabar sus estudios en la prestigiosa London School of Economics, había trabajado en el RhineBank, primero en Londres y más tarde en Zúrich. Después de dejar la empresa en circunstancias que no podía divulgar —lo que no era nada extraño tratándose de una exempleada del RhineBank—, ahora trabajaba para Martin Landesmann en Global Vision Investments, en Ginebra.

«¿Y por qué me mira así ese hombre?».

El hombre de pelo cano y semblante serio que iba del brazo de una belleza eslava de melena negra como el azabache. «Evítalo a toda costa», se dijo Isabel.

Recogió una copa de champán de una bandeja. Las burbujas llevaron el alcohol de sus labios a su torrente sanguíneo con velocidad asombrosa. Oyó que alguien la llamaba y, al volverse, se encontró con una mujer madura cuya última cita con el cirujano plástico le había dejado una expresión de puro terror.

—¿La pieza que ha interpretado era de Chaikovski? —preguntó la desconocida.

—De Rachmáninov.

—Es muy bonita.

—Siempre me lo ha parecido.

—¿Anna no va a venir? Tengo muchas ganas de conocerla.

Isabel le explicó que Anna no se encontraba bien.

—Siempre le pasa algo, ¿no?

—¿Perdón?

—Tiene mala suerte, la pobre. Sabrá usted lo de su madre, por supuesto. Un horror.

La mujer se alejó como arrastrada por una ráfaga de viento y otra ocupó su lugar. Era Ursula Müller, la escuálida esposa de Gerhard Müller, cliente del RhineBank.

—¡Toca usted como los ángeles! Y parece un ángel, además.

Herr Müller estaba claramente de acuerdo, igual que el hombre canoso que llevaba a aquella belleza del brazo. Avanzaban hacia ella por entre la multitud. Isabel se dejó arrastrar en dirección contraria y fue pasando como un plato de canapés de una pareja reluciente y enjoyada a la siguiente.

—¡Impresionante! —exclamó alguien.

—Me alegro mucho de que le haya gustado.

—¡Un triunfo! —declaró otra persona.

—Es usted muy amable.

—Recuérdenos su nombre.

—Isabel.

—¿Isabel qué más?

—Brenner.

—¿Dónde está Anna?

—Lamentablemente no se encuentra bien. Tendrán que conformarse conmigo.

—¿Cuándo vuelve a actuar?

«Pronto», pensó ella.

Se había quedado sin sitio donde esconderse. Le dio su copa a una camarera —el champán no le estaba sentando bien— y se encaminó hacia el cuadro, pero el hombre de pelo cano y su jovencísima esposa le cortaron el paso. Él lucía un atisbo de sonrisa en la ancha cara eslava. Se dirigió a Isabel en perfecto alemán, con el acento de un *Ostländer*.

—Con la posible excepción de Rostropóvich, nunca he oído interpretar tan bien *Vocalise*.

—Vamos, vamos —respondió Isabel.

—Es la verdad. Pero ¿por qué Rachmáninov?

—¿Por qué no?

—¿Su sonata para violonchelo forma parte de su repertorio?

—Dios mío, por supuesto que sí.

—Del mío también.

—¿Es usted violonchelista?

—Pianista —contestó él con una sonrisa—. No es usted suiza.

—Alemana, pero vivo aquí, en Suiza.

—¿En Zúrich?

—Antes sí. Me mudé a Ginebra hace poco.

—Mi oficina está en la Place du Port.

—La mía al otro lado del puente, en el Quai de Mont-Blanc.

Él frunció el ceño, desconcertado.

—¿No es música profesional?

—Soy analista de proyectos en una empresa suiza de capital riesgo. Una calculadora humana.

Él pareció incrédulo.

—¿Cómo es posible?

—Las calculadoras humanas ganan mucho más dinero que los músicos.

—¿En qué empresa trabaja?

Isabel señaló a Martin Landesmann.

—En la de ese señor de ahí.

—¿San Martin?

—Odia que le llamen así.

—Eso tengo entendido.

—¿Le conoce?

—Solo de oídas. No sé por qué, pero parece estar ignorándome esta noche. Lo que no deja de resultar extraño, teniendo en cuenta que para asistir al recital he donado veinte millones de francos suizos a su organización en favor de la democracia.

Isabel fingió pensar un momento.

—¿Es usted…?

—Arkady Akimov. —Miró a la chica—. Y esta es mi esposa, Oksana.

—Estoy segura de que para Martin será un honor conocerle.

—¿Le importaría…?

Isabel sonrió.

—En absoluto.

Dos cámaras de seguridad del museo apuntaban hacia el rincón del vestíbulo donde Martin había establecido su corte: una a su derecha, la otra justo encima de él. A través de la primera, Gabriel y Eli Lavon observaron cómo Isabel Brenner, exempleada del RhineBank de Zúrich y ahora de Global Vision Investments, se abría paso entre los invitados. Varias veces se vio obligada a detenerse para recibir un nuevo cumplido. Ninguno de sus admiradores prestó atención al ruso de pelo plateado que la seguía: el comerciante de petróleo y oligarca Arkady Akimov, amigo de la infancia del cleptocrático y autoritario presidente ruso, con un patrimonio neto estimado de treinta y tres mil ochocientos millones de dólares, según los últimos datos de la revista *Forbes*. De momento, al menos, no era nadie. Un hombre cualquiera.

Cuando Isabel llegó por fin a su destino, Gabriel cambió a la segunda cámara, que ofrecía una vista cenital del escenario en el que iba a tener lugar la última representación de la velada. De nuevo hubo un retraso, debido a que los acólitos y admiradores reunidos en torno a Martin recibieron a Isabel con euforia. Pasado un rato, ella apoyó la mano en el brazo de Martin, en un gesto íntimo que sin duda el comerciante de petróleo y oligarca ruso no dejaría de advertir. El teléfono que Martin llevaba en el bolsillo de la pechera del esmoquin confeccionado a mano por Senszio de Ginebra hacía las veces de micrófono.

—*Siento mucho interrumpir, Martin, pero quiero presentarte a alguien que acabo de conocer…*

No hubo apretones de manos, solo una cauta inclinación de cabeza de un millonario a otro. La conversación fue cordial en el tono pero tensa en el contenido. En cierto momento, el comerciante de petróleo y oligarca ruso ofreció a Martin una tarjeta de visita, lo que dio lugar a un último diálogo cargado de crispación. Acto seguido, el ruso le murmuró algo al oído a Martin y, tomando a su mujer de la mano, se retiró.

La fiesta continuó como si no hubiera ocurrido nada inapropiado, pero, diez kilómetros al sur de allí, en un piso franco a orillas del lago de Zúrich, Eli Lavon prorrumpió en un largo aplauso. Gabriel reajustó la barra de progreso del vídeo y pulsó el PLAY.

—*Gracias por tu generosa donación a la Alianza Global, Arkady. Pienso utilizarla para financiar nuestros proyectos en Rusia.*

—Ahórratelo, Martin. En cuanto a los veinte millones, ha sido un precio insignificante por el privilegio de asistir a tu sarao de esta noche.

—¿Desde cuándo son veinte millones un precio insignificante?

—Hay muchos más de donde salieron esos, si te interesa.

—¿Tienes algo concreto en mente?

—¿Estás libre la semana que viene?

—La semana que viene no, pero puede que la siguiente tenga un minuto o dos.

—Soy un hombre muy ocupado, Martin.

—Ya somos dos.

—¿Te da mucho trabajo intentar salvar la democracia?

—Alguien tiene que hacerlo.

—Deberías dedicarte solo al cambio climático. ¿Cómo me pongo en contacto contigo?

—Llama al número de GVI, como todo el mundo.

—Tengo una idea mejor. ¿Por qué no me llamas tú a mí?

—¿Qué es eso que tienes en la mano, Arkady?

—Una tarjeta de visita. Son el último grito.

—Si te hubieras informado bien, sabrías que nunca las acepto. Llama a Isabel. Ella se encargará.

—Ha estado extraordinaria esta noche.

—Deberías verla con una hoja de cálculo.

—¿Dónde la encontraste?

—Ni lo pienses siquiera, Arkady. Es mía.

Fue entonces cuando el comerciante de petróleo y oligarca se inclinó y le susurró algo al oído. El ruido del cóctel ahogó su voz, pero por la expresión de Martin se deducía que era un comentario de mal gusto. Gabriel reajustó los parámetros de la grabación, activó un filtro que redujo el ruido de fondo y volvió a pulsar el PLAY. Esta vez, se oyeron claramente las últimas palabras del comerciante de petróleo y oligarca ruso.

—Qué suerte la tuya.

35

QUAI DU MONT-BLANC, GINEBRA

Ludmila Sorova llamó a Isabel el lunes a las diez de la mañana. Isabel esperó hasta el jueves para devolverle la llamada. Habló en tono serio y enérgico, como si no tuviera ni un minuto que perder. Ludmila respondió con petulancia; evidentemente, esperaba tener noticias suyas mucho antes. Aun así, se esforzó por hacer algunos comentarios preliminares acerca de su interpretación en la Kunsthaus. Saltaba a la vista que para el señor Akimov había sido un placer inmenso.

Isabel se apresuró a desviar el curso de la conversación hacia el motivo concreto de la llamada, es decir, el interés del señor Akimov por reunirse con Martin Landesmann. Martin tenía dos pequeños huecos libres la semana siguiente: el martes a las tres y el miércoles a las cinco y cuarto. Por lo demás, su agenda estaba atiborrada de reuniones y videoconferencias relacionadas con su nueva iniciativa, la Alianza Global para la Democracia. Ludmila dijo que se lo consultaría al señor Akimov y volvería a llamar a Isabel a última hora de la tarde. Isabel le aconsejó que no se lo pensara demasiado, porque el señor Landesmann disponía de muy poco tiempo.

Puso fin a la llamada y anotó la fecha, la hora y el tema de la conversación en su agenda de GVI encuadernada en cuero. Al levantar la vista, se dio cuenta de que tenía un mensaje de texto esperándola en el móvil.

Bien hecho.

Borró el mensaje, se levantó y siguió a sus nuevos compañeros de trabajo hasta la luminosa sala de reuniones de GVI. La plantilla era sorprendentemente reducida: doce analistas sobrecualificados y con la diversidad étnica y de género necesaria, todos ellos jóvenes, atractivos y entregados a su trabajo, además de convencidos de que Martin era, en efecto, el santo patrón de la responsabilidad corporativa y la justicia medioambiental que aparentaba ser.

Se reunían dos veces al día. La reunión de la mañana estaba dedicada a las inversiones y adquisiciones propuestas o pendientes; la de la tarde, a los proyectos a largo plazo. O, como decía Martin con grandilocuencia, «al futuro tal y como nos gustaría que fuera». Las discusiones, indisciplinadas a propósito, se daban en un tono indefectiblemente cortés. No había ni las rencillas ni los piques típicos de las reuniones del RhineBank, sobre todo de la oficina de Londres. Martin, con el cuello de la camisa desabrochado y su americana hecha a medida, brillaba por su inteligencia y su lucidez. Rara vez pronunciaba una frase que no incluyera la palabra *sostenible* o *alternativo*. Su intención era dar rienda suelta a la economía pospandémica del mañana: una economía verde y neutra en carbono que supliera las necesidades de trabajadores y consumidores por igual y no dañara más aún el planeta. Incluso Isabel se emocionó con su actuación; no pudo evitarlo.

Martin le pidió que se quedara un momento mientras los demás salían de la sala.

—¿Qué tal tu llamada telefónica? —preguntó.

—Calculo que te reunirás con Arkady el martes a las tres de la tarde.

Sonriendo, Isabel regresó a su despacho y encontró la luz roja de su móvil parpadeando como una baliza. Era Ludmila Sorova, que había llamado casi sin aliento para decirle que el señor Akimov podía reunirse con el señor Landesmann tanto el martes como el miércoles; a ser posible, el martes. Confiaba en tener noticias de Isabel antes de que acabara el día, dado que el señor Akimov también disponía de muy poco tiempo.

—No me digas. —Isabel borró el mensaje. Luego, sin dirigirse a nadie en particular, preguntó—: ¿Qué opináis?

Unos segundos después, su móvil tembló al recibir un mensaje.

Que puede esperar hasta mañana.

—Lo mismo pienso yo.

Guardó unos cuantos papeles en su bolso, se puso un abrigo acolchado y ligero y bajó las escaleras. Fuera, los picos más altos del macizo del Mont Blanc se sonrojaban a la última luz dorada del atardecer y los letreros de neón de *Rolex* y *Hermes* brillaban sobre los elegantes edificios que bordeaban la ribera sur del Ródano. En la Place du Port, pasó por delante del moderno y feo edificio de oficinas en cuyo último piso Ludmila Sorova esperaba con ansia su llamada. La siguiente plaza era la trapezoidal Place de Longemalle. El inglés, vestido de manera informal con vaqueros y chaqueta de cuero, bebía una Kronenbourg sentado a una mesa frente al Hôtel de la Cigogne. La etiqueta de la botella apuntaba directamente a Isabel, lo que indicaba que no la estaban siguiendo.

Para llegar a la Ciudad Vieja tenía que cruzar primero la Rue du Purgatoire. Su edificio de pisos daba a las tiendas y cafeterías de la Place du Bourg-de-Four. El hombrecillo israelí que le recordaba a un comerciante de libros raros estaba sentado con las piernas cruzadas en los adoquines, junto a la fuente antigua. Vestido como un vagabundo, con la ropa sucia, sostenía un cartel andrajoso en el que pedía comida y dinero a los transeúntes. En ese momento el cartel estaba del revés, lo que significaba que compartía la opinión del inglés: nadie la seguía.

Arriba, en su piso, abrió las ventanas y las contraventanas al aire frío del otoño y se sirvió una copa de vino de una botella abierta de Chasselas. Su violonchelo parecía llamarla. Lo sacó del estuche, colocó una sordina en el puente y apoyó el arco en las cuerdas. La *Suite para violonchelo en sol mayor* de Bach. Los seis movimientos. Sin partitura. Y ni un solo error. Después, los habituales de la plaza apostados bajo su ventana pidieron un bis, ninguno de ellos con más entusiasmo que el esmirriado vagabundo sentado en los adoquines, al pie de la fuente.

Isabel llamó a Ludmila Sorova a la mañana siguiente para dar luz verde a la reunión del martes a las tres. A continuación, enumeró una serie de condiciones para que se celebrara el encuentro, todas innegociables, dado que el tiempo apremiaba. La reunión, explicó, duraría cuarenta y cinco minutos, ni uno más. El señor Akimov debía acudir solo, sin socios, abogados u otros acompañantes.

—Y nada de escoltas, por favor. Global Vision Investments no es de ese tipo de sitios.

Durante los siguientes cuatro días, Isabel estuvo totalmente ilocalizable, al menos para Ludmila Sorova. No respondió a sus correos electrónicos ni devolvió sus llamadas telefónicas, ni siquiera la llamada urgente que le hizo Ludmila el martes a las 14:50 para avisar de la llegada inminente del señor Akimov a la sede de GVI. Era innecesaria, puesto que Isabel, desde la ventana de su despacho, alcanzaba a ver la horrenda caravana que avanzaba hacia ella por el Pont du Mont-Blanc.

Cuando llegó al vestíbulo, él se estaba apeando de la parte de atrás de su limusina. Seguido por una banda de guardaespaldas, atravesó la acera con paso decidido y entró por la puerta giratoria. Tenía el aire de un general victorioso que llegaba dispuesto a dictar las condiciones de la rendición, pero se le suavizó el semblante cuando vio a Isabel de pie junto al mostrador de seguridad.

—Isabel —dijo—, qué alegría verte de nuevo.

Ella inclinó la cabeza formalmente, con las manos unidas a la espalda.

—Buenas tardes, señor Akimov.

—Insisto en que me llames Arkady.

—Haré lo que pueda. —Comprobó la hora en su teléfono y señaló hacia los ascensores—. Por aquí, señor Akimov. Y si no le importa, por favor, dígales a sus escoltas que se queden en el vestíbulo o que esperen en los coches.

—Seguro que hay una sala de espera arriba.

—Como le expliqué a su asistente, a Martin le resultan molestos.

Arkady masculló unas palabras en ruso dirigiéndose a los guardaespaldas y siguió a Isabel hasta el ascensor. Ella pulsó el botón de la octava planta y se quedó mirando al frente mientras las puertas se cerraban, con un maletín de cuero agarrado contra los pechos como un escudo. Arkady se tiró del puño francés de la camisa. Su costosa colonia flotaba entre ellos como un gas lacrimógeno.

—La otra noche mencionaste que antes vivías en Zúrich.

—Sí —respondió Isabel distraídamente.

—¿A qué te dedicabas allí?

—Trabajaba en un banco. Como todo el mundo.

—¿Por qué dejaste ese banco y te mudaste a Ginebra?

«Por ti, por eso lo dejé», pensó ella, pero dijo:

—La verdad es que me despidieron.

Arkady miró su reflejo en las puertas del ascensor.

—¿Cuál fue tu delito?

—Me pillaron metiendo mano en la caja.

—¿Cuánto robaste?

Ella clavó los ojos en su mirada, reflejada en el espejo, y sonrió.

—Varios millones.

—¿Pudiste quedarte con algo?

—Con nada, ni un céntimo. De hecho, estuve viviendo en la calle hasta que apareció Martin, me adecentó y me dio un trabajo.

—Quizá sea un santo, después de todo.

Cuando se abrieron las puertas, Arkady insistió en que ella saliera primero. El pasillo por el que le condujo estaba jalonado por fotografías de Martin dedicado a tareas filantrópicas en países en desarrollo. Arkady no hizo ningún comentario sobre aquel santuario en honor de las buenas obras de Landesmann. En realidad, Isabel tenía la insidiosa sospecha de que en ese momento estaba evaluando la firmeza de su trasero.

Se detuvo en la puerta de la sala de reuniones y extendió la mano.

—Por aquí, señor Akimov.

Pasó junto a ella, rozándola, sin decir palabra. Martin aparentaba estar distraído leyendo algo en su teléfono móvil. Había una sola silla a cada lado de la larga mesa de madera y, sobre esta, un surtido de aguas minerales. La cuidada puesta en escena parecía más propia de una cumbre Este-Oeste de alto nivel que de una conspiración delictiva. Lo único que faltaba, pensó Isabel, era el apretón de manos de rigor para los fotógrafos de la prensa.

En lugar de estrecharse la mano, los dos hombres intercambiaron un saludo hosco y mudo a través de la divisoria de la mesa. Martín se anotó el primer tanto del partido debido a que no llevaba corbata y a que su rival, en cambio, se había arreglado en exceso. En un intento por igualar el marcador, Arkady se dejó caer en su silla sin esperar a que le invitaran a sentarse. Martin, en un astuto ejercicio de *jiu-jitsu* de sala de juntas, permaneció de pie, manteniendo así el control de la situación.

Miró a Isabel y sonrió.

—Eso es todo por ahora, Isabel. Gracias.

—De nada, Martin.

Salió cerrando la puerta tras de sí y regresó a su despacho. El reloj digital del escritorio marcaba las 3:04 de la tarde. Cuarenta y un minutos, pensó. Ni uno más.

36

QUAI DU MONT-BLANC, GINEBRA

Como era de esperar, Martin se había resistido a la instalación de cámaras y micrófonos ocultos en la sala de reuniones de Global Vision Investments. Solo accedió después de que Gabriel le prometiera solemnemente que retirarían todos los dispositivos al terminar la operación. Eran en total cuatro cámaras y seis micrófonos de alta resolución. La señal cifrada pasaba del receptor oculto en el cuadro de telecomunicaciones de la sala al nuevo piso franco del equipo en el barrio diplomático de Champel. No se molestaron mucho en inventar una tapadera que explicara su presencia en el barrio. El servicio de seguridad local les facilitó las cosas con toda discreción.

Recibieron las primeras noticias a las dos y media, cuando los vigilantes que Eli Lavon había apostado en la Place du Port informaron de la llegada de una caravana de vehículos —un Mercedes-Maybach y dos Range Rover— a la sede de NevaNeft. Arkady Akimov salió por la puerta opaca del edificio quince minutos después y a las tres menos cinco estaba escuchando a Isabel explicarle que sus escoltas no eran bienvenidos en el edificio neutro en carbono de Global Vision Investments. La transmisión del teléfono de Isabel se interrumpió cuando entró en el ascensor y, cuando la señal de audio se restableció, ella estaba ya junto a la puerta de la sala de reuniones. Martin y Arkady se miraban por encima de la mesa como púgiles en el centro del cuadrilátero.

—*Eso es todo por ahora, Isabel. Gracias.*

—*De nada, Martin.*

Isabel se retiró, dejando a los dos multimillonarios solos en la sala de reuniones. Por fin, Martin abrió una botella de agua mineral y sirvió lentamente dos vasos.

—¿Crees que se lo beberá? —preguntó Eli Lavon.

—¿Arkady Akimov? —Gabriel negó con la cabeza—. Ni aunque fuera la última gota de agua sobre la faz de la Tierra.

—Si lo prefieres —dijo Martin—, hay agua sin gas.

—No tengo sed, gracias.

—¿No bebes agua?

—No, a menos que sea mi agua.

—¿De qué tienes tanto miedo?

—El capitalismo en Rusia es un deporte de contacto.

—Esto es Ginebra, Arkady. No Moscú. —Martin tomó asiento por fin—. Para que conste en acta…

—No veo que nadie lleve un registro, ¿tú sí?

—Para que conste en acta —repitió Martin—, accedí a esta reunión por deferencia hacia ti y porque vivimos y trabajamos muy cerca el uno del otro. Pero no tengo intención de hacer negocios contigo.

—Aún no has oído mi oferta.

—Ya sé cuál es.

—¿Ah, sí?

—La misma que les has hecho a muchos otros empresarios occidentales.

—Te puedo asegurar que a todos les ha ido muy bien.

—Yo no soy como ellos.

—No me digas. —Arkady examinó las fotografías que colgaban de la pared de la sala de reuniones—. ¿A quién crees que engañas con estas mamarrachadas?

—Mi fundación benéfica ha cambiado la vida de millones de personas en todo el mundo.

—Tu fundación benéfica es un fraude. Y tú también. —Arkady sonrió—. Voy a tomar un poco de agua, por favor. Sin gas, si no te importa.

Martin sirvió un vaso de agua con gas y lo empujó hacia el otro lado de la mesa.

—¿Dónde aprendiste tácticas de negociación? ¿En el KGB?

—Nunca fui un agente del KGB. Eso son cuentos de viejas, como suele decirse.

—No es eso lo que leí en *The Atlantic*.

—Los demandé.

—Y perdiste.

Arkady apartó el vaso sin beber de él.

—Está claro que tu departamento de publicidad es mejor que el mío. ¿Cómo se explica, si no, que la prensa nunca haya escrito sobre tu relación con un tal Sandro Pugliese, de la 'Ndrangheta italiana? ¿O sobre tus vínculos con el Meissner PrivatBank de Liechtenstein? Por no hablar de esos componentes para centrifugadoras que les vendías a los iraníes a través de esa empresa alemana tuya. Keppler Werk GmbH, creo que se llamaba.

—Me temo que me confundes con otra persona.

—Supongo que es posible. A fin de cuentas, a los triunfadores como nosotros siempre se nos acusa de alguna fechoría. De mí dicen que soy un exagente del KGB y que me he hecho rico gracias a mi amistad con el presidente de mi país. Pero eso no es más que fanatismo antirruso. ¡Rusofobia! —dijo dando una palmada sobre la mesa para recalcar sus palabras—. Por eso a veces considero necesario llevar mis asuntos de tal forma que mi identidad quede oculta. Igual que tú, me imagino.

—Global Vision Investments es una de las empresas de capital riesgo más respetadas del mundo.

—Precisamente por eso quiero hacer negocios contigo. Tengo una enorme cantidad de capital excedente con el que no sé qué hacer. Me gustaría que invirtieras ese capital en mi nombre, con el marchamo intachable de GVI.

—No necesito tu dinero, Arkady. Tengo bastante con el mío.

—Tu patrimonio neto es de unos tres mil millones, una miseria, si la última lista de *Forbes* está en lo cierto. Te estoy ofreciendo la oportunidad de ser lo bastante rico como para cambiar el mundo de verdad. —Hizo una pausa—. ¿Te interesaría, san Martin?

—No me gusta que me llamen así.

—Ah, sí. Creo que lo leí en el mismo artículo en el que se hablaba de tu desprecio por las tarjetas de visita.

—¿Y dónde está ahora ese capital excedente?

—Una parte ya está aquí, en Occidente.

—¿Cuánto?

—Seis mil millones de dólares, digamos.

—¿Y el resto?

—En el MosBank.

—O sea, que está en rublos.

Arkady asintió.

—¿De cuántos rublos estamos hablando?

—De cuatrocientos mil millones.

—¿Cinco mil quinientos millones de dólares?

—Cinco mil cuatrocientos setenta, al tipo de cambio de hoy. Pero ¿quién lleva la cuenta?

—¿De dónde procede?

—Mi empresa de construcción consiguió hace poco la adjudicación de un gran proyecto de obras públicas en Siberia.

—¿Piensas construir de verdad algo de ese proyecto?

—Lo menos posible.

—Así que el dinero procede del Tesoro Federal ruso.

—En cierto modo.

—Yo no hago negocios con capital estatal desfalcado. Ni tampoco en rublos.

—Entonces, supongo que tendrás que convertir mis rublos desfalcados en una moneda de reserva antes de invertir el dinero en mi nombre.

—¿Invertirlo en qué?

—En lo de siempre. Empresas privadas y conglomerados industriales, grandes activos inmobiliarios, un puerto o dos quizá. Esos activos los gestionará Global Vision Investments, pero en realidad serán propiedad de varias empresas ficticias que crearás para mí. Los mantendrás en tus libros de cuentas hasta el momento en que considere oportuno disponer de ellos.

—Acabo de fundar una organización no gubernamental dedicada a promover la expansión de la democracia en todo el mundo, incluida la Federación Rusa.

—Tienes más posibilidades de frenar la subida del mar que de llevar la democracia a Rusia.

—Pero entiendes lo que quiero decir.

—El hecho de que ahora seas un opositor declarado al Gobierno ruso juega a nuestro favor. A nadie se le ocurriría pensar que haces negocios con alguien como yo. —Arkady contempló su reloj de pulsera (Patek Philippe de Ginebra, un millón de francos suizos) y se puso en pie—. Me han dicho que dispones de poco tiempo, igual que yo. Si te interesa mi oferta, avisa a mi oficina antes de las cinco de la tarde del jueves. Si no tengo noticias tuyas, buscaré a otro. Sin rencores.

—¿Y si me interesa?

—Redacta una propuesta detallada y llévala a mi villa de Féchy el sábado. Oksana y yo hemos invitado a comer a unos amigos. Estoy seguro de que tu encantadora esposa y tú encontraréis muy interesantes a los otros invitados.

—Tengo planes este fin de semana.

—Cancélalos.

—El sábado doy un discurso en Varsovia en una conferencia de líderes de la sociedad civil.

—Otra causa perdida.

—Le diré a mi abogado que te lleve la propuesta.

Arkady sonrió.

—Yo no trato con abogados.

Isabel volvió a la sala de reuniones al filo de las cuatro menos cuarto. Parecía que nada había cambiado desde su marcha. Ahora, igual que antes, un hombre estaba sentado y el otro de pie, aunque era Arkady y no Martin quien se había levantado. La tensión de las últimas palabras que habían intercambiado aún se palpaba en el aire.

Acompañó a Arkady a los ascensores y le deseó que pasara buena tarde. Al volver a la sala de reuniones, encontró a Martin pensativo, de pie junto a la ventana, como si estuviera posando para un vídeo promocional de la Fundación One World.

—¿Cómo ha ido?

—Arkady Akimov quiere que blanqueemos y ocultemos once mil quinientos millones de dólares.

—¿Eso es todo?

—No —respondió Martin—. Me temo que hay una cosa más.

A las siete y cuarto de la tarde, mientras ordenaba su ya impoluto escritorio, Isabel recibió un mensaje de texto de un número que no reconoció, en el que se le indicaba que comprara vino de camino a casa. El remitente tuvo la amabilidad de sugerirle una tienda en el bulevar Georges-Favon. El propietario de la tienda le recomendó un burdeos de precio moderado y añada excepcional y metió la botella en una bolsa de plástico que Isabel llevó por las calles apacibles del casco antiguo hasta la Place du Bourg-de-Four. El vagabundo estaba en su lugar habitual, cerca de la fuente. Parecía no darse cuenta de que sostenía el cartel al revés.

Isabel dejó caer unas monedas en su platillo y cruzó la plaza hasta el portal de su edificio. Arriba, abrió el vino y se sirvió una copa. De nuevo, el violonchelo parecía llamarla, pero esta vez no le prestó atención: tenía la cabeza en otra parte. El comerciante de petróleo y oligarca Arkady Akimov la había invitado a comer el sábado en su villa de Féchy. Y el servicio de espionaje privado ruso conocido como Grupo Haydn había empezado a vigilarla.

37

GINEBRA – PARÍS

Martin la llamó a la mañana siguiente, a las siete y media, mientras intentaba reanimarse con una ducha a alta presión después de haber pasado la noche casi en vela.

—Siento llamar tan temprano, pero quería pillarte antes de que te fueras a la oficina. Espero que no sea mal momento.

—En absoluto. —Era la primera mentira del día. Isabel estaba segura de que no sería la última—. ¿Hay algún problema?

—Más bien una oportunidad, pero me temo que para aprovecharla tendrás que ir a París esta tarde.

—Qué fastidio.

—Descuida. Prometo hacer tu estancia lo más llevadera posible.

—¿Cuánto tiempo voy a estar fuera?

—Una noche, seguramente, aunque deberías llevar equipaje para dos, por si acaso. Te contaré el resto cuando llegues.

Cortó la llamada sin añadir nada más. Isabel terminó de ducharse y consultó el pronóstico del tiempo en París. Era casi idéntico al de Ginebra, frío y gris pero sin riesgo de lluvia. Hizo la maleta y metió el pasaporte en el bolso. La ropa que iba a ponerse ese día, un traje pantalón a medida, colgaba detrás de la puerta de su habitación. Ya vestida, pidió un Uber y bajó a la Place du Bourg-de-Four.

No había rastro del vagabundo, pero dos empleados del Grupo Haydn estaban desayunando en una cafetería. Uno de ellos, el de pelo más oscuro, la siguió hasta la Rue de l'Hôtel-de-Ville, donde la esperaba su coche. Cuando llegó a la sede de GVI, Martin estaba abriendo la reunión de la mañana. Duró casi una hora y entre los temas que se debatieron no figuraba la lucrativa oferta del comerciante de petróleo y oligarca Arkady Akimov para blanquear y ocultar en Occidente activos procedentes de las arcas estatales rusas por valor de once mil quinientos millones de dólares.

Al acabar la reunión, Martin pidió a Isabel que le acompañara a su despacho para explicarle el motivo de su viaje a París. Un desayuno de trabajo en el Hôtel Crillon con un empresario francés especializado en innovación, o eso le dijo Martin. Le entregó algunos documentos para que los revisara en el tren y la llave de un apartamento. La dirección estaba escrita a mano en una tarjeta con sus iniciales, al igual que el código de ocho dígitos del portal. Isabel memorizó la información y luego introdujo la tarjeta en la trituradora de papel de Martin.

Su tren salió de la Gare de Cornavin a las dos y media. El agente de pelo oscuro del Grupo Haydn, tras seguirla a pie hasta la estación, la acompañó durante las tres horas que duró el trayecto hasta la Gare de Lyon. Un coche la llevó al número 21 del Quai de Bourbon, una elegante calle residencial en el flanco norte de la Île Saint-Louis.

El apartamento estaba en el último piso, el cuarto. Con la llave de Martin en la mano, salió del ascensor y encontró la puerta entreabierta. Gabriel la esperaba en la entrada, con el dedo índice pegado a los labios.

Le quitó el bolso y la atrajo hacia el interior.

—Perdona que te haya engañado —dijo cerrando la puerta sin hacer ruido—, pero me temo que no había otra solución.

* * *

El cuarto de estar estaba a oscuras. Gabriel pulsó un interruptor y una constelación de luces empotradas en el techo extinguió la penumbra. Isabel se llevó una sorpresa al ver la decoración. Esperaba que fuera grandiosa, un Versalles en miniatura. En cambio, se encontró en una especie de expositor de elegancia estudiadamente informal. Aquella no era la primera vivienda de nadie, ni siquiera la segunda, pensó. Era un refugio cómodo para cuando su adinerado propietario pasaba unos días en París.

—¿Es tuyo? —preguntó.

—De Martin, en realidad.

—¿Deja que lo usen todos sus empleados?

—Solo aquellos con los que tiene una relación sentimental.

Isabel se fingió escandalizada.

—¿Martin y yo?

—Son cosas que pasan.

—Pobre Monique.

—Por suerte, nunca lo sabrá. —Gabriel atenuó las luces—. Me gustaría que te asomaras un momentito a la ventana.

—¿Por qué?

—Porque es lo que hace una chica cuando llega al precioso apartamento de su amante junto al Sena.

Isabel se dirigió hacia las ventanas.

—Quítate el abrigo, por favor.

Ella obedeció y arrojó descuidadamente el abrigo sobre el respaldo de un sillón. Luego se deslizó entre las cortinas de color marfil y abrió la ventana central. El viento de la tarde revolvió su pelo. Y cuatro plantas más abajo, un empleado de la empresa privada de inteligencia conocida como Grupo Haydn le hizo una fotografía.

Cerró la ventana y al salir de detrás de las cortinas vio que Gabriel estaba colocando bien su abrigo.

—No te gusta el desorden, ¿verdad?

—¿Te has dado cuenta?

—Es difícil no darse cuenta. Siempre está todo donde debe estar. Cuadros, violinistas, financieros suizos, empleados descontentos del banco más sucio del mundo… Y tú pareces tener una tapadera para cada ocasión.

—Es una parte esencial de nuestra doctrina operativa. Lo llamamos «la mentirijilla que tapa la gran mentira».

—¿Cuál es la mentirijilla en este caso?

—Que tienes una aventura con Martin Landesmann.

—¿Y la gran mentira?

—Que estás aquí conmigo.

—¿Por qué?

—Porque era arriesgado que nos viéramos en Ginebra. —Hizo una pausa—. Y porque tengo que tomar una decisión difícil.

—¿La comida en casa de Arkady el sábado?

Gabriel asintió con la cabeza.

—¿Hay alguna posibilidad de que no supiera que Martin iba a estar en Varsovia este fin de semana?

—Ninguna en absoluto. Ha sido una estratagema muy astuta por su parte. Quería invitarte desde el principio para poner a prueba nuestra buena fe. Si no vas, sospechará que pasa algo.

—¿Y si acepto?

—Te observarán de cerca varios agentes de inteligencia rusos, retirados y en activo, que estarán atentos a cualquier signo de malestar o falsedad. Además, tendrás que responder a preguntas aparentemente inofensivas sobre tu pasado, sobre todo acerca de tu etapa en el RhineBank. Si apruebas el examen, es muy probable que Arkady siga adelante con el trato.

—¿Y si suspendo?

—Si tenemos suerte, Arkady te dejará marchar y no volveremos a saber de él. Si no, te someterá a un interrogatorio muy distinto. Y tú se lo contarás todo, porque es lo que se hace cuando un ruso te apunta a la cabeza con una pistola cargada. —Bajó la voz—. Por eso me inclino por canjear mis fichas y dar por terminada la partida.

—¿La decisión depende en parte de mí?

—No, Isabel. No depende de ti. Te pedí que trabajaras como asesora para Martin Landesmann y que actuaras en una gala muy concurrida en la que no corrías ningún peligro. Pero no te he preparado para desenvolverte a solas en el mundo de Arkady.

—Es solo una comida.

—Nunca es solo una comida. Arkady empezará a ponerte a prueba desde el momento en que entres por la puerta. Dará por sentado que no eres quien dices ser. Y cuando acabe de repasar tu repertorio habitual, te quitará la partitura y te obligará a improvisar. El recital no terminará hasta que esté seguro de que no supones ningún peligro.

—Soy capaz de improvisar.

Gabriel la miró, dubitativo.

—La verdad es que nunca había escuchado *Someday my prince will come* tocada al violonchelo. Le diste un tono encantador, pero aparte de eso la interpretación fue poco convincente.

—Entonces, supongo que habrá que hacer otra toma.

—No hay segundas tomas, Isabel. No, cuando se trata de los rusos.

—Pero dentro de unas horas Arkady creerá que soy la amante de Martin, ¿no es así?

—Eso espero.

—Entonces, ¿por qué iba a permitir Martin Landesmann que su bella y joven amiguita asista a una comida en la villa de Arkady, si cree que puede haber algún peligro?

Gabriel sonrió.

—¿Eso lo has improvisado?

Ella asintió.

—¿Qué te parece?

Antes de que Gabriel pudiera responder, su teléfono vibró al recibir un mensaje.

—El avión de tu amante acaba de aterrizar en Le Bourget.

—¿Qué planes tenemos?

—Una cena tranquila en un bistró a la vuelta de la esquina.

—¿Y después?

—La mentirijilla que tapa la gran mentira.

—¿Cuál es la mentirijilla?

—Que vas a pasar la noche haciendo el amor con Martin.

—¿Y la grande?

—Que la vas a pasar conmigo.

38

ÎLE SAINT-LOUIS, PARÍS

Martin e Isabel caminaron de la mano por el Quai de Bourbon a la luz las farolas, hasta una *brasserie* situada al pie del Pont
Saint-Louis. En el lado opuesto del estrecho canal se alzaba No-
tre Dame, con los arbotantes ocultos por andamios y sin su cha-
pitel. El ruso que había seguido a Isabel desde Ginebra cenó en
un restaurante contiguo; Yossi Gavish y Eli Lavon, en un estable-
cimiento al otro lado de la calle. En mitad de la comida, Yossi declaró de repente que su *coq au vin* no había quien se lo comiera,
lo que provocó una fuerte discusión con el indignado chef. El al-
tercado acabó dirimiéndose en la acera. Lavon consiguió apaci-
guar los ánimos y los dos combatientes se disculparon y se
juraron amistad eterna, para regocijo de los espectadores de los
restaurantes vecinos. Gabriel, que siguió el incidente a través del
teléfono de Isabel, lamentó no haber podido presenciarlo en persona; hacía tiempo que no veía una representación de teatro ope-
racional tan perfecta.

Había dado instrucciones a Martin de que agasajara a Isabel
con una o dos copas de vino durante la cena. Tomaron Sancerre con
los entrantes y un buen borgoña con el plato principal. Al volver
al apartamento, Isabel caminaba con paso lánguido y su risa re-
sonaba más alegre en medio de la noche. El ruso los siguió hasta
la puerta y luego cruzó el Pont Marie y entró en un café-bar

flotante de la orilla opuesta. Desde su mesa se veía claramente la ventana del dormitorio de Martin, donde Isabel apareció poco antes de la medianoche, vestida solo con una camisa de hombre. El ruso sacó varias fotos con el móvil; no era lo ideal, pero, junto con sus observaciones de primera mano, sería más que suficiente.

Martin apareció un momento en la ventana, sin camisa, y tiró de Isabel hacia el interior. El ruso del café flotante pensó, como era lógico, que la pareja había vuelto a la cama. En realidad, entraron en el espléndido comedor, donde Gabriel esperaba a media luz, con las manos apoyadas en la mesa. Indicó a Isabel que se sentara en la silla de enfrente y, cuando ella le preguntó si podía ponerse algo de ropa, le dijo que no. Su semidesnudez la hacía sentirse incómoda, lo mismo que a Gabriel, que desvió un poco la mirada al plantear su primera pregunta.

—¿Cómo te llamas?

—Isabel Brenner.

—Tu nombre de verdad.

—Ese es mi nombre de verdad.

—¿Dónde naciste?

—En Tréveris.

—¿Cuándo te regalaron tu primer violonchelo?

—Cuando tenía ocho años.

—¿Te lo regaló tu padre?

—Mi madre.

—¿Competiste en el Concurso Internacional de Música ARD a los diecinueve años?

—A los diecisiete.

—¿Ganaste el segundo premio por tu interpretación de la *Sonata para violonchelo en mi menor* de Brahms?

—El tercer premio. Y fue la *Sonata en fa mayor*.

—¿Cuánto tiempo llevas trabajando para la inteligencia israelí?

—No trabajo para la inteligencia israelí. Trabajo para Martin Landesmann.

—¿Martin trabaja para la inteligencia israelí?

—No.

—¿Tienes relaciones sexuales con Landesmann?

—Sí.

—¿Estás enamorada de él?

—Sí.

—¿Y él de ti?

—Eso tendrías que preguntárselo a él.

Gabriel dejó de hacer preguntas.

—¿Qué tal lo he hecho?

—Si quieres morir el sábado por la tarde, muy bien. Pero si quieres sobrevivir a la comida en la villa de Arkady, tenemos mucho trabajo por delante. Ahora, dime tu nombre.

—Isabel.

—¿Por qué le diste esos documentos a Nina Antonova?

—No se los di.

—¿Cuánto tiempo llevas trabajando para Gabriel Allon?

—No conozco a nadie que se llame así.

—Mientes, Isabel. Y ahora estás muerta.

El siguiente simulacro de interrogatorio fue peor que el primero, y el siguiente equivalió a una confesión firmada. Pero a las cuatro de la mañana —gracias en parte a los valiosos consejos de un delincuente que había logrado convencer al mundo de que era un santo—, Isabel mentía con la desenvoltura y el aplomo de un agente de inteligencia perfectamente entrenado. Incluso Gabriel, que buscaba cualquier excusa para declararla muerta, tuvo que reconocer que era más que capaz de responder a unas cuantas preguntas en el transcurso de un almuerzo. No se hacía ilusiones, sin embargo, respecto a su capacidad para aguantar un interrogatorio prolongado al estilo del KGB. Si Arkady y sus matones la ataban a una silla, debía recurrir de inmediato al plan b: alegar que los servicios de inteligencia británicos la habían coaccionado para que colaborara con ellos cuando trabajaba en el RhineBank de Londres. Si eso no funcionaba, debía darles el nombre de Gabriel.

Para entonces, eran ya casi las cinco de la mañana. Isabel consiguió dormir unas horas y a las nueve y cuarto subió a un taxi que la trasladó a la Gare de Lyon. Martin partió hacia Le Bourget poco después; Gabriel, en cambio, se quedó en el apartamento hasta última hora de la tarde, cuando Eli Lavon dictaminó que el Grupo Haydn había abandonado la vigilancia. Fueron juntos a la embajada de Israel en el distrito uno y bajaron a la cámara acorazada de comunicaciones o Sanctasanctórum, como se la conocía en el léxico de la Oficina.

La pantalla de vídeo mostraba imágenes de la sede de GVI.

Martin, fresco como una lechuga pese a no haber pegado ojo, presidía la reunión de la tarde. Cuando esta terminó, Isabel recogió sus papeles y volvió a su despacho, donde llamó a Ludmila Sorova, de NevaNeft. Ludmila la dejó en espera y un momento después Arkady se puso al teléfono.

—*Empezaba a pensar que no tendría noticias tuyas.*

—*Hola, señor Akimov.*

—*Por favor, Isabel, debes llamarme Arkady.*

—*Todavía me cuesta.*

—*Pareces cansada.*

—*¿Sí? Hoy he tenido mucho ajetreo.*

—*Espero que gracias a mí.*

—*Pues sí, la verdad.*

—*¿Deduzco que Martin está interesado en mi oferta?*

—*Ahora mismo estamos trabajando en la propuesta. Me ha pedido que te la lleve a Féchy el sábado por la tarde.*

—*Te quedarás a comer, espero.*

—*No me lo perdería. ¿A qué hora debo estar allí?*

—*Sobre la una. Pero no te preocupes por el coche. Te enviaré uno.*

No es necesario, señor Akimov.

—*Insisto. ¿Dónde puede recogerte?*

Isabel le dio el nombre de un lugar emblemático de Ginebra, en vez de la dirección de su casa. Luego, tras un último intercambio de cumplidos, colgaron. En el Sanctasanctórum el silencio era absoluto.

Por fin, Eli Lavon dijo:

—Puede que los músicos clásicos no sepan improvisar, después de todo.

—¿Qué crees que debería haber hecho de otra manera?

—Debería haberle dicho a Arkady que es perfectamente capaz de llegar Féchy por sus propios medios.

—Estoy casi seguro de que se lo ha dicho. Podemos escuchar la grabación, si quieres.

—No ha insistido lo suficiente.

—¿A pesar de que Arkady amenazó con irse con la música a otra parte? —Al no recibir respuesta, Gabriel ajustó la barra de progreso y pulsó el PLAY—. ¿A ti te parece cansada?

—Ni un poquito.

—Entonces, ¿por qué lo ha dicho Arkady?

—Porque sabe dónde estuvo anoche. Y quiere que Isabel y Martin sepan que lo sabe.

—¿Por qué?

—*Kompromat.*

—¿Y qué va a hacer Arkady con esa jugosa pieza de *kompromat* que le hemos ofrecido tan generosamente?

—La usará para mantener a Martin a raya. ¿Quién sabe? Puede que incluso la use para sacar tajada, si cree que Martin pretende llevarse demasiado.

—Entonces, ¿lo tenemos? ¿Eso es lo que estás diciendo, Eli?

Lavon dudó y luego asintió con un gesto.

Gabriel subió el volumen de la transmisión del teléfono móvil de Isabel.

—¿Qué está tarareando?

—A Elgar, pedazo de ignorante.

—¿Por qué a Elgar?

—Puede que esté intentando decirte que prefiere no comer con un espía entrenado en Moscú Centro.

—Es imposible que la mate en Suiza, ¿verdad, Eli?

—Absolutamente imposible. La llevará al otro lado de la frontera, a Francia —afirmó Lavon—. Y luego la matará.

39

FÉCHY, CANTÓN DE VAUD

El sábado amaneció nublado y gris, pero a última hora de la mañana el sol relucía en las aceras de la Rue du Purgatoire. Isabel esperaba en la escalinata del Templo de La Madeleine, una de las iglesias más antiguas de Ginebra. Su ropa, recién comprada, era la más apropiada para asistir a una comida a orillas del lago en compañía de un montón de rusos absurdamente ricos: pantalones Max Mara, zapatos Ferragamo, jersey y chaqueta de cachemira de Givenchy y bolso de Louis Vuitton. Dentro del bolso llevaba una propuesta detallada para blanquear y ocultar once mil quinientos millones de dólares en activos desfalcados al Estado ruso. Martin y ella le habían dado los últimos toques la noche anterior, durante una sesión maratoniana en la sede de GVI.

Miró la hora en su reloj de pulsera, un Jaeger-LeCoultre Rendez-Vous con acentos de diamante, regalo de Martin. Eran las doce en punto. Al levantar los ojos, vio acercarse un elegante Mercedes Clase S por la estrecha calle. El conductor se detuvo al pie de la escalinata y bajó la ventanilla del lado del copiloto.

—¿*Madame* Brenner?

Se acomodó en el asiento trasero para el trayecto de media hora hasta Féchy, un próspero pueblo vinícola del Cantón de Vaud, en la orilla norte del lago de Ginebra. El chalé de Arkady era, cómo no, el más grande del municipio. El llamativo vestíbulo era una réplica del salón Andreyevsky del Gran Palacio del Kremlin, más pequeño en escala pero igual de abigarrado.

—¿Qué te parece? —preguntó Arkady.

—Me he quedado sin palabras —contestó ella con sinceridad.

—Pues espera a ver el resto.

Atravesaron un par de puertas doradas y entraron en una réplica del salón Alexandrovskiy. Seguían varios salones, cada uno con un estilo distinto: una casa de campo, un palacio junto al mar, el despacho forrado de libros de un gran intelectual ruso… Solo una de las estancias estaba habitada, una sala luminosa en la que tres chicas de largas piernas posaban como si estuvieran en una sesión de fotos para una revista. Las tres miraron a Isabel con visible envidia.

Por fin, salieron a una gran terraza en la que un centenar de rusos bebía champán bajo la fría luz del sol otoñal. Isabel tuvo que alzar la voz para hacerse oír por encima de la música.

—Creía que iba a ser una reunión pequeña.

—Yo siempre hago las cosas a lo grande.

—¿Quién es toda esta gente?

Arkady fijó la mirada en un individuo rollizo que tenía enlazada por la cintura a una joven de belleza espectacular.

—Supongo que le reconoces.

—Por supuesto.

Era Oleg Zhirinovsky, presidente del gigante energético estatal ruso Gazprom. La joven a la que manoseaba era su cuarta esposa. Deshacerse de la tercera le había costado varios cientos de millones de libras en un juzgado de Londres.

Arkady señaló a otro invitado.

—¿Y a ese?

—Santo cielo. —Era Maxim Simonov el Loco, el rey ruso del níquel.

—¿Y a aquel?

—¿Es…?

—Oleg Lebedev, también llamado Mister Aluminio.

—¿Es cierto que es el hombre más rico de Rusia?

—El segundo más rico. —Arkady recogió dos copas de champán de la bandeja que portaba un camarero y le dio una—. Confío en que el viaje desde Ginebra haya sido cómodo.

—Mucho.

—¿Has traído la propuesta?

Isabel dio unas palmadas a su bolso Vuitton.

—Quizá deberíamos revisarla ahora mismo. Así podremos relajarnos y disfrutar del resto de la tarde.

Dentro de la casa, subieron por una escalera señorial y entraron en el despacho privado de Arkady. La habitación carecía de la recargada vulgaridad zarista del resto del chalé. Sosteniendo su copa de champán, Isabel apoyó la mano derecha sobre las teclas de un piano Bösendorfer y tocó los primeros compases de la *Sonata Claro de Luna* de Beethoven.

—¿Hay algo que no sepas hacer? —preguntó Arkady.

—No sé tocar el resto de esta sonata. Ya no, por lo menos.

—Lo dudo mucho. —La condujo a una zona de asientos cerca de las ventanas y abrió una caja decorativa que había sobre la mesa baja lacada—. Pon tu teléfono móvil aquí dentro, por favor.

Isabel hizo lo que le pedía. Luego sacó la propuesta del bolso y se la entregó.

—¿Es la única copia?

—Excepto el archivo original. Está en un ordenador sin conexión a red, en mi despacho.

Arkady se puso unas gafas de lectura y fue pasando lentamente las páginas.

—Veo que hay gran cantidad de edificios comerciales británicos y americanos.

—Eso se debe a que la pandemia ha generado un exceso de propiedades en venta. Creemos que esos activos pueden

250

comprarse a precios favorables y que se revalorizarán en cuanto la economía americana recupere su situación anterior a la pandemia.

—¿Cuánto tiempo tendré que conservarlos para obtener beneficios?

—De tres a cinco años, como máximo.

Él volvió a bajar la mirada.

—¿Cincuenta millones de dólares por una empresa de alimentos orgánicos en Portland?

—Creemos que está infravalorada y que va a crecer mucho en el futuro.

—¿Cien millones por una fábrica de paneles solares? —Pasó otra página—. ¿Doscientos por una empresa de aerogeneradores? —Miró a Isabel por encima de las gafas—. ¿Has olvidado que me dedico al negocio del petróleo?

—Ser propietario de esas empresas te permitirá expiar tus pecados ecológicos.

Sonriendo, Arkady bajó la mirada otra vez.

—¿Trescientos millones por una distribuidora de piezas de aviones en Salina, Kansas?

—Si compras también a su principal competidor, controlarás el mercado americano.

—¿Está en venta?

—Hemos oído rumores.

Arkady volvió a la sección inmobiliaria del documento.

—¿El edificio de oficinas más alto del Canary Wharf de Londres?

—Es una oportunidad que no puedes desaprovechar.

—¿Una torre de viviendas y oficinas en la avenida Brickell, en el centro de Miami?

—Es una ganga por seiscientos millones. Y además podrás procesar decenas de millones de dólares mediante la reventa de los pisos de lujo de las últimas plantas.

—¿Procesar?

Isabel sonrió.

—Blanquear es una palabra muy fea.

—Lo que nos lleva a la cuestión de vuestros honorarios. —Arkady avanzó hasta las últimas páginas del documento—. Mil quinientos millones de dólares en consultoría y otras comisiones, pagaderos a una sociedad instrumental de responsabilidad limitada registrada en las Islas del Canal. —Levantó la vista—. Bastante caro, ¿no crees?

—Estás pagando el buen nombre de Martin. Y eso no es barato.

—Parece que tampoco lo es la conversión de divisas.

Isabel no respondió.

—Supongo que tenéis a alguien pensado para esa tarea.

—La oficina del RhineBank en Londres. Son los mejores del negocio.

—Como tú bien sabes. Después de todo, ahí es donde empezó tu carrera. El RhineBank te reclutó cuando acabaste los estudios en la London School of Economics.

—Evidentemente, te has informado sobre mí.

—¿Esperabas otra cosa?

Isabel ignoró la pregunta.

—¿Encontraste algo interesante?

—No te despidieron del RhineBank porque te pillaran metiendo mano en la caja. Te despidieron porque trabajabas para lo que llaman la Lavandería Rusa. La mayoría de tus compañeros siguen buscando trabajo, pero tú entraste a trabajar enseguida en Global Vision Investments, en Ginebra. —Arkady bajó la voz—. Y ahora estás sentada en mi despacho privado, ofreciéndote a «procesar» más de once mil quinientos millones de dólares de mi dinero.

—Estoy aquí, señor Akimov, porque por alguna razón usted insistió en que viniera.

—Te aseguro que mis intenciones eran honorables.

—¿Sí?

—Simplemente, esperaba poder conocerte mejor.

—Bien, entonces, ¿por dónde quieres que empiece?

—Tocando el resto de la *Sonata Claro de Luna*.

—Ya te he dicho que no la recuerdo.

—Y te he oído, Isabel. Pero no te creo.

40

FÉCHY, CANTÓN DE VAUD

—Una interpretación mecánica y carente de pasión —declaró Arkady cuando Isabel concluyó el primer movimiento—. Pero es obvio que podrías tocarla bastante bien si quisieras.

—¿Qué tal esto? —Isabel tocó el pasaje inicial de *When I fall in love*.

—¿Te ha pasado alguna vez? —preguntó Arkady.

—¿Enamorarme? Una o dos veces.

—¿Y ahora estás enamorada?

Ella se levantó del piano sin responder y volvió a su asiento.

—¿Por dónde íbamos?

—Por el RhineBank —respondió Arkady.

—Fundado en 1892 en la Ciudad Libre y Hanseática de Hamburgo, que, como sabes, está situada junto al río Elba, no junto al Rin. Actualmente es el cuarto banco del mundo, con veintisiete mil millones de beneficios, aproximadamente, y uno coma seis billones en activos.

Arkady la miró inexpresivamente.

—Háblame de tu trabajo allí.

—Mi acuerdo de despido incluía un contrato de confidencialidad. No puedo hablar de lo que hacía en el RhineBank.

—¿Alguna vez tramitaste transacciones relacionadas con una empresa llamada Omega Holdings?

—Arkady, por favor.

—¡Por fin! —Su sonrisa parecía casi auténtica.

—No conocía la identidad de ninguno de los clientes —explicó Isabel—. Solo firmaba las transacciones.

—Entonces, ¿por qué te despidieron?

—Formaba parte de la Lavandería. Tuvimos que irnos todos.

—¿Fuiste tú quien filtró los documentos a la prensa?

—Sí, Arkady. Fui yo.

—Me alegro de que lo hayamos aclarado. —Otra sonrisa—. Ahora cuéntame cómo acabaste trabajando para Martin Landesmann.

—De la manera habitual. Me ofreció un puesto.

—¿Por qué a ti?

—Supongo que le interesaba mi experiencia.

—¿Qué experiencia?

—Sé cómo procesar fondos sin que me pillen.

—¿Y cuándo empezaste a acostarte con él?

Isabel permitió que una nota falsa se deslizara en su voz cuando contestó:

—Martin es un hombre felizmente casado.

—Igual que yo —repuso Arkady—. Y es bastante obvio que mantenéis un idilio apasionado. Espero que, por su bien, nunca se haga público. Su impecable reputación saldría malparada.

—Eso suena a amenaza.

—¿Sí?

—¿Qué es lo que te preocupa tanto? —preguntó Isabel—. Somos Martin y yo los que tenemos que cumplir la normativa contra el blanqueo de capitales. Y será a nosotros a quienes multen o imputen si nos pillan. Tú, como cliente, no corres ese riesgo.

—Mis preocupaciones son de índole geopolítica, no legal. Pero, por favor, continúa.

—Fuiste tú quien acudió a nosotros, Arkady, ¿recuerdas?

—Recuerdo que tocaste una de mis piezas favoritas de mi compositor favorito en una gala que me costó veinte millones de francos suizos. Y recuerdo que cuando me mostré interesado en hacer negocios con Martin, ambos os hicisteis de rogar.

—Nos hicimos de rogar porque no nos parecía buena idea hacer negocios con rusos. —Guardó la propuesta en el bolso y se levantó—. Por razones que ahora saltan a la vista.

—¿Adónde crees que vas?

—Vuelvo a Ginebra.

—¿Por qué?

—Lo siento, Arkady. El trato queda cancelado.

—¿No crees que deberías consultar con Martin antes de renunciar a un pago de más de mil millones de dólares?

—Martin hará lo que yo le diga.

No lo dudo.

Isabel abrió la tapa de la caja decorativa de bloqueo de señales, pero Arkady la cerró de golpe antes de que pudiera sacar su teléfono.

—Por favor, siéntate.

—Me marcho.

—¿Cómo piensas volver a Ginebra?

—Llamaré a un Uber. —Logró esbozar una sonrisa—. Es lo que está de moda.

—No será fácil sin tu teléfono, ¿no crees? —Seguía con la mano apoyada en la tapa de la caja—. Además, no has comido.

—Se me ha quitado el apetito. —Isabel volvió a sacar la propuesta del bolso y la dejó caer sobre la mesa—. ¿Qué decides, Arkady?

—Necesito unos días para pensarlo.

Ella echó un vistazo a su reloj de pulsera.

—Tienes un minuto.

* * *

La voz de Arkady fue la primera que oyeron Gabriel y su equipo cuando, tras veintisiete minutos de ausencia, el teléfono de Isabel volvió a conectarse a la red móvil de Swisscom. Curiosamente, el oligarca ruso la estaba reprendiendo suavemente por haberse precipitado al tocar un pasaje importante de la *Sonata Claro de luna* de Beethoven. Los datos de geolocalización y altitud del teléfono indicaban que seguían en el despacho, al igual que las imágenes de vídeo captadas por la cámara del móvil. La cámara enfocó un instante la cara de Isabel mientras revisaba sus mensajes de texto. Nada en su expresión sugería que estuviera en peligro, aunque por la inestabilidad de la imagen era evidente que le temblaba un poco la mano.

Dejó caer el teléfono en el oscuro abismo de su bolso Louis Vuitton y siguió a Arkady hasta la terraza de la casa, donde se mezclaron con los numerosos invitados, todos ellos rusos. Arkady la presentaba como «una asociada», una descripción en la que cabían toda clase de pecados. El presidente de Gazprom, Oleg Zhirinovsky, se mostró encantado de conocerla; Maxim Simonov el Loco, el rey del níquel, quedó visiblemente prendado de ella. La invitó al crucero que hacía todos los veranos por el Mediterráneo en su yate, que llevaba el acertado nombre de Truhan. Isabel tuvo la prudencia de declinar la invitación.

A las tres y cuarto informó a Arkady de que tenía que hacer números —una oportunidad de inversión completamente legal en una empresa noruega de comercio electrónico— y debía volver a Ginebra. De mala gana, él la acompañó al coche. El chófer la depositó en el Templo de la Madeleine y, seguida por dos agentes del Grupo Haydn, Isabel se dirigió a la Place du Bourg-de-Four. Al llegar a su piso, interpretó la *Suite para violonchelo en re menor* de Bach. Los seis movimientos. Sin partitura. Y ni un solo error.

TERCERA PARTE

ADAGIO CANTABILE

41

GINEBRA – LONDRES

Tres días después del almuerzo en casa de Arkady Akimov en Féchy, los habitantes de la antigua ciudad lacustre de Ginebra contuvieron la respiración cuando Estados Unidos acudió a las urnas. El presidente republicano en funciones obtuvo lo que parecía ser una holgada ventaja inicial en los estados clave de Wisconsin, Michigan y Pensilvania, ventaja que se fue evaporando a medida que se contabilizaban los votos depositados con antelación y el voto por correo. Visiblemente trastornado, el presidente compareció ante sus partidarios en la Sala Este de la Casa Blanca a primera hora de la mañana y, para asombro general, ordenó a los funcionarios electorales que dejaran de contabilizar papeletas. El recuento continuó de todos modos y el sábado las cadenas de televisión declararon vencedor al candidato demócrata. Millones de estadounidenses se lanzaron a las calles en una explosión espontánea de alegría y profundo alivio. Isabel tuvo la sensación de que estaban celebrando la caída de un tirano.

El lunes, la vida en Ginebra se reanudó casi con normalidad, salvo porque el Gobierno impuso la obligación de llevar mascarilla debido a un repunte repentino de los casos de coronavirus. Isabel trabajó desde su piso en el casco antiguo hasta última hora de la mañana y luego viajó a Londres a bordo del Gulfstream de Martin, el más pequeño de sus dos aviones privados. A su llegada

261

al aeropuerto Ciudad de Londres, después de que le revisaran someramente el pasaporte alemán, se instaló en la parte trasera de una limusina que la llevó hacia el oeste, a las oficinas del Rhine-Bank en Fleet Street, su antiguo lugar de trabajo.

Justo enfrente del edificio había una cafetería donde Isabel había almorzado a menudo. Con la mascarilla puesta, ocupó una mesa de la terraza y pidió un café. A las cuatro y media, consultó el índice FTSE 100 y vio que el precio de las acciones había bajado casi un dos por ciento. De ahí que esperara hasta las cinco menos cuarto para llamar a Anil Kandar.

—¿Qué coño quieres?

—Estoy bien, Anil. ¿Qué tal tú?

—¿Has visto el precio de nuestras acciones?

—Creo que están por debajo de diez. Espera, voy a comprobarlo.

—¿Qué te traes entre manos, Isabel?

—Dinero, Anil. Montones de dinero.

—Soy todo oídos.

—No es algo que pueda hablarse por teléfono.

—Como a mí me gusta. ¿Dónde estás?

—Enfrente.

—Veinte minutos —dijo Anil, y colgó.

Eran casi las cinco y media cuando finalmente salió por la puerta del RhineBank. Como de costumbre, vestía de negro de la cabeza a los pies, un estilo que había adoptado cuando trabajaba en Nueva York, donde tenía fama de ser uno de los operadores más temerarios del RhineBank. Como recompensa por sus esfuerzos, le nombraron jefe de la división de mercados globales, un puesto que le había permitido amasar una fortuna personal de nueve cifras. Vivía en una gran mansión victoriana, en un barrio pijo de las afueras de Londres, e iba todos los días a trabajar en un Bentley con chófer. Nacido en el norte de Virginia y educado en Yale y en la Wharton School, ahora hablaba inglés con marcado acento británico: se revestía con aquel acento a primera hora de la mañana, como con su ropa negra como la pez.

Se sentó a la mesa de Isabel y pidió un té Earl Grey. Su olor a colonia, a loción capilar y a tabaco era sofocante. Era el olor del RhineBank de Londres, recordó Isabel.

Quitó la tapa del té y echó dentro una pastilla de Nicorette.

—Tienes buen aspecto, Isabel.

—Gracias, Anil. —Ella sonrió—. Tú estás hecho una mierda.

—Supongo que me lo tengo merecido.

—Pues sí. Te portaste fatal conmigo cuando trabajaba aquí.

—No por nada personal. Es que eras un incordio.

—Solo intentaba hacer mi trabajo.

—Yo también. —Anil sopló su té—. Aunque he oído que entraste en razón cuando te trasladaron a la oficina de Zúrich. Lothar Brandt me comentó que firmabas cada papel que te ponía delante.

—Y mira lo que conseguí —murmuró ella.

—Un trabajo con san Martin Landesmann.

—Las noticias vuelan.

—Sobre todo cuando el resto de la gente a la que despidieron sigue buscando un empleo remunerado. Por suerte, pudimos contener los daños sin que pasaran de la oficina de Zúrich.

Anil era muy dado a usar el plural cuando hablaba de la dirección de la empresa. Aspiraba a ser algún día miembro del Consejo de los Diez e incluso consejero delegado del banco. Nacido en Estados Unidos, de ascendencia india, tendría que pagar por gozar de ese privilegio. De ahí sus imprudentes hábitos comerciales. Carecía por completo de moralidad, tanto en lo personal como en lo profesional. Era, en resumidas cuentas, el empleado modelo del RhineBank.

—¿Qué tal tu cartera de negociación últimamente? —preguntó Isabel.

—Más aburrida que antes. Después de la masacre de Zúrich, el Consejo de los Diez nos mandó una orden de cese y desistimiento. Se acabaron las operaciones rusas peligrosas hasta que se calmen las cosas.

—¿Y se han calmado?

—He hecho un par de pruebas para sondear el terreno. Cosas de poca monta. Veinte millones aquí, cuarenta allá… Calderilla.

—¿Y?

—Ha ido como la seda. Los reguladores británicos y americanos no han dicho esta boca es mía.

—¿El Consejo de los Diez sabe lo que estás haciendo?

—Ya conoces el viejo dicho, Isabel. Lo que Hamburgo no ve… —Anil desenvolvió otra pastilla de Nicorette—. Está a punto de entrarme el mono y me temo que no va a ser agradable. Así que ¿por qué no me cuentas de qué va todo esto?

—Global Vision Investments quiere contratar los servicios de la división de mercados globales del RhineBank. Estamos dispuestos a pagar generosamente vuestros servicios.

—¿Qué tipo de servicios?

Isabel sonrió.

—Espejito, espejito mágico…

—¿De cuánto estamos hablando?

—De calderilla no, Anil. Ni mucho menos.

Anil se fumó el primer Dunhill antes de que llegaran a Victoria Embankment. Para entonces, Isabel le había planteado ya las líneas básicas del acuerdo. Mientras caminaban junto al Támesis en dirección al Parlamento, se lo expuso con más detalle, pensando sobre todo en su público, que seguía la conversación a través del teléfono guardado en el bolso. Le explicó que los representantes de su cliente comprarían bloques de acciones de primera categoría al RhineBank de Moscú en rublos. Simultáneamente, Anil compraría la misma cantidad de las mismas acciones a los representantes del cliente de Isabel en Chipre, las Islas del

Canal, las Bahamas o las Islas Caimán. En total, iban a transferirse cuatrocientos mil millones de rublos de Rusia a Occidente. Dada la extraordinaria envergadura del proyecto, habría que proceder poco a poco: cinco mil millones aquí, diez mil allá, una o dos operaciones al día, o más si los reguladores no reaccionaban. Al final, el dinero acabaría en diversas cuentas del Meissner PrivatBank de Liechtenstein, cosa que no le dijo a Anil. Tampoco le informó del nombre de su misterioso cliente ruso, aunque sí de la cantidad de dinero que estaban dispuestos a pagar al Rhine-Bank-Londres en concepto de comisiones y otros servicios.

—¿Quinientos millones? —Anil se fingió atónito, como era de esperar—. No pienso tocar ese dinero por menos de mil.

—Por supuesto que lo harás, Anil. Prácticamente estás salivando. La única duda es si vas a llamar a Hamburgo esta noche para que el Consejo de los Diez te dé el visto bueno.

Él lanzó la colilla al río.

—Lo que Hamburgo no ve...

—¿Cómo vas a explicar esos quinientos millones de más en tu cartera?

—Los repartiré aquí y allá. No sabrán de dónde han salido.

—Me alegra saber que nada ha cambiado desde que me fui. —Isabel le entregó un *pendrive*—. Ahí van las cuentas y los códigos de identificación.

—¿Cuándo quieres empezar?

—¿Qué tal mañana?

—No hay problema. —Anil se guardó el *pendrive* en el bolsillo del abrigo negro—. Deduzco que esos rumores sobre Martin Landesmann son ciertos, a fin de cuentas.

—¿Qué rumores?

—Esos que dicen que no es ningún santo. Igual que tú, por lo visto. —La miró de soslayo—. Ojalá lo hubiera sabido.

—Estás salivando otra vez, Anil.

—¿Tienes tiempo de tomar una copa para celebrarlo?

—Vuelvo a Ginebra esta misma noche.

—¿La próxima vez que vengas?

—Seguramente no. No te lo tomes a mal, Anil, pero es verdad que estás hecho una mierda.

Cuando llegó al aeropuerto Ciudad de Londres, el avión de Martin ya había repostado y estaba listo para despegar. El inglés levantó la vista de su ordenador portátil cuando ella entró en la cabina.

—¿Te apetece esa copa ahora? —preguntó.

—Mataría por un trago.

—Creo que la ocasión exige un poco de champán, ¿tú no?

—Si te empeñas.

El inglés entró en la cocinita del avión y salió un momento después con una botella abierta de Louis Roederer Cristal. Sirvió dos copas y le dio una a Isabel.

—¿Por qué brindamos? —preguntó ella.

—Por otra de tus estupendas actuaciones.

—Se me ocurre algo mejor. —Isabel levantó su copa—. Por el banco más sucio del mundo.

El inglés sonrió.

—Que descanse en paz.

42

QUAI DU MONT-BLANC, GINEBRA

A las once de la mañana siguiente, un corredor de bolsa ruso llamado Anatoly Bershov llamó a su contacto en el RhineBank de Moscú de parte de un cliente anónimo y compró varios miles de acciones de una empresa biotecnológica estadounidense que había desarrollado y producido una prueba de coronavirus muy empleada en todo el mundo. Cinco minutos más tarde, el mismo corredor de bolsa ruso dio instrucciones a su representante en Chipre, un tal señor Constantinides, de que vendiera un número idéntico de acciones de la empresa a un tal Anil Kandar, jefe de la división de mercados globales del RhineBank en Londres. La primera transacción se efectuó en rublos; la segunda, en dólares. El señor Constantinides transfirió de inmediato las ganancias a un banco corresponsal chipriota —situado en el mismo edificio de oficinas de Nicosia, que era propiedad de sociedades anónimas rusas— y este las transfirió a su vez al Caribe, desde donde el dinero fue pasando de una turbia entidad financiera a otra, hasta llegar al Meissner Privat Bank de Liechtenstein.

Para entonces, el dinero había pasado por tantas sociedades fantasma que era casi imposible determinar su origen. Por si no bastara con eso, Meissner cubrió el dinero con una última capa de opacidad empresarial antes de mandarlo al Credit Suisse de Ginebra, donde acabó en una cuenta controlada por Global

Vision Investments. Un *fonctionnaire* del Credit Suisse envió un correo electrónico de confirmación a una ejecutiva de GVI llamada Isabel Brenner, quien, sin que el funcionario lo supiera, era la mano oculta detrás de aquel espantoso engaño.

Anatoly Bershov hizo una segunda llamada a su contacto en el RhineBank de Moscú poco después de las tres de la tarde. Esta vez su cliente deseaba comprar varios miles de acciones de un gigantesco conglomerado estadounidense perteneciente al sector de las bebidas y la alimentación. El banquero al que Anil Kandar compró un número idéntico de acciones en dólares se encontraba en las Bahamas. Los fondos fueron rebotando entre varios bancos de las Bahamas de dudosa reputación, todos ellos situados en la misma calle de Nassau, hasta que por fin cruzaron el Atlántico en dirección contraria y encontraron alojamiento temporal en el Meissner PrivatBank de Liechtenstein. El Credit Suisse tomó posesión del dinero a las cuatro y cuarto, hora de Ginebra. Se envió confirmación por correo electrónico a Isabel Brenner, de Global Vision Investments.

Las transacciones produjeron más de cien páginas de registros escritos, incluidos dos documentos internos de GVI que requerían tanto la firma de Isabel como la del cliente misterioso de Anatoly Bershov. Por suerte, su oficina estaba situada justo al otro lado del río Ródano, en la Place du Port. Isabel llegó a las cinco de la tarde y, tras depositar su teléfono móvil en una caja decorativa de bloqueo de señales, pudo entrar en el sanctasanctórum de Arkady en la sexta planta, un piso por encima de las oficinas de la misteriosa filial de NevaNeft conocida como Grupo Haydn. Para su sorpresa, Arkady en persona firmó los documentos donde se le indicaba.

Isabel fotocopió los papeles a su regreso a la sede de GVI, junto con el resto de la documentación relevante, y guardó los originales en la caja fuerte de su despacho. Las copias se las entregó a un mensajero que las llevó a un chalé alquilado en el barrio diplomático de

Champel. Su llegada dio lugar a una breve celebración. Tres meses después de su azaroso comienzo, la operación había dado sus primeros frutos. Gabriel y la Oficina eran ahora accionistas minoritarios de la cleptocracia conocida como Kremlin SA.

Anil Kandar propuso que echaran el freno el tiempo justo para determinar si la FCA, la autoridad reguladora del Reino Unido, se había percatado de las extrañas maniobras que estaba llevando a cabo el RhineBank. Isabel podría haberle aclarado a su excompañero que, en efecto, la FCA estaba al tanto de sus actividades, al igual que el Servicio Secreto de Inteligencia de Su Majestad. Pero aceptó hacer una pausa, con tal de que fuera breve. Su cliente —escribió entre líneas en un correo electrónico— no destacaba por ser un hombre paciente.

Cuarenta y ocho horas bastaron para disipar las dudas de Anil, y el viernes por la mañana Anatoly Bershov puso sus miras en Microsoft. Lo mismo hizo Anil Kandar. De hecho, menos de cinco minutos después de que Bershov apostara varios miles de millones de rublos por el conglomerado empresarial en el Rhine-Bank de Moscú, Anil compró un número idéntico de acciones al señor Constantinides de Chipre, pagando en dólares estadounidenses. El dinero apareció en una cuenta de GVI en el Credit Suisse a última hora de la mañana, y el resultado de una segunda operación espejo llegó a media tarde. Arkady firmó la documentación esa misma noche en la sede de NevaNeft.

Después, invitó a Isabel a tomar una copa de champán. Ella trató de zafarse pretextando un asunto urgente en la oficina, pero Arkady insistió. Ludmila Sorova les llevó una botella de Dom Pérignon y dos copas, y durante casi una hora, mientras en el cielo de Ginebra se extinguía la última luz del día, compararon los méritos de los cuatro conciertos para piano de Rachmáninov. Isabel afirmó que el segundo era sin duda su mejor obra. Arkady estuvo de acuerdo, aunque él siempre había tenido debilidad por el tercero, tan potente. Le gustaba en especial una grabación reciente del pianista ruso Daniil Trifonov.

La conversación le dejó con un ánimo pensativo.

—Si pudiera hablar así con Oksana… —se lamentó.

—¿No le gusta Rachmáninov?

—Oksana prefiere la música *dance*. —Le dedicó una sonrisa tímida—. Puede que te cueste creerlo, pero no me casé con ella por su intelecto.

—Es muy hermosa, Arkady.

—Y muy niña, también. Fue un alivio que se comportara durante el recital de Anna Rolfe. Poco antes de la pandemia, la llevé a ver el concierto para violín de Chaikovski. Después, juré que sería la última vez.

¿Quién era el solista?

—Una chica holandesa. No me acuerdo de su nombre.

—¿Janine Jansen?

—Sí, esa. ¿También la conoces?

—No, nunca hemos coincidido —respondió Isabel.

—No es Anna Rolfe, pero tiene bastante talento. —Arkady añadió champán a la copa de Isabel—. Lo siento, pero no recuerdo de qué conoces a Anna.

—Nos presentó Martin.

—Sí, claro. Es lógico —dijo Arkady—. Martin conoce a todo el mundo.

Mientras volvía a casa caminando por las sombrías calles de la Ciudad Vieja, Isabel llegó a la inquietante conclusión de que Arkady quería ampliar los parámetros de su relación para incluir en ella un componente romántico o —Dios no lo quisiera— sexual. El lunes por la noche se lo comentó a Gabriel en el transcurso de otra reunión cuidadosamente orquestada en el piso de Martin en la Île Saint-Louis de París. A la mañana siguiente, mientras tomaban café en Fleet Street, informó a Anil Kandar de que debían acelerar el ritmo de las operaciones espejo. Él respondió con cuatro grandes transacciones que arrojaron como resultado casi cien millones de dólares.

Anil organizó cuatro operaciones espejo el miércoles y otras cuatro el jueves. Pero fue el botín del viernes —seis grandes transacciones de más de doscientos millones de dólares— lo que hizo que la situación diera un vuelco. Isabel obtuvo las firmas necesarias durante una visita a última hora de la tarde a la sede de Neva-Neft y, por segunda vez, fue invitada a tomar una copa de champán. El tono íntimo de la conversación no dejó lugar a dudas: Arkady estaba irremediablemente encaprichado de la bella violonchelista alemana que blanqueaba su dinero sucio. De ahí que se sintiera aliviada cuando, poco después de las seis de la tarde, Martin apareció en la pantalla del gigantesco televisor que colgaba de la pared del despacho.

Al cabo de un rato, Arkady dijo:

—Nunca respondiste a mi pregunta.

—¿Sobre mi relación con Martin?

—Sí.

—Martin y yo somos compañeros de trabajo. —Isabel hizo una pausa y luego añadió—: Como tú y yo, Arkady.

Él apuntó con el mando hacia la pantalla y subió el volumen.

—Da buena imagen en televisión, ¿verdad? Y pensar que ni una sola palabra de lo que dice es verdad…

—No todo es mentira. Es solo que omite algún que otro detalle importante.

—¿Como por ejemplo?

—El nombre de la persona que está financiando todos esos proyectos en los que piensa gastar montañas de dinero.

—No existe tal persona. —Arkady sonrió—. Es el Señor Nadie.

Isabel apretó su copa de champán con tanta fuerza que le sorprendió que no se rompiera. Arkady pareció no darse cuenta; tenía la mirada fija en el televisor.

—También te equivocas en otra cosa —dijo por fin—. Ludmila Sorova es una compañera de trabajo. Tú, Isabel, eres algo totalmente distinto.

La presentadora del programa de la CNBC en el que aparecía Martin no era otra que Zoe Reed. El tema de la conversación eran los rumores que circulaban por Wall Street acerca de que Global Vision Investments estaba considerando la posibilidad de efectuar varias grandes transacciones en Estados Unidos, incluso en el problemático sector inmobiliario, que la empresa había evitado hasta entonces. Martin se mostró tan esquivo como siempre. Sí, reconoció que tenía varios proyectos en Estados Unidos. La mayoría, en los sectores tecnológico y energético, a los que se dedicaba tradicionalmente, aunque tampoco descartaba introducirse en el sector de los inmuebles comerciales. GVI esperaba un fuerte repunte pospandémico del sector en Estados Unidos, en cuanto un porcentaje suficiente de la población estuviera vacunada. La idea de que la pandemia cambiaría para siempre la organización del trabajo era errónea. Los estadounidenses, declaró Martin, volverían pronto a la oficina.

—Pero eso no significa que podamos volver a las andadas. Tenemos que conseguir que nuestros lugares de trabajo sean más verdes, más inteligentes y mucho más eficientes desde el punto de vista energético. Recuerda, Zoe, que no hay vacuna para evitar la subida del nivel del mar.

—¿Es cierto que están estudiando la compra de un rascacielos en el centro de Chicago?

—Estamos estudiando distintos proyectos.

—¿Y qué hay de la crispación política que vive Estados Unidos en estos momentos? ¿Le preocupa la estabilidad del mercado?

—Las instituciones democráticas del país —dijo Martin diplomáticamente— son lo bastante fuertes como para resistir la crisis actual.

La entrevista dejó pocas dudas acerca de sus intenciones. Ya solo quedaba concretar cuándo, dónde y por cuánto. La respuesta no se hizo esperar —solo tardó cinco días, de hecho—, aunque el activo en cuestión fue hasta cierto punto una sorpresa. Isabel obtuvo las firmas necesarias en la sede de NevaNeft y envió una copia de la documentación al chalé alquilado en Champel. Kremlin SA era ahora el orgulloso propietario de una torre de oficinas y viviendas de sesenta pisos en Brickell Avenue, Miami, lo que significaba que Gabriel era, a su vez, el orgulloso propietario de Arkady Akimov. Por fin había llegado el momento de aceptar a otro socio, un socio que dispusiera de la pólvora financiera necesaria para convertir en cenizas el imperio de Arkady. Pero, primero, Gabriel tenía que ocuparse de un asuntillo de otra índole en King Saul Boulevard.

43

TEL AVIV – LANGLEY, VIRGINIA

Mohsen Fakhrizadeh decía no ser más que un humilde profesor de física de la Universidad Imam Hussein, en el centro de Teherán. En realidad, era un alto funcionario del Ministerio de Defensa iraní, oficial de carrera de la Guardia Revolucionaria y director del programa de armas nucleares de Irán. Cuatro de sus científicos más destacados habían muerto violentamente a manos de asesinos de la Oficina. Fakhrizadeh, que vivía en un recinto amurallado y estaba siempre rodeado por una nutrida escolta de guardaespaldas, había sobrevivido a varios atentados contra su vida. Su racha de buena suerte terminó, no obstante, el último viernes de noviembre de 2020 en una carretera cercana a la localidad de Absard. La operación, planeada durante meses, se desarrolló con la precisión de un cuarteto de cuerda de Haydn. Al anochecer, los doce miembros del equipo de la Oficina se habían escabullido del país y el jefe del programa nuclear iraní yacía en su ataúd, envuelto en una mortaja.

Gabriel presidió el asesinato de Fakhrizadeh desde el centro de operaciones de King Saul Boulevard. Una de las primeras llamadas que recibió después fue la del director de la CIA, Morris Payne, lo que no le sorprendió, ya que no había informado a Langley de que el atentado iba a producirse. Después de felicitarle a regañadientes, Payne le preguntó si podía viajar a Washington para efectuar allí el análisis *post mortem* de la operación. Payne tenía un hueco en su agenda el lunes. Y ese hueco, dijo, llevaba el nombre de Gabriel.

—Me vendría mejor el martes, Morris.

—En ese caso —respondió Payne—, nos vemos el lunes por la mañana, a las diez.

En realidad, Gabriel estaba ansioso por hacer aquel viaje, que tenía pendiente desde hacía tiempo. Pasó el fin de semana con Chiara y los niños en Jerusalén y a última hora de la tarde del domingo subió a su avión para el vuelo de doce horas a Washington. Un comité de bienvenida de la Agencia esperaba en la pista del aeropuerto de Dulles para trasladarle a Langley. Morris Payne, que nunca había sido partidario de ceremonias, le recibió en su despacho de la sexta planta en lugar de en el reluciente vestíbulo blanco. Campechano, grandullón y profundamente conservador, con la cara de una estatua de la Isla de Pascua, Payne había estudiado en West Point, se había graduado en leyes en una universidad de la Ivy League y tras trabajar en la empresa privada había ejercido como congresista por una de las Dakotas. Cristiano ferviente, poseía un temperamento volcánico y un notable dominio de la blasfemia, del que hizo gala ante Gabriel al reprenderle por el asesinato de Fakhrizadeh. Según su versión de los hechos, Gabriel había cometido una traición de proporciones bíblicas al no advertirle con antelación de lo que iba a pasar. Deseoso de resolver el asunto, Gabriel reconoció su falta y pidió la absolución.

El enfado de Payne acabó por remitir. Después de todo, eran aliados íntimos y habían logrado muchas cosas juntos durante los cuatro años de mandato del presidente. Payne era uno de los presuntos adultos de la sala que habían intentado poner coto a los peores impulsos del presidente. A diferencia de los demás —los generales condecorados y los expertos en política exterior—, se las había ingeniado para mantenerse en buenos términos con el presidente, gracias sobre todo a la adulación constante que exigía el frágil ego de este. Se rumoreaba que Payne tenía intención de vestir la toga populista del presidente y presentarse como candidato a la Casa Blanca en el próximo ciclo electoral. De momento, sin embargo, era solo el director de un organismo del Estado que su jefe detestaba. Cada día, firmaba la información confidencial que se incluía en el dosier diario que recibía el presidente. Le confesó a Gabriel que seleccionaba con mucho cuidado el material para evitar que los secretos más sensibles de Estados Unidos cayeran en manos de su comandante en jefe.

—¿Él se ha dado cuenta?

—Hace meses que ni siquiera se molesta en leer el informe diario. A todos los efectos, el aparato de seguridad nacional del país más poderoso del mundo está en piloto automático.

—¿Cuánto tiempo pretende seguir impugnando el resultado de las elecciones?

—Me temo que esto es una lucha a muerte. Es lo único que conoce. Y, si no, que se lo pregunten a sus exmujeres. —Payne miró su reloj—. El jefe de la dinastía persa quiere reunirse con nosotros, si no te importa.

—Dentro de un minuto, Morris. Primero necesito que hablemos de un asunto en privado. Se trata de una operación que pusimos en marcha tras el asesinato de Viktor Orlov en Londres.

—¿Cómo te metiste en el asunto de Orlov?

—Es una larga historia, Morris.

—¿Dónde está teniendo lugar esa operación?

—En Ginebra.

La cara que puso Payne dejaba claro que Ginebra, ciudad cultural y diplomática, no era de su agrado.

—¿Y el objetivo? —preguntó.

—Arkady Akimov. Dirige una empresa llamada…

—Sé quién es Arkady Akimov.

—¿Sabías que se dedica a sacar el dinero del Zar de Rusia para esconderlo en Occidente? ¿Y que dirige un servicio de inteligencia privado conocido como Grupo Haydn desde su oficina en la Place du Port?

—Hemos oído rumores en ese sentido.

—¿Por qué no habéis hecho nada al respecto?

—Porque el presidente tiene alergia a las operaciones contra los intereses financieros rusos. Se pone rojo de rabia si le menciono siquiera el nombre de Rusia.

—Por eso no te invité a la fiesta, Morris.

—¿Y por qué me cuentas esto ahora?

—Avenida Brickell, trece noventa y cinco. Es una torre de sesenta pisos en el distrito financiero de Miami.

—¿Qué pasa con ella?

—Arkady y yo la compramos la semana pasada con dinero desfalcado del Tesoro Federal ruso. —Gabriel sonrió—. Una ganga por cuatrocientos millones.

—¿Qué empresas están gestionando las operaciones espejo? —preguntó Payne cuando Gabriel terminó de ponerle al corriente de la situación.

—En realidad, solo hay una entidad financiera implicada.

—¿Estadounidense?

—Alemana.

—¿El RhineBank?

—¿Cómo lo has adivinado?

—¿Eres consciente de que el RhineBank es el principal prestamista del presidente? —preguntó Payne con cautela.

—No me interesan las finanzas del presidente, Morris. Solo quiero que pidas discretamente al Departamento del Tesoro y a la Reserva Federal que pasen por alto mis actividades por el momento.

—Has olvidado mencionar el nombre de la firma de capital riesgo con sede en Ginebra que estás utilizando.

—Global Vision Investments.

—¿San Martin Landesmann? ¿Ese izquierdista que se abraza a los árboles?

—Es una forma de describirle.

—He oído que ahora se dedica al negocio de la democracia.

—Se metió en él por sugerencia mía. Creé la Alianza Global para la Democracia para poner a Martin en el radar del Grupo Haydn.

Morris Payne sonrió a su pesar.

—No está mal, Gabriel. Pero ¿cuál es el objetivo de esta operación?

—En cuanto Arkady y yo completemos nuestras compras, pediré a las autoridades estadounidenses que confisquen los bienes que hemos adquirido con fondos rusos desfalcados y congelen las cuentas bancarias de Arkady en todo el mundo. Teniendo en cuenta las simpatías prorrusas de tu jefe, dicha maniobra tendrá que esperar hasta después de la toma de posesión.

—¿Qué te hace pensar que el nuevo equipo estará de acuerdo?

—Vamos, Morris…

—¿Y los británicos? —preguntó Payne.

—Downing Street tomará medidas para paralizar los activos de Arkady en el Reino Unido y simultáneamente las autoridades suizas cerrarán sus negocios en Ginebra y expulsarán a su personal, incluidos los empleados del Grupo Haydn. Arkady no tendrá más remedio que volver a Moscú.

—Si estás en lo cierto respecto al Grupo Haydn, sus ordenadores equivalen al Santo Grial del espionaje.

—Ya los he reclamado para mí.

—¿Quién se queda con el dinero?

—Cualquiera menos el Zar.

—Si lo confiscamos, Moscú reaccionará violentamente.

—Ese dinero es un arma de destrucción masiva, Morris. Lo está usando para minar a Occidente desde dentro. Las divisiones políticas internas de Occidente son reales, pero los rusos se han dedicado a avivar las llamas. Se les da bien. Llevan más de un siglo jugando a eso. Y ahora tienen una nueva arma a su disposición. La supremacía del dólar da a Estados Unidos el poder de desarmarlos. Tenéis que actuar.

—Yo no. Me voy de aquí el veinte de enero a mediodía. —Payne hizo una pausa y añadió—: Si es que aguanto hasta entonces.

—¿Estás en apuros?

—Al parecer, no he mostrado suficiente lealtad después de las elecciones.

—¿Qué quería que hicieras?

—Cambiemos de tema —dijo Payne.

—Las operaciones espejo.

—Hablaré con el Tesoro y la Reserva Federal.

—Con discreción, Morris.

—La Agencia sabe guardar un secreto.

—No eres tú quien me preocupa —dijo Gabriel—. ¿Te acuerdas de esa operación secreta que monté en Siria contra el Estado Islámico? ¿La que tu jefe le contó con todo lujo de detalles al ministro de Exteriores ruso en el Despacho Oval?

—Qué vergüenza pasé —contestó Payne.

—Ya somos dos, Morris.

44

GINEBRA

A la mañana siguiente, la operación aceleró su marcha. Libre ya del temor a la vigilancia financiera estadounidense, Gabriel ordenó a Isabel que presionara a Anil Kandar para que efectuara operaciones espejo cada vez más cuantiosas. Las remesas diarias de dólares blanqueados aumentaron bruscamente y al final de la semana había suficiente efectivo en la caja para costear otra compra. Esta vez fue, como se rumoreaba, el edificio de oficinas de West Monroe Street, en Chicago, que Martin compró por quinientos millones de dólares a un fondo inmobiliario con sede en Charlotte. Cedió la gestión del edificio a la misma empresa que se encargaba del número 1395 de Brickell Avenue. Ninguno de los implicados en la transacción se planteó la posibilidad de que los verdaderos propietarios del inmueble fueran Arkady Akimov y su amigo de la infancia en la calle Baskov. Ninguno, salvo el director de la Agencia Central de Inteligencia, que mandó a Gabriel un mensaje seguro por cable felicitándole por su reciente maniobra en el mercado inmobiliario comercial estadounidense.

El socio ruso de Gabriel, por su parte, parecía vivir felizmente en la ignorancia de que su imperio financiero —por no hablar de su servicio de inteligencia privado— se hallaba en grave peligro. Todas las tardes recibía en su despacho al instrumento de su caída y firmaba los documentos que sellarían su destino. Su confianza en

Isabel era tan completa que desde la segunda semana de diciembre no volvió a pedirle que dejara el móvil en la caja de bloqueo de señales, sobre la mesa de Ludmila Sorova. Las grabaciones confirmaron los temores de Isabel respecto a los sentimientos de Arkady. En un intento por enfriar el ardor del ruso, un miércoles por la noche Gabriel la envió a París para una cita amorosa con Martin, pero la treta pareció surtir el efecto contrario al deseado. Arkady Akimov, varias veces milmillonario, estaba acostumbrado a conseguir lo que quería. Y quería a Isabel Brenner en su cama.

Gabriel no tenía intención de permitir que su agente se viera atrapada en un triángulo amoroso, aunque fuera ficticio. Pero, utilizados con sensatez, los sentimientos de Arkady podían ayudar a acelerar las cosas y poner fin a la operación. Gabriel había generado ya suficientes delitos financieros para acabar con NevaNeft y el Grupo Haydn. Ahora ya solo hacía falta que cambiara el Gobierno de Washington. El 14 de diciembre, el Colegio Electoral confirmó oficialmente la derrota del presidente saliente. El último paso del trámite electoral, la validación del Congreso, que era en gran medida una ceremonia, tendría lugar tres semanas después, el miércoles 6 de enero. El presidente derrotado pidió a los republicanos de la Cámara de Representantes y el Senado que aprovecharan la ocasión para subvertir el resultado de las elecciones. *Demasiado pronto para rendirse*, escribió en Twitter. *La gente está muy enfadada*. La gente también se moría de coronavirus en mayor número que nunca antes, pero el presidente, desesperado por mantenerse en el poder, parecía no darse cuenta ni preocuparse por ello.

Tampoco pareció notar que el financiero suizo y activista de tendencias izquierdistas Martin Landesmann se había introducido en el mercado inmobiliario comercial estadounidense. La siguiente adquisición de Martin, sin embargo, estaba más en consonancia con sus antecedentes: una fábrica de aerogeneradores en Arizona. Al día siguiente compró SunTech, una empresa de paneles solares con sede en Fort Lauderdale. AeroParts, en Salina, Kansas, fue la siguiente, seguida poco después por Columbia River Organic Foods, en Portland.

Su última compra del año, un edificio de oficinas en el Canary Wharf londinense, se produjo el viernes de esa semana, cuando comenzaban extraoficialmente las que prometían ser las vacaciones de invierno más deprimentes desde los días más negros de la Segunda Guerra Mundial. Isabel llevó la documentación a la sede de NevaNeft a las cinco y media y por primera vez desde hacía muchos días Ludmila Sorova le pidió que dejara el teléfono antes de entrar en el despacho de Arkady. Una hora más tarde, cuando salió a la Place du Port, llevaba el bolso colgado del hombro izquierdo y no del derecho, señal de que había algún problema. Mientras cruzaba la Rue du Purgatoire, llamó a Martin y le explicó con calma de qué se trataba.

—¿A que no adivinas quién me ha invitado a cenar mañana por la noche?

—¿Qué le has dicho?

—Que le contestaría mañana por la mañana.

—¿Quién más va a estar presente?

—Nadie.

—¿De qué vais a hablar?

—Oksana se va unos días a Moscú. Estaremos los dos solos. ¿Qué quieres que haga, Martin?

La llamó a las nueve de la mañana siguiente para darle su respuesta. La ligereza de su tono delataba que estaba hablando en nombre de Gabriel.

—Me parece bien. De hecho, puede que nos beneficie para futuros negocios.

—¿Y si intenta seducirme?

—Improvisa. —Tras una pausa, Martin añadió—: Si crees que puedes manejarle, claro.

282

—Si puedo manejarte a ti, puedo manejar a Arkady Akimov.

—No sabía que me estabas manejando.

—Entonces, creo que tendré que esforzarme más la próxima vez.

—Hazlo, por favor.

Isabel tenía previsto telefonear a Arkady para darle la noticia a mediodía, pero él la llamó cinco minutos después de que terminara su conversación con Martin. No pareció sorprendido en absoluto cuando aceptó la invitación, aunque sí muy complacido.

—Mi chófer irá a recogerte a tu apartamento a las siete —le dijo, y colgó bruscamente.

No se molestó en pedirle la dirección.

45

FÉCHY, CANTÓN DE VAUD

El ostentoso chalé de Arkady brillaba como un árbol de Navidad, pero en sus enormes salones de ceremonias reinaba un ambiente de repentino abandono. Isabel imaginó que el chófer la había llevado por error a la mansión de Gatsby en West Egg a la mañana siguiente de la trágica muerte de Myrtle en el valle de las cenizas. De hecho, esperaba encontrar a Arkady como Nick Carraway encontraba a su enigmático vecino: reclinado en una mesa del vestíbulo, bajo el peso del abatimiento o el sueño. Arkady, sin embargo, la recibió alegremente en su salón, que, al igual que el despacho de la planta de arriba, estaba impecablemente decorado, aunque aquí el piano era un Bechstein Concert B 212 y no un Bösendorfer.

Sacó una botella abierta de Montrachet de una champanera de cristal y sirvió dos copas. Al alcanzarle una a Isabel, la besó en las mejillas. El contacto fue como un chispazo de electricidad estática.

—Estás preciosa, Isabel. Claro que siempre lo estás. —Arkady levantó su copa—. Muchas gracias por aceptar mi invitación. Temía que no vinieras.

—¿Por qué?

—Porque tu visita anterior a esta casa fue…

—Desagradable por momentos —dijo Isabel.

—Pero lucrativa, ¿no?

—Increíblemente lucrativa.

—Espero que Martin esté velando por tus intereses.

—Ha sido muy generoso.

—¿Sabe que estás aquí?

—¿Tú qué crees?

—Creo que le llamaste en cuanto saliste de mi oficina anoche para preguntarle qué debías hacer.

—¿Tienes pinchado mi teléfono? —preguntó Isabel en tono burlón.

—Por supuesto. —Su sonrisa era desarmante—. Y también leemos tus mensajes de texto y tus correos electrónicos.

—¿Así es como has averiguado mi dirección?

—Claro que no. Simplemente, te seguimos a casa una noche cuando saliste del trabajo. —Arkady abrió una caja china lacada—. Tu teléfono, por favor.

Isabel puso dentro el dispositivo y cerró la tapa.

—¿Así tratas a todas las mujeres a las que intentas seducir?

—¿Tanto se me nota?

—Sí, desde hace tiempo.

—Y aun así Martin te ha permitido venir.

—Porque le aseguré que era una cena de negocios y que no pasaría nada.

—Es una cena de negocios. En cuanto a si va a pasar algo… —Arkady se encogió de hombros—. Eso depende totalmente de ti.

Fuera, el jardín dispuesto en terrazas estaba tan iluminado como el Foro Romano de noche.

—Es precioso —comentó Isabel.

—Sí —dijo él con indiferencia—. Aunque no tanto como tú.

Isabel aceptó el cumplido en silencio.

—¿Puedo hacerte una pregunta, Isabel?

—No.

—¿Por qué una mujer como tú se lía con un hombre casado? Y, por favor, no te molestes en negarlo.

—¿También me has seguido hasta París?

—El apartamento está en el Quai du Bourbon.

—Me lo tomaré como un sí.

Él suspiró.

—Seguramente ya sabías que, trabajando para un hombre como yo, no podías esperar conservar ninguna zona de privacidad.

—No trabajo para ti. Trabajo para Martin.

—¿Y cuando se aburra de ti?

—Me consolaré pensando que ahora soy una mujer muy rica.

—¿Cómo de rica?

—Arkady, por favor.

—¿Siete cifras? ¿Ocho, quizá? —Hizo un ademán despectivo—. Eso no es nada. Yo estoy dispuesto a hacerte rica de verdad. Tan rica como para tener una mansión como esta. Más rica de lo que puedas imaginar.

—¿Y qué tendría que hacer a cambio?

—Dejar a Martin Landesmann y venir a trabajar para mí.

Isabel se rio a su pesar.

—¿Qué te hace tanta gracia?

—Pensaba que querías que me convirtiera en tu amante.

—Así es —contestó Arkady—. Pero soy un hombre muy paciente.

El comedor estaba adornado con arañas de cristal e iluminado por la luz de las velas. En un extremo de la mesa, ridículamente larga, se habían dispuesto dos cubiertos. Camareros con chaquetilla blanca sirvieron el primer plato, consistente en lentejas verdes y caviar.

—Habrás estado todo el día liado en la cocina para hacer esto —bromeó Isabel.

—Mi chef trabajaba antes para Alain Ducasse en París.

—Qué casualidad, el mío también.

—¿Tienes servicio en esa chocita en la que vives en el casco antiguo?

—Una señora senegalesa muy amable viene a recogerme la casa todos los viernes por la tarde.

—Necesitas una casa más grande.

—Estoy pensando en una, en Cologny.

—Buena idea. Quizá esto te ayude.

Le entregó un documento de una sola página que detallaba los términos de su oferta. Esta incluía una prima única de cincuenta millones de francos suizos —el equivalente a cincuenta y seis millones de dólares—, a pagar a la firma del contrato, y un salario anual de diez millones de francos. El grueso de sus ganancias, sin embargo, procedería de las primas anuales, que según el documento nunca bajarían de ocho cifras.

—No sé nada del negocio del petróleo.

—No trabajarás en esa parte de la empresa. De hecho, ni siquiera tendrás el despacho en la sede de NevaNeft. El tuyo estará a la vuelta de la esquina, en la Rue de Rhône.

—¿Qué haré allí?

—Nominalmente, serás la propietaria de una pequeña empresa de inversiones.

—¿Y en realidad?

Arkady sonrió.

—Te dedicarás a «procesar».

Isabel dejó el documento sobre la mesa.

—Esto es un error, Arkady. Soy más valiosa para ti en GVI.

—Mi relación con Martin ha sido extremadamente lucrativa. Esas fabulosas torres de oficinas en Estados Unidos y Londres son prueba de ello. Pero GVI por sí sola no puede ocuparse del volumen de procesamiento que requieren mis negocios. Necesito una docena de Martins trabajando de sol a sol. Y tú estarás en el podio, manejando la batuta. Serás mi *kapellmeister*.

Isabel tocó el documento con la punta del dedo índice.

—Aquí no dice nada de que me acueste contigo.

—Mi abogado me aconsejó que no lo pusiera por escrito.

—¿Es un requisito del trabajo?

—No seas absurda.

—¿Y si no me interesara?

—Se me romperá el corazón, pero no afectará a nuestra relación laboral. —Empujó la hoja por la mesa—. Es tuya, quédatela. Tómate todo el tiempo que necesites.

Después, dio por zanjado el asunto por el momento. Isabel se preparó para oír una proposición sexual, pero se llevó una grata sorpresa cuando él le preguntó por su infancia en Tréveris. Arkady le contó que había visitado la ciudad en 1985, cuando trabajaba en el servicio diplomático de la Unión Soviética. Isabel escuchó sus mentiras fingiendo prestar atención, con la mano en la barbilla. Confiaba en ser la mitad de convincente que él. Evidentemente, había interpretado bien su papel. ¿Cómo explicar, si no, que Arkady le hubiera ofrecido un puesto de responsabilidad en Kremlin SA? Lamentablemente, no podría aceptarlo, porque la «empresa» afrontaría muy pronto un periodo de inestabilidad sin precedentes.

Volvieron al salón para tomar el café. Arkady se sentó ante el Bechstein y tocó la *Sonata Claro de luna*. Fue una interpretación digna de Murray Perahia o Alfred Brendel.

—Te has equivocado de oficio —comentó Isabel.

—Tenemos eso en común, tú y yo. —Bajó la tapa del piano—. Las mujeres suelen derretirse cuando toco esta pieza. Pero tú no, Isabel.

Ella miró su reloj de pulsera.

—Es tarde.

—¿Tan mal he tocado?

—Ha sido el broche perfecto para una velada encantadora.

—¿Considerarás mi oferta?

—Por supuesto.

Arkady se apartó del piano y levantó la tapa de la caja de bloqueo de señales.

—¿Qué vas a hacer estas fiestas?

—Esconderme del virus. ¿Y tú?

—Oksana y yo vamos a pasar la Navidad aquí, en Féchy, pero celebraremos la Nochevieja con unos cuantos amigos en Courchevel.

—¿Unos cuantos amigos?

—En realidad, habrá bastante gente.

—Creía que la estación de esquí estaba cerrada por la pandemia.

—Y lo está, pero he comprado todas las motos de nieve que había en Les Trois Vallées para llevar a mis invitados a lo alto de la montaña. Varios personajes importantes vendrán de Moscú para la ocasión. —Le entregó a Isabel su teléfono—. Insisto en que nos acompañes.

—No quisiera molestar.

—No molestarás. De hecho, uno de mis invitados me pidió expresamente que te invitara.

—¿De verdad? ¿Quién?

Arkady la tomó del brazo.

—Mi chófer te llevará de vuelta a Ginebra.

46

GINEBRA – COSTA DE PRATA, PORTUGAL

Al día siguiente la despertó el sonido de su teléfono móvil, poco después de las ocho de la mañana. Tocó el icono de aceptar y se acercó el aparato a la oreja.

—¿No he leído en alguna parte que nunca te levantas antes del mediodía?

—Periodistas —respondió Anna Rolfe con desdén.

—Si no recuerdo mal, era una cita directa.

Anna se rio.

—Espero no haberte despertado.

—La verdad es que me has despertado. Anoche me acosté bastante tarde.

—¿Cómo se llama él?

—Prefiero no decírtelo.

—Yo también he tenido noches así, unas cuantas —reconoció Anna.

—También he leído algo sobre eso.

Anna le preguntó qué planes tenía para las vacaciones. Isabel le dijo lo mismo que a Arkady la noche anterior: que pensaba refugiarse en su piso de la Ciudad Vieja.

—Tengo una idea mejor —dijo Anna—. Vámonos de viaje. Solas las dos.

—¿Adónde?

—Es una sorpresa.

—¿Y cómo hago el equipaje?

—En una maleta, supongo.

—¿Frío o calor?

—Frío —contestó Anna—. Y humedad.

—Temía que fueras a decir eso.

—Nos vemos en el aeropuerto de Ginebra a las doce del mediodía. Martin ha accedido a prestarnos su avión.

—¿Del mediodía de hoy?

—Sí, claro.

—¿Con violonchelo o sin él?

—Con violonchelo, desde luego —respondió Anna antes de colgar.

Isabel cerró los ojos e intentó dormir un poco más, pero fue inútil; el sol entraba por la ventana y las ideas se le agolpaban en la cabeza. Dudaba de que la llamada inesperada de Anna fuera tan espontánea como parecía. De hecho, estaba casi segura de que tenía algo que ver con la invitación que le había hecho Arkady después de tocar la *Sonata Claro de luna* de Beethoven. En ese momento, tenía el teléfono en la mano y el medidor de señal indicaba que se había vuelto a conectar a la red de telefonía móvil. Había otras personas escuchando.

En la cocina, preparó una cafetera y vio las últimas noticias sobre las elecciones en Estados Unidos. Al parecer, los abogados del presidente saliente estaban preparando un último recurso ante el Tribunal Supremo para anular los resultados electorales del estado de Pensilvania, un campo de batalla crucial. Era, según un analista jurídico, el último cartucho de un hombre desesperado.

Isabel apagó la televisión. Después de ducharse y vestirse, metió en la maleta ropa suficiente para pasar varios días en un clima frío y húmedo. A las doce menos cuarto, vigilada por dos empleados del Grupo Haydn, metió la maleta y el violonchelo en la parte trasera de un Uber en la Rue de l'Hôtel-de-Ville. Como era

291

domingo, el trayecto hasta la terminal privada del aeropuerto de Ginebra duró solo diez minutos. Anna ya estaba a bordo del Gulfstream de Martin, con el móvil al oído.

—Mi agente —susurró, y continuó hablando hasta que el avión despegó y se cortó la conexión. El teléfono de Isabel también se quedó sin cobertura. Aun así, Anna metió los dos dispositivos en una funda de bloqueo de señales y cerró la solapa de velcro.

—¿Desde cuándo viajas con una jaula de Faraday?

Anna sonrió, pero no respondió.

—¿Adónde vamos? —preguntó Isabel.

—A mi villa en Portugal.

—¿Solo nosotras?

—No. Nuestro amigo común también estará allí.

—¿Puedo hacerte una pregunta?

—Es una larga historia, Isabel.

—¿Tiene un final feliz?

Anna sonrió con tristeza.

—Qué más quisiera yo.

Un Audi sedán las esperaba en el FBO del aeropuerto de Lisboa. Para consternación de Isabel, Anna se empeñó en conducir. Mientras circulaban a toda velocidad hacia el norte por la A8, habló sin descanso de su carrera, de sus matrimonios fallidos, de sus desastrosas relaciones amorosas y su lucha contra el trastorno bipolar que sufría desde siempre, todo ello para que lo captara el teléfono de Isabel, que descansaba en la consola central del coche, cargado por completo y conectado a la red móvil portuguesa.

—¿Y qué me cuentas de ti? —preguntó por fin—. Háblame de tu trabajo con Martin.

—Estamos comprando todo lo que se nos pone por delante.

—Algo he leído sobre un rascacielos en Miami.

—Y en Chicago y Londres, también. —Isabel miró el velocímetro—. ¿No crees que deberías pisarle un poco menos?

—¿Que le pise más, dices?

Cuando llegaron a la Costa de Prata, el sol era un disco de color naranja intenso suspendido sobre un mar de cobre. El chalé de Anna estaba en la cima de una colina boscosa que dominaba el pueblo pesquero de Torreira. Anna atravesó a toda prisa la puerta de seguridad, que estaba abierta, y un momento después se detuvo dando un frenazo en el patio de grava, donde un hombre mayor esperaba a la luz tenue del atardecer. Con su pelo blanco y su piel curtida, a Isabel le recordó a Pablo Picasso. Parecía aliviado por que hubieran llegado sanas y salvas desde Lisboa.

—Este es Carlos —explicó Anna—. Cuando no está cuidando mi tejado y mi viñedo, cuida de mí. Si no fuera por él, no tendría mano izquierda, y mucho menos una carrera. ¿Verdad, Carlos?

El hombre ignoró la pregunta y fijó la mirada en un Volkswagen Passat.

—Tiene visita —dijo, muy serio.

—¿De verdad? ¿Quién?

—El *senhor* Delvecchio. Llegó esta tarde.

—¿Después de tantos años?

—Ha dicho que le esperaba usted.

—Espero que hayas sido muy grosero con él.

—Por supuesto, *senhora* Rolfe.

Isabel dejó su teléfono en el Audi y siguió a Anna al interior de la villa. En el confortable cuarto de estar se encontraron con otro miembro del servicio que parecía preocupado. Era María Álvarez, cocinera y asistenta de Anna desde hacía mucho tiempo.

—¿Qué habéis hecho con él? —preguntó Anna.

María señaló la terraza, donde una figura silueteada aguardaba de pie junto a la balaustrada, observando cómo el sol se hundía en el Atlántico.

—Será mejor que pongas un cubierto más para la cena.

—Como usted diga, *senhora* Rolfe.

Anna se quedó en el cuarto de estar mientras Isabel salía a la terraza.

—¿Quién es el *senhor* Delvecchio? —le preguntó a la figura apostada junto a la balaustrada.

Gabriel respondió por encima del hombro:

—Antes era yo.

—El servicio de Anna no parece tenerte mucho aprecio.

—Con razón, me temo.

—¿Le hiciste daño?

—Evidentemente.

—Sinvergüenza —siseó Isabel.

Dentro de la casa, Anna estaba llenando tres copas con vino de Oporto *tawny* bien frío. Le dio una a Gabriel y sonrió.

—Confío en que el servicio te haya tratado amablemente cuando has llegado.

—Puedo imaginarme las cosas que dijisteis de mí después de que me marchara. —Se sacó el móvil del bolsillo de la pechera de la chaqueta—. Necesito hablar con Isabel a solas.

Anna se acercó al sofá y se sentó.

—Si no sales de esta habitación, tendrás que quedarte bajo vigilancia armada durante una buena temporada.

—Qué maravilla. De hecho, creo que voy a confinarme hasta que pase la peste.

—Por favor, confínate en la habitación de al lado. O mejor aún, ¿por qué no subes a ensayar? Ya sabes cuánto me gustaba escucharte tocar el mismo arpegio una y otra vez.

Anna recogió su copa y se retiró. Gabriel se sentó en su lugar e introdujo una larga contraseña en su teléfono. Un momento después, el teléfono emitió la voz de un hombre que hablaba alemán con acento de Ostländer.

—*Varios personajes importantes vendrán de Moscú para la ocasión. Insisto en que nos acompañes.*

294

—*No quisiera molestar.*

—*No molestarás. De hecho, uno de mis invitados me pidió expresamente que te invitara.*

—*¿De verdad? ¿Quién?*

Gabriel puso en pausa la grabación.

—Parece que la noche fue bien.

—No tan bien como esperaba Arkady.

—¿Se te insinuó?

—Es una forma de decirlo.

—¿Cuál sería otra?

—Le gustaría que tuviéramos un acuerdo a largo plazo.

—¿De carácter sexual?

—Y profesional. —Isabel le entregó la oferta de Arkady.

—Las condiciones son bastante generosas —comentó Gabriel después de echarle un vistazo—. Pero ¿qué quiere exactamente que hagas a cambio de todo ese dinero?

—Quiere que sea su *kapellmeister*.

—¿Es decir?

—Que sirva de enlace entre el Kremlin SA y el sector de los servicios financieros de Occidente. —Hizo una pausa—. La lavandera jefe.

—Obviamente, está muy impresionado con tu trabajo.

—Eso parece.

Gabriel reajustó la barra de progreso de la grabación y tocó el icono de PLAY.

—*… De hecho, uno de mis invitados me pidió expresamente que te invitara.*

—*¿De verdad? ¿Quién?*

Detuvo la grabación por segunda vez.

—Anoche, después de que llegaras a casa sana y salva, llamé a un viejo amigo que trabaja para la DGSI, el servicio de seguridad interior francés. Le pregunté si su Gobierno tenía noticia de que algún ruso de primera fila estuviera planeando celebrar el

Año Nuevo en Courchevel. Y mi buen amigo, tras llamar a un contacto en el Service de la Protection, me dio un nombre.

—¿Qué es el Service de la Protection?

—El SDLP es una unidad de élite de la policía nacional francesa que se ocupa de la seguridad del presidente y de los mandatarios extranjeros que están de visita en Francia.

—¿Es un funcionario del Gobierno, ese personaje importante de Moscú?

—Y de los gordos, además.

—¿Quién es?

—El director general del Kremlin SA. —Gabriel sonrió—. El gran jefe en persona.

47

COSTA DE PRATA, PORTUGAL

El viejo amigo de Gabriel en la DGSI francesa era un tal Paul Rousseau. Juntos, habían desmantelado la división de terrorismo exterior del Estado Islámico, lo que le había valido a Gabriel la gratitud y la admiración de las autoridades policiales francesas. De ahí que Rousseau le revelara datos confidenciales acerca de la visita inminente del presidente ruso a Francia, datos que Gabriel le comunicó a Isabel en el entorno íntimo de la villa de Anna Rolfe en la Costa de Prata.

El presidente ruso, explicó, tenía previsto llegar a las dos de la tarde la víspera de Año Nuevo. Su avión, un Ilyushin Il-96 modificado, aterrizaría en el aeropuerto de Chambéry. Allí, embarcaría en un helicóptero del Gobierno francés para el breve vuelo a Courchevel, donde asistiría a una fiesta en un chalé de lujo propiedad del comerciante de petróleo y oligarca Arkady Akimov. Se esperaba también la asistencia de destacados empresarios y políticos franceses, entre ellos varios líderes de la extrema derecha, a la que el presidente ruso apoyaba clandestinamente. Un equipo de doce agentes del Servicio de Seguridad Presidencial ruso —una escolta de «presencia moderada», en la jerga del oficio— se encargaría de protegerle dentro del chalé. El SDLP vigilaría el perímetro de la finca, con el apoyo de agentes uniformados de la Police Nationale. Se estimaba que el presidente abandonaría el chalé a las doce y un minuto de la noche. La hora prevista de salida del aeropuerto de Chambéry era la una y cuarto.

—A menos, claro, que se retrase, como suele ocurrir.

Como casi todo en la Nueva Rusia, continuó Gabriel, el Servicio de Seguridad Presidencial ruso era un remanente del KGB. Conocido anteriormente como el Noveno Directorio, había sido la guardia pretoriana de la élite del Partido Comunista. Ahora solo protegía al presidente, a su familia y al primer ministro. Sus agentes procedían principalmente de las *Spetsnaz*, las fuerzas especiales rusas. Eran asesinos bien trajeados y fanáticos seguidores del hombre al que servían.

—No obstante, los franceses estarán al mando mientras el presidente ruso esté en su territorio. Courchevel está muy aislado, hay solo una carretera de entrada y salida y una pista de aterrizaje en la cima de la montaña que es poco más que un helipuerto. Si surge algún problema, puedo pedir a mis amigos del Gobierno francés que lo cierren.

—Entonces, ¿no hay ningún peligro?

—Siempre hay peligro tratándose de los rusos. Pero creo que podemos gestionarlo. Si no, ni siquiera me plantearía que asistieras.

—¿No sospechará Arkady si me niego?

—No, si tienes una buena excusa.

—¿Como cuál?

—Un caso grave de COVID que exige tu hospitalización en Ginebra.

—¿La mentirijilla que tapa la gran mentira?

Desde el piso de arriba les llegó el sonido de un arpegio en sol menor. Gabriel se levantó, se acercó a la gran chimenea de piedra y colocó una pira de madera de olivo bien seca sobre un lecho de astillas.

—¿Cuánto tiempo viviste aquí? —preguntó Isabel.

—Seis meses y catorce días. Unos meses después, mientras restauraba un cuadro en Venecia, conocí a la mujer con la que un día me casaría.

—¿Un día?

—Mi vida era bastante complicada en aquel entonces.

—No tanto como la mía en estos momentos.

—Eso tienes que agradecérmelo a mí.

—Fui yo quien le dio esos documentos a Nina.

—Y ahora te han invitado a pasar la Nochevieja con el presidente de Rusia.

—¿Como habías planeado desde el principio?

—No, nada de eso. —Gabriel acercó una cerilla encendida a las astillas y volvió al sofá—. El presidente ruso y yo somos enemigos jurados desde hace muchos años. Últimamente le iba ganando la partida, pero él igualó el marcador al matar a mi amigo Viktor Orlov. Nada le gustaría más que matarme a mí también. De hecho, lo ha intentado en varias ocasiones. Dos veces, con una bomba. La última iba adosada a una niña.

—Dios mío —murmuró Isabel.

—Me temo que Dios no tuvo nada que ver con lo que pasó esa noche. El presidente ruso no es un estadista, Isabel. Es el padrino de un régimen de mafiosos que tiene a su disposición armas nucleares. No son mafiosos corrientes. Son mafiosos rusos, lo que significa que se cuentan entre las personas más crueles y violentas del mundo. Por eso hemos hecho todo lo posible por protegerte. Y por eso me resisto a dejarte ir a Courchevel.

—¿Por qué crees que quiere conocerme?

—Yo diría que quiere hacerte una o dos preguntas antes de autorizar que Arkady te contrate. Después de todo, el dinero es suyo. Arkady solo es un mandado.

—¿Y si paso la prueba?

—Tendríamos una agente en el corazón mismo de Kremlin SA. —Gabriel hizo una pausa—. Le tendríamos en nuestro poder.

—¿Al gran jefe?

Él asintió con la cabeza.

—¿Y cuando esto acabe?

—Lamentablemente, tendrás mucho tiempo para practicar con el chelo.

—¿Cuánto tiempo tendré que estar escondida?

—Si lo dejas ahora, no mucho. Pero si entras a trabajar para el Kremlin SA... —Gabriel dejó la frase en suspenso.

—Agradezco tu sinceridad.

—Nunca te he mentido. Solo he mentido a Arkady.

—Y él se cree tus mentiras. Y las mías también.

—¿Estás improvisando otra vez?

Arriba, Anna estaba tocando el *Capricho número 10* de Paganini. Sonriendo, Isabel levantó la mirada hacia el techo.

—¿No te encanta oírla ensayar?

—Inmensamente.

—¿Me estás mintiendo ahora?

Gabriel cerró los ojos.

—Eso nunca, Isabel.

Esa misma noche, tras tomar una comida tradicional portuguesa que María Álvarez le sirvió con desdén, Gabriel intentó preparar a Isabel para el mal trago que suponía estar en la misma habitación que el hombre más poderoso del mundo. Un repaso somero a fotografías y vídeos de prensa puso de manifiesto el notable cambio físico que había sufrido el presidente ruso durante las dos décadas transcurridas desde su ascenso al poder. Las mejillas hundidas y las ojeras eran cosa del pasado. Ahora tenía el rostro encerado de un cadáver expuesto en un mausoleo. Cuando caminaba, el brazo derecho —que se había roto durante una pelea callejera en Leningrado— le colgaba rígido junto al costado. Grosero y vulgar a propósito, gozaba haciendo que los demás se sintieran incómodos. Los sucesivos líderes de Estados Unidos y Europa Occidental salían de las reuniones horrorizados por sus modales. La postura despatarrada, la exhibición de la entrepierna, la mirada fija de esos ojos muertos.

—Al igual que su amigo Arkady Akimov, habla bien alemán, por lo que sin duda se dirigirá a ti en tu lengua materna y no en inglés, que habla mal. Puedes desearle feliz Año Nuevo, pero aparte de eso no intentes entablar conversación con él. Deja que sea él quien haga las preguntas y responde concisamente y sin rodeos. Y, si te pones nerviosa, no dudes en decirlo. Es un asesino en serie. Está acostumbrado a que la gente se ponga nerviosa en su presencia.

La preparación de Isabel continuó a la mañana siguiente, cuando Eli Lavon y Christopher Keller llegaron de Ginebra. Lavon, que hablaba ruso y alemán, se ofreció a hacer de Vladimir Vladimirovich para ensayar el encuentro, pero el simulacro terminó casi enseguida, porque su intento de parecer amenazador solo dio como resultado el que Isabel pusiera cara de lástima. Más tarde, tras un descanso para comer, la sometieron a varios simulacros de interrogatorio que superó sin dificultades. Gabriel dirigió el último. Al terminar, dejó su Beretta de nueve milímetros sobre la mesa.

—¿Y qué pasará si sacan una de estas? ¿O si te golpean con ella? ¿Qué harás entonces, Isabel?

—Decirles todo lo que quieran saber.

—Todo —repitió Gabriel—. Incluyendo mi nombre y mi número de teléfono. ¿Está claro?

Ella asintió.

—Recítalo, por favor.

Isabel obedeció.

—Otra vez, por favor.

Suspiró.

—Repasé el balance completo del RhineBank en menos de una hora. Soy capaz de recordar un número de teléfono.

—Hazme ese favor.

Isabel repitió el número sin equivocarse y luego se recostó en su asiento, agotada. Lo que necesitaba, pensó Gabriel, no era más entrenamiento, sino unos días de merecido descanso.

La dejó en manos de Anna Rolfe y se dedicó a la tarea de trasladar el dispositivo de la operación desde Suiza a la encantadora estación de esquí de Courchevel. Situada a ciento treinta y cinco kilómetros al sur de Ginebra, era un patio de recreo exclusivo para ricos y gente guapa; especialmente, para millonarios rusos. El chalé de Arkady estaba en la Rue de Nogentil. Intendencia consiguió alquilar una casa vacía en la misma calle por solo treinta mil la noche, con una estancia mínima de siete días, sin excepciones en temporada alta ni reembolso en caso de cancelación. Al igual que el presidente ruso, Gabriel pensaba llegar con una escolta moderada. Excepto Christopher Keller, todos los miembros de su personal serían israelíes, aunque sus pasaportes, permisos de conducir y tarjetas de crédito no los identificaran como tales.

La mañana de Navidad, los preparativos habían terminado. Solo faltaba la invitación de Arkady, que Isabel aún no había aceptado. Una vez más, Gabriel esperó a que el multimillonario ruso tomara la iniciativa. Arkady pasó el día tranquilamente con su joven esposa en Féchy; Isabel lo pasó con su amiga Anna Rolfe en la Costa de Prata. A media mañana dieron un paseo por la playa azotada por el viento y esa noche cenaron con tres viejos amigos, entre ellos un inglés muy atractivo que en tiempos había recibido el encargo de matar a Anna durante un recital en Venecia. Fue, según declaró ella, la cena más agradable que había celebrado en muchos años.

No tuvieron noticias de Arkady el día 26 ni el 27, pero el lunes 28 llamó al móvil de Isabel y, al no recibir respuesta, dejó un largo mensaje en el buzón de voz. Ella esperó hasta el martes por la mañana para devolverle la llamada.

—Pero ¿por qué no? —preguntó Arkady, decepcionado.

—Porque no conozco a nadie y no hablo ni una palabra de ruso.

—La lista de invitados incluye a mucha gente que no es rusa. Y, si no vienes, mi amigo de Moscú se molestará.

—¿Quién es tu amigo, Arkady?

—Una figura muy importante del Kremlin. Es lo único que puedo decirte.

Isabel exhaló lentamente.

—Eso me ha sonado a un sí —dijo él.

—Con dos condiciones.

—Tú dirás.

—Iré por mi cuenta.

—El trayecto en coche por la montaña no es fácil.

—Soy alemana. Me las arreglaré.

—¿Y la otra?

—Que te comportes, sobre todo cuando esté cerca tu mujer.

—Haré lo que pueda.

Isabel miró a Gabriel, que hizo un gesto de asentimiento.

—Muy bien, Arkady. Tú ganas.

—Estupendo. Me he tomado la libertad de reservarte la *suite* más grande del Hôtel Grand Courchevel. El jefe de reservas se llama Ricardo. Ha prometido cuidar muy bien de ti.

—No deberías haberlo hecho.

—Es lo menos que podía hacer.

—¿A qué hora es la fiesta?

—Los primeros invitados deberían empezar a llegar sobre las nueve. Mi chalé está en la calle de Nogentil, en el Jardin Alpin. Es el más grande de Courchevel, no tiene pérdida —dijo en tono jactancioso antes de colgar.

48

COURCHEVEL, FRANCIA

Fue Jean-Claude Dumas, director general del elegante K2 Palace, quien describió desdeñosamente a la clientela del Hôtel Grand Courchevel como «personas mayores con sus padres». El hotel tenía treinta habitaciones, decoradas con discreción y de tamaño modesto. Uno no iba al Grand por los accesorios dorados y las *suites* del tamaño de un campo de fútbol, sino a disfrutar del sabor de la Europa de antaño; a tomarse tranquilamente un Campari en el bar o un café en la sala de desayuno mientras leía *Le Monde*. Nunca, eso sí, en traje de esquí: los huéspedes esperaban hasta después del desayuno para ponerse el atuendo con el que salían a las pistas. El servicio inalámbrico de Internet del hotel —una adición reciente, hecha de mala gana, a su breve lista de comodidades— tenía fama de ser el peor de Courchevel e incluso de todos los Alpes franceses. Pero los devotos del Grand rara vez se quejaban.

El día de Nochevieja, a la una y media de la tarde, el impecable vestíbulo del Grand estaba silencioso como una cripta. El bar se hallaba cerrado por decreto del Gobierno, igual que la sala de desayuno, el asador, el gimnasio, el *spa* y la piscina cubierta. La cocina funcionaba con el personal imprescindible y el servicio de habitaciones «sin contacto» era la única opción para comer en el hotel. En ese momento, solo había dos habitaciones ocupadas.

Con los remontes de la estación cerrados y las discotecas clausuradas, Courchevel era una lujosa ciudad fantasma.

La mayoría de los hoteles estaban también cerrados, pese a que era plena temporada de invierno. El soberbio Grand, en cambio, seguía abierto. Por el bien de sus empleados de toda la vida, la dirección se había negado a rendirse a la oleada pandémica, aunque ello supusiera perder dinero a diario. Inesperadamente, el hotel había recibido una avalancha de reservas para la Nochevieja. Al parecer, el comerciante de petróleo y oligarca ruso Arkady Akimov había resuelto mandar la prudencia a paseo y organizar una fiesta en su monstruoso chalé del Jardin Alpin. Veinticuatro de sus invitados habían tomado la sabia decisión de dormir la mona en el Grand, en lugar de arriesgarse a hacer el traicionero viaje de regreso montaña abajo. Por desgracia, la mayoría eran rusos, y los rusos no eran del agrado de la dirección. Antes de la epidemia, se les habría informado —mediante un educado correo electrónico o una llamada telefónica de Ricardo, el encargado de las reservas— de que no había habitaciones libres. Sin embargo, la dura realidad económica del momento había obligado al Grand a rebajar sus exigencias y abrir sus puertas a los invasores del Este.

Entre los invitados de Arkady estaba también, no obstante, una tal Isabel Brenner: ciudadana alemana residente en Ginebra, reserva de una sola noche en la *suite* Deluxe Prestige, trato preferente. O al menos eso había dicho la áspera asistente personal que hizo la reserva en nombre de Arkady. Ricardo se comprometió a ocuparse personalmente de cuanto necesitara *madame* Brenner y a continuación dejó a la asistente en espera y no volvió a ponerse. Por su insolencia, recibió una llamada del propio Arkady, que le amenazó con recurrir a la violencia física si la estancia de *madame* Brenner no era absolutamente perfecta. Ricardo, español de la inquieta región vasca, no tenía motivos para dudar de la advertencia del multimillonario. Doce años antes, un periodista de investigación ruso llamado Aleksandr Lubin había muerto apuñalado en la habitación 237. Fue Ricardo quien encontró su cadáver casi veinticuatro horas después del asesinato.

Debido a lo extremadamente baja que era la tasa de ocupación del hotel en esos momentos, Ricardo había ofrecido a los huéspedes de Arkady la posibilidad de llegar hasta las dos de la tarde sin coste adicional. De ahí que, al dar las dos menos cuarto, saliera vacilante de la gruta de recepción y se apostara en posición defensiva junto a las puertas acristaladas del Grand. Un momento después, le tranquilizó la llegada de Philippe, un exparacaidista francés de complexión perfecta que llevaba las llaves cruzadas del Instituto Internacional de Conserjería en la solapa impecable de la chaqueta.

Philippe consultó automáticamente su reloj cuando un Mercedes sedán se detuvo al pie de la escalinata del hotel.

—Puede que esto haya sido un error —comentó en voz baja.

—Puede que no —respondió Ricardo cuando el único pasajero de la limusina salió del asiento trasero.

Era una mujer atractiva, de unos treinta y cinco años, con el pelo rubio peinado con la raya a un lado y vestida con ropa cara pero informal. El conductor era un individuo enorme, con pinta de guardaespaldas más que de chófer. Ricardo señaló el ligero abultamiento del lado izquierdo de su chaqueta, que denotaba la presencia de un arma de fuego oculta.

—Exmilitar —dictaminó Philippe.

—¿Ruso?

—¿A ti te lo parece?

—¿Y ella?

—Lo sabremos dentro de un momento.

Thierry, el botones, sacó una sola bolsa de viaje del maletero del Mercedes.

—Los rusos —dijo Ricardo— nunca vienen a Courchevel con una sola maleta.

—Jamás —coincidió Philippe.

La mujer se despidió del chófer y subió la escalinata. Tenía la mirada un poco abstraída, como si estuviera escuchando una música lejana. «Una música muy bella», pensó Ricardo. Música de verdad, no esa mierda de tecno que ponían todas las noches en Les Caves a un volumen capaz de dejarte sordo.

Ricardo se retiró a la gruta de recepción y observó que Philippe no se limitaba a hacer un ademán cortés al abrir la puerta, como solía hacer. Saludó a la recién llegada en su francés almibarado y ella respondió en el mismo idioma, aunque enseguida se hizo evidente que no era su lengua materna. Ricardo, que solía pasar varias horas al día hablando por teléfono con extranjeros, tenía buen oído para los acentos. La elegante joven que parecía estar escuchando una música que solo ella alcanzaba a oír era ciudadana alemana.

—¿*Madame* Brenner? —le preguntó cuando se acercó al mostrador de recepción.

—¿Cómo lo sabe?

—Lo he adivinado. —Ricardo dejó ver su pulida sonrisa de hotelero y le entregó la tarjeta que abría su habitación—. El señor Akimov se hace cargo de todos sus gastos. Si podemos servirla en algo, no dude en avisarnos.

—Me vendría bien un café.

—Me temo que el bar está cerrado, pero hay una Nespresso en su *suite*.

—¿Y el gimnasio?

—Cerrado.

—¿El *spa* también?

Ricardo asintió.

—Todos los espacios públicos del hotel están cerrados por orden del Gobierno.

—Creo que voy a ir a dar un paseo.

—Excelente idea. Thierry llevará su bolsa a la habitación.

—¿Hay una farmacia por aquí?

—Siga la calle de L'Église hacia abajo. La farmacia está a la derecha.

—*Merci* —dijo la mujer, y salió.

Ricardo y Philippe se quedaron uno junto al otro en la puerta, observando cómo bajaba los escalones.

—No me extraña que Arkady quiera que cuidemos bien de ella —comentó Ricardo cuando la perdieron de vista.

—¿Crees que es…?

—¿Su amante? De ninguna manera —dijo Ricardo—. Esa, no.

Un par de limusinas aparecieron en la calle. Cuatro rusos. Una montaña de equipaje. Ni una mascarilla a la vista.

Ricardo meneó la cabeza.

—Puede que esto haya sido un error.

—Quizá tengas razón —convino Philippe.

49

COURCHEVEL, FRANCIA

La base del telesilla principal de Courchevel se alzaba con la quietud de un monumento construido por una civilización desaparecida largo tiempo atrás. Sus cabinas vacías se balanceaban suavemente al sol radiante de la tarde. Isabel pasó por delante de una hilera de tiendas exclusivas —Dior, Bulgari, Vuitton, Fendi—, todas ellas cerradas. Más allá había una tienda de alquiler de esquís, también cerrada, y una pequeña cafetería en la que dos clientes, un hombre y una mujer, tomaban café en vasos de papel, sentados a una mesa, en la acera. Él llevaba un gorro Salomon y gafas de sol envolventes. Ella, de pelo negro y tez aceitunada, le reprendía en un francés rápido y vehemente.

La mentirijilla que tapa la gran mentira…

Sonriendo, Isabel cruzó la calle y entró en la farmacia.

Mientras le describía sus síntomas a la mujer de chaqueta blanca que atendía el mostrador, oyó el tintineo del carillón electrónico de la puerta. Un momento después, una voz sensual dijo con acento ruso:

—¿Isabel? ¿Eres tú?

Era Oksana Akimova. Vestía un traje de esquí Fusalp, y su cutis resplandecía de frío y sol. Casi susurrando, preguntó:

—¿Cuándo has llegado?

—Hace unos minutos.

—¿Te encuentras mal?

—Estoy un poco mareada del viaje.

¿Por qué no vienes a esquiar con nosotros? La nieve está perfecta y no hay nadie en las pistas.

—Si te digo la verdad, no se me da muy bien esquiar. Creo que voy a volver a mi habitación, a descansar un poco antes de la fiesta.

—Al menos ven a tomar una copa con nosotros. Hemos ocupado la terraza de Le Chalet de Pierres.

La *pharmacienne* puso el medicamento sobre el mostrador. Isabel pagó con su tarjeta de crédito y siguió a Oksana a la calle. Observadas por la pareja del café, pasaron por delante de las mismas tiendas cerradas y llegaron a la base del telesilla, donde Oksana había dejado una moto de nieve Lynx roja y negra.

—Así que es verdad —dijo Isabel.

—¿El qué?

—Que Arkady ha comprado todas las motos de nieve que había en Les Trois Vallées.

—No lo dudo. —Oksana se puso a los mandos y encendió el motor.

—No voy vestida para esto —gritó Isabel para hacerse oír por encima del estruendo.

—Solo son unos doscientos metros, subiendo la cuesta.

Isabel se encajó en la parte trasera del asiento y rodeó con los brazos la cintura de Oksana. Era increíblemente delgada, como la de una adolescente.

—Creo de verdad que necesito echarme un rato antes de la fiesta.

—No seas tonta. Ya dormirás mañana.

Oksana enfiló la cuesta y aceleró. En lugar de avanzar en línea recta, se deleitó en demostrar lo hábil que era manejando la potente máquina. Igual que Anna Rolfe, hizo caso omiso cuando Isabel le suplicó que frenara.

Le Chalet de Pierres, una auténtica institución en Courchevel, se encontraba en el lado izquierdo de la ladera. Había otras cuatro motos de nieve Lynx aparcadas fuera, y un surtido de esquís y bastones de colores brillantes apoyados como borrachos en el estante de la entrada. Sus propietarios, todos ellos de habla rusa, se habían congregado en un rincón soleado de la gran terraza. Las mesas estaban cubiertas de comida intacta y botellas de Bandol rosado, en su mayoría vacías.

Un ruso tostado por el sol entregó una copa de vino a Isabel cuando Oksana hizo las presentaciones.

—Chicos, esta es Isabel. Isabel, te presento a todos.

—¡Hola, Isabel! —contestaron los rusos al unísono.

Ella respondió diciendo:

—Hola a todos.

Oksana estaba encendiendo un cigarrillo.

—¿No vas a tomártelo? —preguntó.

—¿Perdón?

—El medicamento que has comprado en la farmacia.

Isabel desenroscó el tapón del envase y se tomó una pastilla con un trago de rosado.

—¿Dónde está Arkady?

—En el aeropuerto, esperando la llegada del invitado de honor de esta noche.

—¿Quién es?

—¿Arkady no te lo ha dicho?

Isabel negó con la cabeza.

—Solo me ha dicho que tenía muchas ganas de conocerme.

—Pues considérate afortunada —dijo Oksana—. Te ha tocado la mano mágica.

—¿Qué quieres decir?

—En Rusia no puede uno triunfar ni hacerse rico a no ser que alguien con poder o influencia le ponga la mano en el hombro. A ti, Arkady te ha puesto la mano en el hombro. Pronto serás tan rica como un oligarca.

—Pero yo no soy rusa.

—Mira a tu alrededor, Isabel. ¿Ves aquí a alguien que no sea ruso? Ahora eres de los nuestros. Bienvenida a la fiesta que nunca termina. —Oksana esbozó una sonrisa irónica—. Disfrútala mientras dure.

De repente resonó en el valle el zumbido lejano de unos rotores. Pasó un momento antes de que apareciera el primer helicóptero. Le siguieron enseguida otros dos. Mientras descendían hacia el aeródromo de montaña de Courchevel, los juerguistas reunidos en la terraza se pusieron a cantar una bulliciosa versión del himno nacional de la Federación Rusa.

A Oksana le brillaban los ojos de emoción.

—¿Por qué no cantas? —preguntó.

—No me sé la letra.

—¿Cómo es posible?

—Soy alemana.

—¡Qué tontería! —Oksana le pasó un brazo por el hombro—. Mira a tu alrededor, Isabel. Ahora eres de los nuestros.

Los helicópteros eran tres Airbus H215 Super Puma del ejército francés. A bordo del primero iban el presidente de la Federación Rusa, un pequeño séquito de ayudantes y cuatro agentes del Servicio de Seguridad Presidencial. Otros ocho guardaespaldas rusos se apretujaban en el segundo helicóptero, junto con varios cajones llenos de equipamiento de telecomunicaciones. El tercer Airbus estaba reservado para la escolta del Service de la Protection francés. Relegados a vigilar el perímetro, los agentes franceses pasarían la Nochevieja a la intemperie, sometidos al riguroso clima alpino, en lugar de en París con sus amigos y allegados. Tenían, al parecer, la moral por los suelos.

Un equipo de avanzadilla de la SDLP había llegado a Courchevel esa mañana para inspeccionar el chalé del tamaño de un hotel situado en la Rue de Nogentil donde el presidente ruso iba a celebrar el Año Nuevo junto a su amigo de la infancia y trescientos invitados. Si los agentes se hubieran molestado en llamar a la puerta de la vivienda algo más modesta del número 172 —treinta mil por noche, siete noches mínimo, sin excepciones ni reembolsos—, se habrían encontrado con un grupo plurinacional de turistas que habían ido a Courchevel aparentemente por capricho, a pesar de que la estación de esquí estaba cerrada. Y si hubieran registrado la casa, habrían hallado gran cantidad de sofisticados equipos electrónicos y varias armas de fuego.

También habrían descubierto que los turistas eran en realidad agentes del famoso servicio de inteligencia israelí. Uno de ellos era Gabriel Allon, que se hallaba enzarzado en una larga y amarga batalla contra la Rusia revanchista y los malignos órganos de seguridad del Estado ruso. Otro era su buen amigo y cómplice Eli Lavon, jefe de la división de vigilancia física y electrónica conocida como Neviot. Otros dos jefes de división, Rimona Stern, de Recopilación, y Yossi Gavish, de Investigación, habían llegado de incógnito a Courchevel. En ese momento estaban tomando algo en la cafetería situada frente a la farmacia. Los anteriores ocupantes de su mesa se paseaban mientras tanto por delante de los escaparates a oscuras que bordeaban la Rue de la Croisette. El hombre del gorro Salomon y las gafas de sol envolventes era Mijail Abramov. Le acompañaba su esposa, la francófona Natalie Mizrahi.

El último miembro del equipo —conocido según los casos como Nicolas Carnot, Peter Marlowe o, con más precisión, como Christopher Keller— procedía de las filas del Servicio Secreto de Inteligencia británico. Oculto bajo el atuendo de un esquiador de fondo, estaba bebiendo sidra caliente en la terraza de Le

Chalet de Pierres mientras una pandilla de rusos borrachos cantaba una versión vigorosa y disonante de su himno nacional. Dos mujeres atractivas, una rusa y la otra alemana, estaban algo apartadas del grupo. En el chalé alquilado de la Rue de Nogentil se oía la señal de audio procedente del teléfono que la alemana llevaba metido en su elegante abrigo de piel vuelta.

—¿*Por qué no cantas?*

—*No me sé la letra.*

—¿*Cómo es posible?*

—*Soy alemana.*

—¡*Qué tontería! Mira a tu alrededor, Isabel. Ahora eres de los nuestros.*

Los cánticos se fueron apagando, igual que el batir de los rotores del helicóptero. Gabriel lo agradeció. Aquel sonido le había traído a la memoria un recuerdo desagradable.

Disfruta viendo morir a tu mujer, Allon…

Se acercó a la ventana del gran salón abovedado del chalé y observó una caravana de vehículos que subía serpenteando por la Rue de l'Altiport. Cuando la comitiva pasó ante él, Gabriel imitó con la mano la forma de una pistola y apuntó a la figura que iba en la parte de atrás de un Peugeot 5008 blindado. El matón de la calle Baskov de Leningrado. El padrino de un régimen mafioso provisto de armas nucleares.

La comitiva continuó por la Rue de Nogentil otros cien metros y luego entró en el patio delantero de un chalé del tamaño de un hotel. Al instante, los agentes del SDLP y la Police Nationale montaron un puesto de control en el extremo norte de la calle, por el que pronto tendría que pasar la hermosa alemana de la terraza de Le Chalet de Pierres. A las cuatro y cuarto, después de un angustioso trayecto en moto de nieve ladera abajo, Isabel regresó a su hotel, donde el jefe de reservas, de origen español, la informó de que *monsieur* Akimov se había tomado la libertad de ordenar que un coche fuera a recogerla esa noche.

—*Qué detalle. ¿A qué hora?*

—*A las nueve en punto,* madame *Brenner.*

—*Dígale al conductor que no me espere antes de las nueve y me-*
dia. No hay nada peor que llegar demasiado pronto a una fiesta, ¿no
le parece, Ricardo?

—*Nada, en efecto,* madame *Brenner.*

50

COURCHEVEL, FRANCIA

Isabel se despertó con una sensación de parálisis. No recordaba haber dormido. La cama en la que yacía le era desconocida, al igual que la oscura habitación que la rodeaba. La alarma de su teléfono móvil sonaba con insistencia. Qué curioso: no recordaba haberla puesto. La voz de dos hombres que hablaban en ruso cerca de allí no hizo más que aumentar su confusión.

Por fin, silenció el teléfono y se lo acercó a los ojos. Evidentemente, eran las ocho y cuarto de la tarde del último día del año. Pero ¿dónde estaba? Introdujo su contraseña de ocho dígitos y pulsó el icono del tiempo. En la pantalla apareció la previsión meteorológica de la estación de esquí francesa de Courchevel. Y entonces se acordó. Esa noche tenía que asistir a una fiesta en casa de un oligarca ruso que quería que trabajara para él dirigiendo el blanqueo de su riqueza robada y, si ella accedía, que fuera también su amante. En algún momento de la velada —la hora exacta no estaba clara— le presentaría a un personaje muy importante del Kremlin. Ese personaje, que hablaba alemán con fluidez, se dirigiría a ella en su lengua materna. Estaba autorizada a desearle un feliz Año Nuevo, pero no debía hacer ningún otro intento de entablar conversación con él. Si se ponía nerviosa durante el encuentro, era libre de decírselo.

Es un asesino en serie. Está acostumbrado a que la gente se ponga nerviosa en su presencia...

Según su teléfono, estaba cayendo una ligera nevada. Apartando la cortina de la ventana, confirmó que así era. Se acercó a la cocinita de la *suite* y encendió la Nespresso. Un Diavolitto doble despejó su cabeza de las últimas telarañas del sueño, pero la dejó con los nervios a flor de piel.

La sensación de nerviosismo disminuyó con la ducha. Para ahorrarse dudas de última hora sobre su atuendo, había metido en la maleta un solo vestido negro de cóctel de Max Mara, que acompañó con una pulsera de diamantes, una sarta doble de perlas de Mikimoto y su carísimo reloj de pulsera Jaeger-LeCoultre Rendez-Vous. Había llevado una mascarilla protectora —negra, para que hiciera juego con el vestido—, pero decidió guardarla en el bolso de mano. La fiesta, ilegal en virtud del estricto confinamiento nacional decretado en Francia, sería sin duda un inmenso foco de contagios. Tendría suerte si sobrevivía a aquella noche, pensó.

A las nueve y cuarto, el teléfono de su mesita de noche vibró y parpadeó anunciando una llamada entrante. Era Ricardo; su coche había llegado. Permaneció en la *suite* quince minutos más mientras añadía un toque final de decadencia a su maquillaje y luego bajó al vestíbulo. Philippe, el conserje, casi se puso firme al verla salir del ascensor.

Fuera, Thierry, el botones, la tapó con un paraguas hasta que subió a la parte de atrás del Mercedes que la esperaba. Vio con alivio que el conductor era un apuesto francés llamado Yannick y no otro ruso. Al arrancar, él encendió el equipo de música. El *Concierto para violonchelo en do mayor* de Haydn, el bellísimo segundo movimiento.

Isabel sintió una punzada de pánico.

—¿Le ha dicho *monsieur* Akimov que ponga esa música? —preguntó.

—¿Quién, *madame*?

—No importa.

Contempló su reflejo en la ventanilla del coche. La había tocado la mano mágica, se dijo para tranquilizarse. Ahora era uno de ellos. Los tenía en su poder.

El chófer de Isabel era Yannick Fournier, de treinta y tres años, casado y padre de dos hijos, sin antecedentes penales y seguidor del Olympique de Lyon. Su jefe le había ordenado que se quedara en el barrio del Jardin Alpin de Courchevel hasta que la clienta quisiera regresar al hotel. Mientras conducía por la Rue de Bellecôte, le dio su número de móvil, que ella apuntó en su dispositivo. Eli Lavon, encorvado frente a un ordenador en el centro temporal de operaciones del chalé, la fotografió con la cámara del teléfono antes de que Isabel volviera a guardarlo en el bolso.

—Parece nerviosa —observó Gabriel.

—A él le parecería raro que no lo estuviera.

—¿A Vladimir Vladimirovich?

—¿A quién si no?

Se hizo un silencio entre ellos. Solo se oía la música de la radio del coche.

—¿Por qué ha puesto el conductor a Haydn? —preguntó Gabriel—. ¿Y por qué un concierto para violonchelo?

—Es una coincidencia.

—No creo en las coincidencias, Eli. Y tú tampoco.

Lavon tocó unas teclas del portátil y en la pantalla apareció el icono de un archivo de audio. Lo abrió, ajustó la barra de progreso y pulsó el PLAY.

—*Arkady te ha puesto la mano en el hombro. Pronto serás tan rica como un oligarca.*

Lavon pulsó la pausa.

—No pierdas los nervios ahora —dijo.

—Puede que esté jugando conmigo.

Lavon hizo clic en el PLAY por segunda vez.

—*Mira a tu alrededor, Isabel. ¿Ves aquí a alguien que no sea ruso? Ahora eres de los nuestros. Bienvenida a la fiesta que nunca termina.*

Lavon detuvo la grabación.

—Las palabras de Oksana Akimova dan a entender que tu agente no está en peligro.

—Pon el resto.

Lavon tocó el ratón.

—*Disfrútala mientras dure.*

La luz azul que parpadeaba en la pantalla del ordenador indicaba que el coche de Isabel acababa de llegar al puesto de control. Un momento después se oyeron las voces de dos hombres que conversaban en francés. Uno era el conductor de Isabel. El otro, un agente del Service de la Protection.

—*¿Nombre?*

—*Isabel Brenner.*

—*Abra el maletero, por favor.*

La inspección fue breve; diez segundos, a lo sumo. Luego, el maletero se cerró con un golpe seco. Gabriel observó cómo la luz azul se deslizaba parpadeando hacia la zona de Courchevel dominada temporalmente por los rusos. Momentos después, su agente se encontraría a merced de la guardia pretoriana del Kremlin. Fanáticos seguidores del hombre al que servían, se dijo. Asesinos bien trajeados.

51

RUE DE NOGENTIL, COURCHEVEL

Dos de los guardaespaldas rusos se hallaban en ese momento de pie como columnas a la entrada del chalé de Arkady. Uno sostenía un portafolios; el otro, un magnetómetro portátil. Evidentemente, Isabel había sido seleccionada para un registro más exhaustivo; el cacheo que sufrió a manos del escolta del magnetómetro rozó la agresión sexual. Cuando concluyó por fin, el camarada Portafolios le hurgó en el bolso como si buscara algo de valor que robar. No encontró nada de interés aparte del teléfono, que le exigió que desbloqueara delante de él. Isabel introdujo los ocho dígitos lo más rápidamente que pudo y apareció la pantalla de inicio. Satisfecho, el ruso le devolvió el dispositivo y le ordenó que disfrutara de la fiesta.

Dentro de la casa, una chica delgada como un maniquí, muy maquillada y ataviada con un ceñido vestido de lentejuelas, se hizo cargo de su abrigo y le indicó con gesto hosco que entrara en el salón del chalé. Isabel esperaba que la decoración estuviera a tono con la fachada de vigas de madera, pero se encontró con una habitación blanca y moderna, decorada con cuadros contemporáneos, grandes y coloridos. A un lado había una escalera abierta que conducía a un altillo de la primera planta, donde otros dos guardaespaldas inexpresivos montaban guardia junto a una barandilla. Debajo de ellos, unos doscientos invitados vestidos con elegancia, copa en mano, se gritaban unos a otros para hacerse oír entre la música ensordecedora. Isabel sintió que la vibración de las ondas de sonido le subía por los brazos desnudos como un enjambre de insectos. O tal vez, se dijo, fueran solo partículas de coronavirus. Pensó en ponerse la mascarilla, pero decidió no hacerlo. Ni siquiera los pobres camareros franceses del *catering* la llevaban puesta.

Otra maniquí, con ropa idéntica a la primera, le señaló en silencio la mesa del cóctel. Varias mujeres más deambulaban como almas muertas entre los invitados, posándose de vez en cuando en el brazo de algún hombre solo. Isabel supuso que eran «obsequios» del anfitrión. Una de ellas se había adosado a Maxim Simonov el Loco, el rey del níquel, que estaba enfrascado en una conversación con el secretario de prensa del Kremlin. El secretario, un mentiroso consumado, era propietario de varias casas de lujo —entre ellas, un piso en la Quinta Avenida— y solía veranear en lugares de moda como Dubái o las Maldivas. Lucía en la muñeca izquierda un reloj Richard Mille edición limitada valorado en seiscientos setenta mil dólares, más de lo que había ganado durante toda su carrera como humilde funcionario al servicio del pueblo ruso.

No era el único ejemplo de enriquecimiento inexplicable que había en la sala. Estaba, por ejemplo, el exvendedor de perritos calientes que ahora era el orgulloso propietario nominal de varias sociedades rusas extremadamente valiosas, incluida la turbia empresa de Internet que se había inmiscuido en las elecciones presidenciales de Estados Unidos en 2016. O el antiguo profesor de yudo que ahora se dedicaba a construir gaseoductos y centrales eléctricas. O el exdirector del teatro Mariinsky, que, de algún modo, había amasado una fortuna personal de más de diez mil millones de dólares.

Y luego estaba, cómo no, el exagente del KGB que ahora era dueño de la empresa petrolera con sede en Ginebra conocida como Neva-Neft. En ese momento estaba al lado de los guardaespaldas de la barandilla, sin duda buscando a Isabel. Adoptando la expresión impasible de las maniquíes, ella se acercó a la mesa de cóctel más cercana, donde trabó conversación con un hombre de unos cuarenta años y aspecto saludable.

—¿Puedo invitarte a una copa? —rugió él en inglés con acento americano.

—Creo que hay barra libre —respondió Isabel alzando la voz. Pidió al camarero una copa de champán y el americano pidió un vodka.

—No eres rusa —señaló él.

—Pareces decepcionado.

—Siempre he oído decir que las chicas rusas eran muy facilonas.

—Sobre todo sin son como esa. —Isabel señaló con la cabeza a unas de las maniquíes ambulantes—. Yo diría que las han traído en avión para la ocasión.

—Como el caviar.

Isabel sonrió.

—¿Por qué estás aquí?

—Por negocios —bramó él.

—¿A qué te dedicas?

—Trabajo en Goldman Sachs.

—Mi más sentido pésame. ¿Dónde?

—En Londres. ¿Y tú?

—Yo toco el chelo.

—Qué bien. ¿De qué conoces a Arkady?

—Es una larga historia.

—¿Es tu teléfono?

—¿Qué?

Él señaló el bolso que ella agarraba con la mano izquierda.

—Creo que te están llamando.

Isabel miró hacia el altillo y vio a Arkady de pie junto a la barandilla, con el teléfono pegado a la oreja. Recorría con la mirada el gentío, lo que indicaba que aún no había conseguido localizarla.

Decidió quedarse un rato más en compañía de aquel desconocido rebosante de salud. Aunque era alérgica a los americanos, este parecía relativamente inofensivo.

—Bonito bolso —comentó él cuando el teléfono dejó de sonar.

—Bottega Veneta —dijo Isabel.

—El reloj también es bonito. ¿Cuánto gana una violonchelista?

—Mi padre es uno de los hombres más ricos de Alemania.

—¿En serio? El mío es uno de los más ricos de Connecticut. ¿Qué vas a hacer el resto de tu vida?

—Si te digo la verdad, no tengo ni idea. —El teléfono volvió a sonar—. ¿Me disculpas?

—Olvidas esto. —Él le entregó una copa de champán—. ¿Cómo te llamas?

—Isabel.

—¿Isabel qué más?

—Brenner.

—No te olvidaré, Isabel Brenner.

—No lo hagas, por favor.

Se alejó y trató inútilmente de sacar el móvil del bolso mientras sostenía el champán. Por fin, levantó la mirada hacia la barandilla y vio que Arkady estaba observando sus esfuerzos, visiblemente divertido. La saludó con una mano y con la otra le indicó la escalera. Un momento después, la recibió en el rellano dándole un beso en cada mejilla. Aquella muestra de afecto no le pasó desapercibida a Oksana, que los observaba desde abajo.

—Veo que has conocido a Fletcher Billingsley —dijo Arkady.

—¿A quién?

—El joven y apuesto banquero de Goldman Sachs.

—¿Me estás siendo infiel, Arkady?

—Mi relación con Fletcher es totalmente legítima.

—¿En qué me convierte eso?

Él le acarició el hombro.

—Supongo que ya sabes quién es el hombre que quiere conocerte.

—Creo que sí. De hecho, uno de sus escoltas me ha manoseado exhaustivamente antes de dejarme pasar.

—Pues me temo que vas a tener que pasar otra vez por lo mismo.

La condujo por una puerta que daba a un cuartito de estar. Una antesala, pensó Isabel. Las paredes estaban adornadas con fotografías enmarcadas del hombre que la esperaba al otro lado de la puerta siguiente. En casi todas aparecía reunido con gente importante o atendiendo decisivos asuntos de estado, pero en una de ellas se le veía caminando por el lecho rocoso de un arroyo, con el pecho lampiño expuesto a la pálida luz del sol ruso.

—¿Viene aquí a menudo? —preguntó Isabel, pero Arkady se limitó a levantar la tapa de otra caja decorativa de bloqueo de señales. Isabel dejó automáticamente su teléfono dentro.

Arkady cerró la tapa e hizo una seña con la cabeza al agente del Servicio de Seguridad Presidencial que esperaba en la sala. Su cacheo fue aún más invasivo que el anterior. Cuando acabó, exigió que le enseñara el bolso.

Arkady puso la mano en el picaporte de la puerta.

—¿Lista?

—Sí, creo que sí.

—¿Emocionada?

—Un poco nerviosa, más bien.

—No te preocupes —le susurró Arkady al tiempo que abría la puerta—. Está acostumbrado.

52

RUE DE NOGENTIL, COURCHEVEL

En el chalé alquilado del otro extremo de la Rue de Nogentil, Gabriel y los otros seis miembros de su equipo estaban en ese momento reunidos en torno a un ordenador portátil, monitorizando la información encriptada que llegaba a través del teléfono móvil de Isabel. El dispositivo había estado desconectado de la red celular de SFR Mobile durante unos tres minutos, presumiblemente por hallarse dentro de un recipiente de bloqueo de señales. Ahora se encontraba en manos de un agente del Servicio de Seguridad Presidencial ruso. Tras introducir correctamente la contraseña al primer intento, el agente consultó la lista de llamadas recientes.

—Ya sabemos por qué los chicos de la puerta principal le pidieron que desbloqueara el teléfono —comentó Eli Lavon.

—¿Cabe la posibilidad de que encuentren nuestro *malware*? —preguntó Gabriel.

—No, a no ser que conecten el teléfono a un ordenador. Y aun así el técnico tendría que ser muy bueno para encontrarlo.

—Son buenos, Eli. Son rusos.

—Pero nosotros somos mejores. Y hemos sido muy meticulosos con las comunicaciones de Isabel.

—Entonces, ¿por qué le han robado la contraseña? —Gabriel lanzó una mirada al ordenador—. ¿Y por qué está Igor leyendo sus mensajes de texto?

—Porque su jefe le ha mandado que los lea. Es lo que hace un mafioso ruso antes de contratar a un extranjero para que blanquee su dinero.

—¿Crees que ella podrá apañárselas?

—Si no se desvía del guion…

—¿Sí, Eli?

—Será nuestro.

La decoración de la sala era como la del resto del chalé, luminosa y moderna, sin vigas de madera ni muebles rústicos, ni cualquier otra cosa que recordara a un albergue de montaña. De hecho, tampoco parecía haber nada que perteneciera a Arkady en la habitación. Nada, excepto el piano, otro Bösendorfer. Negro y bien bruñido, descansaba solitario sobre la alfombra gris clara, sin nadie que lo tocara. En un rincón había cuatro hombres sentados. Dos de ellos eran a todas luces miembros de la escolta del presidente ruso. Los otros dos apestaban a burocracia. Sin duda eran funcionarios del Kremlin. Cerca de ellos había apilados varios aparatos electrónicos de color gris plomo, con luces rojas y verdes que parpadeaban. El *hardware* del teléfono seguro de un jefe de Estado, se dijo Isabel. El receptor se hallaba encajado entre el hombro y la oreja del presidente ruso.

Él llevaba un jersey negro de cuello vuelto, en vez de una camisa de vestir, y una americana de cachemira con aspecto de ser muy cara. El cabello rubio, cuidadosamente peinado con raya, cubría su cuero cabelludo menos de lo que permitían suponer las fotografías recientes. Su rostro, mimado por los cirujanos, tenía una expresión exasperada, como si le hubieran puesto en espera. Era la misma expresión, pensó Isabel, que solía exhibir ante sus homólogos occidentales antes de lanzarse a una de sus diatribas de una hora de duración aireando agravios reales e imaginarios.

Arkady la condujo hasta un grupo de sillones ultramodernos que había al lado del altísimo ventanal. La sala daba al oeste, hacia las laderas a oscuras de la estación de esquí. Cuando se sentaron, el presidente empezó a hablar: una ráfaga en ruso, seguida de una larga pausa. Uno o dos minutos después, volvió a hablar, y de nuevo siguió un silencio prolongado. Isabel dedujo que había un intérprete de por medio.

—Parece importante.

—Suele serlo.

—Quizá debería esperar fuera.

—Me dijiste que no hablabas ruso.

—Ni una palabra.

—Entonces, por favor, quédate donde estás. —Arkady miraba por la ventana, con el dedo índice apoyado pensativamente en la mejilla—. Seguro que no tardará.

Isabel se miró las manos y notó que se le transparentaban los nudillos. El presidente ruso estaba hablando otra vez, ahora en inglés; le deseaba feliz Año Nuevo a su interlocutor. Al acabar la conversación, le pasó el teléfono a un ayudante y se dirigió a Arkady en ruso desde el otro lado de la sala.

—Ha surgido una pequeña crisis en casa —le explicó Arkady a Isabel—. Quiere que esperemos fuera mientras hace una llamada o dos más.

Se levantaron al mismo tiempo y, bajo la atenta mirada del presidente ruso, regresaron a la antesala. Durante su breve ausencia, habían llegado otros tres agentes del Servicio de Seguridad Presidencial. Uno de ellos era el camarada Portafolios, el centinela de la puerta principal.

Arkady se puso a mirar su teléfono.

—¿Qué tal el hotel? —preguntó.

—Precioso. Es una pena que no pueda quedarme más tiempo.

—¿Cuándo piensas marcharte?

—El chófer de Martin me recogerá a mediodía.

Arkady levantó bruscamente la vista, pero no dijo nada.

—¿Pasa algo?

Su sonrisa parecía forzada.

—Esperaba que almorzaras con nosotros mañana.

—Tengo que volver a Ginebra, de verdad.

—¿Para hacer números?

—Como siempre.

El teléfono de Arkady ronroneó al recibir una llamada entrante. La conversación fue breve y casi unilateral.

—Resulta que la crisis no es tan pequeña, por lo visto —dijo al colgar—. Espero que puedas perdonarme por haberte hecho venir hasta Courchevel para nada. —Señaló con la cabeza al camarada Portafolios—. Gennady te acompañará de vuelta a la fiesta. Por favor, avísame si necesitas algo.

—Solo necesito mi teléfono —contestó Isabel.

Arkady lo sacó de la caja y se lo devolvió. El movimiento no despertó al aparato de su letargo. Isabel pulsó el botón lateral, pero no sirvió de nada. Estaba apagado.

Lo metió en el bolso y siguió al camarada Portafolios por un pasillo, hasta un ascensor abierto. Otros dos guardias se deslizaron dentro. Uno de ellos pulsó un botón en el que ponía S.

—¿Adónde me llevan?

—A la fiesta —respondió el camarada Portafolios.

—La fiesta es en la planta baja.

Cuando se abrió la puerta, el olor a cloro era sofocante. El camarada Portafolios agarró a Isabel del brazo y la sacó del ascensor. Al borde de la piscina había una figura solitaria, débilmente iluminada por la luz azul y acuosa. Era Fletcher Billingsley, el americano de Goldman Sachs al que había conocido arriba.

Se acercó a ella sin prisa, con una sonrisa benévola, y le habló en inglés con acento ruso.

—Te dije que no te olvidaría, Isabel.

No profirió ninguna amenaza, ninguna advertencia, lo que fue, sin pretenderlo él, un rasgo de caballerosidad por su parte, porque no dio ocasión a Isabel de prepararse para el dolor. Estaba erguida y un instante después se había doblado como una navaja plegable. Él la tumbó con sorprendente ternura sobre el frío suelo de baldosas, donde ella luchó en vano por respirar. El chalé parecía dar vueltas a su alrededor. Bienvenida a la fiesta que nunca termina, se dijo. Disfrútala mientras dure.

53

RUE DE NOGENTIL, COURCHEVEL

Tirando de ella, la hizo ponerse en pie y la llevó a rastras a un lujoso vestuario. Allí, la lanzó contra una pared de azulejos y a continuación le metió la cabeza bajo el agua salada e hirviente de un *Jacuzzi*. Había estado a punto de ahogarla, pensó Isabel cuando recuperó el conocimiento y se encontró tirada en el suelo de baldosas y cubierta de vómito.

—¿Cómo te llamas? —preguntó una voz por encima de ella.

—Isabel Brenner.

—Tu nombre auténtico.

—Ese es mi nombre auténtico.

—¿Para quién trabajas?

—Para Global Vision Investments.

La agarró como a una muñeca de trapo y volvió a hundirle la cabeza en el agua. Isabel estaba casi inconsciente cuando por fin tiró de ella y le levantó la cara justo por encima de la superficie.

—¿Cómo te llamas?

—Isabel. Me llamo Isabel.

—¿Para quién trabajas?

—Antes trabajaba para el RhineBank. Ahora trabajo para Martin Landesmann.

Él le dio un golpe con la mano abierta que le llenó la boca de sangre y la hizo caer al suelo.

—¿Por qué me haces esto? —sollozó ella.

Él la sacudió violentamente.

—¿Cuál es tu nombre? Tu verdadero nombre.

—¡Isabel! —gritó—. ¡Me llamo Isabel!

La soltó y salió del vestuario. Isabel no pudo calcular cuánto tiempo estuvo fuera. Unos pocos minutos, o quizá una hora. Cuando regresó, sostenía una enorme mancuerna. La movía de un lado a otro sin esfuerzo, como si fuera de cartón piedra.

—¿Qué mano quieres conservar?

—Por favor —suplicó Isabel.

—¿La derecha o la izquierda? Tú decides.

—Te lo diré todo.

—Sí, ya lo sé. —Le agarró la mano izquierda—. Esta es la principal, ¿no?

Le apretó la palma contra la baldosa de caliza y le pisó con fuerza el antebrazo. Isabel sintió cómo su radio se doblaba hasta casi fracturarse. Le golpeó la pierna con la mano derecha, pero no sirvió de nada. Parecía de piedra.

Él levantó la mancuerna por encima de su cabeza y apuntó con ella a la mano izquierda de Isabel.

—No la sueltes —le suplicó ella.

—Demasiado tarde. —Alzó la pesa unos centímetros más—. Convendría que cerraras los ojos.

Ella apartó la vista y vio a Arkady de pie en la puerta del vestuario, con una expresión de asco en el semblante. Arkady pronunció unas palabras en ruso, en tono gélido, y el hombre al que Isabel conocía como Fletcher Billingsley de Goldman Sachs bajó la pesa y retiró el pie de su antebrazo.

Arkady miró ceñudo las gotas de sangre de Isabel que había en las baldosas, como si le preocupara que devaluaran el precio de la finca. Tapó la sangre con una gruesa toalla blanca y la frotó con la punta del zapato.

—Así no vas a quitarla —dijo Isabel.

—Descuida, limpiaremos esto a fondo cuando te vayas.

Ella se limpió la sangre de la cara y restregó la mano en el cojín de una tumbona reclinable.

—¿Y esa mancha, qué?

Arkady le dedicó una sonrisa desprovista de humor.

—La verdad es que nunca le ha gustado esa silla.

—¿A quién?

Él ignoró su pregunta, pronunció unas cuantas palabras más en ruso y el agresor de Isabel se retiró.

—Supongo que Fletcher Billingsley no es su verdadero nombre.

—Es Felix Belov.

—¿Dónde aprendió a hablar inglés?

—Su padre estaba destinado en la *rezidentura* del SVR en Nueva York.

—¿A qué se dedica cuando no está golpeando a mujeres?

—Trabaja para una pequeña filial de NevaNeft. Quizá hayas oído hablar de ella. El Grupo Haydn.

Isabel se incorporó y miró detenidamente los lustrosos armarios y los apliques dorados del vestuario.

—¿No hay sauna ni sala de vapor?

Arkady señaló con la cabeza hacia un estrecho pasillo.

—¿Cuánto pagaste por la casa?

—Creo que fueron veinticinco millones.

—¿Compra anónima?

—¿Las hay de otro tipo?

—¿Omega Holdings?

—Tradewinds Capital.

—¿Y la casa de Féchy? ¿También es de Tradewinds?

—De Harbinger Management.

—¿Y quién es el dueño de Harbinger?

Arkady no dijo nada.

—¿También es el dueño de NevaNeft?

—De la mayor parte.

—¿Algo de esto es tuyo de verdad?

—Oksana, supongo. Al menos, lo era. —Recogió la toalla del suelo y la utilizó para limpiar la sangre del borde del *jacuzzi*—. ¿Cuándo empezaste a trabajar para él? —preguntó distraídamente.

—¿Para Martin?

—Para Gabriel Allon.

Isabel no se molestó en negarlo.

—¿Desde cuándo lo sabes?

—Soy yo quien hace las preguntas. Y te aconsejo que contestes rápidamente y sin mentir. Si no, le diré a Felix que acabe lo que iba a hacer con tu mano.

—Empecé a trabajar para él poco después de que asesinarais a Viktor Orlov.

—¿Eres una agente de inteligencia profesional?

—Santo cielo, no.

—¿Fuiste tú quien le dio esos documentos a Nina Antonova?

—Sí, claro.

—¿Por eso te despidieron de la Lavandería Rusa?

—No. Eso fue cosa de Gabriel.

Arkady dobló con esmero la toalla ensangrentada.

—¿Y la Alianza Mundial para la Democracia?

—Gabriel la creó para poner a Martin en la diana.

—¿El Artemisia recién descubierto? ¿La gala en la Kunsthaus? ¿Anna Rolfe? ¿Fue todo…? —Se interrumpió de pronto—. ¿Y Anil Kandar? ¿También está metido en esto?

—Anil no es más que un cabrón codicioso. El RhineBank se está hundiendo, Arkady. Y tú también. Te tuvimos desde el momento en que firmaste los papeles de ese edificio de oficinas en Miami.

—Entonces, ¿por qué has venido esta noche?

—Era una oportunidad única.

Del piso de arriba les llegó una oleada de efusivos aplausos. Un momento después, el presidente ruso comenzó a hablar. Desde la barandilla, sin duda, pensó Isabel. A los matones del mundo entero les encantaba mirar a sus vasallos desde un balcón.

Arkady hizo una mueca al oír algo que dijo su amo.

—Es bastante grosero, nuestro Volodya. Claro que siempre lo ha sido. De no ser por mí, no sería nada. Fui yo quien le eligió. Fui yo quien hizo posible que ascendiera entre las filas de la burocracia del Kremlin. Y fui yo quien se aseguró de que ganara las primeras elecciones presidenciales. ¿Y cómo me lo paga? Tratándome igual que cuando yo era un niño enfermizo de la calle Baskov que quería ser pianista.

—Deberías haber intentado hacer realidad tu sueño, Arkady.

—Lo intenté. —Cerró los ojos y se apretó el puente de la nariz entre el pulgar y el índice—. Me has puesto en ridículo.

—Estoy seguro de que no he sido la primera.

—Confiaba en ti.

—No debiste hacerlo.

—¿Sabes lo que va a pasar cuando vuelva a Moscú? Con un poco de suerte, me tiraré por una ventana. De espaldas, por supuesto. Así es como se tiran por la ventana todos los empresarios rusos desde hace tiempo. Es una tradición de la nueva Rusia que yo ayudé a crear. Nunca miramos hacia adelante cuando saltamos. Caemos de espaldas. —En voz baja, añadió—: Al menos, así no vemos cómo se acercan a toda prisa los adoquines del patio para darnos la bienvenida.

—Quizá aún podamos hacer un trato.

—En efecto, podemos —dijo Arkady—. Pero eres tú quien tendrá que plegarse a mis condiciones.

—¿Qué quieres?

—Quiero que me entregues a Gabriel Allon para que mi amigo de toda la vida no me mate. —Se sacó el teléfono del bolsillo de la pechera de la chaqueta—. ¿Cuánto quieres? ¿Mil millones? ¿Dos mil? Di un precio, Isabel.

—¿De verdad crees que aceptaría tu asqueroso dinero para salvarme?

—No es mi dinero, es el suyo. ¿Y por qué ibas a ser tú distinta de todos los demás que lo han aceptado? —Agarró un mechón de su pelo, con la cara tan crispada por la desesperación que Isabel apenas le reconocía—. ¿Qué me dices, Isabel? Tienes un minuto para decidirte.

—Lo siento, Arkady. No hay trato.

—Una decisión muy poco inteligente por tu parte. —Le soltó el pelo—. Tal vez no seas la mujer astuta y sin escrúpulos que imaginaba.

—Si me matas, solo conseguirás ponerte las cosas aún más difíciles.

—¿Quién ha hablado de matarte? —Acercó la mano a su mejilla hinchada, pero ella se apartó—. Dime una cosa. ¿De quién fue la idea de tocar *Vocalise* en la gala? ¿Tuya o de Allon?

—Mía —mintió ella.

—Tocaste de maravilla esa noche. Es una pena que nadie vaya a oírte tocar esa pieza otra vez. —Volvió a guardarse el teléfono en el bolsillo de la pechera—. Feliz Año Nuevo, Isabel.

54

RUE DE NOGENTIL, COURCHEVEL

A las 11:30 de la noche, aproximadamente hora y media después de que Arkady Akimov llevara a Isabel a conocer al presidente ruso, su teléfono seguía apagado. Cabía la posibilidad de que el encuentro hubiera durado más de lo previsto. También era posible que Isabel hubiera dejado el teléfono en la caja de bloqueo de señales al volver a la fiesta. Sin embargo, la explicación más probable era que algo se hubiera torcido dentro del descomunal chalé del extremo opuesto de la Rue de Nogentil.

Como estratega prudente y curtido en mil batallas, Gabriel se había preparado para tal eventualidad. Cinco miembros de su equipo habían salido discretamente del piso franco en vehículos alquilados y se habían situado en puntos clave de Courchevel. Yossi estaba aparcado enfrente del hotel de Isabel; Rimona y Natalie, en una gasolinera desierta, cerca de la entrada del pueblo. Christopher y Mijail, la violenta punta de lanza de Gabriel, se encontraban en un Audi Q7 en la Rue du Jardin Alpin, cerca de la terminal del telesilla. Keller, consumado escalador y amante de los deportes al aire libre, había tenido la precaución de llevar raquetas de nieve y bastones de senderismo. Mijail solo tenía un dolor de cabeza producido por la altitud y un arma: una pistola Barak SP-21 del calibre 45 capaz de matar a un hombre de un solo disparo.

Eli Lavon fue el único que se quedó con Gabriel en el piso franco. A las 11:59 de la noche salieron al balcón y oyeron cómo los invitados borrachos de Arkady contaban a voces los últimos segundos de un año atroz. La comitiva partió a las doce y cuarto. Yevgeny Nazarov, el omnipresente portavoz del Kremlin, iba con el presidente en el todoterreno Peugeot blindado. Los seguía el Mercedes-Maybach. Dentro iban Arkady Akimov y su esposa, Oksana.

—Tarde, como siempre —comentó Lavon—. Pero ¿por qué crees que Arkady va con él al aeropuerto?

—Es posible que quiera despedir al helicóptero. Aunque la presencia de su esposa sugiere que tiene intención de montar en él.

—Igual que esto.

Lavon le enseñó un mensaje de texto del equipo de vigilancia de la Place du Port de Ginebra. Varios empleados del Grupo Haydn acababan de entrar en las oficinas de Arkady. Las luces de la quinta planta estaban encendidas.

—Intuyo que están destruyendo documentos y borrando discos duros —dijo Lavon.

Gabriel marcó rápidamente el número de Christoph Bittel.

—Parece que Arkady se escapa a Moscú.

—No tienes más que decírmelo y ordenaré una redada en sus oficinas.

—En la casa de Féchy también. Y hazme un favor, Bittel.

—¿Cuál?

—Montad jaleo. —Gabriel cortó la conexión y observó el parpadeo de las luces azules de la caravana que subía por la ladera de la montaña—. No intentarán llevársela a Rusia, ¿verdad, Eli?

—¿De verdad quieres que responda a eso?

La comitiva llegó al aeropuerto. Un momento después, el primer helicóptero Airbus Super Puma despegó y viró hacia el noroeste.

—¿Sabes? —dijo Lavon al cabo de un momento—, si Arkady tuviera un poco de sentido común, se quedaría aquí, en Occidente.

—Me puso once mil quinientos millones de dólares del gran jefe en bandeja de plata. Dudo mucho que le hayan dado esa opción.

El segundo helicóptero se elevó en el cielo negro, seguido de inmediato por el tercero.

—Será mejor que lo hagas de una vez —dijo Lavon.

Gabriel dudó un momento; luego marcó un número.

—Esto se va a poner feo.

Debido a la reciente serie de mortíferos atentados perpetrados por militantes islámicos en solitario, Paul Rousseau, director de una unidad antiterrorista de élite conocida como Grupo Alfa, había decidido pasar la Nochevieja en su despacho de la Rue Nélaton de París. De ahí que cuando sonó su teléfono, a las doce y veintidós de la noche, se temiera lo peor. El hecho de que al otro lado de la línea estuviera Gabriel Allon no hizo más que agravar su sensación de fatalidad inminente. El informe del israelí fue rápido y, sin duda, solo exacto en parte.

—¿Estás seguro de que piensan llevarla a Rusia?

—No —respondió Gabriel—. Pero, como mínimo, saben dónde está.

—¿Es israelí esa agente tuya?

—Alemana, en realidad.

—¿Los alemanes saben…?

—Siguiente pregunta.

—¿Los suizos han emitido orden de detención contra *monsieur* Akimov?

—Aún no.

—¿Han solicitado una notificación roja a la Interpol?

—Paul, por favor…

—No podemos detenerle sin justificación legal. Necesitamos un papel.

—Entonces, supongo que tendremos que idear una forma extrajudicial de impedir que salga del país.

—¿Cuál?

—Cerrar el aeropuerto, por supuesto.

—Eso haría que el avión del presidente ruso se quedara en tierra.

—Exactamente.

—Tendrá repercusiones diplomáticas.

—Ojalá.

Rousseau intentó escudarse en la burocracia.

—No es algo que pueda hacer por mi cuenta. Necesito la aprobación de una autoridad superior.

—¿Cómo de superior?

—Para algo así… del Elíseo.

—¿Qué opina el presidente francés de su homólogo ruso?

—Le detesta.

—Siendo así, ¿me permites hacerte una sugerencia?

—Por supuesto.

—Llama al palacio, Paul.

Eso fue precisamente lo que hizo Rousseau a las doce y veintisiete de la noche. El presidente francés estaba celebrando el Año Nuevo con unos pocos amigos íntimos. Para sorpresa de Rousseau, no se opuso a dejar en tierra el avión de su homólogo ruso. De hecho, le encantó la idea.

—Llame a la torre de Chambéry —le dijo a Rousseau—. Dígales que actúa en mi nombre.

—La torre tendrá que dar a los pilotos rusos una razón que justifique el retraso.

—Que apaguen el radar del aeropuerto. Y las luces de la pista también. Así no intentarán ninguna estupidez.

—¿Y si lo hacen?

—Estoy seguro de que a Allon y a usted se les ocurrirá algo —dijo el presidente francés, y se cortó la comunicación.

339

55

RUE DE NOGENTIL, COURCHEVEL

El reloj de pulsera Jaeger-LeCoultre de Isabel se había parado a las 10:47, con el cristal hecho añicos. No sabía, por tanto, el tiempo exacto que había transcurrido desde la marcha de Arkady. Calculaba que habían pasado al menos veinticinco minutos, porque esa era la duración aproximada de la *Sonata para violonchelo en mi menor* de Brahms. Su interpretación imaginaria de la pieza le pareció bastante buena teniendo en cuenta que Felix Belov le había aplastado el antebrazo izquierdo con el pie y probablemente le había hecho una fisura.

Al terminar el recital, abrió los ojos y vio al ruso apoyado en la puerta del vestuario, con la mirada fija en ella.

—¿Qué estabas haciendo? —le preguntó.

—Tocar el chelo.

—¿En el brazo?

—Exacto, Fletcher.

Él entró en el vestuario, lentamente.

—¿Estabas tocando a Haydn, por casualidad?

—A Brahms.

—¿Puedes tocar de memoria?

Isabel asintió.

—¿También estabas tocando ese chelo imaginario cuando enviaste esto?

Le entregó su teléfono móvil. La pantalla mostraba una copia de un correo electrónico relativo a un paquete de documentos depositado en un campo de deportes del distrito tres de Zúrich. El remitente era un tal Señor Nadie. La destinataria, una conocida periodista rusa: Nina Antonova.

—El Grupo Haydn ya controlaba el ordenador de Nina cuando lo mandaste —explicó Felix—. Quiero agradecerte que por fin nos brindaras la oportunidad de darle a Viktor Orlov la muerte horrible que se merecía.

—¿Qué habría pasado si Nina hubiera abierto el paquete contaminado en el avión, cuando iba a Londres?

—Que habría muerto, igual que las personas sentadas a su alrededor. Pero no lo abrió. Llevó el paquete directamente a la casa de Viktor en Cheyne Walk y lo puso sobre su mesa. Fue uno de los asesinatos más perfectos de nuestra larga y gloriosa historia. Eliminamos por fin a ese traidor de Orlov y la entrometida de Nina Antonova quedó completamente desacreditada.

—Espero que algún día recibas el reconocimiento que mereces.

—Yo solo fui el mensajero —respondió Felix, sin advertir la ironía del comentario de Isabel—. Arkady fue quien lo planeó. Estaba especializado en operaciones de bandera falsa y medidas activas cuando trabajaba para el KGB.

—Me alegro de que hayamos aclarado ese asunto. —Tiró el teléfono al *jacuzzi*—. Pero me pregunto por qué has elegido este momento para confesar tu participación en el asesinato de Viktor Orlov.

Arriba cesó la música.

—La fiesta se ha acabado —dijo Felix—. Es hora de dar un paseo.

Se le ocurrió que, con la música ensordecedora apagada, alguien podría oír su llamada de auxilio, pero la primera bocanada de aire apenas había escapado de sus pulmones cuando Felix le tapó la boca con la mano. Su intento de resistirse tampoco sirvió de nada. Solo hizo falta un poco de presión en la base del cuello para que su cuerpo quedara inerte.

La arrastró fuera del pabellón de la piscina, hasta pasada la entrada de un falso *pub* inglés. Al igual que los bares de Londres, estaba vacío. Más allá se encontraba la pista cubierta de tenis, que por alguna razón estaba iluminada, igual que la pista de patinaje y la marquesina que daba acceso al cine privado. La película que se anunciaba era *Desde Rusia con amor*.

Pasado el cine había un salón recreativo lleno de máquinas de *pinball* y videojuegos antiguos y, junto al salón recreativo, un club de *striptease* con escenario y barra de baile. Aquello era el no va más de la chabacanería, pensó Isabel. Ni siquiera Anil Kandar, su inmoral excolega del RhineBank-Londres, tenía un club de *striptease* en casa.

Finalmente, llegaron al enorme garaje para seis coches del chalé. Isabel, con el vestido empapado, se estremeció al sentir el frío repentino. Solo dos de las plazas estaban ocupadas, una por un Mercedes AMG GT cupé y la otra por un Range Rover. La puerta de la plaza del fondo estaba abierta. Fuera, en la entrada, había una moto de nieve Lynx con un trineo de carga acoplado.

En el impecable suelo de cemento había un traje de nieve y un par de gafas de visión nocturna, una manta acolchada para mudanzas, un rollo de cinta de embalaje industrial, una lona y una cuerda de nailon. Isabel cruzó los brazos sobre el pecho cuando Félix la envolvió con la manta y la ató con la cinta de embalar. Transcurrió un rato mientras él se ponía el traje de nieve. Luego, se la cargó al hombro y la echó al trineo de carga de la Lynx como si fuera un cadáver recogido en el campo de batalla.

Quedó tumbada de espaldas, con la cabeza en la parte delantera del trineo, que se hundió un poco cuando Felix subió a la moto y la puso en marcha. Mientras se alejaban del chalé, Isabel pidió socorro a gritos hasta que le falló la garganta. Seguramente ni siquiera Felix podía oírla. El zumbido del motor era como el de una sierra circular.

Tenía la mano izquierda apoyada en la parte superior del brazo derecho. Cerró los ojos e intentó tocar el inicio del concierto de Elgar, pero fue inútil. Por una vez, era incapaz de oír la música dentro de su cabeza. En lugar de tocar, reflexionó sobre el conjunto de circunstancias, la concatenación de azares y desventuras que la habían llevado hasta allí. Había sido la llamada telefónica, se dijo. La llamada que el presidente ruso había recibido antes de su encuentro. Había sido entonces. Ese era el momento exacto en que todo se había torcido.

Cinco minutos después de que cesara la música, una fila de coches de lujo con chófer apareció en la puerta de Arkady Akimov. Partieron a intervalos regulares, uno por uno, y se sumaron a otra fila de vehículos en el extremo sur de la Rue de Nogentil. Allí, por orden del Elíseo, los invitados que se marchaban fueron sometidos a un nuevo registro. En ninguno de los coches encontró la policía francesa lo que buscaba: a una mujer alemana de treinta y cuatro años, con vestido de cóctel negro de Max Mara y bolso de mano de Bottega Veneta.

Gabriel seguía los acontecimientos desde el balcón del piso franco, con el teléfono pegado al oído. Estaba hablando con Paul Rousseau, en París. Rousseau estaba a su vez en comunicación con la torre de control del aeropuerto de Chambéry, que acababa de sufrir un apagón catastrófico e inexplicable. O al menos eso le había dicho la torre de control a la tripulación del avión Ilyushin Il-96 del presidente ruso.

—¿Hay alguna posibilidad de que la hayan sacado del chalé antes de la salida del presidente? —preguntó Rousseau.

—Por la puerta principal no, y tampoco en coche. O está en uno de los helicópteros o sigue dentro de la casa.

—El jefe del dispositivo del SDLP dice que las únicas incorporaciones al séquito del presidente son *monsieur* Akimov y su esposa.

—O sea, que solo queda la casa.

—Ni se te ocurra —le advirtió Rousseau.

—Esperaba que pudiera encargarse tu gente.

—¿Con qué excusa?

—Algo inocuo. Una queja de los vecinos, por ejemplo.

—¿En Courchevel, en Nochevieja?

—Para todo hay una primera vez.

—Como lo demuestra esta llamada. Sea como fuere —continuó Rousseau—, al Elíseo le interesaría evitar la tercera guerra mundial. En cuanto confirmemos que tu agente no está a bordo de uno de esos helicópteros, la luz volverá como por milagro al aeropuerto de Chambéry.

Gabriel estaba a punto de protestar cuando oyó un sonido parecido al de una sierra circular subiendo por Les Trois Vallées.

—¿Oyes eso, Paul?

—Lo oigo —respondió Rousseau.

—¿A qué te suena?

—Me suena a que la han sacado por la puerta de atrás.

Desde su puesto de observación en la Rue du Jardin Alpin, Mijail Abramov y Christopher Keller oyeron el mismo ruido. Al igual que Gabriel, Mijail no reconoció de inmediato su origen, pero Christopher supo enseguida que se trataba de una moto de nieve. Cuando escudriñó las pistas de esquí, no vio moverse ninguna luz. Estaba claro que el conductor de la moto llevaba los faros apagados para evitar que le localizaran, lo que sugería que estaba usando la máquina para trasladar a una alemana de treinta y cuatro años, con vestido de cóctel negro de Max Mara y bolso de mano de Bottega Veneta.

Christopher se subió al techo del Audi para tener mejor visibilidad y desde allí oteó el oscuro paisaje mientras el sonido del motor se desvanecía. No había duda de que se dirigía hacia el suroeste, hacia la cima de la montaña conocida como Dent de Burgin. En el valle de más allá estaban el pueblo de Morel y la estación de esquí de Méribel, conectados con Albertville por la D90, una ruta de escape perfecta. A menos, claro, que tuvieran intención de arrojar a Isabel a una sima en lo alto del monte y dar el asunto por concluido.

Se bajó del techo del Audi y encontró a Mijail mirando tranquilamente su teléfono Solaris.

—Mensaje de la central —dijo Mijail sin levantar la vista.

—¿Qué dicen?

—Opinan que nuestra chica podría ir a bordo de esa moto de nieve. Y añaden que les gustaría que la sacáramos de dicha moto antes de que sufra algún daño.

—¿Y cómo se supone que vamos a hacerlo si no tenemos moto de nieve?

—Nos sugieren que improvisemos. Lo dicen ellos, no yo. —Mijail sonrió—. Menos mal que has traído las raquetas de nieve.

—Te enseñaré a ponértelas.

—Esas cosas no me van. Además —añadió Mijail dándole una palmada al volante—, yo estoy conduciendo.

Christopher frunció el ceño.

—Dile a la central que pongan un control policial en la D90 al norte de Morel.

Mijail abrió el maletero desde dentro.

—Dalo por hecho.

Christopher se calzó rápidamente las raquetas de nieve y enganchó una linterna a la parte delantera de su chaqueta Gore-Tex. Cinco minutos más tarde, mientras atravesaba una pista de esquí sin alisar unos doscientos metros al oeste de Le Chalet de Pierres, encontró huellas frescas en la nieve. Tal y como sospechaba, se dirigían al suroeste. Apagó la linterna, bajó la cabeza para protegerse del viento cortante y siguió avanzando.

56

AEROPUERTO DE CHAMBÉRY, FRANCIA

Arkady Akimov había sido relegado al segundo helicóptero. Su asiento, el único disponible, estaba en la parte trasera de la cabina atravesada por corrientes de aire, al lado de los cajones que contenían el equipo de comunicaciones. Oksana iba sentada en equilibrio sobre sus rodillas, haciendo pucheros como una niña. El batir estruendoso de los rotores hacía casi imposible conversar, lo que era una suerte. En el coche le había acribillado a preguntas. ¿Por qué volvían a Moscú con Volodya? ¿Se habían metido en un lío? ¿Qué iba a pasar con el dinero? ¿Quién cuidaría de ella? ¿Tenía todo aquello algo que ver con Isabel? Después, dejó de hacerle preguntas y se puso a darle puñetazos. Y él se lo permitió, al menos momentáneamente, porque se lo había ganado a pulso. Estaba seguro de que aquella no sería la primera humillación que iba a sufrir. Seguirían muchas otras cuando llegaran a Rusia. Isabel le había despojado de su pátina de riqueza y poder. Le había destruido. Ya no era nadie, se dijo. Era un hombre cualquiera.

Los otros ocho pasajeros que se apiñaban en el segundo Airbus eran escoltas de Volodya. A medida que se acercaban a Chambéry, el nerviosismo se hizo palpable en la cabina. Arkady no alcanzaba a oír lo que decían, pero al parecer había un problema en el aeropuerto. Se cambió a Oksana a la otra rodilla y miró por la ventanilla de estribor. Las luces de Chambéry brillaban como piedras preciosas, pero en el lugar donde debía estar el aeropuerto había una gran mancha negra.

Solo el reluciente Ilyushin Il-96 blanco, con las luces de aterrizaje y del logotipo encendidas, se veía en medio de la penumbra. El helicóptero aterrizó unos cien metros detrás de su cola. Oksana rechazó con rabia el intento que hizo Arkady de agarrarla de la mano mientras cruzaban la pista a oscuras. Los escoltas que iban detrás de ellos intercambiaron varios comentarios despectivos, mofándose de él.

Un cualquiera...

Volodya, que se había apeado de su helicóptero, subía trabajosamente la escalerilla delantera del avión, seguido por Yevgeny Nazarov y sus otros asistentes. Había otra escalerilla en la parte trasera del Ilyushin. Arkady miró a uno de los escoltas esperando indicaciones y el escolta le informó con un gesto insolente de que haría el viaje de vuelta a Moscú en la cola del avión, con el resto del personal.

Dentro de la cabina, Oksana y él se separaron, quizá para siempre. Oksana se dejó caer en un asiento a babor, junto a uno de los guardaespaldas de Volodya (el más guapo, por supuesto). Él se sentó al otro lado del pasillo y contempló la noche. Se le agolpaban en la cabeza imágenes de su propia muerte. Teniendo en cuenta el menú de opciones disponibles, lo preferible sería caer desde una ventana muy alta. La muerte provocada por un agente nervioso —la que él le había reservado al traidor Viktor Orlov— sería rápida y relativamente indolora. La muerte por polonio, en cambio, era larga y atroz, una sinfonía de Shostakovich de sufrimiento.

Y luego, se dijo, estaba el tipo de muerte con que el KGB solía castigar a los traidores. Una paliza salvaje, una bala misericordiosa en la nuca, una tumba sin señalar. *Vysshaya mera...* El castigo supremo. Por el delito de entregarle once mil quinientos millones de dólares de su dinero a alguien como Gabriel Allon, Arkady temía dejar este mundo de la peor manera imaginable. Solo esperaba que

Volodya cuidara de Oksana cuando él faltara. Quizá se la quedara para sí. En cuestión de mujeres, tenía un apetito insaciable.

De repente, se dio cuenta de que Oksana le llamaba desde el otro lado del pasillo. Se giró bruscamente, esperando clemencia, pero ella le señaló irritada el lado izquierdo de la chaqueta del traje. No se había dado cuenta de que estaba sonando su teléfono.

No reconoció el número. Rechazó la llamada y tiró el teléfono al asiento de al lado. Empezó a sonar de nuevo al instante. El mismo número. Esta vez, pulsó el icono de ACEPTAR y se llevó el teléfono a la oreja con gesto vacilante.

—¿Te pillo en mal momento, Arkady? —preguntó una voz en idioma alemán con acento berlinés.

—¿Quién es?

—¿Quién crees tú que soy?

—Hablas bien alemán, Allon. ¿En qué puedo ayudarte?

—Puedes llamar al conductor de esa moto de nieve antes de que se quede sin cobertura y decirle que dé la vuelta.

—¿Por qué iba a hacer eso?

—Porque, si no, voy a matarle. Y luego te mataré a ti, Arkady.

—Estoy cómodamente sentado en suelo ruso. O sea, fuera de tu alcance.

—Ese avión no va a ninguna parte a menos que me entregues a Isabel.

—¿Y si lo hago? ¿Qué obtendré a cambio?

—No tendrás que volver a Moscú a rendir cuentas. Te aseguro que eso no acabará bien.

Arkady apretó el teléfono con fuerza.

—Lo siento, pero necesito algo más tangible. Un edificio de oficinas en la avenida Brickell de Miami, por ejemplo.

—El dinero se ha esfumado, Arkady. Y no va a volver.

—Pero tengo que ofrecerle algo.

—En ese caso, te sugiero que improvises. Y deprisa.

Se cortó la conexión.

Fuera, en la pista, la tripulación del avión y varios miembros del equipo de seguridad de Volodya se habían enzarzado en una acalorada discusión con dos funcionarios del aeropuerto. Arkady cerró los ojos y vio otra cosa, un hombre vapuleado y cubierto de sangre, de rodillas en un cuartucho con paredes de hormigón y un desagüe en medio del suelo.

El castigo supremo…

Abrió los ojos sobresaltado y miró el número que había quedado grabado en la lista de llamadas recibidas de su móvil. Quizá no fuera inevitable, se dijo. Quizá Gabriel Allon —nada menos que él— acababa de brindarle una salida.

Oksana se había puesto a coquetear descaradamente con su compañero de asiento. Arkady se levantó y avanzó por el pasillo central hacia el tabique que separaba el lujoso compartimento delantero del resto de la cabina del avión. La puerta estaba cerrada con llave. Llamó educadamente y, al no recibir respuesta, volvió a llamar. Por fin se abrió la puerta dejando ver la elegante figura de Tatiana Nazarova, velocista olímpica retirada y actual esposa de Yevgeny Nazarov. Miró a Arkady con desprecio, como si fuera un camarero que había tardado en llevarle la comida.

—Volodya no desea verte en este momento. Por favor, vuelve a tu asiento.

Intentó cerrar la puerta, pero Arkady la bloqueó con el pie y, dando un empujón, pasó a su lado. Las luces estaban atenuadas y reinaba un ambiente tenso. Un asistente intentaba despertar al Palacio del Elíseo. Otro gritaba en ruso a alguien en Moscú; probablemente, al ministro de Exteriores. Para lo que le iba a servir… Era Nochevieja y el ministro era uno de los mayores borrachos del mundo.

Solo Volodya parecía impertérrito. Estaba arrellanado en un sillón giratorio, con las manos colgando de los reposabrazos y una expresión de mortal aburrimiento en la cara. Arkady se puso delante de él, evitando su mirada, y esperó a que le dieran permiso para hablar.

Fue Volodya quien habló primero.

—¿Podemos dar por sentado que este presunto apagón no es una coincidencia?

—Es obra de Allon —respondió Arkady.

—¿Has hablado con él?

—Hace un momento.

—¿Ha cortado la electricidad por su cuenta o los franceses también están implicados?

—No me lo ha dicho.

—¿Y qué te ha dicho?

—Quiere a la mujer.

—¿A la que has permitido que me robara?

—Yo no sabía que trabajaba para Allon.

—Pues deberías haberlo sabido.

Con su silencio penitencial, Arkady reconoció que tenía razón.

—¿Es posible hacer un trato?

—Dice que no, pero tengo la impresión de que quizá esté dispuesto a mostrarse razonable. Deja que hable con él de nuevo. Cara a cara, esta vez.

Volodya adoptó una mirada inexpresiva; sus ojos parecían muertos.

—¿Estás pensando en pasarte al otro lado? ¿En venderles nuestros secretos a Allon y a sus amigos del MI6 a cambio de una casita en la campiña inglesa?

—Por supuesto que no —mintió Arkady.

—Bien, porque no vas a ir a ninguna parte. —Fuera, la pista se iluminó de repente. Volodya sonrió—. Deberías volver a tu asiento.

Arkady se dirigió hacia la puerta del compartimento.

—¿No olvidas algo, Arkady Sergueyevich?

Se detuvo y se dio la vuelta.

Volodya le tendió la mano

—Dame tu teléfono.

57

MACIZO DE LA VANOISE, FRANCIA

El avión Ilyushin del presidente ruso partió del aeropuerto de Chambéry a la 1:47, treinta y dos minutos más tarde de lo previsto. Gabriel preguntó a Paul Rousseau si había desembarcado alguien antes del despegue. Rousseau trasladó la pregunta al personal de la torre de Chambéry, que a su vez se la formuló al personal de tierra. La respuesta llegó unos segundos después. No había ningún miembro del séquito del presidente ruso en la pista, ni en ninguna otra parte.

—¿Dónde están los helicópteros? —preguntó Gabriel.

—En el aeropuerto todavía.

—Necesito uno.

—No vas a encontrarla en plena noche. Montaremos una operación de búsqueda y rescate a primera hora de la mañana.

—Mañana ya estará muerta, Paul.

Rousseau trasladó la petición al oficial del Service de la Protection y este se la trasladó a los pilotos de los helicópteros. Los tres se ofrecieron voluntarios.

—Solo necesito uno —dijo Gabriel.

—Estará allí dentro de veinte minutos.

Mijail Abramov le llevó por la sinuosa carretera, hasta el pequeño aeropuerto de Courchevel. El Airbus Super Puma aterrizó a las 2:14 de la madrugada. Gabriel cruzó corriendo la pista y subió a bordo.

—¿Por dónde empezamos? —gritó el piloto.

Gabriel señaló al suroeste, hacia los picos del Macizo de la Vanoise.

Cuando el motor de la moto de nieve se apagó por fin, los oídos de Isabel cantaron en medio del silencio repentino: una nota sostenida, dulce y pura, como el sonido que producía Anna Rolfe cuando apoyaba el arco sobre las cuerdas de su Guarneri.

El siguiente sonido que oyó fue el crujido de la nieve dura cuando Felix se apeó de la moto. Él desató la cuerda de nailon que sujetaba la lona y cortó la cinta de embalar con que había envuelto la manta acolchada. Isabel dio dos vueltas en sentido contrario a las agujas del reloj y fue a caer junto al trineo. Intentó liberarse, pero fue inútil. La nieve la tenía atrapada.

De pie a su lado, Felix se echó a reír. Por fin, se agachó y la levantó de un tirón. Ella se rodeó el torso con los brazos, aferrándose al poco calor que aún le quedaba en el cuerpo.

Él se bajó la cremallera del traje de nieve y sacó una pistola.

—¿Tienes frío? —preguntó.

El temblor involuntario de su mandíbula le impidió responder de inmediato. El brillo de la luna creciente iluminaba los alrededores. Se hallaban en un pequeño valle rodeado de picos. No se veían luces ni nada que pudiera servirle para orientarse.

Apretando los dientes, logró pronunciar una sola palabra.

—¿Dónde…?

—¿Estamos?

Ella asintió.

—¿Es que importa?

—Por favor…

Él señaló la montaña más alta.

—Ese es el Aiguille de Péclet. Tres mil quinientos metros, más o menos.

Una ráfaga de viento se llevó la lona suelta. Isabel miró la manta abandonada en el trineo de carga.

—Eso no te salvará. Estamos a diez grados bajo cero, como mínimo. Dentro de dos horas estarás muerta.

De modo que así era como planeaba hacerlo: iba a dejarla morir de frío. Isabel pensó que el cálculo de Felix era muy optimista. Con su vestido Max Mara empapado y sus zapatos de ante Jimmy Choo, probablemente comenzaría a acusar los efectos de la hipotermia en cuestión de minutos. Empezaría a sentirse aturdida, se le trabaría la lengua, se le ralentizarían el ritmo cardíaco y la respiración. En algún momento perdería incluso la capacidad de temblar. Ese sería el principio del fin.

Volvió a mirar la manta.

—Por favor...

Felix le puso una mano entre las escápulas y la empujó hacia los árboles. Las condiciones de la nieve —unos pocos centímetros de polvo fresco sobre una base sólida como la roca— permitían hasta cierto punto caminar sin dificultad, pero los zapatos Jimmy Choo habían sido un error, no había duda. Cada vez que daba un paso, los tacones de diez centímetros se clavaban en la nieve.

—Más deprisa —ordenó Felix.

—No puedo —respondió temblando.

Él le dio otro empujón y ella cayó de bruces sobre la nieve. Esta vez no hizo ningún esfuerzo por liberarse de su gélido abrazo. Oía un sonido lejano y se preguntaba si era solo una alucinación inducida por el frío.

Era el mismo sonido que había oído en la terraza de Le Chalet de Pierres con Oksana Akimova.

Un helicóptero.

Aunque Isabel no lo sabía, el helicóptero en cuestión, un Airbus H215 Super Puma del ejército francés, se encontraba cien metros por encima del pico de Dent de Burgin y barría con su reflector el manto de nieve de la ladera este. No había ni rastro de una moto Lynx, pero Gabriel vislumbró lo que parecía ser una pequeña esfera de luz en el angosto valle glaciar de más abajo. La esfera de luz, al iluminarla el Airbus, resultó ser un alpinista solitario. El alpinista hizo una señal al helicóptero cruzando los bastones por encima de la cabeza y luego señaló la nieve para indicar que estaba siguiendo unas huellas. El helicóptero viró al sur, hacia la Aiguille de Péclet. El alpinista solitario apoyó los bastones en la nieve y siguió avanzando.

Felix levantó a Isabel del lugar donde descansaba.

—Camina —le dijo.

No estaba segura de poder hacerlo.

—¿Adónde? —preguntó, temblando.

Una mano apareció por encima de su hombro y le señaló un árbol cónico, un abeto o un pino cuyas ramas inferiores estaban sumergidas bajo la nieve. Avanzó con esfuerzo, dos pasos torpes, luego un tercero. Se imaginó lo ridículo que debía de ser su aspecto en ese momento. Procuró quitarse esa idea de la cabeza y se concentró en el ruido del helicóptero. Cada vez era más fuerte.

Dio otro paso y le fallaron las piernas. O tal vez dejó que se le doblaran; ni siquiera ella estaba segura. Felix volvió a levantarla y le ordenó que siguiera andando hacia el árbol. Pero ¿qué sentido tenía aquella marcha ritual hacia la muerte? ¿Y por qué había elegido un árbol como destino?

Isabel lo comprendió de repente.

Bajo la copa del árbol, en la nieve, había un socavón, un punto débil cilíndrico conocido como «pozo de árbol», uno de los mayores peligros de la alta montaña. Si caía en él, no podría escapar. De hecho, cualquier intento de salir a gatas solo aceleraría su muerte. La nieve inestable que rodeaba el árbol caería al

354

interior del pozo como agua por un desagüe. Y ella acabaría enterrada viva.

Clavó los pies con firmeza en el suelo y se giró lentamente. Felix no se dio cuenta; estaba escudriñando el cielo en busca del helicóptero. Tenía la cremallera del traje de nieve bajada unos centímetros y el cuello al descubierto. Sostenía la pistola con la mano derecha, apuntando hacia la nieve.

«Improvisa…».

El frío no había disminuido el dolor de su brazo izquierdo, pero el brazo con el que manejaba el arco, fortalecido por casi treinta años de práctica, estaba perfectamente. Se agachó, se quitó el zapato derecho y lo agarró con fuerza por el empeine. Evocó una imagen —Felix sonriendo mientras sujetaba una enorme mancuerna— y lanzó el tacón de aguja del zapato contra la carne desnuda de la garganta del ruso.

Un instante antes de recibir el golpe, él apartó la mirada del cielo negro. La punta del tacón se clavó en la piel suave, debajo de su pómulo izquierdo, y se la desgarró hasta la comisura de la boca.

Aullando de dolor, Felix se tapó la herida con la mano izquierda. Su mano derecha estaba ahora vacía. Isabel soltó el zapato y agarró la pistola con las dos manos. Pesaba más de lo que había imaginado. Le apuntó al centro del pecho y retrocedió lentamente, alejándose de él.

La sangre que manaba de la herida le chorreaba por la mano izquierda. Cuando por fin habló, lo hizo con el acento de americano de Fletcher Billingsley.

—¿Has usado una pistola alguna vez?

—Por favor —dijo ella.

—¿Por favor qué? —Él dio un paso adelante—. Quizá convenga que cargues el primer cartucho y quites el seguro. Si no, no va a pasar nada cuando aprietes el gatillo.

Isabel dio otro paso atrás.

—Cuidado, Isabel. Hay mucha caída.

Se detuvo. Ya no estaba temblando. Era el principio del fin, pensó.

Sostenía ahora la pistola con firmeza. Rectificó ligeramente la puntería y dijo:

—Vete.

—¿Por qué lo haría?

—Porque si no te vas…

Felix bajó la mano, dejando a la vista la horrible herida de la cara, y se precipitó hacia ella a través de la nieve. Apretar el gatillo resultó más difícil de lo que había previsto, y el retroceso casi la hizo caer al suelo. Sin embargo, la bala dio de algún modo en el blanco.

Felix yacía ahora de espaldas en la nieve. Se agarraba el cuello, retorciéndose de dolor. Isabel bajó un poco el arma y apretó el gatillo por segunda vez. El restallar del disparo resonó en los picos de las montañas circundantes y luego se desvaneció. Después, solo se oyó el batir de los rotores del helicóptero. Era el sonido más hermoso que Isabel había oído nunca.

CUARTA PARTE

FINALE

58

GINEBRA – LONDRES – TEL AVIV

Comenzó de la manera habitual, con una filtración anónima a un periodista respetado. En este caso, el responsable de la filtración fue Christoph Bittel, del NDB suizo, y el destinatario de su dádiva editorial un periodista financiero del *Neue Züricher Zeitung*. La información se refería a una redada que la Policía Federal suiza había efectuado en Nochevieja en el domicilio y las oficinas del comerciante de petróleo y oligarca ruso Arkady Akimov. Los pormenores de la investigación eran escasos, pero las palabras «presunto blanqueo de capitales» y «desfalco de fondos estatales rusos» llegaron sin saber cómo a oídos del reportero suizo. Fue imposible contactar a Arkady Akimov para que hiciera declaraciones, ya que se había refugiado en Moscú, lo que no dejaba de ser curioso teniendo en cuenta que su avión privado estaba aparcado en la pista del aeropuerto de Ginebra, inmovilizado por orden del Gobierno suizo.

Esa misma mañana, con ayuda de Paul Rousseau, de París, se supo que Arkady Akimov había dado una fiesta de Nochevieja en su chalé de la localidad francesa de Courchevel. Entre los asistentes se encontraba el presidente ruso, que había viajado a Francia a título privado y se había marchado en algún momento pasada la medianoche, evidentemente con Arkady Akimov a bordo de su avión. La lista de invitados, que de alguna manera se hizo pública, incluía a destacados empresarios franceses y numerosos políticos de extrema derecha. Ninguno de los que se prestaron a hacer declaraciones recordaba nada fuera de lo común. De hecho, la mayoría no recordaba nada en absoluto.

La siguiente pieza en caer fue la oficina del RhineBank AG en Zúrich, que el sábado por la mañana fue objeto de una redada extraordinaria. La policía registró también las oficinas londinenses del banco en Fleet Street, y el jefe de la división de mercados globales, un tal Anil Kandar, fue detenido en su mansión victoriana de Richmond-on-Thames. Las autoridades financieras suizas y británicas se mostraron extrañamente herméticas respecto al motivo de los registros y solo informaron de que tenían relación con el caso Akimov. El Consejo de los Diez, el comité directivo del Rhine-Bank, se apresuró a emitir un comunicado en el que negaba cualquier irregularidad, señal segura de que el banco tenía mucho que ocultar.

La magnitud de sus fechorías se hizo pública esa misma noche mediante un extenso reportaje publicado conjuntamente por la *Moskovskaya Gazeta* y el *Financial Journal* de Londres, ambos pertenecientes a los herederos del difunto Viktor Orlov. El artículo detallaba los estrechos vínculos del RhineBank con miembros del círculo íntimo del presidente ruso y describía el emporio empresarial de Arkady Akimov como un mecanismo ideado para el blanqueo y ocultación de riqueza obtenida por medios delictivos. Según documentos internos del RhineBank, Akimov era desde hacía mucho tiempo cliente de la llamada Lavandería Rusa, una unidad secreta de la oficina del banco en Zúrich. Sin embargo, a finales de 2020 cayó en una trampa y entabló una relación ilícita con el financiero y activista ginebrino Martin Landesmann, que se había prestado a colaborar con los investigadores suizos y británicos. A instancias de Akimov, Landesmann había comprado diversas empresas y activos inmobiliarios, incluidos varios edificios de oficinas en Miami, Chicago y el Canary Wharf de

Londres. El verdadero propietario de esos activos era, no obstante, el presidente de Rusia.

Pero lo más chocante del reportaje era quizá que estuviera fechado en Londres y firmado por Nina Antonova. Al parecer, la periodista rusa desaparecida se había refugiado en secreto en el Reino Unido. En el artículo, Antonova admitía que le había entregado a Viktor Orlov un paquete de documentos que, sin que ella lo supiera, estaban contaminados con polvo ultrafino de Novichok. El paquete, según ella, lo había preparado un colaborador de Arkady Akimov llamado Felix Belov. Curiosamente, Belov se encontraba entre los invitados a la fiesta de Nochevieja en Courchevel. Tanto él como Arkady Akimov estaban presuntamente en paradero desconocido.

Estos acontecimientos causaron gran revuelo en Whitehall. Algunos miembros del Partido Laborista en la oposición, así como varios periódicos hostiles al Gobierno, criticaron la forma en que Downing Street había manejado el asunto; especialmente, las imputaciones que la Fiscalía de la Corona había presentado contra Nina Antonova. El primer ministro, Jonathan Lancaster, admitió alegremente que había sido una estratagema poco ortodoxa pero necesaria para proteger a la periodista de las represalias de los servicios de inteligencia rusos. Y acto seguido se tomó a su vez una pequeña revancha ordenando a la Agencia Nacional contra el Crimen que se incautara de una larga lista de valiosos inmuebles; entre ellos, el edificio de oficinas de Canary Wharf. Al mismo tiempo, las autoridades suizas congelaron los activos de NevaNeft Holdings SA y confiscaron el avión de Akimov y su casa a orillas del lago de Ginebra. Fuentes de ambos países dieron a entender que aquello era solo el principio.

Pero ¿por qué habían puesto las autoridades al empresario ruso en el punto de mira? ¿Y por qué había hecho Akimov negocios con san Martin Landesmann, precisamente? ¿Cabía la posibilidad de que la ONG de fomento de la democracia creada por Martin fuera en realidad una tapadera? ¿Y qué había de la espléndida gala celebrada en el museo Kunsthaus de Zúrich? Las grabaciones de televisión revelaron que Akimov y su bella y joven esposa habían estado presentes. ¿Era posible que la afamada violinista suiza Anna Rolfe también estuviera involucrada en el asunto?

Y luego estaba *La tañedora de laúd*, óleo sobre lienzo de 152 por 134 centímetros, antes atribuido al círculo de Orazio Gentileschi y ahora, sin duda, a la hija de Orazio, Artemisia. El director de la Kunsthaus se negó tajantemente a contestar a preguntas relativas a la autenticidad del cuadro, al igual que el destacado marchante de arte londinense Oliver Dimbleby, que había gestionado la venta. Pero ¿de dónde había sacado Dimbleby el cuadro? La respuesta la dio Amelia March, de *ARTNews*. Dimbleby, informó, había comprado el cuadro a la galería Isherwood, donde se hallaba almacenado desde principios de la década de 1970. Sarah Bancroft, la atractiva socia y gerente de la galería, declaró que las circunstancias de la venta eran privadas y seguirían siéndolo.

Salvo Amelia March, los periodistas que indagaron en el asunto acabaron con las manos vacías. Un portavoz de la Alianza Global para la Democracia aseguró que la ONG continuaría realizando su importante labor. A través de su jefa de relaciones públicas, Anna Rolfe declaró que había actuado en la gala por deferencia hacia un viejo y querido amigo. Ese amigo era, presumiblemente, Martin Landesmann, aunque este se negó a hacer cualquier comentario al respecto. Los muchos críticos que tenía entre las filas de la derecha dictaminaron que su repentino silencio era prueba de que los milagros existían.

Yevgeny Nazarov, el sibilino portavoz del Kremlin, se mostró tan locuaz como siempre. Durante una combativa rueda de prensa en Moscú, negó las informaciones que afirmaban que el presidente ruso era el propietario de los bienes en cuestión, o que poseyera una inmensa fortuna oculta en Occidente. Una portavoz de la nueva administración estadounidense tachó sus afirmaciones de irrisorias y dio a entender que el presidente electo no tardaría en tomar las medidas oportunas. El Gobierno saliente —o lo que quedaba de él— se lavó las manos. El presidente, que ya ni siquiera fingía ejercer las labores de Gobierno, estaba volcado en un último intento de invalidar los resultados de las elecciones de noviembre. El secretario de prensa de la Casa Blanca se negó a revelar si había sido informado del asunto.

Hubo al menos un funcionario estadounidense de alto nivel, el director de la CIA Morris Payne, que siguió la caída de Arkady Akimov con algo más que un interés pasajero, pues la había propiciado en parte y había desempeñado en ella un papel pequeño pero no insignificante. Payne sabía lo que otros ignoraban: que la operación contra Akimov y sus facilitadores financieros del RhineBank había sido orquestada no por los suizos o los británicos, sino por el legendario espía israelí Gabriel Allon. Gracias a la capacidad técnica de la Agencia de Seguridad Nacional, Payne también estaba al corriente de los desagradables acontecimientos que habían tenido lugar después de la fiesta de Nochevieja de Akimov en Courchevel: algo relacionado con una alemana llamada Isabel Brenner y un ruso fallecido, de nombre Felix Belov.

Aunque a Payne le quedaba poco tiempo en el cargo, estaba ansioso por recibir un informe completo de lo sucedido esa noche. A decir verdad, creía tener derecho a él. Aun así, esperó hasta las once de la mañana del miércoles 6 de enero para llamar a Allon a través de la línea directa entre Langley y King Saul Boulevard. Para su consternación, la llamada no obtuvo respuesta. Su diatriba rebosante de blasfemias se oyó a lo largo y ancho de la sexta planta.

59

TZAMAROT AYALON, TEL AVIV

No muy lejos de King Saul Boulevard, en el distrito de Tel Aviv conocido como Tzamarot Ayalon, se levanta una colonia de trece torres de pisos de lujo de construcción reciente. En uno de los edificios, el más alto, había un piso franco de la Oficina. Su actual ocupante tocaba el violonchelo día y noche, para exasperación de su vecino, un multimillonario magnate del *software*. El magnate, acostumbrado a salirse con la suya, se quejó a la gerencia del edificio, que a su vez se quejó a Intendencia. Gabriel se desquitó haciendo que la joven violonchelista recibiera clases diarias del profesor más cotizado de Israel. No le preocupaba un posible fallo de seguridad. La hija del profesor trabajaba como analista en el departamento de Investigación.

El profesor estaba a punto de irse cuando llegó Gabriel.

—Hoy ha tocado de maravilla —comentó—. Tiene un tono verdaderamente notable.

—¿Y de ánimo cómo está?

—Podría estar mejor.

Estaba sentada ante una ventana orientada al oeste, con el violonchelo entre las rodillas y la luz del sol poniente dándole en la cara. El calvario que había sufrido a manos de Felix Belov no le había dejado secuelas visibles, más allá de un pequeño derrame en un ojo, resultado de una hemorragia subconjuntival. Gabriel envidiaba su capacidad de recuperación. Ventajas de ser joven, se dijo.

Isabel levantó la vista de repente, sorprendida por su presencia.

—¿Cuánto tiempo llevas escuchando?

—Horas.

Bajó el arco y se rascó el cuello.

—¿Cómo te encuentras?

Ella apartó el violonchelo y se levantó la camisa, dejando ver un enorme hematoma de color magenta y granate.

Gabriel hizo una mueca.

—¿Todavía te duele?

—Solo cuando me río. —Se bajó la camisa—. Supongo que podría haber sido peor. Cada vez que cierro los ojos, veo su cuerpo tendido en la nieve.

—¿Quieres hablar con alguien?

—Creo que sí.

—Tenías todo el derecho a hacer lo que hiciste, Isabel. Llevará tiempo, pero algún día te perdonarás por haber tenido la valentía de salvar tu vida.

—Según los periódicos, él ha desaparecido.

—Algo he leído sobre eso, creo.

—¿Aparecerá su cadáver alguna vez?

—Si aparece, no será en Francia.

—Su inglés era impecable —dijo Isabel—. Todavía me cuesta creer que de verdad fuera ruso.

—Seguro que sus muchos lectores americanos estarían de acuerdo contigo.

Ella frunció el ceño.

—¿Qué lectores americanos?

—Felix Belov era el jefe de la oficina del Grupo Haydn en Estados Unidos. Mis especialistas informáticos están analizando los discos duros en estos momentos. El libro completo de las operaciones secretas rusas dirigidas contra Occidente, al alcance de nuestra mano. —Hizo una pausa—. Y todo gracias a ti.

—¿Cómo has conseguido que mi nombre no se haga público?

—Ha sido bastante fácil, en realidad. Los únicos que saben que estás implicada son Martin y los rusos.

—¿Qué hay de Anil Kandar?

—Le han informado de que, si menciona tu nombre, pasará los próximos dos siglos en prisión.

—¿Y mi condena? ¿Cuánto va a durar?

—Me temo que tendrás que permanecer escondida hasta que me asegure de que la sed de venganza del presidente ruso ha remitido.

—No creo que sea de los que hacen borrón y cuenta nueva. —Colocó el violonchelo en su estuche—. ¿Habéis averiguado con quién estaba hablando cuando entré en esa habitación?

—El servicio de telecomunicaciones británico ha llegado a la conclusión de que la llamada procedía de un teléfono seguro de Washington, pero la conversación no fue interceptada.

—Arkady cambió por completo después de esa llamada. Los tenía, Gabriel. Y luego ellos me tenían a mí. —Levantándose, se acercó a la ventana—. ¿Dónde está tu oficina?

—Su ubicación es secreta, oficialmente.

—¿Y extraoficialmente?

Gabriel señaló al suroeste.

—Muy cerca de aquí.

—En Israel todo está cerca. ¿Vives aquí, en Tel Aviv?

—En Jerusalén.

—¿Naciste allí?

Gabriel negó con la cabeza.

—En un pequeño asentamiento agrícola del valle de Jezreel. La mayoría de la gente que vivía allí eran judíos alemanes supervivientes del Holocausto. Había unos cuantos músicos.

—¿Podrás perdonarnos alguna vez?

—La noción de culpa colectiva nunca ha sido de mi agrado, pero el Holocausto demostró de una vez por todas que no podíamos depender de otros para velar por nuestra seguridad. Necesitábamos un hogar propio. Y ahora lo tenemos. Puedes quedarte, si quieres; eres bienvenida.

—¿Aquí?

—Tenemos una economía próspera, una democracia estable y estaremos vacunados mucho antes que el resto del mundo. Y además tenemos una orquesta filarmónica estupenda.

—Soy alemana.

—Mis padres también lo eran.

—Y me opongo a la ocupación.

—Como muchos israelíes. Debemos encontrar una solución justa a la cuestión palestina. La ocupación permanente no es la respuesta. —Al advertir su cara de sorpresa, añadió—: Es una afección bastante común entre quienes se han pasado la vida matando para defender este país. Al final, todos nos convertimos en progresistas.

—Es tentador —dijo Isabel pasado un momento—. Pero creo que prefiero volver a Europa.

—Nosotros nos lo perdemos.

—¿Estaré segura en Alemania?

—Si es lo que deseas, lo arreglaré con el jefe del BfV. Los suizos también se han ofrecido a reubicarte, al igual que los británicos. Pero, yo que tú, me inclinaría por aceptar la oferta de Anna Rolfe.

—¿Qué oferta?

—Su casa en la Costa de Prata.

—¿Quién costeará la seguridad?

—El gran jefe.

Isabel le miró con incredulidad.

—Quedan varios miles de millones de dólares en fondos sin invertir en la cuenta de Martin en el Credit Suisse.

—Hay cierta justicia poética en ello.

—Siempre he preferido la justicia real. Y en cuanto se estabilice la nueva administración americana, estoy seguro de que encontrarán mucho más dinero.

—Pero ¿cambiará algo?

—En Rusia el poder es riqueza y la riqueza es poder. El presidente ruso sabe que si el dinero desaparece, su poder también desaparecerá. Las protestas ya han comenzado. Tengo intención de alentarlas. —Gabriel sonrió—. Voy a inmiscuirme en su política, para variar.

Pasaban unos minutos de las siete de la tarde cuando la comitiva de Gabriel entró en Narkiss Street. Arriba, cenó tranquilamente con Chiara y los niños, un lujo que podía permitirse pocas veces. Aun así, la mirada se le iba a menudo hacia el televisor de la habitación contigua. En Washington, una sesión conjunta del Congreso se disponía a ratificar los resultados de las elecciones presidenciales. El presidente saliente estaba dando un discurso ante la enorme multitud de simpatizantes que, pese a las gélidas temperaturas, se había congregado en la explanada de hierba conocida como la Elipse. El volumen del televisor estaba apagado, pero según los teletipos que iban apareciendo en la parte inferior de la pantalla estaba repitiendo sus acusaciones infundadas de fraude electoral. La muchedumbre, parte de la cual vestía equipamiento táctico militar, parecía cada vez más agitada. A Gabriel le pareció una situación explosiva.

Cuando acabaron de cenar, supervisó el baño de los niños, con poco o ningún efecto. Después, se sentó en el suelo entre sus camas hasta que se durmieron, primero Raphael y, veinte minutos más tarde, la parlanchina de Irene. Por pura costumbre, se fijó en la hora. Eran las 10:17 de la noche. Les dio un último beso, cerró la puerta sin hacer ruido y fue a ver las noticias que llegaban de Washington.

60

NARKISS STREET, JERUSALÉN

La insurrección comenzó incluso antes de que el presidente terminara de hablar. Menos de diez minutos después de que les dijera a sus seguidores que si eran débiles nunca recuperarían el país, que debían mostrarse fuertes y luchar a brazo partido, miles de personas se dirigieron hacia el este por Constitution Avenue. Una vanguardia de militantes —supremacistas blancos, neonazis, antisemitas, partidarios de la teoría conspirativa QAnon— se había reunido ya en torno a las barreras de seguridad que rodeaban el Capitolio. El asalto comenzó a las 12:53 del mediodía, y a las 14:11 los primeros sediciosos irrumpieron en el edificio. Dos minutos después llegaron al pie de la escalera contigua a la cámara del Senado. Dentro, un senador republicano por Oklahoma estaba exponiendo sus objeciones contra la ratificación de los once votos electorales de Arizona. El vicepresidente, que presidía la reunión de las cámaras, levantó la sesión y fue evacuado a toda prisa por su equipo de seguridad.

Durante las siguientes tres horas y media, los insurgentes recorrieron el templo de mármol de la democracia estadounidense rompiendo ventanas, derribando puertas, saqueando despachos, estropeando obras de arte, robando documentos y ordenadores, vaciando sus vejigas e intestinos y buscando legisladores a los que secuestrar o matar, incluidos la presidenta de la Cámara y el vicepresidente del Gobierno, a los que pretendían colgar por traición, al parecer en el patíbulo que habían erigido en el césped. Los emblemas del racismo y el odio estaban por todas partes. Un sujeto de barba agreste procedente del sur de Virginia deambulaba por los pasillos vestido con una sudadera en la que se leía *Camp Auschwitz*. Un individuo de Delaware se paseaba por la Gran Rotonda con una bandera confederada, una ignominia nunca vista en la historia de Estados Unidos.

Después de asegurarles a sus partidarios que se les uniría en su marcha hacia el Capitolio, el presidente vio con regocijo por televisión cómo se desataba el caos. Al parecer, lo único que le preocupaba era el aspecto desaliñado de aquella turba violenta y llena de odio, que, en su opinión, dañaba su imagen. A pesar de las numerosas súplicas del personal de la Casa Blanca, que estaba horrorizado, y de sus aliados en el Congreso, esperó hasta las cuatro y diecisiete de la tarde para pedir a los insurgentes, a los que describió como «muy especiales», que abandonaran el edificio.

A las seis menos veinte el asedio había terminado. El Senado volvió a reunirse a las ocho y seis; la Cámara de Representantes, a las nueve. A las 3:42 de la mañana del día siguiente, mientras el resto de Washington se hallaba bajo un estricto toque de queda, el vicepresidente ratificó formalmente los resultados de las elecciones. La primera intentona golpista de la historia de los Estados Unidos de América había fracasado.

Los aliados de Estados Unidos, asombrados por lo que habían presenciado, condenaron las acciones del presidente con palabras que normalmente reservaban para tiranos y matones del Tercer Mundo. Incluso el presidente autocrático de Turquía calificó la insurrección de vergüenza que escandalizaba a la humanidad. Gabriel pensó que aquel era el día más oscuro de la historia de Estados Unidos desde el 11-S, solo que peor aún, en cierto modo. En este caso, el responsable del ataque no era un enemigo lejano, sino el ocupante del Despacho Oval. El principal aliado de Israel, les dijo a sus atónitos colaboradores a la mañana siguiente, había dejado de ser un ejemplo a seguir. Aquello era una alerta roja que avisaba al resto del mundo libre de que nunca había que dar la democracia por descontada.

Como era previsible, los medios de comunicación rusos favorables al Kremlin acogieron con entusiasmo el infortunio de Estados Unidos, porque eclipsó oportunamente el escándalo que rodeaba al presidente ruso y sus finanzas. Gabriel atizó el fuego ordenando hackear el sistema del MosBank, el banco ruso con el que trabajaba el círculo íntimo del presidente, y entregándole los documentos robados a Nina Antonova. Basándose en ellos, Nina publicó otro reportaje incendiario que hablaba de latrocinio desenfrenado y riquezas inexplicables. El portavoz del Kremlin, Yevgeny Nazarov, casi mudo de perplejidad, tachó el artículo de falacia escrita por una enemiga del pueblo.

Del comerciante de petróleo y oligarca Arkady Akimov no había ni rastro. Sus carísimos abogados hicieron un intento poco entusiasta de defender su causa, sin resultado alguno; el Gobierno suizo confiscó o congeló todos los activos que pudo identificar. NevaNeft, sin líder y sin timón, se paró en seco. El flujo de los oleoductos se detuvo, las refinerías dejaron de refinar y los petroleros se quedaron en puerto o vagaron sin rumbo por los mares. Los clientes europeos de la empresa, como era de esperar, buscaron proveedores más fiables. Los analistas energéticos predijeron que las exportaciones de petróleo ruso, que habían disminuido considerablemente en 2020, se desplomarían durante el año siguiente, lo que sería un duro golpe para la economía rusa y quizá para la estabilidad del régimen.

Al RhineBank no le fue mucho mejor. Con cada nueva revelación acerca de las irregularidades cometidas por el banco, el precio de sus acciones caía en picado. El viernes siguiente al asalto al

Capitolio, la otrora poderosa entidad de préstamo de Hamburgo cerró por debajo de los cuatro dólares en Nueva York: le iba haciendo falta un respirador, dictaminó un tertuliano de la CNBC que más tarde tuvo que disculparse por el comentario. El Gobierno alemán, desesperado por mantener a flote el mayor banco del país, sugirió una fusión con un banco rival. Pero, tras revisar el balance del RhineBank, catastróficamente sobreapalancado, el rival se retiró de las negociaciones, lo que hizo caer más aún el precio de las acciones. Cuando la empresa se acercaba al punto de no retorno, Karl Zimmer, jefe de la oficina de Zúrich, se ahorcó. A la mañana siguiente, Lothar Brandt, lavandero jefe de la ya extinta Lavandería Rusa, eligió morir mediante el procedimiento de estrellarse a gran velocidad contra un camión.

La nota de suicidio de Brandt, que llegó a la prensa, incluía el nombre de una excompañera de trabajo a la que acusaba de ser la responsable de la filtración de los documentos. Para Gabriel fue una decepción que el nombre de Isabel se hiciera público, aunque no le sorprendió; al igual que el inminente derrumbe del RhineBank, supuso que era inevitable. Isabel, por su parte, se sintió aliviada. Estaba orgullosa de lo que había hecho y deseosa de contar su historia, a ser posible en una entrevista televisiva de gran repercusión. Gabriel no se oponía del todo a la idea. De hecho, creía que darle relevancia internacional reduciría las probabilidades de que los rusos trataran de vengarse de ella.

—Sobre todo, si la entrevista se emite en horario de máxima audiencia.

Estaban sentados en la terraza del piso franco, azotada por el viento. Isabel acababa de terminar su clase diaria. Llevaba un jersey polar para protegerse del aire frío de la tarde y estaba bebiendo una copa de *sauvignon blanc* de Galilea.

—¿Tienes alguna fecha en mente? —preguntó.

—A principios de junio, diría yo.

—¿Por qué en junio?

—Porque es cuando está previsto que se publique tu disco de debut.

—¿Qué disco?

—El que vas a grabar con Deutsche Grammophon. Tu amiga Anna Rolfe lo ha organizado todo.

A Isabel le brillaron los ojos.

—¿Cuándo puedo empezar a grabar?

—En cuanto estés lista.

—¿Por qué no me lo habías dicho?

—Acabo de hacerlo.

—¿Qué quieren que toque?

—Dicen que eso queda a tu elección.

—Decídelo tú.

Gabriel se rio.

—Cualquier cosa menos Haydn.

Esa tarde, la Cámara de Representantes votó a favor de iniciar el proceso de *impeachment* contra el presidente de Estados Unidos por segunda vez. Diez miembros de su propio partido —entre ellos la presidenta de la Conferencia Republicana de la Cámara, la congresista Liz Cheney, de Wyoming— se sumaron a los demócratas para secundar la moción, lo que hizo que fuera el *impeachment* con más apoyos de ambos partidos de la historia del país. Ciento noventa y siete republicanos votaron en contra de destituir al presidente por haber llamado a la insurrección. Muchos de ellos parecían más preocupados porque se hubieran instalado detectores de metales a la entrada de la Cámara de Representantes: consideraban que ello atentaba contra su derecho a llevar armas de fuego por los pasillos del Congreso.

A falta de una semana para que finalizara el mandato del presidente, parecía poco probable que llegara a celebrarse un juicio en el Senado. La preocupación más inmediata era el acto de investidura. El presidente electo estaba decidido a jurar su cargo en público, en la plataforma que se había erigido junto a la fachada oeste del Capitolio, la misma que habían invadido los insurrectos el 6 de enero. Con Washington en estado de alerta máxima y las páginas web de los extremistas vertiendo amenazas que hacían temer lo peor, los organizadores del acto declararon la toma de posesión «evento nacional de seguridad especial», lo que puso al Servicio Secreto al mando de los preparativos.

El torrente de amenazas causó espanto entre los expertos en seguridad. Los escenarios posibles incluían atentados con vehículo bomba, francotiradores, tiradores activos simultáneos, un asalto directo a la plataforma donde iba a celebrarse la investidura y la ocupación del recinto de siete hectáreas de la Casa Blanca por partidarios armados del expresidente. Los organizadores se vieron obligados a tomar en consideración lo que antes era impensable: que los atacantes pudieran vestir uniforme militar o policial. Los expertos del FBI y el Pentágono trataron de evitar la presencia en el acto de cualquier individuo con vínculos o simpatías extremistas. Doce miembros de la Guardia Nacional asignados al dispositivo de seguridad fueron relevados de sus funciones.

Sorprendentemente, ninguna de aquellas amenazas procedía del extranjero. Todas emanaban de esa violenta cloaca racista que era la América armada y fanatizada. Eso cambió, sin embargo, cuando a las tres y cuarto de la madrugada del lunes 18 de enero Gabriel recibió una llamada telefónica de Ilan Regev. Ilan era el jefe de la unidad cibernética que estaba revisando los ordenadores del Grupo Haydn. Había encontrado algo que Gabriel tenía que ver de inmediato. Se negó a explicarle por teléfono de qué se trataba; solo le dijo que era muy urgente.

—Extremadamente urgente, jefe.

Eran cerca de las seis de la mañana cuando Gabriel llegó a King Saul Boulevard. Ilan, pálido como un fantasma y delgado como un mendigo, estaba esperándole en el aparcamiento subterráneo. Era el equivalente a Mozart en el campo de la informática. Escribió su primer programa a los cinco años, se inició como *hacker* a los ocho y a los veintiuno participó en su primera operación secreta contra el programa nuclear iraní. Había trabajado con los estadounidenses en la creación de un virus informático cuyo nombre en clave era Juegos Olímpicos. El resto del mundo lo conocía como Stuxnet.

Entregó una carpeta a Gabriel en cuanto le vio salir de la parte trasera del todoterreno.

—Lo encontramos en el disco duro de Felix Belov ayer por la tarde, pero nos ha llevado algún tiempo descifrarlo. El original estaba en ruso. La traducción automática no es muy buena, pero basta para entenderlo.

Gabriel abrió la carpeta. Contenía un memorando interno del Grupo Haydn con fecha 27 de septiembre de 2020. Ilan había marcado el pasaje relevante. Después de leerlo, Gabriel levantó la vista alarmado.

—Puede que sea una tontería, jefe, pero tal y como están las cosas...

—¿Habéis encontrado algún mensaje de texto?

—Estamos en ello.

—Poneos las pilas, Ilan. Necesito un nombre.

Gabriel subió a toda prisa las escaleras y recogió una maleta previamente preparada con ropa y material para tres días. Treinta minutos más tarde, subió a bordo del Gulfstream con la maleta. Partió del aeropuerto Ben Gurion a las siete y cinco de la mañana, con destino a esa luz intermitente de alarma que hasta hacía poco tiempo se consideraba el faro mundial de la democracia.

61

WILMINGTON, DELAWARE

Esperó a aterrizar en el aeropuerto de New Castle para llamar a Jordan Saunders, el asesor de seguridad nacional designado por el presidente electo.

—¿Qué te trae por aquí? —preguntó Saunders.

—Necesito hablar con el jefe.

—No va a hablar con ningún mandatario extranjero hasta después de la investidura. Ni yo tampoco, por cierto. Nos reuniremos cuando vuestro primer ministro visite la Casa Blanca.

—No sabía que había una reunión programada.

—No la hay —dijo Saunders, y colgó.

Gabriel volvió a llamarle.

—No cuelgues, Jordan. No llamaría si el asunto no fuera muy serio.

—Esto también es serio, Allon. No vamos a mantener comunicación con representantes de gobiernos extranjeros, después del lío que se montó con Flynn.

—Yo no soy el embajador ruso, Jordan. Soy el director general de un servicio de inteligencia aliado. Y tengo que contaros algo a ti y a tu jefe.

—¿Por qué no se lo cuentas a Langley?

—Porque no estoy seguro de que la información vaya a caer en buenas manos.

—¿De qué tipo de información se trata? A grandes rasgos —añadió Saunders apresuradamente.

—A grandes rasgos, está relacionada con la seguridad de tu jefe.

Saunders no respondió.

—¿Sigues ahí, Jordan?

—¿Dónde estás?

Gabriel se lo dijo.

—Como puedes suponer, el jefe tiene la cartilla de baile bastante llena hoy. Y yo también.

—Necesito verle antes de la toma de posesión, con eso me basta.

—¿Por qué antes de la toma de posesión?

—Por teléfono no, Jordan.

—¿Sabes la dirección de su casa?

Gabriel se la recitó.

—Estamos en contacto —dijo Saunders, y volvió a colgar.

Gabriel alquiló un Nissan en el mostrador de Avis y fue en coche hasta un Dunkin' Donuts de North Market Street, en el centro de Wilmington. Pidió un café grande y dos bollitos rellenos de mermelada y escuchó las noticias en la radio del coche mientras los viejos edificios de ladrillo visto de la calle iban quedando en sombras.

Jordan Saunders llamó unos minutos después de las seis.

—Creo que puedo conseguirte diez minutos a las siete y cuarto.

—¿Te llevo algo del Dunkin'?

—Un Boston Cream.

—Marchando, Jordan.

Google Maps calculó que se tardaban dieciséis minutos en llegar en coche al domicilio particular del presidente electo. Gabriel añadió diez minutos más y condujo sin prisas. Siguió North Market Street hasta West Eleventh, giró a la izquierda y tomó Delaware Avenue. La avenida cambiaba de nombre un par de veces antes de convertirse en Kennett Pike. Barley Mill Road era una calle de dos carriles, sinuosa y flanqueada por árboles sin hojas.

Un coche patrulla de la policía estatal de Delaware bloqueaba la entrada del carril privado que conducía al domicilio del presidente electo. Gabriel entregó su pasaporte israelí a un agente del Servicio Secreto y le dio su nombre. El agente no pareció reconocerlo. Evidentemente, no le estaban esperando.

El agente se alejó, habló por radio unos minutos y por fin verificó que aquel israelí de sienes grises y ojos de un verde extraño podía entrar en el recinto sin más demora. Gabriel recogió su pasaporte y avanzó hasta el siguiente puesto de control del Servicio Secreto, donde le dirigieron hacia la glorieta de la casa.

Jordan Saunders, vestido con elegancia e impecablemente arreglado, esperaba frente a la entrada de la casona de estilo colonial. En veinte años, Saunders parecería un diplomático arquetípico, de los que llevaban chaleco, bebían té a la hora del desayuno y vivían a lo grande en Georgetown. De momento, sin embargo, podía pasar por un becario.

Gabriel le entregó la bolsa de Dunkin' Donuts.

—Una ofrenda de paz.

—¿Te has vacunado?

—Hace dos semanas.

Rodearon la casa hasta el jardín trasero. Por entre las ramas negras de los árboles, Gabriel alcanzó a ver un estanque helado.

—Espera aquí —dijo Saunders, y entró en la casa.

Pasaron cinco minutos antes de que volviera a aparecer. Le acompañaba el nuevo presidente de los Estados Unidos. A diferencia del anterior presidente demócrata, no había surgido del anonimato para deslumbrar a la nación con su oratoria y su atractivo físico. De hecho, Gabriel casi no recordaba una época en la que no formara parte de la vida política estadounidense. Había aspirado a la presidencia en dos ocasiones anteriores y ambas veces había fracasado. Ahora, en el crepúsculo de su vida, estaba llamado a curar a una nación enferma y dividida, una tarea difícil para un líder en la flor de la edad, cuanto más para un hombre al que le pesaban los años. Una rémora que, por desgracia, compartía con Gabriel.

Se acercó a Gabriel con cautela. Vestía pantalón de lana ajustado, jersey con cremallera y un elegante abrigo corto. Al igual que su joven consejero de seguridad nacional, llevaba doble mascarilla.

—Esta reunión nunca ha tenido lugar. ¿Está claro, señor director?

—Lo está, señor presidente electo.

Miró la carpeta que Gabriel tenía en la mano.

—¿De qué se trata?

—De su toma de posesión, señor. Creo que debería considerar la posibilidad de trasladarla al interior del edificio, con unos pocos invitados selectos.

—¿Y eso por qué?

—Porque, si no —dijo Gabriel—, la suya podría ser la presidencia más corta de la historia de Estados Unidos.

62

WILMINGTON, DELAWARE

Gabriel comenzó su informe hablando no del documento que había llevado consigo desde Tel Aviv, sino de la misión de la que había surgido dicho documento: la operación contra Arkady Akimov y la unidad privada de inteligencia que se ocultaba tras su empresa con sede en Ginebra. El conocimiento del presidente electo acerca del escándalo de NevaNeft y las finanzas personales del dirigente ruso se limitaba a los resúmenes de prensa que le facilitaba su personal. Los informes diarios de inteligencia, que había empezado a recibir tardíamente, no mencionaban el asunto.

—¿Informó a Langley de la operación? —preguntó.

—Solo al final.

—¿Por qué?

—Porque la administración actual mostraba muy poco interés en actuar contra los rusos.

—Qué diplomático por su parte, señor Allon. Inténtelo otra vez.

—No informé a la Agencia porque temía que el presidente se lo contara a su amigo del Kremlin. Lamentablemente, descubrí muy pronto que no se le podía confiar información sensible. Mi homólogo del MI6 también era extremadamente cauto con la información que le suministraba. Igual que el director de la CIA, por cierto.

—¿Está dando a entender que es un agente ruso?

—Esa pregunta tendría que hacérsela usted a sus jefes de inteligencia.

—No se la estoy haciendo a ellos. Se la estoy haciendo a usted.

—Hay todo tipo de agentes de espionaje. Algunos ni siquiera tienen conciencia de serlo. Y, a menudo, esos son los mejores.

Estaban sentados en el patio, alrededor de una mesa de hierro forjado, manteniendo la debida distancia de seguridad. Solo Gabriel, que tenía la palabra en ese momento, no llevaba puesta la mascarilla. Al echar una ojeada a su reloj de pulsera, comprobó que había gastado ya cuatro de los diez minutos que le correspondían. Abrió la carpeta y sacó la traducción del documento hallado en el ordenador de Felix Belov.

—La principal arma del Grupo Haydn era el dinero sucio ruso, que utilizaba para financiar a partidos antisistema y corromper a destacados empresarios y políticos occidentales. Pero el Grupo Haydn disponía además de una sofisticada unidad de guerra informativa semejante a la Agencia de Investigación de Internet.

—La empresa de San Petersburgo que se inmiscuyó en las elecciones de 2016.

—Exacto. Al analizar los ordenadores del Grupo Haydn, hemos descubierto que a principios del verano pasado sus cuentas falsas de Twitter comenzaron a amplificar las advertencias infundadas del presidente de que le iban a robar las elecciones. Pero lo más inquietante es que el Grupo Haydn también empezó a hacer planes de futuro. —Gabriel levantó el documento—. Un futuro en el que su candidato predilecto perdía las elecciones y usted estaba a punto de entrar en la Casa Blanca.

—¿Qué es lo que tiene ahí, señor Allon?

—Un memorando escrito por uno de los jefes del Grupo Haydn, Felix Belov. Detalla un complot para asestar un golpe catastrófico a la democracia estadounidense alentando en secreto un atentado durante su investidura. Lo mejor del complot, al menos desde el punto de vista de los rusos, es que lo llevará a cabo un ciudadano estadounidense.

—¿Quién?

—Un agente conocido como Rebelde. Evidentemente, uno de los cibercombatientes del Grupo Haydn encontró a Rebelde en algún foro de 8kun. Rebelde es un militante de extrema derecha que apoya la imposición de un gobierno nacionalista blanco y autoritario en Estados Unidos, por medios violentos si es necesario. Pero además es un funcionario de la administración estadounidense que tendrá acceso a la ceremonia de investidura.

—¿Por qué medios?

—El documento, claro está, no revela dónde trabaja Rebelde. El Grupo Haydn se comunicaba con él de forma anónima. Rebelde ignora que los textos y mensajes directos que ha estado recibiendo los enviaba una empresa privada rusa de inteligencia.

—¿Está seguro de que Rebelde es un hombre?

—He hablado de él en masculino por simplificar. El documento no especifica su género.

—¿Puedo ver ese documento? —preguntó Jordan Saunders.

Gabriel se lo entregó.

Saunders encendió la linterna de su teléfono.

—¿Sabes si la trama está activa?

—No —admitió Gabriel—. De hecho, que nosotros sepamos, Arkady Akimov pudo meter ese documento en su trituradora de papel cinco minutos después de que se lo pusieran sobre la mesa. Pero, si yo estuviera en tu lugar, supondría que se lo enseñó a su amigo del Gran Palacio del Kremlin y que su amigo le dio luz verde.

—Es imposible que el presidente ruso apruebe una barbaridad semejante —dijo Saunders.

—Viktor Orlov estaría en desacuerdo.

El futuro asesor de seguridad nacional miró el documento.

—¿Dónde está la persona que escribió esto?

—Tuvo un desafortunado accidente en los Alpes franceses en Nochevieja.

—¿Un accidente de qué tipo?

—Recibió dos disparos a quemarropa. —Gabriel frunció el ceño—. Y me quedaría más tranquilo si tiraras tu teléfono al estanque.

—El estanque está congelado y el teléfono es seguro.

—No tan seguro como crees. —Gabriel se volvió hacia el presidente electo—. ¿Hay alguna posibilidad de que reconsidere...?

—Ninguna —le atajó él—. Es esencial que preste juramento en la fachada oeste del Capitolio, sobre todo después de lo que ocurrió allí el 6 de enero. Además, el dispositivo de seguridad del próximo miércoles no tendrá precedentes. Es imposible que pase nada.

—¿Procurará al menos que el Servicio Secreto esté informado de lo que hemos descubierto?

—Jordan se encargará de ello.

Gabriel se levantó.

—En ese caso, no le robo más tiempo.

El presidente electo señaló la silla de Gabriel.

—Siéntese.

Gabriel obedeció.

—¿Quién disparó a Felix Belov?

—Una joven que se infiltró en la organización de Arkady Akimov.

—¿Israelí?

—Alemana.

—¿Una profesional?

—Es violonchelista.

—¿Es buena?

—No lo hace mal del todo —contestó Gabriel.

El presidente electo sonrió.

—¿Qué planes tiene usted para el miércoles?

—Pensaba ver su toma de posesión por la tele, con mi mujer y mis hijos.

—¿Le gustaría asistir a la ceremonia como invitado mío?

—Sería un honor, señor presidente.

—Excelente. —Señaló con la cabeza a su asesor de seguridad nacional—. Jordan se encargará de los preparativos.

Pero Saunders no dio muestras de oírle; seguía leyendo el informe de Felix Belov. Ya no parecía un becario, pensó Gabriel. Parecía un joven muy nervioso.

63

COLINA DEL CAPITOLIO, WASHINGTON

Rebelde, la agente rusa que no sabía que era una agente rusa, se despertó al día siguiente a las seis y cuarto de la mañana. El dormitorio de su minúsculo apartamento, situado en el sótano de un edificio cerca de Lincoln Park, estaba tan desordenado como cada mañana. Cuando subió la persiana, un poco de luz gris entró por el cristal opaco de la única ventana de la habitación. Unas zapatillas Nike de mujer avanzaban a toda prisa por la acera de Kentucky Avenue, seguidas unos segundos después por un terrier bien vestido. Esas eran las vistas de la capital de la nación a las que tenía derecho por la suma de mil quinientos dólares al mes: extremidades inferiores y canes, y alguna que otra rata para variar.

La vida era muy distinta en el pueblo del sureste de Indiana donde Rebelde tenía su residencia principal. Por ciento cincuenta mil dólares te comprabas una buena casa, y por doscientos cincuenta mil una hectárea de terreno. La renta media estaba un poco por encima de los treinta mil dólares, y un tercio de los habitantes vivía por debajo del umbral de la pobreza. Había una destilería antigua en el pueblo, pero aparte de eso el trabajo escaseaba: unos cuantos empleos en los restaurantes y los comercios de la calle mayor o, para unos pocos afortunados, un trabajo de cajero en la sucursal del United Commercial. Muchos vecinos se pasaban el día drogados —el ochenta por ciento tomaba analgésicos por prescripción médica— y la delincuencia era la única industria en auge. En el punto culminante de la crisis de los opioides, el condado de Indiana en el que vivía Rebelde, con una población de cincuenta mil habitantes, había enviado a más personas a la cárcel en un solo año que la ciudad de San Francisco.

Era comprensible, pues, que la gente del pueblo estuviera enfadada. Las élites urbanas cultivadas —los banqueros de Wall Street, los gestores de fondos de cobertura de Connecticut, los ingenieros informáticos de Silicon Valley, los que iban a facultades de la Ivy League y luego ganaban millones apretando botones— prosperaban como nunca, mientras que la gente del pueblo de Rebelde se quedaba cada vez más atrás. Las élites compraban la ropa en Rag & Bone; los vecinos de Rebelde, en Dollar General. Los fines de semana de verano llevaban a sus hijos al parque acuático Water World, menos a final de mes, cuando estaban casi todos sin blanca.

Gracias a los enigmáticos comentarios que publicaba en Internet un exfuncionario del Gobierno conocido como Q, Rebelde sabía ya el motivo de los apuros que pasaba la gente de su pueblo. La culpa era del contubernio de pedófilos liberales, adoradores de Satán y bebedores de sangre que controlaba el sistema financiero, Hollywood y los medios de comunicación. Ese contubernio violaba y sodomizaba a niños, y se bebía su sangre y se comía su carne para extraerles el adrenocromo, una sustancia química que prolongaba la vida. Q era el profeta, pero el presidente era un ser divino enviado por Dios para destruir el contubernio y salvar a los niños. Su lucha culminaría con la Tormenta, cuando declarara la ley marcial y empezara a detener y ejecutar a sus enemigos. Solo entonces comenzaría una era de salvación e iluminación conocida como el Gran Despertar.

A Rebelde, una de las primeras seguidoras de Q, se la consideraba una experta en la materia, una Qóloga, como se denominaba a sí misma en las redes sociales, donde tenía medio millón de seguidores. En sus páginas usaba pseudónimos; nadie sabía que era seguidora de Q. Se hacía llamar la Perra Q. La guapísima rubia de su foto de perfil no se parecía en nada a ella.

Había muchos seguidores de Q que estaban decepcionados porque la Tormenta no hubiera comenzado después de la insurrección en el Capitolio (o la Qsurrección, como la llamaba ella). También estaban desilusionados por el largo silencio de Q, que solo había publicado un mensaje durante los dos últimos meses de 2020, y ninguno en lo que llevaban del año nuevo. Rebelde, en cambio, conservaba su fe en Q, sobre todo porque Q conservaba su fe en ella. Habían estado en comunicación directa casi todo el año anterior, a través de Telegram, el servicio de mensajería instantánea. Q le había advertido que no publicara lo que le decía, ni le contara a nadie que estaba en contacto con él. Rebelde había seguido sus instrucciones al pie de la letra, aunque solo fuera porque temía que él desapareciera. Ella era el sucio secretillo de Q.

Algunas de sus conversaciones eran bastante largas, duraban horas, hasta las tantas de la madrugada, mientras Rebelde estaba en la cama y Q escondido. A veces, él le revelaba un gran secreto sobre el contubernio que no les había contado a sus otros seguidores, pero casi siempre charlaban de cosas sin importancia o tonteaban. A petición de Q, Rebelde le había enviado varias fotos desnuda. Él no le había correspondido. Los profetas no enviaban fotos de sus partes íntimas por Internet.

A mediados de noviembre, después de que las *fake news* declararan que el presidente había perdido las elecciones, sus conversaciones se volvieron más serias, más oscuras. Q le preguntó si estaría dispuesta a ejercer la violencia para provocar la Tormenta. Rebelde le aseguró que sí. ¿Y qué pasaría si acababa detenida? ¿Estaba dispuesta a afrontar una temporada en la cárcel, hasta que hubiera pasado la Tormenta y el contubernio recibiera el castigo que merecía? ¿Confiaba hasta ese punto en el plan? Sí, respondió ella. Haría cualquier cosa por salvar a los niños.

Fue entonces, a finales de diciembre, cuando Q le reveló que ella era la elegida, la que cometería el acto que debía desencadenar la Tormenta. No le sorprendió la orden que le dio Q; era la única forma de evitar que el contubernio se hiciera con el control de la Casa Blanca. Tampoco le sorprendió que la hubieran elegido a ella. Estaba en una posición única para llevarla a cabo. Era la única que podía hacerlo.

Q le había ordenado que no hiciera ningún cambio en su rutina habitual que pudiera despertar sospechas. Ella había tomado todas las precauciones necesarias para cumplir su misión, salvo por la carta manuscrita que explicaba sus acciones. La tenía guardada en la mesita de noche, debajo de su Glock 32 .357 compacta.

En la cocinita del apartamento, encendió la Krups y echó un vistazo a algunos foros patrióticos mientras esperaba a que estuviera listo el café. Llevaba su camisón favorito, una camiseta de fútbol americano con el número 17 (la q era la decimoséptima letra del alfabeto). Los hilos de Reddit eran bastante sosegados, pero en algunas páginas más duras había mensajes sobre atentados contra edificios gubernamentales y sobre la inminente guerra civil. Rebelde añadió un mensaje incendiario de su cosecha —anónimo, por supuesto— y luego publicó algunas reflexiones en la cuenta que usaba con su seudónimo; sus seguidores, sedientos de noticias de Q, respondieron de inmediato. Por último, cambió a la cuenta que tenía con su nombre real y arremetió contra el plan del Gobierno entrante de reincorporarse al acuerdo de París sobre cambio climático. En menos de un minuto recibió más de mil *likes*, citas y retuits. Tanta adulación fue como una droga.

Se llevó una taza de café al dormitorio y se vistió para ir al gimnasio. Parecía un gesto prosaico, teniendo en cuenta que había sido elegida para desencadenar el Gran Despertar, pero Q había insistido mucho en que no se apartara de su horario de costumbre. Hacía dos horas de ejercicio cada mañana, rigurosamente: una hora de cardio y, a continuación, una de resistencia; luego se duchaba y se vestía para ir a trabajar al despacho. Ni siquiera un caso leve de COVID, que había ocultado a sus compañeros de trabajo, había alterado su rutina. Si algo variaba, su personal se daría cuenta. Y, además, necesitaba despejarse. Otra vez sentía que le daba vueltas la cabeza y oía voces.

«*Confía en el plan…*».

Su teléfono emitió un suave pitido al recibir un mensaje. Supo por el tono que era un mensaje de Telegram, o sea, de Q. Quería saber si tenía un minuto para hablar. Ella escribió la respuesta casi sin aliento.

Para ti, mi amor, tengo todo el tiempo del mundo.

¿Estás sola?

Le dijo que sí.

El plan ha cambiado.

¿Cómo?

Él se lo explicó.

¿Estás seguro?

Confía en el plan.

Q se despidió sin más. Rebelde guardó el teléfono y la Glock 32 en la bolsa del gimnasio y salió a la gélida mañana. Subió por Kentucky Avenue hasta Lincoln Park y dobló a la izquierda en East Capitol. Las voces le susurraban al oído. Confía en el plan, decían. Disfruta del espectáculo.

64

WASHINGTON

El expresidente salió de la Casa Blanca por última vez a las 8:17 de la mañana del día siguiente, convirtiéndose en el único jefe del ejecutivo en más de siglo y medio que no asistió a la toma de posesión de su sucesor. El Washington que dejaba atrás era un campamento armado, con veinticinco mil soldados de la Guardia Nacional desplegados por la ciudad, una cifra nunca vista desde la guerra civil. La zona roja acordonada se extendía desde el Capitolio hasta el monumento a Lincoln, y desde la I-395 hasta Massachusetts Avenue. La zona verde, a la que solo tenían acceso los residentes y los trabajadores de los negocios locales, era aún mayor. Se habían cerrado los puentes y las estaciones de metro del centro. Kilómetros de vallas no escalables de dos metros de altura, reforzadas en algunos tramos con barreras de hormigón y alambre de espino, daban a la ciudad el aspecto de una prisión de proporciones gigantescas.

Mientras el expresidente partía de la base de Andrews, el presidente electo llegaba a la misa en la catedral de San Mateo Apóstol. Desde su habitación en el cercano hotel Madison, Gabriel oyó las sirenas de la enorme comitiva de automóviles en su avance por las calles vacías. Su teléfono sonó cuando pasaban unos minutos de las nueve, mientras terminaba de vestirse. Era Morris Payne desde Langley.

—He hecho varios intentos de localizarte —dijo a modo de saludo.

—Perdona, Morris. Estaba muy liado.

—¿Así tratas a un amigo?

—¿Eso eres, Morris?

—Dentro de unos días te darás cuenta de que he sido el mejor amigo que has tenido.

—La verdad es que creo haber empezado con muy buen pie con la nueva administración.

—Eso parece. Corre el desagradable rumor de que vas a asistir a la investidura como invitado del presidente.

—¿Dónde has oído eso?

—Me avisó el Servicio Secreto. También me comentaron lo de esa presunta amenaza de un agente ruso que se hace llamar Rebelde. Ni que decir tiene que deberías haber sido tú quien me hablara de él.

—No quería que se perdiera nada en la traducción.

—Pues traduce esto —le espetó Payne—. Lo de Rebelde es una absoluta gilipollez. Es una fantasía que has inventado para congraciarte con el nuevo equipo y conseguir que te inviten a la toma de posesión.

—El que debería asistir a la toma de posesión es tu jefe.

—Es mejor que se marche. El país tiene que pasar página. Y, si alguna vez citas mis palabras, te denunciaré a los cuatro vientos desde la cima más alta. Que es exactamente a donde voy a ir.

—¿Cuándo te vas de Langley?

—En cuanto me cuentes qué pasó realmente en Francia la víspera de Año Nuevo.

—Lo que pasó fue que alguien llamó al presidente ruso desde un teléfono seguro de Washington para advertirle de que yo había conseguido colocar a una agente muy cerca de Arkady Akimov.

Payne no dijo nada.

—¿Quién estaba al tanto de la operación, Morris?

—La gente que tenía que saberlo.

—¿Era el presidente una de esas personas?

—Si lo era, no se enteró por mí —contestó Payne antes de colgar.

Gabriel se puso un abrigo y una bufanda y bajó las escaleras. Hacía una mañana gélida pero soleada y, con la mascarilla puesta, fue andando hasta la colina del Capitolio. La agente Emily Barnes, del Servicio Secreto de los Estados Unidos, una mujer de aspecto atlético, de unos treinta años y mejillas pecosas, salió a su encuentro en el límite de la zona roja.

Le entregó su acreditación.

—¿Va armado?

—No. ¿Y usted?

Ella se palmeó un lado de la gruesa chaqueta.

—Una SIG Sauer P229.

Gabriel se colgó la acreditación del cuello y siguió a la agente hasta un puesto de control, donde le registraron a fondo. Ya dentro de la zona roja, se dirigieron a la fachada este del Capitolio. El vicepresidente saliente, que ya no se hablaba con el hombre al que había servido fielmente durante cuatro años, acababa de llegar.

La agente Barnes condujo a Gabriel a través de una puerta que daba a la planta baja del ala norte del Capitolio.

—¿Qué le pareció nuestro Putsch de la Cervecería? —preguntó.

—Me dio náuseas.

—¿Y el tipo con la sudadera de Auschwitz?

—Me gustaría que se hubiera paseado por una calle de Tel Aviv con esa ropa, en vez de por los pasillos del Capitolio.

Ella señaló una puerta.

—Esa es la antigua sala del Tribunal Supremo. Los jueces se reunían ahí hasta 1860. Samuel Morse mandó el primer mensaje en morse desde esa sala en 1844.

—¿Qué decía?

—«¿Qué ha forjado Dios?».

—Muy profético.

Subieron un tramo de escaleras hasta la primera planta del Capitolio. La Gran Rotonda, profanada apenas dos semanas antes, resplandecía a la luz cálida que entraba por las ventanas de lo alto de la cúpula.

La agente Barnes torció a la derecha.

—Se le ha asignado un asiento en el césped, pero el presidente electo nos ha pedido que le enseñemos el estrado para que vea que está todo bajo control.

Salieron por una puerta que daba a la edificación temporal adosada a la fachada oeste: setenta y dos toneladas de andamios, mil trescientas planchas de madera contrachapada, medio millón de clavos, nueve toneladas de mortero y lechada, y cuatro mil quinientos kilos de pintura blanca satinada. Al igual que en la Rotonda, no quedaba en ella ningún vestigio de los daños que le habían infligido los insurrectos catorce días antes.

Los tres presidentes anteriores y sus respectivas esposas habían llegado ya y estaban conversando con los demás dignatarios. Unos cuantos miembros del Congreso buscaban su asiento, entre ellos un senador de Texas, detestado por todo el mundo y mal vestido, que había tratado de invalidar los resultados de las elecciones. La agente Barnes le explicó a Gabriel algunas de las medidas extraordinarias que había tomado el Servicio Secreto para garantizar la seguridad del acto. Él contempló las doscientas mil banderas americanas que ondeaban movidas por el viento frío que barría el Mall, desierto a esas horas.

Poco antes de las once de la mañana, la familia del presidente electo subió al estrado.

—Deberíamos bajar a nuestros asientos —dijo la agente Barnes.

—¿Nuestros asientos?

—Me temo que va a tener que soportarme.

—Pobre de usted.

Entraron en el Capitolio, bajaron un tramo de escaleras y salieron a la explanada de césped que dos semanas antes habían pisoteado los insurrectos. Sus asientos estaban junto a la plataforma de las cámaras de televisión. La primera vicepresidenta de la historia de Estados Unidos, descendiente de inmigrantes jamaicanos e indios, juró su cargo a las 11:42; el nuevo presidente, a las 11:48. Nueve minutos antes del inicio oficial de su mandato, subió al podio para pronunciar su discurso de investidura ante una nación asolada por la enfermedad y la muerte y desgarrada por las divisiones políticas. Al ponerse en pie, Gabriel escudriñó el estrado en busca de un agente ruso cuyo nombre en clave era Rebelde.

—No se preocupe —dijo la joven agente del Servicio Secreto, a su lado—. No va a pasar nada.

El nuevo presidente declaró que aquel era el día de Estados Unidos, el día de la democracia, una jornada para la historia y la esperanza. La nación, dijo, había pasado por una prueba histórica. Y sin embargo sus instituciones, las mismas instituciones que su predecesor había tratado de destruir durante cuatro años, habían estado a la altura del desafío. Pidió a los estadounidenses que pusieran fin a la guerra incivil que estaban librando —una guerra que enfrentaba a rojos y azules, a lo rural y lo urbano, a conservadores y progresistas— y les aseguró que su democracia nunca caería víctima de una turba como la que había asaltado el Capitolio. Gabriel, impresionado por la majestuosidad de la ceremonia, confiaba en que el presidente tuviera razón. La democracia más antigua del mundo había sobrevivido a su roce con el autoritarismo, pero había estado al borde del abismo.

Cuando concluyó el discurso, una estrella de la música country cantó *Amazing Grace* y la poeta más joven de la historia de Estados Unidos en participar en una ceremonia de investidura declaró que el país no estaba roto, sino inacabado. Después, el nuevo jefe del ejecutivo se retiró a la Sala Presidencial, una estancia sobredorada situada en el lado del Senado del Capitolio, donde los representantes del Congreso le observaron mientras firmaba el acta de investidura y el nombramiento de varios secretarios y subsecretarios de su gabinete.

A continuación, se trasladaron a la Gran Rotonda para la tradicional entrega de regalos, una ceremonia que solía celebrarse durante el almuerzo de investidura. Uno de los regalos, una fotografía enmarcada del acto que había tenido lugar unos minutos antes, era del líder de la minoría de la Cámara de Representantes, un californiano que había afirmado repetidamente que el presidente no había ganado las elecciones. El presidente, decidido a cerrar la enorme brecha política que dividía el país, aceptó el obsequio amablemente.

El último acto antes de su partida tuvo como escenario la escalinata de la fachada este. Allí, el presidente asistió a un desfile militar en el que estaban representadas todas las ramas de las fuerzas armadas, una ceremonia que se remontaba a la primera investidura de George Washington y simbolizaba el traspaso de poder a un nuevo líder civil elegido legítimamente. El traspaso de poder se había efectuado, sí, pensó Gabriel mientras observaba el ritual desde la Plaza Este, pero no había sido pacífico.

Al término de la ceremonia, la mayor comitiva de vehículos que Gabriel había visto nunca se reunió al pie de la escalinata y el nuevo presidente subió a la parte de atrás de su limusina. A las dos y cuarto enfiló Independence Avenue camino del cementerio de Arlington para depositar una corona ante la Tumba del Soldado Desconocido.

—Ya le dije que no pasaría nada —comentó la agente Barnes.

—Se equivoca —respondió Gabriel.

—¿Qué quiere decir?

—Vive usted en un país extraordinario. Cuídelo bien.

—¿Por qué cree que trabajo en el Servicio Secreto? —Le ofreció el codo en señal de despedida—. Ha sido un placer conocerle, señor Allon. Si le soy sincera, no es como me esperaba.

—¿De verdad? ¿Y eso?

Ella sonrió.

—Le imaginaba más alto.

El alambre de espino centelleaba a la luz radiante del sol invernal mientras Gabriel bajaba caminando por la suave pendiente de Constitution Avenue. Cruzó el bulevar vacío de New Jersey Avenue y se dirigió al norte, más allá de la llanura de hierba conocida como Lower Senate Park. En el profundo silencio de la ciudad acordonada, oyó el sonido amortiguado de unas pisadas a su espalda, el chirrido ocasional de una suela de goma al rozar el hormigón. Una mujer, calculó. De unos cincuenta kilos de peso y con la respiración algo agitada. Las pisadas se fueron acercando a medida que se aproximaba al cruce de Louisiana Avenue. Aflojó el paso como para orientarse y se giró.

Una mujer caucásica de unos cuarenta y cinco años, metro sesenta y cinco de altura y complexión robusta, vestida con atuendo de oficina y visiblemente alterada. No, pensó Gabriel. Fuera de sí, más bien. Tenía en la mano derecha una pistola, una Glock 32 .357 compacta. Un arma muy potente para una mujer de tan corta estatura. Afortunadamente, apuntaba hacia la acera. Al menos, de momento.

Gabriel sonrió y se dirigió a ella en el tono que reservaba para los chalados.

—¿Puedo ayudarla?

—¿Es usted Gabriel Allon?

—Lo siento, pero creo que me confunde con otra persona.

—Se bebe su sangre, se come su carne.

—¿De quién?

—De los niños.

Santo cielo, no. Aquella mujer estaba trastornada, se había extraviado por completo en la madriguera del conejo. Con un terrorista habría podido razonar. Con ella, no. Aun así, sin escolta ni armas, no le quedaba más remedio que intentarlo.

—La han engañado —dijo en el mismo tono plácido—. No hay ninguna conspiración. Nadie se está bebiendo la sangre de los niños. La Tormenta no va a ocurrir. Es todo mentira.

—La Tormenta empezará cuando le mate.

—Lo único que ocurrirá es que arruinará su vida. Deje la pistola tranquilamente en la acera y márchese. Prometo no decírselo a nadie.

—Pedófilo —susurró ella—. Chupasangre.

Gabriel se quedó tan quieto como una figura en un cuadro. Veinticinco mil agentes de la Guardia Nacional, otros veinte mil entre policía y personal de seguridad, y ninguno había reparado en la seguidora de QAnon que, vestida formalmente, esperaba en New Jersey Avenue con una .357 cargada en la mano.

Solo tres metros los separaban. Por ahora, el arma seguía apuntando al suelo. Si esperaba a que ella empezara a levantarla, no tendría oportunidad de quitársela. Debía dar el primer paso y confiar en que no fuera una agente de policía o una exmilitar. Si lo era, su vida acabaría sin duda en la esquina entre las avenidas de New Jersey y Louisiana, en el noreste de Washington.

La mujer movía los labios como un terrorista suicida recitando una última plegaria.

—Confía en el plan —susurraba—. Disfruta del espectáculo.

Demasiado tarde, Gabriel se precipitó hacia delante gritando como un loco mientras ella doblaba el brazo en posición de disparo. La potente bala del calibre .357 le atravesó como un proyectil de artillería. Mientras la oscuridad de la muerte caía sobre él, oyó dos disparos más, el toque doble de un profesional entrenado. Luego no sintió nada más, solo una voz que le llamaba desde los verdes campos del valle de Jezreel. Era la voz de su madre, que le rogaba que no muriera.

QUINTA PARTE

ENCORE

65

WASHINGTON

Transcurrieron cinco minutos interminables antes de que la primera ambulancia pudiera atravesar los controles militares. El personal médico se encontró con dos heridos de bala, un hombre y una mujer. La mujer, robusta y vestida con abrigo de lana, había recibido dos disparos en la espalda y no reaccionaba. El hombre, de unos sesenta años y estatura y complexión medias, sangraba copiosamente por una herida cavernosa que le atravesaba de parte a parte, unos centímetros por debajo de la clavícula izquierda. Estaba inconsciente y apenas tenía pulso.

Seguía vivo cuando la ambulancia llegó al hospital de la Universidad George Washington, pero murió en el ala de traumatología de la primera planta a las 2:47 de la tarde. Después de que le reanimaran, murió por segunda vez en la mesa de operaciones, y de nuevo los médicos pudieron poner su corazón en marcha. Poco después de las seis de la tarde, ya estable, fue trasladado a la unidad de cuidados intensivos. El hospital calificó su estado de grave, lo cual era muy optimista. Estaba vivo, pero a duras penas.

Los médicos ignoraban el nombre del paciente cuya vida intentaban salvar desesperadamente, pero la brigada de agentes del Servicio Secreto y de la Policía Metropolitana que vigilaba los accesos al ala de traumatología daba a entender que se trataba de una persona de cierta importancia, al igual que la llegada de varios funcionarios de la embajada de Israel; entre ellos, el embajador. Este confirmó que el paciente era un alto cargo del Gobierno israelí relacionado con temas de seguridad e inteligencia. Era esencial, dijo, que su identidad, e incluso su presencia en el hospital, no se desvelaran... y que sobreviviera.

—Por favor —rogó con los ojos humedecidos por las lágrimas—, no dejen que muera. Así, no.

Se refería con ello a la identidad de la mujer presuntamente responsable del estado de gravedad del paciente: Michelle Lambert Wright, congresista republicana por Indiana durante cuatro legislaturas. Según el FBI, que se había hecho cargo de la investigación, la congresista Wright había seguido al israelí desde la Plaza Este del Capitolio hasta la esquina de las avenidas de New Jersey y Louisiana, donde, tras una breve conversación, le había disparado con su pistola personal, una Glock .357, antes de recibir ella misma dos disparos. El FBI desconocía la identidad de la persona que había matado a la congresista; solo sabía que era un agente del Servicio Secreto.

A petición del Gobierno de Israel, el FBI tampoco hizo público el nombre del alto cargo israelí que yacía al borde de la muerte en la unidad de cuidados intensivos, pero a última hora de la tarde el *Washington Post* le identificó como Gabriel Allon, director general del famoso servicio secreto de inteligencia israelí. El *Post* reveló también el contenido de dos manifiestos delirantes encontrados en el apartamento de la congresista fallecida en la Colina del Capitolio. De ellos se deducía que era una seguidora de la teoría conspirativa conocida como QAnon y que sufría un trastorno mental. En el primer manifiesto, exponía sus motivos para asesinar al cuadragésimo sexto presidente de Estados Unidos el día de su investidura. En un segundo manifiesto actualizado, redactado la víspera de la ceremonia, explicaba por qué finalmente había elegido a Allon como objetivo.

La secretaria de prensa de la Casa Blanca desveló otros pormenores sorprendentes del caso durante una sesión informativa extraordinaria celebrada la tarde siguiente. Allon, dijo, había viajado a Delaware el lunes 18 de enero para advertir al entonces presidente electo de un posible atentado contra su vida el día de la toma de posesión. El complot, según explicó Allon, había sido ideado por los rusos y en él estaba implicada una persona perteneciente a la administración estadounidense que profesaba ideas extremistas. El posterior examen forense de los teléfonos y ordenadores de la congresista Wright reveló que había estado en contacto con alguien que decía ser el misterioso Q. Este le había ordenado asesinar al nuevo presidente para desatar de ese modo la Tormenta profetizada y provocar el Gran Despertar. Sin embargo, la mañana del martes 19 de enero le había encomendado una nueva misión.

Dada la fractura política que sufría Estados Unidos, no fue ninguna sorpresa que estas revelaciones sirvieran únicamente para agrandar la brecha partidista. Un congresista republicano por Florida, de extrema derecha, tachó los presuntos manifiestos de ingeniosas falsificaciones ideadas por agentes del «estado profundo». Su colega de Ohio fue un paso más allá y dio a entender que el objetivo del atentado era la congresista Wright y no Gabriel Allon. Cuando se le mostraron las imágenes de las cámaras de seguridad que evidenciaban que había sido la congresista quien primero había disparado, el de Ohio se mantuvo en sus trece. El vídeo, declaró, era también una falsificación del estado profundo.

El enfrentamiento fue aún más encarnizado en las noticias de las televisiones por cable y en Internet. Las cadenas rivales y los creadores de opinión libraron una auténtica guerra santa en torno al terrible incidente que había manchado de sangre el día de la investidura. Se habló de violencia en las calles, de guerra civil y secesión, incluso de otro asalto al Capitolio. Aquellos que permanecían fieles a las desacreditadas profecías de QAnon creyeron ver pruebas de que se estaba gestando la Tormenta pronosticada y un conocido *influencer* predijo que esta comenzaría en el momento en que muriera Allon. En cambio, los que habían logrado salir de la madriguera del conejo y volver a la realidad vieron algo más peligroso: pruebas de que QAnon, considerada hasta entonces una inofensiva teoría de la conspiración, había adquirido una dimensión letal. Pidieron a la comunidad de fieles que cancelara sus cuentas en las redes sociales y buscara ayuda profesional antes de que fuera demasiado tarde.

En medio de tanta crispación, casi pasó desapercibido el hecho de que Gabriel Allon, al convertirse sin saberlo él en blanco del complot de asesinato ruso, muy bien podía haber salvado a la república. Inconsciente aún y conectado a diversas máquinas que le mantenían con vida, era ajeno a los acontecimientos que se desarrollaban a su alrededor. Por fin, tres interminables días después del tiroteo, abrió los ojos. Cuando los médicos le preguntaron si sabía dónde estaba y lo que había pasado, contestó que sí. Estaba vivo, pero por los pelos.

La CIA alojó a Chiara y a los niños en un viejo piso franco de la calle N de Georgetown. Dado que no podían entrar en el hospital por las restricciones anti-COVID, esperaban ansiosamente los partes médicos sobre el estado de Gabriel. Cuarenta y ocho horas después de recuperar la consciencia, mostraba notables signos de mejoría. Cuando transcurrieron otros dos días sin que se presentaran complicaciones, los médicos declararon con cautela que lo peor ya había pasado. Esa noche, Chiara se trasladó de Georgetown a Foggy Bottom en un coche de la embajada para estar más cerca de él. Cuando se le informó de que su esposa no estaba lejos de allí, Gabriel sonrió por primera vez.

A la mañana siguiente hablaron un momento por videollamada. Chiara le dijo que tenía un aspecto estupendo, lo que no era cierto en absoluto. Demacrado y enflaquecido, con el dolor grabado en el rostro, tenía un aspecto verdaderamente espantoso; apenas parecía él. Los médicos, aun así, le aseguraron que seguía mejorando. La bala del calibre .357, explicaron, había dejado un túnel de destrucción a su paso: vasos sanguíneos rotos, tejidos blandos dañados y huesos hechos añicos. Le advirtieron que la recuperación sería larga y difícil.

Como si quisiera demostrar que se equivocaban, Gabriel se levantó de la cama y dio unos pasos vacilantes por el pasillo. Al día siguiente caminó un poco más y al final de la semana fue capaz de dar una vuelta completa a la unidad de cuidados intensivos. Esto le valió el privilegio de una habitación con vistas a la calle Veintitrés. Chiara y los niños le saludaron desde la acera, vigilados por una escolta de guardias de seguridad de la embajada con chalecos caqui.

El nuevo presidente le telefoneó esa noche. Le dijo que había recibido partes diarios sobre su estado y que se alegraba mucho de su mejoría. Y preguntó si había algo que pudiera hacer.

—Imponer sanciones aplastantes a Rusia —respondió Gabriel.

—Las anunciaré mañana, junto con la confiscación de varios miles de millones de dólares en activos desfalcados que estaban escondidos aquí, en Estados Unidos. Les golpearemos con otra ronda de sanciones en cuanto los servicios de inteligencia internacionales confirmen que el Kremlin estuvo detrás del atentado contra su vida.

—Mejor la mía que la suya, señor presidente. Confío en que pueda perdonarme por haber arruinado su investidura haciendo que me pegaran un tiro.

Se dejó interrogar por un equipo de Langley y se sometió a una entrevista en vídeo con el FBI. La agente Emily Barnes, del Servicio Secreto, que había sido relevada de sus funciones a la espera de que se investigara su actuación, le llamó desde su piso en Arlington.

—Lo siento, señor Allon. Debería haberla abatido en cuanto levantó el arma.

—¿Por qué estaba allí?

—Pasó por delante de mí en el Capitolio. Estamos entrenados para detectar a gente que puede estar planeando un acto de violencia. Era como si llevara un letrero de neón. Cuando le siguió por la colina hasta la avenida, supe que corría usted peligro, pero… —Dejó la frase en suspenso.

—Era una congresista.

A la mañana siguiente, Gabriel dio cinco vueltas completas a la planta, lo que le valió una ovación entusiasta del personal de enfermería. Como recompensa, los médicos le pincharon y sondearon, y finalmente firmaron los papeles que autorizaban su marcha. La factura por sus cuidados era astronómica. El presidente se empeñó en pagarla. Era, dijo, lo menos que podía hacer.

Por primera vez desde hacía tres semanas, Gabriel se puso ropa de verdad. Abajo, un escolta de la CIA le ayudó a subir al asiento trasero de un todoterreno blindado. El conductor le llevó a dar una última vuelta por la ciudad cubierta de nieve: el monumento a Lincoln, el monumento a Washington, el Capitolio, la esquina de las avenidas de New Jersey y Louisiana. La acera todavía estaba manchada de sangre, Gabriel no sabía si suya o de ella. Se quedó allí un momento esperando oír la voz de su madre, pero no volvió a sonar: otra vez la había perdido.

Su última parada fue el piso franco situado en una vieja casa de ladrillo visto de la calle N de Georgetown. Durante el trayecto al aeropuerto de Dulles, Chiara apoyó la cabeza en su hombro y lloró. En momentos como aquel, pensó Gabriel, las rutinas familiares eran un consuelo.

66

NARKISS STREET, JERUSALÉN

Durante un mes tras su regreso a Israel, permaneció escondido en su piso de Narkiss Street, rodeado por un pequeño ejército de escoltas. La mayoría de sus vecinos consideraba que las barreras y los controles suplementarios eran un precio insignificante a pagar por vivir cerca de un tesoro nacional, pero algunos, unos pocos, se quejaban de las restricciones. Había incluso un pequeño grupo de herejes que se preguntaba, no sin cierta justificación, si el tiroteo de Washington había ocurrido de verdad. Al fin y al cabo, alegaban, ya había engañado una vez a sus enemigos y a sus compatriotas haciéndoles creer que estaba muerto. Entraba dentro de lo posible que aquello fuera otro gran engaño por su parte.

Sin embargo, los escépticos se apresuraron a desdecirse el día en que hizo su primera aparición en público, con motivo de una reunión muy esperada con el primer ministro en Kaplan Street. El vídeo de su llegada conmocionó al país. Sí, seguía siendo tremendamente guapo, pero tenía el pelo un poco más gris y era evidente, por la rigidez con que se movía, que su cuerpo había sufrido la invasión de una bala de gran calibre.

Estuvo más de una hora reunido con el primer ministro. Después respondieron ambos a las preguntas de los periodistas. El primer ministro fue, como siempre, quien más habló. No, respondió tajantemente, no habría cambios en la dirección de King Saul

Boulevard de momento. La gestión diaria de la Oficina seguiría en manos del subdirector Uzi Navot hasta que Gabriel se recuperara. Sus médicos habían señalado el 1 de junio como fecha posible de su reincorporación al trabajo; después, le quedarían siete meses en el cargo. Había informado al primer ministro de que no aceptaría un segundo mandato y le había propuesto un posible sucesor. El primer ministro, cuando se le preguntó cómo había reaccionado a la propuesta, describió al candidato como «una opción interesante».

Sin que el público israelí lo supiera, Gabriel y el primer ministro aprovecharon la reunión para firmar conjuntamente un documento conocido como «página roja», una autorización para el uso de la fuerza letal. La orden se ejecutó una semana después en el centro de Teherán. Un hombre en motocicleta, una mina lapa, otro científico nuclear iraní muerto. Los analistas regionales interpretaron la operación como un mensaje contundente dirigido a los enemigos de Israel para que supieran que la Oficina funcionaba con normalidad. Por una vez, tenían razón. El nuevo Gobierno de Washington, que estaba tratando de que los iraníes volvieran a la mesa de negociaciones sobre la cuestión nuclear, se limitó a desaprobar tácitamente la operación. El atentado contra Gabriel el día de la investidura, dictaminaron los analistas, había mejorado sus relaciones con la Casa Blanca y el Departamento de Estado.

Para consternación de Chiara, Gabriel se empeñó en supervisar el asesinato selectivo desde el centro de operaciones de King Saul Boulevard. Casi siempre prefería, no obstante, que la Oficina acudiera a él. Uzi Navot visitaba con frecuencia Narkiss Street, al igual que Yossi Gavish, Eli Lavon, Rimona Stern, Yaakov Rossman y Mijail Abramov. Una o dos veces por semana se reunían en la sala de estar, o en torno a una de las suntuosas cenas de Chiara, para revisar las operaciones en curso y planificar otras nuevas. De vez en cuando presionaban a Gabriel para que les revelara el nombre que había susurrado al oído del primer ministro, pero él se negaba en redondo. Estaban seguros, en todo caso, de que nunca confiaría la Oficina a un extraño, lo que significaba que uno de ellos tendría la desgracia de suceder a un mito.

Saltaba a la vista que el mito había cambiado; no era el de siempre. Intentaba ocultarles los dolores que sufría a sus tropas, y a su mujer e hijos, pero a veces el más mínimo movimiento hacía aparecer una mueca de dolor en su rostro. Su visita semanal al Centro Médico Hadassah rara vez terminaba sin que algún médico comentara que tenía suerte de estar vivo. Si la bala hubiera penetrado en su pecho unos milímetros más abajo, se habría desangrado antes de que llegara la ambulancia. Unos milímetros más abajo aún, decían, y habría muerto en el acto.

Le recetaron una serie de ejercicios para que recuperara las fuerzas. En vez de hacerlos, se dedicaba a leer montones de documentos clasificados. Y cuando se sentía con ánimos, pintaba. Sus cuadros estaban llenos de fuerza y emoción; eran el tipo de obras por las que se habría hecho famoso si se hubiera convertido en pintor, en lugar de en asesino. Uno de ellos era el retrato de una loca empuñando una pistola.

—Es mucho más de lo que se merece esa mujer —dijo Chiara.

—Es una absoluta porquería.

—Qué duro eres contigo mismo.

—Es cosa de familia.

Fue entonces, de pie ante el caballete, cuando le contó a Chiara por vez primera que había oído la voz de su madre mientras se estaba muriendo. Y que había intentado convencer a la loca representada en el cuadro, una congresista de lo más profundo de Estados Unidos, de que depusiera el arma.

—¿Te dijo algo?

—Me llamó chupasangre. Y era muy evidente que creía que era verdad. Casi me dio lástima. Si hubiera tenido un arma, no sé si...

Chiara terminó la frase por él.

—No sabes si hubieras sido capaz de usarla.

A pesar del tema que representaba, Chiara opinaba que el cuadro tenía calidad suficiente para que lo colgaran. Gabriel, aun así, lo llevó al almacén donde guardaba los cuadros de su madre y las obras de su primera esposa, Leah. A finales de abril, cuando la agresiva campaña nacional de vacunación de Israel permitió la reapertura de gran parte del país, pudo visitar a su exmujer por primera vez desde hacía más de un año. El hospital donde residía estaba en la cima del monte Herzl, cerca de las ruinas de la antigua aldea árabe de Deir Yassin. Afectada por una mezcla de síndrome de estrés postraumático agudo y depresión psicótica, Leah no sabía nada de la pandemia mundial ni del tiroteo que casi le había costado la vida a Gabriel en Washington. Sentados al fresco en el jardín tapiado, bajo un olivo, revivieron palabra por palabra la conversación que habían tenido una noche de nieve en Viena treinta años atrás. Ella volvió a pedirle que comprobara que Dani iba bien sujeto a la silla de seguridad del coche. Ahora, como entonces, Gabriel le aseguró que el niño estaba a salvo.

Agotado anímicamente por el encuentro, llevó a Chiara y a los niños a Focaccia, en Rabbi Akiva Street, el restaurante favorito de la familia Allon en Jerusalén. Sus fotografías no tardaron en ser tendencia en las redes sociales, junto con un largo debate sobre lo que había pedido Gabriel: higaditos de pollo con puré de patatas. *Haaretz*, el diario más influyente de Israel, se vio obligado a publicar varios centenares de palabras sobre la aparición en público de la familia, incluyendo citas de dos de los médicos más destacados de Israel. Todo el mundo coincidía en que Gabriel empezaba a parecer de nuevo el de siempre.

La noche siguiente, después de mucho tiempo, fueron en peregrinación a Tiberíades para celebrar el *sabbat* con los Shamron. Durante la cena, Ari regañó a Gabriel por haber permitido que le disparara una congresista americana («¡Qué vergüenza! ¿Cómo pudiste ser tan descuidado?»); luego, centró su atención en el futuro. Como era de esperar, había estado hablando con el primer ministro sobre el posible sucesor de Gabriel. Al primer ministro le parecía interesante la idea de nombrar a una mujer, pero no estaba seguro de que Rimona estuviera preparada para el puesto. Shamron calculaba que, como mucho, las probabilidades eran del cincuenta por ciento, aunque confiaba en que, con empeño y tesón, podría llevar a su sobrina hasta la línea de meta.

—A menos que...

—¿A menos que qué, Ari?

—Que pueda convencerte de que te quedes para un segundo mandato.

Hasta los niños se rieron de la sugerencia.

Cuando acabaron de cenar, Shamron le pidió que le acompañara a la terraza con vistas al mar de Galilea. Tras acomodarse en una silla junto a la balaustrada, encendió un maloliente cigarrillo turco con su viejo mechero Zippo y volvió a sacar el tema del roce de Gabriel con la muerte en Washington.

—En eso también has sido el primero —señaló Shamron—. Eres el único director en la historia de la Oficina que ha matado en acto de servicio. Y ahora también eres el único al que han disparado.

—¿Me van a dar una medalla por esas cosas?

—No, si yo puedo evitarlo. —Shamron meneó la cabeza lentamente—. Espero que haya valido la pena.

—Es muy posible que le haya salvado la vida al nuevo presidente. No lo olvidará.

—¿Y qué hay de los otros miembros de su Gobierno?

—Solo son demócratas, Ari. No es que Hezbolá vaya a dirigir el Departamento de Estado.

—Pero ¿podemos contar con ellos?

—¿Con el presidente y su equipo?

—No. Con los americanos.

—El presidente les ha asegurado a sus aliados europeos de siempre que Estados Unidos ha vuelto al redil, pero aún no están convencidos, después de lo que han tenido que soportar estos últimos cuatro años. Y el asalto al Capitolio ha aumentado sus dudas.

—Como es natural —respondió Shamron—. ¿Quiénes eran esos sujetos que atacaron ese hermoso edificio? ¿Qué quieren?

—Dicen que quieren recuperar su país.

—¿Recuperarlo de quién? —preguntó Shamron, incrédulo—. ¿No han leído nada sobre su propia historia? ¿No saben lo que ocurre cuando una nación se desgarra? ¿No se dan cuenta de la suerte que tienen de vivir en una democracia?

—Ya no creen en la democracia.

—Creerán en ella si desaparece.

—No, si son ellos los que mandan.

—¿Un régimen autoritario en Estados Unidos? ¿Una familia gobernante? ¿Fascismo?

—Hoy en día lo llamamos mayoritarismo.

—Qué refinado —comentó Shamron—. Pero ¿qué pasará con las minorías?

—Sus votos no contarán.

—¿Y cómo lo conseguirán?

—Ya conoces el viejo dicho sobre las elecciones, Ari. Lo importante no son los votos, sino el recuento.

—Tu amigo de Moscú se dio cuenta de eso hace mucho tiempo. —Shamron apagó el cigarrillo—. Supongo que planeas tomar represalias.

—Los americanos lo están haciendo por mí.

—Hay sanciones y sanciones —dijo Shamron con énfasis—. Tú ya me entiendes.

—Llevo trabajando intermitentemente para la Oficina desde los veintidós años, Ari. Sé lo que quieres decir cuando hablas de sanciones. De hecho, tengo edad suficiente para acordarme de cuando llamábamos «tratamiento negativo» a los asesinatos.

Shamron levantó una mano con gesto inquisitivo.

—¿Y bien?

—Después de pensarlo mucho, me inclino por dar por zanjado el asunto.

El anciano le miró como si hubiera cuestionado la existencia del creador.

—Pero tienes que reaccionar.

—¿Sabes a cuántos rusos he matado o secuestrado desde que empezó nuestra pequeña guerra personal? Ni siquiera yo lo sé con exactitud. Además, le he quitado algo que le importa más que la vida.

—¿El dinero?

Gabriel asintió.

—Y le he demostrado a la ciudadanía rusa que no es más que un ladrón. ¿Quién sabe? Con un poco de suerte, el próximo palacio presidencial en ser asaltado por su propio pueblo será el Kremlin.

—¿Un levantamiento popular en Rusia?

—Es su mayor temor.

—Mi mayor temor —comentó Shamron— es leer en la prensa que han sacado tu cadáver de un canal de Venecia poco después de que te mudes a Italia. Por eso debes retrasar tu partida hasta que la situación se haya resuelto.

—¿Cuánto tiempo crees que llevará eso?

—Diez o quince años. —Shamron esbozó una sonrisa maliciosa—. Tirando por lo bajo.

—Chiara y los niños se irán al día siguiente de que termine mi mandato, con o sin mí.

—¿Tan grave es la cosa?

—Lo de Washington fue la gota que colmó el vaso.

—Espero que no sea el último acto de la función.

—Le he prometido a mi mujer que pasaría mis últimos años de vida haciéndola feliz. Tengo la intención de cumplir esa promesa.

—¿Y qué hay de tu felicidad?

Gabriel no respondió.

—¿Todavía sufres por ellos?

—Cada minuto del día.

—¿Habrá un hueco para mí en tu corazón?

—Vas a estar aquí mucho tiempo aún.

—Te entrené para mentir mejor, hijo mío. —Shamron se quedó callado un momento—. ¿Recuerdas aquel día de septiembre en que fui a buscarte?

—Como si hubiera sido ayer.

—Ojalá pudiéramos repetirlo todo otra vez.

—La vida no funciona así, Ari

—Sí. Lástima, ¿verdad?

67

MASON'S YARD, ST. JAMES'S

La primera crítica de la grabación más reciente del *Concierto para violonchelo en si menor* de Dvořák, una pieza muy querida por el público, apareció en la página web de la revista *Gramophone*. La solista era la hasta entonces desconocida Isabel Brenner; el director, el mítico Daniel Barenboim. La química que había entre ellos, escribía el reseñista, saltaba a la vista en la fotografía de la portada y en la potencia de sus interpretaciones, sobre todo en la de Brenner, que destacaba por su tono inquietante y luminoso. El disco incluía también el *Waldesruhe* de Dvořák y la *Sonata para violonchelo en fa mayor* de Brahms. En las piezas de cámara, Isabel estaba acompañada por la pianista Nadine Rosenberg, conocida por su larga colaboración con la célebre violinista suiza Anna Rolfe.

La concisa biografía de la artista incluida en el dosier de prensa documentaba el extraordinario periplo de Isabel desde el anonimato al éxito musical o, al menos, parte de ese periplo. Nacida en la antiquísima ciudad de Tréveris, estudió piano bajo la tutela de su madre antes de dedicarse al violonchelo. A los diecisiete años ganó el tercer premio del prestigioso Concurso Internacional ARD, lo que le garantizaba la admisión en el conservatorio que ella eligiera. Isabel decidió, en cambio, estudiar matemáticas aplicadas en la Universidad Humboldt de Berlín y en la London

School of Economics, y empezó a trabajar en el sector de los servicios financieros. La biografía no especificaba en qué empresa.

Aun así, una astuta reportera de la sección de economía del *Guardian*, entusiasta de la música clásica, recordó que una tal Isabel Brenner había estado vinculada con la famosa Lavandería Rusa del RhineBank, cuyo reciente desplome estaba sacudiendo los mercados financieros mundiales. La reportera llamó al poderoso abogado que representaba a Anil Kandar, el exejecutivo del RhineBank procesado por blanqueo de capitales y fraude, y le preguntó si Isabel Brenner, la violonchelista, era la misma Isabel Brenner que había trabajado en el corrupto banco suizo.

—La misma, en efecto —respondió el abogado.

La noticia, sorprendentemente, produjo un notable aumento en las ventas del disco. El mismo efecto surtió una crítica muy elogiosa aparecida en la revista *BBC Music*. Fue, no obstante, la sensacional entrevista que Anderson Cooper le hizo a Isabel en *60 Minutes* lo que hizo que el álbum llegara al número uno tanto en Gran Bretaña como en Estados Unidos. Sí, reconoció Isabel, había trabajado para la Lavandería Rusa del RhineBank, pero solo con el fin de recabar información y documentos incriminatorios. Había entregado esos documentos a la periodista de investigación Nina Antonova y al legendario espía israelí Gabriel Allon, que la había reclutado para llevar a cabo una operación contra Arkady Akimov. Guiada paso a paso por Allon, se había introducido en el círculo íntimo de Arkady y había ayudado a blanquear y ocultar varios miles de millones de dólares en bienes saqueados al Estado ruso.

—¿Arkady confiaba en usted? —preguntó Cooper.

—Sin reservas.

—¿Por qué?

—Por la música, supongo.

—¿Estuvo alguna vez en peligro?

—Varias veces.

—¿Qué hizo en esos casos.

—Improvisar.

La entrevista causó sensación en todo el mundo; sobre todo, en Rusia, donde a primera hora de la mañana siguiente apareció el cadáver destrozado de Arkady Akimov en el patio de un edificio de pisos de la calle Baskov de San Petersburgo. Al parecer, se había precipitado desde la ventana de una de las plantas superiores. La policía dictaminó que había sido un suicidio pese a que el cuerpo presentaba múltiples lesiones causadas por un objeto contundente.

Isabel, que estaba escondida en un lugar seguro, rehusó hacer declaraciones. Tampoco habló del asunto cuando llegó al Reino Unido a mediados de julio para su concierto de debut en el Barbican Centre de Londres. Era imposible conseguir entradas —solo se pusieron a la venta la mitad de las localidades habituales— y las medidas de seguridad eran excepcionalmente estrictas. Entre los asistentes estaban el financiero suizo Martin Landesmann y su esposa, Monique.

Después de volver tres veces al escenario para agradecer la ovación del público, Isabel fue trasladada en secreto por las calles de Londres hasta un tranquilo rincón de St. James's conocido como Mason's Yard. Allí, en la hermosa sala de exposiciones de la galería Isherwood, fue agasajada como si fuera un miembro más de la familia, como en efecto lo era.

—¡Qué prodigio! —declaró Julian Isherwood.

—Ya lo creo —coincidió Oliver Dimbleby.

Sarah arrancó a Isabel de las garras de Oliver y le presentó a Jeremy Crabbe, que estaba tan fascinado como los demás. A regañadientes, Jeremy la dejó en manos de Simon Mendenhall, el untuoso subastador de Christie's, que a su vez se la cedió a Amelia March, de *ARTNews*, la única periodista presente.

Tras proporcionarle a Amelia una buena cita para su artículo, Isabel se excusó y se acercó al único hombre de la fiesta que no parecía tener interés en abordarla. Estaba parado ante un paisaje de Claude, con una mano apoyada en la barbilla y la cabeza ligeramente ladeada.

—Es mejor que ese bodegón del piso franco junto al lago —comentó ella.

—Mucho mejor —coincidió Gabriel.

Ella miró a su alrededor.

—¿Amigos tuyos?

—Podría decirse que sí.

—¿Dónde está el señor Marlowe?

—Evitando a esa mujer de allí.

—Se parece a alguien que vi hace tiempo en una revista de moda.

—Era ella.

—¿Y por qué querría evitar a una mujer así?

—Porque actualmente vive con aquella de allí.

—¿Con Sarah?

Gabriel asintió.

—Es otro de mis proyectos de restauración. Igual que la exmodelo.

—Y yo que pensaba que mi vida era complicada. —Isabel le miró con atención—. La verdad es que estás bastante bien para alguien que tiene suerte de estar vivo.

—Tendrías que haberme visto hace un par de meses.

—¿Te ha quedado una cicatriz muy fea?

—Dos, en realidad.

—¿Todavía te duelen?

Gabriel sonrió.

—Solo cuando me río.

* * *

Fue el primero en abandonar la fiesta. Como era de prever, nadie pareció darse cuenta de que se había marchado. Isabel se fue poco después; los demás, en cambio, se quedaron hasta casi la medianoche, cuando se acabó por fin el último Bollinger Special Cuvée. Al salir, Olivia Watson le lanzó un decoroso beso a Sarah con sus perfectos labios de color carmesí.

—Zorra —masculló ella con una sonrisa congelada.

Vigiló a los camareros mientras recogían las botellas vacías y las copas sucias. Luego, tras activar la alarma de la galería, salió a Mason's Yard. Christopher estaba apoyado en el capó del Bentley, con un Marlboro sin encender entre los labios.

Encendió su mechero Dunhill.

—¿Qué tal la fiesta?

—¿Por qué no se lo preguntas a Olivia?

—Me ha dicho que te lo preguntara a ti.

Frunciendo el ceño, Sarah se deslizó en el asiento del copiloto.

—¿Sabes? —dijo mientras avanzaban a toda velocidad por Piccadilly, en dirección oeste—, nada de esto habría pasado si no hubiera encontrado ese Artemisia.

—Excepto lo de Viktor —señaló Christopher.

—Sí —coincidió ella—. Pobre Viktor.

Encendió uno de los cigarrillos de Christopher y acompañó a Billie Holiday mientras el Bentley volaba por Brompton Road hacia Kensington. Cuando se detuvieron en Queen's Gate Terrace, vio que había una luz encendida en el piso inferior del dúplex.

—Te has olvidado de…

—No. —Christopher metió la mano dentro de la chaqueta del traje y sacó su Walther PPK—. Solo tardo un momento.

La puerta estaba entornada; la cocina, desierta. Sobre la encimera de granito, apoyado en una botella vacía de rosado corso, había un sobre. Llevaba escrito a mano el nombre de Christopher, con letra elegante. Dentro había una tarjeta de buena calidad, con el borde afiligranado.

—¿Qué dice? —preguntó Sarah desde la puerta abierta.

—Se pregunta si tú y yo no deberíamos casarnos.

—La verdad es que yo me he estado preguntando lo mismo.

—En ese caso…

—¿Sí?

Christopher devolvió la tarjeta al sobre.

—Tal vez deberíamos hacerlo.

NOTA DEL AUTOR

La violonchelista es una obra de entretenimiento y como tal debe leerse. Los nombres, personajes, lugares e incidentes incluidos en ella son fruto de la imaginación del autor o se emplean en aras de la ficción. Cualquier parecido con personas reales —vivas o muertas—, negocios, empresas, acontecimientos o lugares existentes es totalmente accidental.

Quienes visiten Mason's Yard en St. James's buscarán en vano Isherwood Fine Arts. Encontrarán, en cambio, la extraordinaria galería de pintura antigua propiedad de mi querido amigo Patrick Matthiesen. Brillante historiador del arte, dotado de un ojo infalible, Patrick nunca habría permitido que una obra mal atribuida de Artemisia Gentileschi languideciera en sus almacenes durante casi medio siglo. El cuadro que aparece en *La violonchelista* no existe en realidad, pero, si existiera, se parecería mucho al que pintó el padre de Artemisia, Orazio, y que actualmente se expone en la National Gallery of Art de Washington.

Al igual que Julian Isherwood y que su nueva socia, Sarah Bancroft, los moradores de mi particular versión del mundillo del arte londinense son totalmente ficticios, lo mismo que sus travesuras, a veces cuestionables. Su reunión para tomar unas copas en el restaurante Wilton's entraría por completo dentro de lo posible, ya que el emblemático restaurante londinense reabrió brevemente sus puertas antes de que un aumento de las tasas de contagio del coronavirus obligara al primer ministro Boris Johnson a decretar el cierre de todos los establecimientos no esenciales. En la medida de lo posible, he tratado de ceñirme en la narración a las circunstancias imperantes y a las restricciones impuestas por los distintos gobiernos. No obstante, cuando ha sido necesario me he tomado la libertad de contar mi historia prescindiendo del peso aplastante de la pandemia. Elegí Suiza como escenario principal de *La violonchelista* porque allí la vida transcurrió en gran medida con normalidad hasta noviembre de 2020. Con todo, probablemente habría sido imposible que a mediados de octubre se celebrara un concierto privado y una gala en la Kunsthaus de Zúrich, incluso con la excusa de una causa tan encomiable como el fomento de la democracia.

Le pido disculpas de todo corazón a la afamada violinista Janine Jansen por la comparación poco halagüeña con Anna Rolfe. La señora Jansen es considerada una de las mejores violinistas de su generación, y Anna, naturalmente, solo existe en mi imaginación. Aparecía por primera vez en la segunda novela de Gabriel Allon, *The English Assassin*, junto con Christopher Keller. Martin Landesmann, mi financiero suizo comprometido con causas nobles pero lleno de defectos, debutó en *The Rembrandt Affair*. La historia del duelo sangriento de Gabriel con el traficante de armas ruso Ivan Kharkov se cuenta en *La reglas del juego* (*Moscow Rules*) y en su secuela, *The Defector*.

Los fieles admiradores de F. Scott Fitzgerald sin duda habrán reparado en la luminosa cita de *El gran Gatsby* que aparece en el capítulo 32 de *La violonchelista*. Para que conste, soy consciente de que la sede del servicio secreto de inteligencia de Israel en Tel Aviv no se encuentra ya en King Saul Boulevard. En el histórico *moshav* de Nahalal no hay ningún piso franco —al menos, que yo sepa— y Gabriel y su familia no viven en la calle Narkiss de Jerusalén Oeste. Sin embargo, de vez en cuando se les puede ver en Focaccia, en la calle Rabbi Akiva, uno de mis restaurantes favoritos de Jerusalén.

Fue el poderoso banco alemán Deutsche Bank AG, y no el RhineBank —que es fruto de mi fantasía—, el que financió la construcción del campo de exterminio de Auschwitz y de la fábrica cercana que producía los gránulos de Zyklon B. Y fue también el Deutsche Bank el que ganó millones de marcos nazis a través de la arianización de empresas de titularidad judía. La entidad ha sido condenada, además, a pagar multas multimillonarias por ayudar a estados delincuentes como Irán y Siria a eludir las sanciones económicas de Estados Unidos; por manipular el tipo de interés interbancario londinense; por vender valores tóxicos respaldados con hipotecas a inversores desprevenidos; y por blanquear miles de millones en activos rusos de procedencia dudosa a través de la llamada Lavandería Rusa. En 2007 y 2008, el Deutsche Bank concedió una línea de crédito no garantizada de mil millones de dólares al VTB Bank, un banco controlado por el Kremlin que financiaba a los servicios de inteligencia rusos y proporcionaba puestos de trabajo que servían de tapadera a los agentes del espionaje ruso que operaban en el extranjero. Lo que significa que la mayor entidad crediticia de Alemania, a sabiendas o no, ha sido cómplice en la sombra de la guerra de Vladimir Putin contra Occidente y la democracia liberal.

Esa guerra la libran cada vez en mayor medida los acaudalados socios de Putin y diversas empresas privadas como el Grupo Wagner y la Agencia de Investigación de Internet, la factoría de troles de San Petersburgo que según todos los indicios se entrometió en las elecciones presidenciales estadounidenses de 2016. La AII fue una de las tres sociedades rusas que figuraban en un extenso escrito de acusación presentado por el Departamento de Justicia en febrero de 2018 en el que se detallaba el alcance de la injerencia rusa y su complejidad. Según el abogado del estado Robert S. Mueller III, los ciberagentes rusos se apropiaron de la identidad de ciudadanos estadounidenses, se hicieron pasar por activistas políticos y religiosos en las redes sociales y se sirvieron de temas polémicos como la raza y la inmigración para inflamar a un electorado ya dividido, todo ello con el fin de apoyar a su candidato predilecto, el promotor inmobiliario y estrella de la telerrealidad Donald Trump. Incluso hubo agentes rusos que viajaron a Estados Unidos para recopilar información sensible. Centraron sus esfuerzos en estados clave de la batalla electoral y, sorprendentemente, en agosto de 2016 colaboraron en secreto con miembros de la campaña de Trump para organizar mítines en Florida.

La injerencia rusa incluyó además un ataque informático al Comité Nacional Demócrata que dio lugar a la filtración de miles de correos electrónicos, lo que provocó el caos en la convención demócrata de Filadelfia, con efectos políticos devastadores. En su informe final, presentado en su versión definitiva en abril de 2019, Robert Mueller afirmaba que las maniobras de Moscú formaban parte de una campaña «amplia y sistemática» para aupar a Donald Trump y debilitar a su rival demócrata, Hillary Clinton. Mueller no pudo establecer la existencia de una conspiración delictiva entre la campaña de Trump y el Gobierno ruso, a pesar de que el informe señalaba que los testigos clave utilizaron comunicaciones encriptadas, incurrieron en obstrucción a la justicia, prestaron testimonios falsos o engañosos, o decidieron no testificar en absoluto. Quizá lo más condenatorio fuera la conclusión a la que llegó el letrado, según la cual la candidatura de Trump «esperaba beneficiarse electoralmente de la información sustraída y divulgada mediante las actividades de los rusos».

Un exhaustivo informe de cinco volúmenes publicado en agosto de 2020 por el Comité de Inteligencia del Senado, presidido por los republicanos, iba incluso más allá y ponía de manifiesto que los principales asesores de Trump estaban deseosos de recabar la ayuda del principal adversario mundial de Estados

Unidos. El informe, fruto de tres años de investigación, detallaba la compleja red de contactos entre la campaña presidencial de Trump y ciudadanos rusos vinculados al Kremlin y a los servicios de inteligencia rusos. Afirmaba que «el contacto más directo» era Paul Manafort, el veterano consultor republicano aficionado a la buena vida —su enorme y lujoso guardarropa incluía una chaqueta de avestruz de quince mil dólares— que trabajó brevemente como gerente de la campaña de Trump. Según el comité, el hecho de que Manafort hubiera ganado decenas de millones de dólares representando a políticos favorables al Kremlin en Ucrania permitía suponer que estaba implicado en la trama. Tenía, además, mucho que agradecerle al oligarca ruso Oleg Deripaska, al que el comité calificaba de «apoderado» del Kremlin y de los servicios de inteligencia rusos.

Pero incluso Oleg Deripaska debió de llevarse una sorpresa cuando, en la madrugada del 9 de noviembre de 2016, Donald Trump compareció ante sus atónitos seguidores en el salón de baile de un hotel de Manhattan como presidente electo del país más poderoso del mundo. Tras instalarse en el cargo, Trump se deshizo en elogios hacia matones autoritarios, agasajó en la Casa Blanca a populistas europeos antidemocráticos, hizo retroceder los esfuerzos de Estados Unidos por promover la democracia en todo el mundo y deterioró las relaciones con aliados tradicionales como el Reino Unido, Alemania, Francia y Canadá. Y en cierta ocasión, durante una reunión en el Despacho Oval con el ministro de Asuntos Exteriores y el embajador de Rusia en Washington, divulgó información de alto secreto suministrada por un aliado de Oriente Medio, información de índole tan sensible que muy pocas personas dentro del Gobierno estadounidense tenían acceso a ella. Ese aliado de Oriente Medio era Israel y al parecer la filtración puso en peligro una operación que había brindado a la inteligencia israelí la posibilidad de conocer el funcionamiento interno del Estado Islámico en Siria.

Quizá lo más inquietante, sin embargo, fuera la determinación de Trump de retirar a Estados Unidos de la OTAN, uno de los pilares fundamentales del orden mundial surgido de la posguerra. Se cuenta que el exjefe de gabinete de la Casa Blanca, John Kelly, aseguraba que «una de las tareas más difíciles» a las que se había enfrentado había sido tratar de impedir que Trump se retirara de la Alianza. John Bolton, tras dimitir de su cargo como asesor de seguridad nacional, escribió que estaba convencido de que Trump se retiraría de la OTAN si era elegido para un segundo mandato.

La obsesión de Trump por socavar la OTAN y su peculiar fidelidad hacia Vladimir Putin suscitaron incómodos interrogantes acerca de su lealtad, al igual que su comportamiento durante una cumbre muy esperada con Putin, celebrada en Helsinki en julio de 2018. Con el líder ruso a su lado, Trump cuestionó la conclusión de sus propios servicios de inteligencia de que Moscú se había entrometido en las elecciones. Incluso sus compañeros del Partido Republicano condenaron su actitud, y el fallecido senador John McCain, de Arizona, calificó sus declaraciones como «las más vergonzosas» que había hecho nunca un presidente estadounidense. Esa noche, el *New York Times* publicó una frase que antes habría sido inconcebible. La firmaba el columnista Thomas L. Friedman: «Hay pruebas abrumadoras de que el presidente, por primera vez en la historia de nuestro país, ha incurrido en traición con su conducta, ya sea premeditadamente, por negligencia grave o debido a su personalidad retorcida».

Friedman no era el único que estaba preocupado por la conducta del presidente. Según el mítico periodista Bob Woodward, Dan Coats —el exsenador republicano conservador por Indiana que fue el primer director nacional de inteligencia de Trump— temía que el presidente de Estados Unidos estuviera actuando como agente de los rusos. Coats, escribe Woodward en *Rabia*, su obra maestra de 2020, «seguía teniendo la convicción íntima, que había crecido en lugar de disminuir, aunque no tuviera pruebas concretas, de que Putin sabía algo que podía perjudicar a Trump».

Coats estaba sin duda alarmado por los extremos a los que llegaba Trump para ocultar los pormenores de sus encuentros cara a cara con Putin. Una vez, tras una reunión en Hamburgo, Trump tuvo al parecer la osadía de apoderarse de las notas manuscritas de su intérprete. Según el *Washington Post*, no existe ningún registro detallado, en ningún archivo del Gobierno estadounidense, que consigne el contenido de cinco reuniones celebradas entre Donald Trump y Vladimir Putin.

La comunidad de inteligencia estadounidense concluyó que Putin, decidido a ayudar a Trump a mantenerse en el cargo, autorizó una segunda intervención rusa durante la campaña presidencial de 2020. Históricamente impopular y perjudicado por su ineptitud a la hora de afrontar la pandemia de coronavirus, Trump se convirtió, no obstante, en el primer presidente en funciones desde George H. W. Bush al que el pueblo estadounidense le negó la reelección. Obtuvo 232 votos electorales, muy lejos de los 270 necesarios, y perdió los comicios por más de siete millones de votos, un margen del 4,4%. Desde 1960, cinco elecciones han arrojado resultados más ajustados. Sin embargo, ninguno de los otros candidatos perdedores —Richard Nixon, Hubert Humphrey, Gerald Ford, Al Gore y John Kerry— se negó a reconocer la derrota, obstaculizó el traspaso de poderes o incitó a una insurrección violenta. Claro que ningún otro candidato presidencial en la historia de Estados Unidos ha solicitado, aceptado y explotado la ayuda de una potencia extranjera hostil. Esa distinción le corresponde solo a Donald Trump.

Su negativa a aceptar los resultados de las elecciones ha creado una peligrosa fractura en Estados Unidos y ha servido para radicalizar aún más al Partido Republicano. Pippa Norris, de la Kennedy School of Government de Harvard, ha llegado a la conclusión de que el Partido Republicano de Trump es ahora un

partido populista de corte autoritario que está «dispuesto a socavar los principios democráticos en su afán por conseguir el poder», de forma muy parecida a formaciones ultraderechistas como
Alternativa para Alemania, el Partido de la Libertad austriaco o
la Alianza Cívica húngara liderada por Viktor Orbán.

Los últimos sondeos parecen respaldar la conclusión de la
profesora Norris. Una parte importante de los votantes republicanos no cree ya en la democracia. Y lo que es aún más alarman-
te: una encuesta del American Enterprise Institute, de ideología
conservadora, revela que el 39% de los republicanos apoya el uso
de la violencia para lograr sus objetivos políticos. Muchos hablan
abiertamente de guerra civil. La bancada del partido en el Congreso incluye ahora a dos representantes electas —Lauren Boebert,
de Colorado, y Marjorie Taylor Greene, de Georgia— que han
expresado su apoyo a elementos de la teoría conspirativa antisemita de extrema derecha conocida como QAnon. Antes de ganar
las elecciones en su distrito de Georgia, profundamente conservador, Greene manifestó asimismo en Internet que estaba a favor
de la ejecución de agentes del FBI y congresistas demócratas, incluida la presidenta de la Cámara de Representantes, Nancy Pe-
losi. Mary Miller, otra congresista republicana que estrenó escaño
en 2020, citó favorablemente a Adolf Hitler en el transcurso de
un encendido discurso que pronunció la víspera del asalto al Capitolio. Y, aun así, dicha señora del sureste de Illinois sigue siendo miembro de pleno derecho de la Conferencia Republicana de
la Cámara de Representantes.

Todo ello, seguramente, es del agrado de Vladimir Putin. Sí,
Donald Trump le decepcionó finalmente al no retirar a Estados
Unidos de la OTAN, pero los estragos que ha causado Trump en
el país le reportarán beneficios durante años y años. Solo por el
asedio al Capitolio valió la pena la inversión que hizo Rusia.
Los supremacistas blancos, los neonazis, los antisemitas y los partidarios de QAnon que saquearon el templo de la democracia

estadounidense en nombre de Donald Trump también estaban cumpliendo los designios de Putin. Y lo mismo puede decirse de los periodistas de radio y televisión que avivaron la rabia de los insurrectos con fantasías infundadas acerca del robo de las elecciones. Una América dividida en lo político y desestabilizada —una América que derive hacia el nacionalismo blanco, el autoritarismo y el aislacionismo— no supondrá ningún peligro para Putin ni dentro de su país ni en los países a los que pretende extender la influencia perniciosa de Rusia. Por lo que respecta a Vladimir Putin, fue un dinero bien gastado.

AGRADECIMIENTOS

Ni que decir, no me propuse, a finales del verano de 2020, escribir una novela que incluyera una insurrección instigada por un presidente estadounidense ni una investidura efectuada bajo la amenaza de un ataque armado por parte de ciudadanos estadounidenses. Tras el asalto al Capitolio, sin embargo, decidí incluir ese momento agónico de la democracia estadounidense en mi relato acerca de la guerra implacable de Rusia contra Occidente. Deseché el final que ya tenía escrito y reescribí gran parte del manuscrito en el plazo de seis semanas. Esa empresa no habría sido posible sin el apoyo editorial y anímico de mi esposa, la corresponsal de la CNN Jamie Gangel, que en esos momentos estaba informando sobre los mismos acontecimientos que yo contaba en el libro y que se encargó de revisar los cambios definitivos más importantes mientras estaba en el plató de la cadena en Washington, esperando para salir en antena. Mi deuda para con ella es inconmensurable, al igual que mi amor.

Hablé con varios agentes de inteligencia y analistas especializados en Rusia mientras escribía *La violonchelista*, y les doy las gracias desde aquí respetando su anonimato, como ellos prefieren. Mis conversaciones frecuentes con congresistas republicanos y altos cargos de la administración durante los cuatro turbulentos años de la presidencia de Trump me han proporcionado una visión única de una Casa Blanca y un Gobierno Federal sumidos en el desorden. El pasaje en el que describo cómo el director de la CIA omitía datos relacionados con Rusia en su informe diario al presidente se basa en la información que me proporcionó una fuente irreprochable.

Anthony Scaramucci, fundador de la empresa de inversiones Sky-Bridge Capital, me hizo un tutorial muy bien razonado acerca de la audacia con la que opera el blanqueo de capitales ruso; gracias a él, pude dar forma a mi operación contra el Kremlin SA. Evidentemente, las licencias narrativas y los errores son cosa mía, no suya. Bob Woodward fue una fuente tanto de información como de inspiración. Sus incomparables reportajes y escritos sobre el último y caótico año del mandato de Trump cambiaron sin duda el curso de la historia.

El doctor Jonathan Reiner, director de cateterismo cardíaco de la Universidad George Washington y analista médico de la CNN, hizo un hueco en su apretada agenda para tratar a Sarah Bancroft de los efectos de la exposición a un agente nervioso ruso mortal, y a Gabriel Allon de una herida de bala cerca del corazón, con orificio de entrada y de salida. El director de información política de la CNN, David Chalian, tuvo la amabilidad de comprobar la exactitud de los datos que incluyo en mi relato de las elecciones, y David Bull revisó las partes relacionadas con el hallazgo, venta y restauración de mi cuadro ficticio de Artemisia Gentileschi. David, uno de los mejores restauradores de arte del mundo, habría sido mucho más indicado para esa labor que Gabriel, quien, a fin de cuentas, estaba al mismo tiempo dirigiendo una operación y un servicio de inteligencia.

He consultado cientos de artículos de periódicos y revistas, demasiados para citarlos aquí, además de decenas de libros. Sería una negligencia por mi parte no mencionar los siguientes: *The New Tsar: The Rise and Reign of Vladimir Putin,* de Steven Lee Myers; *El hombre sin rostro: el sorprendente ascenso de Vladimir*

Putin, de Masha Gessen; *Russia's Crony Capitalism: The Path from Market Economy to Kleptocracy*, de Anders Åslund; *Putin's Kleptocracy: Who Owns Russia?*, de Karen Dawisha; *Shadow State: Murder, Mayhem, and Russia's Remaking of the West*, de Luke Harding; *Notificación roja: el enemigo número 1 de Putin*, de Bill Browder; *Dark Towers: Deutsche Bank, Donald Trump, and an Epic Trail of Destruction*, de David Enrich; y *House of Trump, House of Putin: The Untold Story of Donald Trump and the Russian Mafia*, de Craig Unger.

Mi querido amigo Louis Toscano, autor de *Triple Cross* y *Mary Bloom*, efectuó innumerables mejoras en la novela, y mi correctora personal, Kathy Crosby, que tiene ojo de águila, se aseguró de que no hubiera errores tipográficos ni gramaticales. Cualquier error que haya conseguido traspasar sus formidables defensas es mío, no suyo.

Tengo contraída una deuda impagable con Michael Gendler, mi superabogado de Los Ángeles, al igual que con los muchos amigos que me hicieron reír cuando más falta me hacía, durante los momentos críticos del año de escritura. Gracias especialmente a Jeff Zucker, Phil Griffin, Andrew Lack, Noah Oppenheim, Andy Lassner, Sally Quinn, Elsa Walsh, Peggy Noonan, Susan St. James y Dick Ebersol, Jane y Burt Bacharach, Stacey y Henry Winkler, Donna y Michael Bass, Virginia Moseley y Tom Nides, Nancy Dubuc y Michael Kizilbash, Susanna Aaron y Gary Ginsburg, Cindi y Mitchell Berger, Marie Brenner y Ernie Pomerantz, y Liz Cheney y Phil Perry.

Mi más sincero agradecimiento al extraordinario equipo de HarperCollins y en especial a Brian Murray, Jonathan Burnham, Jennifer Barth, David Koral, Leah Wasielewski, Leslie Cohen, Doug Jones, Josh Marwell, Mark Ferguson, Robin Bilardello, Milan Bozic, Frank Albanese, Leah Carlson-Stanisic, Carolyn Bodkin, Chantal Restivo-Alessi, Julianna Wojcik, Mark Meneses, Sarah Ried, Beth Silfin, Lisa Erickson y Amy Baker.

Por último, les estoy muy agradecido a mis hijos, Lily y Nicholas, por su apoyo y su cariño. Su tenacidad y determinación frente a un mundo vuelto del revés fue una fuente de inspiración, al igual que la valentía de los agentes de policía que lucharon por defender el Capitolio el 6 de enero de 2021. Comparado con eso, escribir una novela parece una labor más bien trivial.